ふりさけ見れば

上巻

ふりさけ見れば

安部龍太郎
Ryutaro Abe

日本経済新聞出版

目次

遣唐使の主な経路

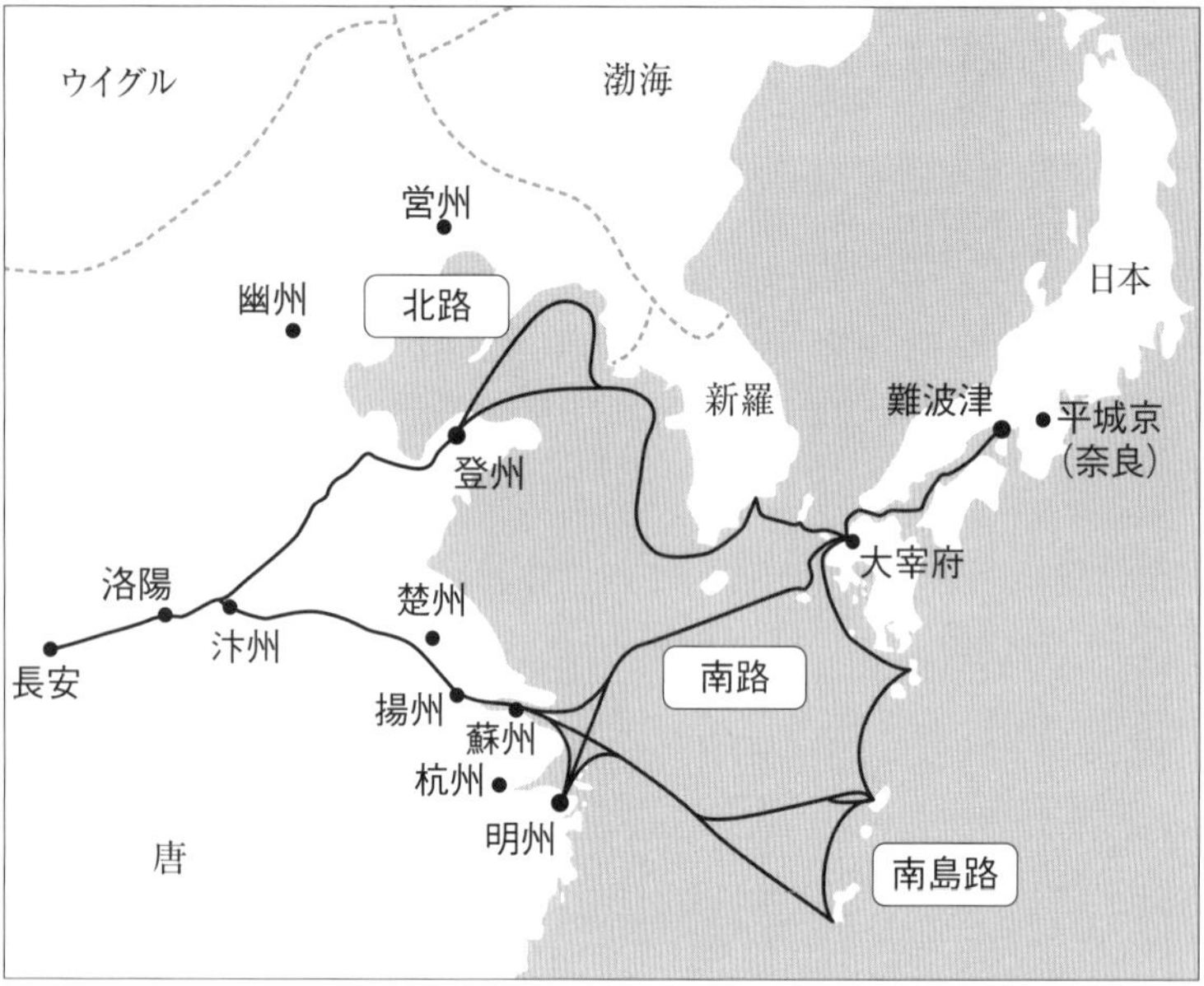
ウイグル
渤海
営州
幽州
北路
新羅
日本
難波津
平城京
（奈良）
登州
大宰府
洛陽
汴州
楚州
長安
南路
揚州
蘇州
杭州
明州
唐
南島路

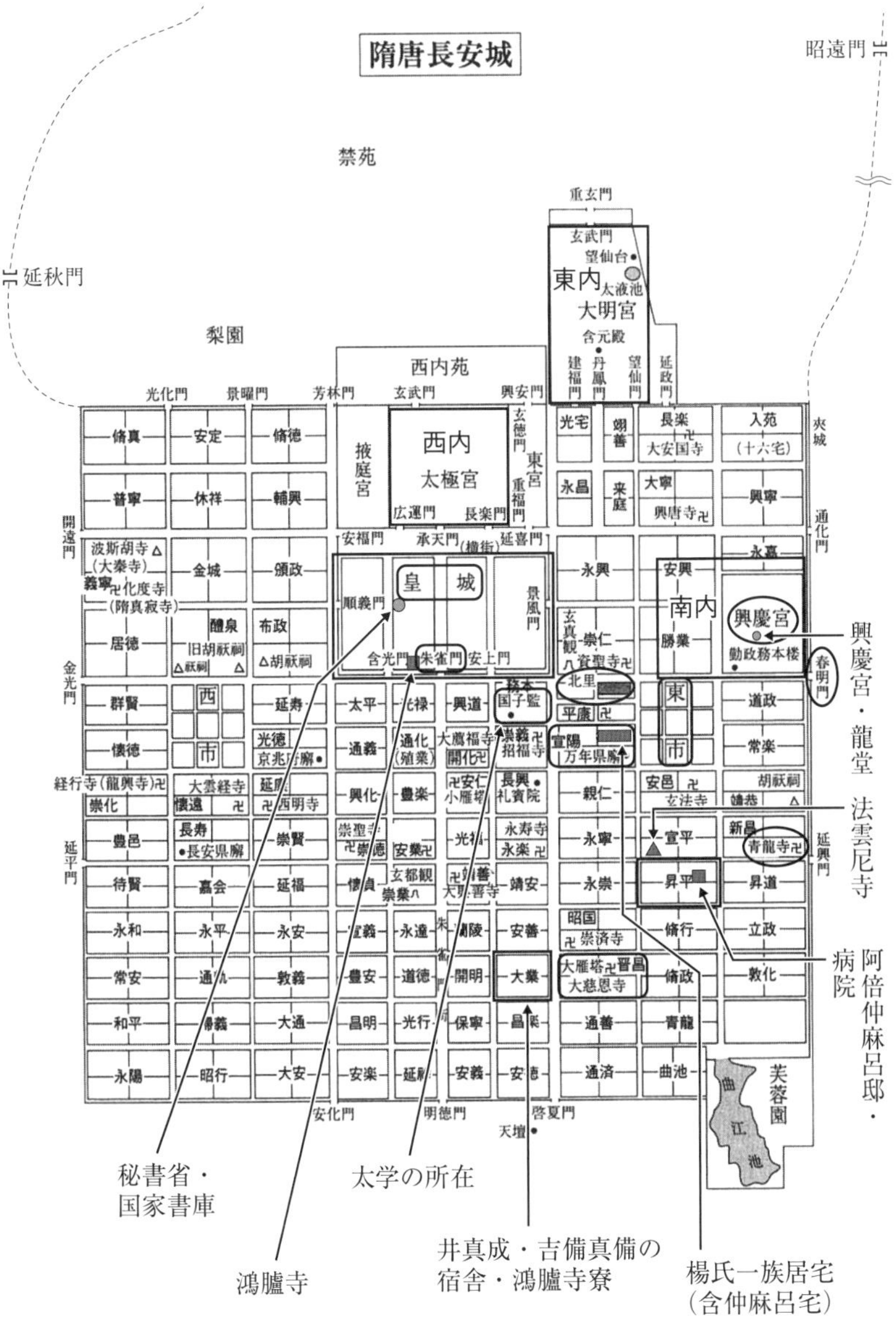
隋唐長安城
禁苑
昭遠門
延秋門
梨園
重玄門
玄武門
望仙台
太液池
東内
大明宮
含元殿
西内苑
西内
太極宮
掖庭宮
東宮
皇城
朱雀門
南内
興慶宮
勤政務本楼
西市
東市
国子監
万年県廨
長安県廨
大雁塔
大慈恩寺
青龍寺
曲江池
芙蓉園
天壇
光化門
景曜門
芳林門
興安門
開遠門
金光門
延平門
通化門
春明門
延興門
安化門
明徳門
啓夏門
秘書省・国家書庫
鴻臚寺
太学の所在
井真成・吉備真備の宿舎・鴻臚寺寮
楊氏一族居宅（含仲麻呂宅）
興慶宮・龍堂
法雲尼寺
阿倍仲麻呂邸・
病院

【下巻目次】

装幀　間村俊一
題字　石飛博光

ふりさけ見れば　上

第一章　遣唐使来る

雨が上がるのを待って、阿倍仲麻呂《あべのなかまろ》は昇平坊にある屋敷を出た。

今日は非番なので出仕する必要はないが、家にいるのは妙に気詰まりで、役所に出てやりかけの仕事を片付けようと思った。

日本の遣唐使船が蘇州《そしゅう》に着き、玄宗皇帝の上京許可を待っているという噂が、四、五日前から東の市の商人たちの間で広まっている。

待望の船が十六年ぶりに到着し、夢にまで見た帰国が現実のものになりつつあるが、仲麻呂は、手放しで喜べない事情をかかえていた。唐の都長安で十六年を過ごすうちに、妻をめとり二人の子供を授かったのである。

遣唐留学生《るがくしょう》が家庭を持つことは唐の朝廷も歓迎し、滞在費用を支給しているほどだが、いざ帰国となると大きな問題があった。子供を連れて帰ることは認めるが、妻の同行は許さないという不文律があるからである。

それゆえ仲麻呂は、遣唐使船が着いたことを妻の張若晴《ちょうじゃくせい》や翼《つばさ》と翔《かける》と名付けた双子の息子に話すことをためらっている。噂は三人の耳にも届いていると思うものの、ひと思いに口にする決心がつけられないので、家にいるのが辛いのだった。

仲麻呂は朱雀街東第五街を北に向かった。

通りの幅は四十歩（約六八メートル）で、路面は版築《はんちく》によって土が緊密に突き固められている。例年にない大雨にみまわれてもぬかるむことはないし、道の両側には排水溝を設置してあるので水があふれることもなかった。

自宅から玄宗皇帝の宮殿がある興慶宮まで四里（約二二〇〇メートル）の道を、仲麻呂は悩みを抱えた重い足取りで歩き続けた。

通りの両側には、高さ一丈（約三メートル）ほどの壁で囲んだ坊（街区）が整然と配してある。長安全体では東と西に五十四ずつの坊があり、これに東の市と西の市を加えた百十の区画が、碁盤の目状に配された街路にそって整然と並んでいる。

その広さは東西六千六百歩（約九・七キロ）、南北五千五百七十五歩（約八・二キロ）で、まわりを城壁で囲み、東西南にそれぞれ三つの門を開けている。

面積は日本の平城京のおよそ四倍、人口は百万を数える世界一の規模を誇っていた。

仲麻呂が東の市の門前にさしかかった時、突然後ろから、

「晁補闕《ちょうほけつ》さま、晁衡左補闕《ちょうこうさほけつ》さまではありませんか」

唐名と官位を並べて大仰に呼び止める者がいた。

ふり返ると、西域風の帽子をかぶり、豊かなあご髭をたくわえた大柄の男が、満面の笑みを浮かべて手を差し伸べていた。

「ああ、あなたは……」

顔も名前も思い出したが、後の言葉がつづかない。今日のようにやりきれない思いを抱えた時に、会いたい男ではなかった。

「そうです。石皓然《せきこうねん》でございます。東の市で手広く商いをする営州《えいしゅう》商人であり、あなたさまのご学友の下道《しもつみちの》（吉備《きびの》）真備《まきび》どのの外舅《がいきゅう》でございます」

仲麻呂と同じ遣唐使船で留学した下道真備も、ソグド系の商人である石皓然の娘を妻にし、一人の男子をもうけていた。

「じつは重大な相談があって、晁衡左補闕さまにお目にかかりたいと思っておりました。すると偶然にもこんな所で会えたのですから、ズルワーンさま（マニ教の祖神）のお計らいでございましょうな」

「相談とは、蘇州に関することでしょうか」

「さよう。日本の船が皇帝陛下に貢物《みつぎもの》をするために蘇州についたと聞きましたが、まことでございましょうか」

皓然が落ちくぼんだ眼窩の底からさぐるような目を向けた。

「噂は聞きましたが、現地から正式な報告が届いたわけではありません」

「蘇州や揚州には、諸蕃《しょばん》（外国）との商いに従事する商人が大勢おります。その者たちが東の市の取引先に、入荷の予定をいち早く知らせたのでございましょう。何しろ日本から献上される砂金や絁《あしぎぬ》は垂涎《すいぜん》の的でございますからな」

「相談というのは、下道真備の帰国に関わることでしょうか」

路上での商人との立ち話は、皇帝に仕える者としては厳につつしむべきである。仲麻呂は石皓然の押しの強さがだんだんうとましくなり、早く話を切り上げようとした。

「とんでもありません。真備どのが次の船で帰国されることは、結婚に同意した時から石皓然も娘の春燕《しゅんえん》も承知しております。今さら帰国しないでくれなどと言い出すつもりはありません」

「それなら何のご用です。そろそろ出仕の時間も迫っておりますので」

「おや、今日は非番とうかがいましたが」

皓然はしたたかである。予定を調べ上げた上で、偶然を装って接近してきたのだった。

「非番ですが、宰相さまから申し付けられた仕事があります。先を急ぎますので」

「実は商いのことでございます。日本の船が運んでくる積荷の中には、大変高く売れる品がございます。その商いに、石皓然めも加えていただきたいのでございます」

「積荷はすべて皇帝陛下に献上され、払い下げがあった品々を東の市で競売にかけることになっております。それはご存じでしょう」

「もちろん存じております。しかしそれは陛下への貢物のことで、留学生や留学僧《るがくそう》などが経費として持参する品々は、その限りではありますまい。それに船の底荷として積まれた硫黄《いおう》も、そうした扱いからはずされているはずでございます」

「商いの仲介をする権限は私にはありません。二度とこのような真似をしないでいただきたい」

「もちろんです。晁衡左補闕さまがズルワーンさまのように高潔な方だとは、もちろん承知しています。しかし人の世は持ちつ持たれつですし、この石皓然めは受けたご恩を忘れるような男ではございません」

なおもすり寄って手を握ろうとする相手をふり払い、仲麻呂は市の東側の通りを息を詰めるようにして歩いた。

東の市は東西、南北六百歩（約一〇〇〇メートル）の正方形である。東西に二本、南北に二本の道を通し、九つの区画に分けられている。中からもれ聞こえる喧噪《けんそう》や熱気に触れれば、石皓然が持ちかけた臆面もない話が汚物となって体にこびりつく気がした。

近頃ではああした輩《やから》が銭の力に物を言わせ、朝廷の顕官《けんかん》に取り入って政《まつりごと》を左右するようになっている。それにつれて皇帝の神聖さまで汚《けが》されていく気がするのだった。

興慶宮は春明門通りにあった。

玄宗は李隆基《りりゅうき》と名乗っていた皇子の頃から興慶坊の宮殿に住んでいたが、皇帝となってからもここで政務をとることにした。しかし、興慶坊だけでは手狭になったので、隣の勝業坊も宮殿に組み込んだのだった。

仲麻呂は東側の金明門から宮殿に入った。いつものように軍装の門番が警戒に当たっているが、従七品上《じゅしちひん》の官位であることを示す冠と浅緑色の長袍《ちょうほう》を見ると、無言のまま一礼しただけだった。

正面には玄宗が政務をとるために新築した勤政務本楼が高々とそびえている。だが、ここで仕事ができるのは宰相とその従者だけで、仲麻呂の仕事場は東側の城壁にそった細長い建物の中にあった。

官職の左補闕とは門下省に属している。皇帝の詔勅《しょうちょく》や言動に不備があった場合に諫めるのが主な役目で、科挙《かきょ》に合格した者の中でも才能を認められた者しかつくことができない。

仲麻呂は二年前、その要職に三十一歳の若さで抜擢《ばってき》された。外国からの留学生としては、異例中の異例のことだった。

仲麻呂の目下の仕事は、長安の市中市外にある義倉《ぎそう》（飢饉《ききん》用の穀物倉）に、どれくらいのたくわえがあるかを調べることだった。

この年、開元二十一年（七三三）、長安は六月からの長雨にたたられ、各地で洪水の被害にみまわれた。畑作地は水びたしになり、小麦の収穫や豆の作付けもできなかった。

これでは冬には飢饉に襲われる。そう見込んだ商人たちはいち早く買い占めに走り、小麦の値が例年の二倍近くに高騰《こうとう》した。

そこで朝廷では義倉を開けて窮民にほどこしたが、長雨と洪水の被害は深刻化するばかりである。そこで宰相の張九齢《ちょうきゅうれい》は、自派の能吏たちを総動員して、被害の実態と義倉に残っている穀物の量を調べていた。

仲麻呂が命じられたのは長安の東半分に設置された義倉を調べることである。五十四の坊には一棟か二棟の義倉があり、仏教や道教の寺にも同様の施設があるので、総数は百棟をこえる。そのすべてに下役をつかわして実態を調べ、残っている穀物の量を集計していた。

結果は五十万石《せき》をこえているが、百万人と言われる長安の人口の半分を養わなければならないのだから、決して充分とは言えなかった。

正午を過ぎて小腹がすいてきた。

普通の出勤日には点心類と茶が支給されたが、非番の日なのでそれももらえない。家を出る時にそのことは分かっていたが、妻の若晴に仕度を頼む闊達《かったつ》さを失っていたのだった。

誰かに外に買いに行かせようと思っていると、受付の者が来客があると告げた。親友の王維《おうい》が竹籠を下げてにこやかに入ってきた。

「やあ、晁君。非番だというのに熱心なことだね。これは差し入れだ」

竹の籠には、ふかした饅頭《まんじゅう》と陶器の急須が入っていた。

「これは有難い。ちょうど何か食べたいと思っていたところだ」

仲麻呂は茶碗を二つ取り出し、王維の分も用意した。

「私はもういただいたが、勤政務本楼の厨房《ちゅうぼう》で作る饅頭は絶品だよ。大きな声では言えないがね」

「話には聞いていたが、王君はこれを毎日食べられるようになったわけだ」

仲麻呂は遠慮なく饅頭を頬張った。

まわりを包む皮の味わいや、中の挽き肉と野菜のねり具合が素晴らしい。皇帝直属の料理人が作ったのだから、どこの店よりおいしいのは当たり前だった。

「毎日食べられると言っても、君のように官職についているわけではないからね。張九齢さまの引き立てのお陰で、何とか書記をつとめさせていただいているだけだよ」

「それも君の詩才と人柄を、張さまが見込まれたからだよ。官職に推挙していただく日もそう遠くないと思うね」

仲麻呂と王維は、開元九年（七二一）に共に二十一歳で科挙の進士科《しんしか》（文学、詩賦が中心）に合格した同期生だった。

科挙には他にも、儒教や財政策を中心に出題する明経科などがあるが、進士科の難しさは他の学科の比ではない。それだけに同期生の絆は兄弟のように強かったが、合格後の二人の明暗は大きく分かれた。

仲麻呂は左春坊司経局《さしゅんぼうしけいきょく》校書を皮切りに、左拾遺《さしゅうい》（従八品上）、左補闕（従七品上）と順調に出世をとげたが、王維は苦難の連続だった。

合格した翌年、王維は内々の会合で宦官《かんがん》の権限が強すぎることを批判し、宦官の首領である高力士《こうりきし》ににらまれた。そして済州（山東省）司倉参軍という正九品下の閑職に飛ばされ、中央への復帰は二度と望めない扱いを受けた。

そこで六年後に官職をやめて長安にもどり、詩画の才によって生きていく道を選んだ。幸い張九齢にその才を見出され、去年から九齢の書記に取り立てられて再び官吏の道を歩み始めたのだった。

「これも君が張さまに私を推挙してくれたお陰だよ。その恩は饅頭ぐらいではとても返せない」

王維が上品な手付きで茶を飲み、美しく澄んだ瞳を真っ直ぐに向けた。

「私はただ、何かの折に君のことを話しただけだよ。そんな風に恩義を感じてもらうことじゃない」

「日本人は不思議だね。自分の手柄を誇るどころか、含羞《がんしゅう》で包み隠そうとするんだから」

「そうじゃないって。私は当然のことをしただけだから、そんな風に言われると困るんだよ」

「いつか日本を訪ねてみたいと、君のことを知るたびに思うよ。話が前後したけど、張さまが話があるそうだ。食事が済んだら執務室を訪ねてくれ」

仲麻呂は早めに食事を終え、義倉の書類をそろえて勤政務本楼の張九齢の部屋を訪ねた。

いつになく重圧を感じるのは、九齢が妻の若晴の伯父に当たるからだ。仲麻呂が進士に合格することができたのも、官吏として順調な出世をとげることができたのも、九齢の指導と庇護があったからである。

だが今は帰国をめぐって微妙な問題に直面しているので、話がそこに及ぶことを心のどこかで恐れていた。


「非番の日にすまないね。まあ、座ってくれたまえ」

九齢が窓際にある長椅子に仲麻呂を案内し、向かい合って腰を下ろした。五十六歳になる温厚な宰相で、国中に名を知られた詩人でもあった。

二十四歳で進士に合格し、校書部、右拾遺、中書侍郎《ちゅうしょじろう》と仲麻呂と似たような経歴をたどり、いまでは宰相として中書省を取り仕切っている。

朝廷内には進士科に合格した官僚を中心とする進士派と、唐室に近い家柄のおかげで立身した恩蔭《おんいん》（門閥）派があり、事あるごとに対立していた。そうした中で張九齢は、進士派をひきいて歯に衣着せぬ直言をしてきたのだった。

「話は三つ。一つは飢饉対策。一つは日本の使者の到着。そしてもう一つは君の身の上に関わることだが、どれから始めるかね」

「急を要することからお願いいたします」

仲麻呂は用意してきた義倉の報告書を差し出した。

「うむ、五十万石か」

九齢は報告書に目を通して満足そうにうなずいた。

「だいたい予想通りだが、これでいつまで長安の住民を食べさせていけると思うかね」

「秋の収穫が見込めないとしたら、年末までが精一杯だと思います」

「ならば、どうする」

九齢は進士の面接官のように問いかけた。

「早急に行うべきは、穀物価格の上昇を抑えることです。小麦や豆、黍《きび》などの値が高騰しているために商人たちが買い占めに走り、庶民には手が届かなくなっております」

「どうやって値を抑える」

「一つは大口の取引を禁止して買い占めを防ぐこと。もう一つは買い占めた穀物を、適正な価格で売りに出すよう命じることです」

仲麻呂は用意してきた答えを口にした。

「次に洛陽の義倉を開け、すべて長安に運ぶことです。それはおよそ百万石にのぼりますので、来年の春まで持ちこたえることができます」

「なるほど。それで」

「目前の飢えはそれで乗り切れると思いますが、今度の飢饉には解決すべき根本的な問題がひそんでいます。それは銅銭が大量に流通するようになり、律令制の根本である租庸調《そようちょう》の税制が崩れかけていることです。租（穀物）や調（絹織物）ではなく銭での納税を認めたために、収穫の少ない者は商人から銭を借りて税を納めるようになりました。その借銭《しゃくせん》がかさみ、永業田《えいぎょうでん》を売り払うばかりか、口分田《くぶんでん》（国から成年男子に配分された土地）の耕作権を質に取られている農民が大勢おります。そのために均田制《きんでんせい》が崩れ、耕作放棄地が増大していることが、今回の危機を招いた遠因でございます」

「確かにその通りだ。その改革案も聞きたいところだが、今は当面の対応に追われている。洛陽の義倉から百万石の穀物を運ぶのにどれほどの人手と時間がかかるかね」

「長雨で黄河が増水していますので、船を使うことができません。一両の荷車に五石を積んだとして、二十万両が必要になります」

「その荷車や馬車が、洛陽から長安まで延々と車列をなして穀物を運ぶというわけか。この雨で道は荒れ、船橋が流失している所も多いと思うが」

九齢は仲麻呂の計画の不備を鋭く指摘し、それよりもっと的確な解決策があるはずだと言った。

「申し訳ありません。今の私には……」

それ以上考えが及ばなかった。

「君は賄《まかな》いの者が食事を運んでくれなければどうする。店まで行って注文しないかね」

「ええ、先ほどそうしようと思っていました」

「それと同じだよ。長安で食えないなら、洛陽に行って食べさせてもらえばいい」

「それは……、皇帝陛下に行幸を願うということでしょうか」

「例のないことではない。陛下にご動座いただけば、お仕えしている役人や後宮の女たち、警固の軍人も動く。その数は五、六万。家族を合わせれば三十万になるだろう」

「確かに、それが可能であれば……」

仲麻呂は九齢との器のちがいを見せつけられ、冷汗が出る思いだった。

「陛下にもご同意いただき、やがて詔勅を出すことができるだろう。そこで第二の話に移るが、日本からの使者が着いたという噂は聞いたかね」

「五日前に聞きました」

「蘇州の刺史《しし》（州知事）から報告があった。使船一隻が八月三日に蘇州の港に着いた。それから二日の間に他の三隻も江水（長江）の河口に着き、刺史の銭帷正《せんいせい》と対面したそうだ」

「全員、無事でしょうか」

「そのようだ。大使は多治比真人広成《たじひのまひとひろなり》で、総勢五百九十余人という。大使とは知り合いかね」

「知り合いではありませんが、前回遣唐押使《おうし》をつとめられた多治比真人縣守《あがたもり》さまの弟だと聞いています」

「そうか。到着の報告を受けたからには、迎えの使者を出してねぎらうのが礼儀だ。君に使者に同行して蘇州まで行ってもらいたい」

「…………」

「今のような状況では、長安に使者を迎え入れることはできない。そこでしばらく蘇州で待機してもらうが、飢饉のために混乱をきたしていると言うわけにはいくまい」

九齢が苦笑まじりに打ち明けた。

「だから君に蘇州まで行ってもらい、陛下が日本を軽視しておられるわけではないことを伝えてもらいたいのだ」

「日本の使者との謁見《えっけん》は、いつ頃どこで行われるのでしょうか」

「飢饉を乗り切る目途が立たなければ何とも言えぬ。しかし遅くとも来年春までには、洛陽での暮らしも落ち着くはずだ」

今から半年以上も待たせるのである。九齢が配慮が必要だと考えるのは当然だった。

「承知いたしました。ついてはお聞き届けいただきたいことがあります」

「何かね」

「一つは日本の使者との折衝がすんだなら、長安にもどることをお許しいただきたいのでございます」

「もちろんだ。我々にとって君は重要な戦力だからね」

「もう一つは、遣唐留学生である下道真備《しもつみちのまきび》と井真成《いのまなり》も同行させてくださ い。二人なら日本の使者を上手にもてなしてくれるでしょう」

「それも認めよう。公《おおやけ》の話はここまでだ」

九齢が区切りをつけるように立ち上がり、窓の戸を広々と開けた。

庭では銀杏《いちょう》の巨木が枝を広げ、小さな実をびっしりとつけていた。

「日本の規則に従えば、君は長年の留学生活を終え、今度の使者とともに帰国しなければならないまい。それを望んでいるかね」

仲麻呂はすぐには返事ができなかった。このことについて問われると覚悟していたが、自分でも気持ちの整理がつけられないままだった。

「帰国したいのであれば、これ以上何も言うまい。しかしこのまま残りたいなら、私から日本の大使に話をして留学期間を延長してもらうことができる」

「ご配慮、ありがとうございます。まだ若晴や子供たちと相談していませんので、少し時間をお貸し下さい」

「もちろん急ぐことではない。日本の使者が帰国するまでに結論を出してくれれば良いが、私は君に残ってもらいたいと願っている。理由は二つだ」

九齢が決断を迫るように二本の指を立てた。

ひとつは傾きかけた唐の国を立て直すのに、仲麻呂の力が必要なこと。そしてもうひとつは、姪の若晴を寡婦《かふ》にしたくないことだった。

九齢との打ち合わせを終えた時には、すでに未《ひつじ》の刻（午後二時）を過ぎていた。空は再び厚い雲におおわれ、夕方を待たずに雨が降り出しそうな気配である。

仲麻呂は部下に命じて馬車の手配をさせ、家まで送るように申し付けた。

昇平坊の屋敷は左補闕に任じられた時に拝領したもので、まわりに塀をめぐらした広大な敷地を有している。その中に住居と妻の若晴が営む診療所、使用人たちが住む別棟があった。

馬車が玄関先の車寄せにつくと、従者の羽栗吉麻呂《はぐりのよしまろ》が走り出てきた。

「旦那さま、お帰りなさいませ」

仲麻呂の父船守《ふなもり》の頃から阿倍家に仕えた実直な男で、遣唐使となった仲麻呂の世話役として入唐した。以来十六年、今では知命の歳となって髪には白いものが混じっていた。

「日本の船が蘇州に着いた。四隻とも無事だそうだ」

仲麻呂は短く告げた。

「さようでございますか。噂は本当だったのでございますね」

「使者の慰労に行くように命じられた。吉麻呂も同行してくれ」

「もちろん、喜んで」

吉麻呂が目尻のしわを深くして笑みを浮かべた。

「このことを下道真備と井真成に告げねばならぬ。私は着替えをしてから行くので、この馬車に乗って真備の家に行き、真成の寮に行くように伝えてくれ」

「馬車などおそれ多い。ひとっ走り行ってきますので」

「遠慮はいらぬ。真備と寮に行く時にも使ってくれ」

仲麻呂は強引に吉麻呂を馬車に押し込み、若晴はどうしているかとたずねた。

「診療所におられます。翼さまと翔さまも手伝っておられます」

「遣唐使が来たことは私が話す。若晴たちにはしばらく黙っておいてくれ」

仲麻呂は侍女の手を借りて着替えをした。

冠と長袍を脱ぎ、作務衣《さむえ》のような動きやすい服に着替えた。そして頭巾をかぶれば、街を往来する者たちと変わらない姿になる。身も心も解放されたように感じるのは、官職にあることに責任と重圧を感じているからだった。

仲麻呂は一人で屋敷を出て、朱雀街東第五街を南に向かった。

頭上をおおう雲は厚みを増し、今にも大粒の雨が降り出しそうだが、この装束なら気にすることはなかった。

修政坊と青龍坊の間の道を西に向かっていると、正面に大慈恩寺の大雁塔《だいがんとう》がそびえていた。

高さ三十丈（約九〇メートル）もある十層の仏塔で、玄奘《げんじょう》三蔵が天竺《てんじく》（インド）から持ち帰った経典や仏像などを保存するために、唐の三代皇帝高宗が建立したものである。

当初は五層で、版築できずいた塔の表面を磚《せん》（レンガ）でおおっただけだったので、五十年ほどで倒壊してしまった。そこで高宗の妻である則天武后が、長安年間（七〇一～七〇五）にすべて磚を用いた十層の塔をきずいたのである。

仲麻呂は長安に来て初めて大雁塔を見た時、美しさと規模の大きさに圧倒された。これこそ世界の頂点に立つ大唐国の、強盛と文化の高さを示すものだと感じた。

そして長安で学んだことを日本に持ち帰り、祖国の発展に寄与《きよ》するのが自分の役目だと、体が震えるような感動を覚えたものだ。

大雁塔を見るたびにその感動がよみがえり、じっとしていられない衝動が突き上げてくる。

仲麻呂は前後に見知った者がいないことを確かめると、

「はっ」

短く息を吐いて坊の塀に向かって跳躍し、壁を蹴りざま空中で一回転して地面に降り立った。幼い頃から叩き込まれた体術は、今も体にしみついていた。

井真成は大業坊にある鴻臚寺《こうろじ》（外務省）の寮に住んでいた。

日本からばかりでなく、東は新羅《しらぎ》や渤海《ぼっかい》、北は契丹《きったん》や突厥《とっけつ》、西は吐蕃《とばん》（チベット）などから来た留学生が同じ棟に住んで勉学に励んだり、学業期間を終えて仕事に従事していた。

中でも真成は最古参で、一番日当たりのいい南東の部屋に一人で住んでいた。

真成は仕事の最中だった。木で作った等身大の人形《ひとがた》に布をかけ、新しく作る服の色目を確かめていた。

細くすらりと伸びた長身をかがめるようにして、黄色の生地の上に細長く切った赤や朱や紺の布を合わせている。いつもはひ弱に感じるやさしい顔立ちだが、仕事に没頭している姿は別人のように厳しかった。

「新しい官服を作っているのか」

仲麻呂は頃合いを見て声をかけた。

「なんだい。来てたのか」

「熱中していたんで、声をかけそびれたんだ」

「正月参賀のために内侍省の方々の服を新調するように、高力士さまから命じられたんだ」

真成が照れたように言って、いつもの弱々しげな表情にもどった。仲麻呂より二つ上の三十五歳で、尚衣局《しょういきょく》（皇帝の服飾などを担当）の主衣をつとめていた。

「この色合いだと宦官の方々かね」

「力士さまが名指しで私に命じられた。この間大食《タージー》（アラビア）の使者に贈る服の図案を描いただろう。あれを気に入って下さったようでね」

「真成の才能にはみんな注目している。とっくに尚衣奉御《ほうぎょ》（尚衣局の局長）に昇進しているべきだと言う方が多いよ」

「そんな役職、私には務まらないよ。主衣のままの方が気楽でいいんだ。現場で仕事ができるしね」

ところで今日は何の用かと、真成がさりげなく話をそらした。

「日本からの使者が蘇州に着いた。ついては相談したいことがあって、真備にも来るように知らせたんだが……」

下道真備の家も大業坊にある。妻の父である石皓然に買ってもらった家で、妻子とともに暮らしている。寮からは一里（約五四〇メートル）ほどの距離なので、自分より先に着いているると仲麻呂は思っていた。

「あの人は何かと忙しいから」

「相変わらず、経典や漢籍を買い集めているのかい」

「近頃は仏像や仏画、古文書まで買っているそうだ。日本に持ち帰れば珍重されるからね」

真成が言った直後に、

「それはちがうぞ、真成」

開きかけの戸から、真備が体をさし入れるようにして声を上げた。

「俺がそうした品々を買い集めているのは、日本の役に立つと思うからだ。決して私利私欲のためではない」

「私利私欲なんて言ってないよ。日本に持ち帰ることが重要だとは、私だって分かっている」

真成は間をはずそうと、厨房に行って茶の仕度を始めた。

「仲麻呂、今日は俺の義父《おやじ》がつまらないことで声をかけたそうだね」

「東の市の前でつかまった。私に商いのことを頼まれても何もできないけどね」

「君には絶対近付くなと釘を刺しておいたんだが、あれがソグド人の血なんだろうな。儲け話と聞くと、砂漠で水の匂いを嗅ぎつけたラクダのように近付いて来るからね」

「その件で話があって来てもらったんだ」

仲麻呂は真成が茶を持ってもどるのを待って、蘇州まで遣唐使をもてなしに行くように命じられたことを話した。

「それで君たちにも同行してもらいたいんだ」

「もちろん行くよ。こんな嬉しい役目はめったにあるもんじゃないが、左補闕の君がわざわざ蘇州まで行くとは妙な話だな」

濃い髭をたくわえた丸い顔に、真備は不審の表情を浮かべた。こうした勘の良さは、この男独特のものだった。

「荒波を乗り越えて貢物《みつぎもの》を届けに来たのだから、手厚くもてなす必要がある。張九齢さまはそうおおせられ、我々をつかわすことになされたんだ」

二人にも皇帝が動座するとは明かせない。仲麻呂は方便を使って矛先をかわした。

「遣唐大使は誰だい」

「多治比広成さまだ」

「縣守さまの弟君か。それは是非とも挨拶し、好《よしみ》を通じておく必要があるな」

真備はすでに帰国後の出世のことまで思い巡らしていた。

「真成はどう?」

「悪いけど行けないよ。蘇州まで片道一カ月はかかるだろう」

「今から行けば十月中頃に着いて、年末には長安にもどれるはずだ」

仲麻呂は行程を短めに見積もり、何とか真成を同行させようとした。

「さっきも言ったけど、正月参賀までに服を完成させなければならないんだ。とても無理だよ」

「服の図案なんか船の中でも考えられるだろう。その人形《ひとがた》も持って行けばいいじゃないか」

真備が乱暴なことを言った。

「君のような大物ならそんなことができるだろうが、私にはとても無理だ」

「じゃあ、その仕事を他の者にやらせるように、張宰相から尚衣奉御に命じてもらえよ」

「真成はこの仕事がやりたいんだ。君がそんなことを言う筋合いはないよ」

仲麻呂は間に入って話をおさめた。

「それは分かっているけど、十六年ぶりに祖国の使者が来るんだからさ」

三人は少し気まずい思いを抱えながら、黙ったまま茶を口にした。

それぞれ個性も特技も境遇もちがうが、十六年前に遣唐留学生として長安に来て以来、肩を寄せ力を合わせて苦難を乗り切ってきた。

その間につちかった信頼にはゆるぎのないものがある。嫌なことや許し難いことがあっても、こうして黙って向き合っているうちに胸の嵐がおさまっていくのだった。

「ところで仲麻呂、帰国について若晴さんに話したかね」

真備が頃合いを計って声をかけた。

「いいや。まだだよ」

「俺はもう話したが、このざまだよ」

真備が苦笑しながら腕まくりをした。

右の肩から二の腕にかけて、爪で引っかいた傷痕が網の目のようについていた。

「ひどい傷だね。春燕さんにやられたのか」

「何しろ北の女だからね。妬心《としん》炎の如しさ」

真備は弱ったと嘆きながらも、もてる男はこれだから困ると言いたげな顔をした。

「春燕さんも帰国に同意していると、石皓然から聞いたが」

「これも血なんだろうな。父親にはいたって従順で、喜んで見送ってやれと言われて素直にうなずいていたんだ。ところが昨夜、突然叫び声を上げて飛び起き、猛然と責め立て始めてね」

「そうか。それでどうするつもりかね」

仲麻呂も真備と同じ問題に直面している。若晴は春燕のように直情型ではないが、苦しみや哀しみを押し隠す性格なので、かえって話すのが辛いのだった。

「荒ぶる神には貢物《みつぎもの》さ。何とか言いくるめて帰国するしかなさそうだ。その点、若晴さんは淑女だから、聞き分けが良さそうじゃないか」

「そうもいかないよ。それに……」

張九齢から姪を寡婦にしてくれるなと言われている。そのことが仲麻呂の心に重くのしかかっていた。

「翼と翔もいることだし、別れるとなると厳しいよな。その点、井尚衣《いの》は身軽でいいじゃないか」

真備が独り身の真成に話を向けた。

「私はまだ帰れない、いや、帰らないかもしれないんだ」

「帰れないとは、どういうことだよ」

「尚衣の世界は奥が深い。君たちは経典や律令のことばかり学ぼうとしているけど、唐の文化の精髄《せいずい》は服飾にある。十年ばかり勉強したくらいでは、とても身につけることはできないよ」

「それはどういうことだろう。詳しく教えてくれないか」

仲麻呂は興味を引かれた。

「名は体を表すと言うだろう。それと同じように服は人を表すんだよ。たとえば皇帝陛下が天《てん》壇《だん》に立って天帝をあおがれる時、それにふさわしい服をまとっておられなければならない。人が皇帝になるのではなく、服飾が皇帝を仕立てるのだ」

「ちょっと待て、真成。それでは誰でも服さえまとえば皇帝になれると言うも同じではないか。そんな言葉を誰かに聞かれたら大変だぞ」

真備が真顔で止めようとした。

「真成が言っているのは根本理念についてだよ。たとえば孔子は、儀礼は音楽によって荘厳《しょうごん》されなければならないと教えている。それは音楽が天に通じる力を持っているからだ。服飾にもそんな力があると言いたいのだろう」

「そうだよ。だから儀礼の時の服は定められている。職貢図《しょくこうず》で諸蕃が来朝する時の服装が定められているのも、そうした考えにもとづいているんだ」

「その深遠なる服飾学を探究するために、真成は次の遣唐使が来るまで長安に残るというのか」

真備は信じられないと言いたげだった。

「ああ、そうしてもいいと思っている」

「君は今三十五歳だろう。次に遣唐使が来るのは二十年先なのだから、生きていられるかどうか分からないじゃないか」

「それでも学んだ成果は、日本に伝えることができる。それが天皇の御世を安泰《あんたい》ならしめるなら」

たとえ道半ばで斃《たお》れても悔いはないと真成は言い切ったが、その声は妙に力んで不自然に震えていた。


長安の坊の門は酉《とり》の刻（午後六時）には閉ざされ、それ以後は何人たりとも外出できない決まりである。

仲麻呂はそれより四半刻（約三十分）ほど前に昇平坊の自宅にもどった。庭には荷を満載した大型の荷車が二台停めてある。

積荷はどうやら小麦の俵のようだった。

空は相変わらず鉛色の厚い雲におおわれ、あたりはすでに日没時の暗さである。色鮮やかに紅葉した木々の色も失われ、山のように荷を積んだ荷車だけが、二匹の獣のように黒い影となってうずくまっていた。

「旦那さま、お帰りなされませ」

迎えに出た羽栗吉麻呂に、仲麻呂は厳しい口調で荷車のことをたずねた。

「これはどうした訳だ。出かける時にはこんな物はなかったが」

「半刻ほど前に、石皓然さまが運び込まれました。市場では高値になっているからと言って」

「こんな物を受け取ってはならぬと、常々言ってあるだろう」

「ところがこれは旦那さまにではなく、診療所への差し入れだとおっしゃるのです。生活に窮した患者たちに配ってほしいと」

「若晴は受け取ると言ったのか」

「寄付として有難く頂戴すると、受領書を出されました。石さんにも、寄付申し込みの書き付けを出すように言っておられました」

若晴も夫の立場を考え、これが賄賂《わいろ》と取られないように配慮したのだろう。だが皓然は、そんな手続きを取っただけでどうにかなる相手ではない。

「晁補闕さまのところには、小麦を潤沢《じゅんたく》に届けてありますから」

そんな風に吹聴《ふいちょう》されたら、仲麻呂は大きな負い目を背負わされるのだった。

食事の用意はすでにととのっていた。食卓には大皿に盛った拌麵《ラグメン》が置いてある。野菜と羊肉を甘辛く煮て麵にかけたもので、西域の代表的な料理だった。

仲麻呂が席に着くのを待って、若晴と翼と翔が入ってきた。若晴は細身で背が高く、長い髪を頭に巻き上げている。皇帝の侍医だった父親から医学の教えを受け、診療所を開いて貧しい者たちの治療をつづけていた。

翼と翔は数え年で十五歳になる。仲麻呂が入唐して二年後に生まれた双子の兄弟で、すでに若晴と同じくらいの背丈になっている。二人とも医師になりたいと、診療所を手伝いながら若晴から教えを受けていた。

「食事の前に庭の荷車について話をしたい。石皓然がどんな商人か知っているだろうに、どうしてあんな物を受け取ったのだ」

「お叱りを受けることは分かっていましたが、あれだけの小麦があれば多くの患者さんたちを助けることができます」

若晴は清楚で涼しげな整った顔立ちをしていた。

「それは分かるが、私の立場としては困ったことだ。それに石皓然に特別な目論見があることは、分かりそうなものではないか」

「父上、私たちもそのことについて話し合いました。お立場を損なわないように進物を受け取り、患者さんたちを助ける手立てはないかと」

兄の翼が矢面に立って母を庇おうとした。

「そうです。そこで坊正《ぼうせい》（坊の責任者）に立ち合っていただき、いったん坊の義倉に寄付したものを診療所に回していただくことにしました」

翔が兄に後れを取るまいと声を上げた。

二人とも医学生らしく髪を短く刈り込んでいるが、顔立ちの美しさは際立っている。父と母の美形を見事に受けついでいた。

「若晴、そうなのか」

「この子たちが知恵を出してくれました。石皓然さんには、坊正から受領書を出していただきました」

「あの皓然が、よく引き下がったものだな」

「どうやら皓然さんは、坊正に弱味があるようでした。それでもあなたのお許しを得るまではと、あのように荷を解かないままにしておいたのです」

「それなら結構だ。翼、翔、お手柄だったな」

仲麻呂はすっかり気持ちが軽くなり、手ずから二人に拌麵を取り分けてやった。

その夜、仲麻呂は寝室の小卓で若晴と向き合った。部屋は灯火《ともしび》でほの暗く照らされ、若晴は巻き上げていた長い髪を下ろしている。

医師や母親ではなく、一人の女にもどる時間である。その姿は出会った頃と少しも変わらないと、仲麻呂は新たな愛情が呼びさまされるのを感じた。

「今日は話しておかなければならないことがある」

そう言って二杯の酒を小卓に置いた。

白酒《バイジュウ》をぶどうの果汁で割ったもので、いつもより濃いめに作っていた。

「日本からの船が蘇州に着いた。すでに噂は聞いていると思うが」

「ええ、聞きました」

「ついては、先のことを話し合っておきたい」

辛い話になるがという言葉を、仲麻呂は白酒とともに飲み下した。

「あなたは……、どうお考えですか」

若晴が美しく澄んだ目を、薄暗の向こうから真っ直ぐに向けてきた。

「帰国したいと思っている。今度の船で帰らなければ、次に来るのは二十年先だ。それでは唐で学んだことを、祖国のために生かすことができない。日本は今、唐にならった新しい国家をきずけるかどうかの大事な時期なのだ」

「そう。そうでしょうね」

「個人としてはお前と別れたくない。この国に残って張九齢さまのもとで腕をふるってみたいという気持ちもある。だが遣唐使に選ばれた時、何があっても祖国のために尽くすと帝《みかど》に誓った。いわば日本の戦士として、唐にやって来たのだ」

「そのことは出会った頃に聞かせていただきました。だから九齢伯父さんは、あなたとの結婚に反対されたのです」

若晴が遠い目をして酒を口にした。

二人の出会いは劇的だった。唐に留学して二年目に、仲麻呂は大病をわずらった。高熱にうなされ悪寒に襲われ、明日をも知れぬ容体となった。

これを聞いた玄宗皇帝は、日本の俊英の才能を惜しみ、侍医の張宗伯《ちょうそうはく》をつかわして治療に当たらせた。宗伯は張九齢の弟で、長安随一と称された名医だった。

この配慮が効を奏し、仲麻呂は辛くも一命をとりとめ、小康状態を保つようになった。そこで宗伯は娘の若晴に代診させ、脈を取ったり薬を処方させたりした。

そのうち二人は恋仲になった。仲麻呂が十八、若晴は二つ下。二人だけの病室で若い情熱は燃え上がり、翌年には翼と翔の双子を授かったのだった。

「私も辛い。お前にすまないとも思っている。だから今日まで言い出せなかった」

「子供たちは、どうしますか」

若晴はふんぎりをつけようとして、ぶどうの果汁で割った白酒を飲み干した。

「それも話し合わなければならない」

仲麻呂が若晴を残して帰るとすれば、選択肢は三つあった。翼と翔を日本へ連れていくか、二人とも唐に残していくか、どちらか一人を日本に連れていくかである。

「あなたは、どうお考えですか」

「帰国する責任は私にある。だからお前が望むようにしてやりたい」

「本当に、それでいいんですか」

若晴が泣き出しそうな顔をした。

「二人とも医学の勉強が面白くなってきたようだ。もっと厳しく教えて、義父上《ちちうえ》のように皇帝陛下の侍医になれるようにしてくれ」

「宮廷なんかには入れません。庶民を守る市中の医師になってもらいます」

若晴の父宗伯は、五年前に皇子に毒を盛ったという疑いをかけられて西域へ追放された。それは兄の張九齢が関わる政争に巻き込まれたためで、今も生死さえ分からなかった。

「そうだな。その方がいい。私たちも和離《わり》によって別れたという届けを出しておこう」

「それは嫌です。あなたがいなくなっても、あなたの妻でいさせて下さい」

「それは駄目だ。きちんと手続きを取らなければ、翼と翔の未来に影を落とすことになる」

唐では家族円満をひときわ大事にするので、父親のいない子供や寡婦は差別的な扱いを受けることが多かった。

子供は出世や良縁に恵まれなくなるし、妻はいい条件での再婚など望むべくもないが、こうした悲劇を防ぐ方法がひとつだけあった。

それが和離の制度で、双方合意の上で問題なく離婚したと役所に届ければ、妻子が不利益な扱いを受けることはなかった。

「でも、それではわたしたちの絆が永遠に切れてしまうのですよ」

「しかし、それがお前たちにとって一番いい方法なのだ」

「わたし、あなたと別れたくない」

若晴が目を赤く泣き腫らしているのが、灯火の薄明かりの中でも分かる。

仲麻呂は側に寄って抱き締めたくなったが、比翼の鳥を描いた酒杯を黙って見つめるばかりだった。

下道（吉備）真備は弱り果てていた。

三日前、春燕は真夜中に狂乱し、右の肩から二の腕まで鷹のように鋭い爪でひっかき傷をつけた。

翌朝はいつも通り快活にふるまっていたので、怒りはおさまったかと思ったが、一昨夜も突然起き出し、真備に馬乗りになって両手で首を絞め上げた。

酔って熟睡していた真備は、我が身に何が起こったか分からないまま目を覚まし、とっさに相手を投げ飛ばした。

そして護身用の杖を持ち、賊の正体を確かめようと窓を開けた。かすかに射し込む新月の明かりで春燕だと分かった時は、不気味さに全身が鳥肌立ったものだ。

さすがに昨夜は同衾する度胸がなく、書斎に夜具を持ち込み、戸に鍵をかけて寝ることにした。そのせいか夜明け前に目が覚め、二度と眠りにつくことはできなかった。

（あれは、いったい……）

どうした訳だろうと、真備は妻の豹変に戸惑っていた。

春燕はまだ二十二歳である。気が強く、怒りや不満をはっきりと口にする質《たち》で、これまでも手こずることはあった。しかしそれはわがままとか身勝手という程度の話で、真備も大目に見てきた。

ところが帰国の話をした途端、こんな風になったのはなぜだろう。もともとそんな性格なのか、悲しみのあまり錯乱したのか、それとも何かいかがわしい魔物にとりつかれたのか……。

真備は夜明け前の闇を見つめ、途方にくれるばかりだった。

（これも勉強と思え。唐に来なければ、こんな経験もできなかったはずだ）

真備は自分に言い聞かせ、ひるむ気持ちを立て直そうとした。こうした強気と度胸と根性で、これまで数々の苦難を乗り切ってきたのだった。

やがて夜が明け、朝食の時間になった。

「旦那さま、朝餉《あさげ》の仕度ができました」

下女の桂英《けいえい》が戸を叩いた。

「分かった。すぐ行く」

真備はそう答えたが、しばらく立ち上がる決心がつかなかった。我が家の居間に出るだけなのに、猛獣の檻《おり》に入るように緊張するとは思ってもみないことだった。

真備は、若い頃に杖術の試合に出ていた頃のように丹田に力を込め、何があってもたじろぐまいと肚をすえて居間に出た。

「あなた、おはよう」

胸元の大きく開いた緋色の服を着た春燕が、にこやかに声をかけた。

あごが張っているのは玉にきずだが、くっきりした眉と生き生きとした大きな瞳、細く通った鼻筋はなかなかの美形である。何より豊かな乳房と細くくびれた腰、それに脂ののった肌の弾力に、真備は魅了されていた。

「ああ、おはよう。今日も雨だね」

それと気付かれないように春燕の額を見た。左の眉の上が赤く腫れているのは、真備が投げ飛ばした時に壁に打ちつけたからだった。

「本当に。この雨で小麦や野菜ばかりか、牛や豚まで値上がりしているのよ」

「名養《なかい》はどうした」

「顔を洗いに行ってるわ。食事の前にはちゃんと手と顔を洗う習慣をつけさせないと」

「母《マー》、洗ってきたよ」

名養は数え年で五歳になる。真備は将来出世するように、日本風に名養と名付けた。ところが体付きが大きく顔立ちは良くなったものの、頭脳の方はあまり期待できないようだった。

食卓には小麦粉をといた湯《タン》に肉だんごを入れた鍋がおかれ、西方風の薄いナンと、湯通しして魚醤《ぎょしょう》をかけた野菜がそえてあった。

すべて春燕の手作りである。他の家事は桂英に任せているのに、食事だけは欠かさず自分で作るのだった。

「おいしいね。この肉だんごの味わいは格別だよ」

真備はへたな愛想を言った。

この先、告げなければならないことがある。明後日には阿倍仲麻呂らと蘇州に行って、日本からの使者を迎えなければならないが、切り出しても大丈夫かどうか、春燕の様子をさぐろうとした。

「これは鶏肉に鴨をまぜ、豚の血で練ったものよ。少しくせがあるから、湯に酸味をきかせてみたの」

春燕は料理を誉められるのを何より喜ぶ。晴れやかな笑顔にはあどけなささえあった。

「名養も上手に食べられるようになったな。どうだ。母さんの料理はおいしいだろう」

真備は息子にまで愛想の片棒を担がせようとしたが、名養は皿におおいかぶさるようにして無言で匙《さじ》を使いつづけていた。

「ところで額の傷は大丈夫か。まだ腫れがひかないようだが」

「ええ、もう大丈夫。痛みも引いたわ」

「どうしてそんな怪我をしたんだろうね」

「寝台から落ちてぶつけたようなの。怖い夢にうなされたからでしょうね」

どうやら夢裡《むり》のことだと思っているようである。それならまだ打つ手はあると、真備は少し気が軽くなった。

「いろいろあって疲れているんだよ。しばらくみんなで実家に帰ったらどうだい」

「そうね。そうしようかしら」

「俺が義父《おやじ》に頼んでおくよ。ちょうど東の市に行く用事もあるし」

「でも、真備も気を付けた方がいいわよ」

「どうして？」

「近頃家のまわりで三匹も犬が死んでいたの。毒の入った餌を食べさせられたみたい」

春燕が片頬だけを吊り上げてにっと笑った。

雨は降りつづいている。もう一月以上も断続的に降りつづき、長安の都に大きな厄災《やくさい》をもたらしているが、それでもまだ手をゆるめてくれないようだった。

真備は正午過ぎまで様子をうかがい、雨足が弱まるのを待って東の市へ向かった。屋根つきの軽馬車をやとったが、横風が吹くたびに雨が降り込んできた。

毒の入った餌を食べさせられて犬が死んでいたから、気を付けた方がいいとは、いったいどういうことだろう。春燕は真夜中のことを覚えているのに、知らないふりをしているのではないか。

（まさか、あの春燕が）

そんな手の込んだやり方をするとは思えないと、真備はやる瀬ない思いで雨に濡れながら通りを歩く人々を見つめた。

（仲麻呂のところは、どうだろう）

若晴は聡明だし育ちもいいので、春燕のように常軌《じょうき》を逸《いっ》したことはしないだろう。真備はそう思い、ここでも差をつけられたとほぞを噬《か》んだ。


仲麻呂とは幼な馴染みである。

遣唐執節使（全権大使）をつとめた粟田真人《あわたのまひと》が、後進を育てるために開いた私塾でともに学んだ仲だった。

だが六歳下の仲麻呂に、真備は何ひとつかなわなかった。仲麻呂は名門阿倍家の御曹子なのに、真備は地方豪族の出で下級役人の息子である。

猛勉強の甲斐あって、仲麻呂とともに遣唐使に選ばれたが、長安での勉強や出世でも大きく差をつけられた。

仲麻呂は良家の子が入る太学に入学を許されたが、真備は庶民を対象とする四門学《しもんがく》にしか入れなかった。

仲麻呂は卒業後に超難関と言われる科挙の進士科に合格し、宰相の張九齢に見込まれて官吏として順調な出世をとげてきた。

真備は四門学でのずば抜けた成績が評価されて教官に抜擢されたが、まわりは牛のように凡《ぼん》庸《よう》な人間ばかりだし、唐の最新の学問に触れる機会もないので、七年前に思いきって辞職した。

そして目指したのは、朝廷の有力者の私設秘書になることだった。

そうすれば学歴や家柄に関係なく取り立ててもらえるし、唐の政治や経済、軍事などの最新の情報に触れることができる。そう思って仲麻呂から朝廷の内情を聞き出し、戸部尚書（戸部の長官）の楊崇礼《ようすうれい》に狙いをつけた。

彼は真備のように低い家柄から身を起こした苦労人で、八十過ぎの高齢にもかかわらず誰からも信任されていたからである。

真備は崇礼の屋敷に何度も押しかけ、門番に棒で叩き出される屈辱を忍びながら、ついに馬丁として雇ってもらうことに成功した。

そして崇礼の出勤や外出の供をしているうちに学職と才覚を認められ、徐々に重用してもらうようになった。

（出世の糸口をつかむためには、どんな手だろうと使ってやる）

真備がそう決意したのは、仲麻呂のような天才と間近に接し、事あるごとに力の差を見せつけられてきたからだった――。


東の市の南門に着く頃には、雨は再び本降りになった。

市場には許可された者以外馬車を乗り入れることはできないので、真備は馬丁に銭を握らせて待っているように頼んだ。

「四半刻もかかるまい。馬に飼葉《かいば》でもやっていてくれ」

油紙を張った傘をさして歩き出すと、雨がバリバリと音を立てて打ちつけた。

石皓然の店は十字路に面した一等地にあった。まわりの十軒ばかりはすべて営州（遼寧省朝陽市）の出身者で、店先の棚には北方の特産品を並べていた。

その中で珍重されているのは、鎌《かま》や鍬《くわ》などの鉄製品である。営州では渤海から鉄を買い入れ、加工に長けた鍛冶《かじ》職人を使って製品を作っている。

次に有力なのは東北の森や川で獲れる獣皮で、中でも貂《テン》の毛皮は驚くほどの高価で取り引きされていた。

そうした品々は営州から幽州《ゆうしゅう》（北京）に集められ、隋の煬帝《ようだい》が開削した永済渠《えいさいきょ》の水運によって洛陽や長安に運ばれるのだった。

さすがにこの天気では買い物客も少ない。真備は雨に追い立てられるようにして、ひときわ立派な構えをした皓然の店に駆け込んだ。

「これは婿どの。このような日に何のご用ですかな」

皓然が店の奥から顔を出した。

西域風の彫りの深い顔を赤くして、白酒の甘ったるい匂いをふりまいていた。

「義父《おやじ》どのに頼みがあって来た」

「これでは商売が上がったりなので、奥で骨休めをしておりました。一緒にいかがですか」

「残念だが外に馬車を待たせている。酒は明日我が家でゆっくりと酌み交わそう」

「もしや、娘に何か不都合がありましたか」

「その通りだ。先日は帰国に同意しておきながら、急に乱暴を働くようになった」

真備はこの三日間の春燕の様子をつぶさに語り、これはどうした訳だと問いただした。

「そうですか。あれにもそんな所がありましたか」

皓然は売りつけた子牛に不備があった時のような物言いをした。

「あれにも、とはどういうことだ」

「春燕の母親も、同じ病を持っていたのですよ」

「やはり病なのか、あれは」

「嫉妬や絶望のあまり、神経の発作が起きるようでございます。実は母親は突厥の出でございましてね」

「縁談を持ち込まれた時に、その話は聞いている」

春燕は側室にした突厥人との間に生まれました。皓然はそう打ち明け、正室の子ではないので持参金を三割増しにさせていただくと言った。

突厥とは唐の北方に住んでいる遊牧民である。もともとアルタイ山脈の南西にいて、柔然《じゅうぜん》に服属していた。

彼らには特殊な技能があった。小アジアのヒッタイトで始まったという製鉄技術を身につけていて、柔然に鍛鉄奴隷として仕える間に勢力を拡大していった。

そしてついに柔然を滅ぼし、契丹を討ち、西はアルタイ山脈から東は大興安嶺《だいこうあんれい》にまたがる広大な国家をきずいた。

西暦五八三年に国は東西に分裂し、やがて唐の支配下に組み込まれていくが、突厥人は昔と変わらぬ遊牧生活を営み、優秀な鍛鉄技術を受け継いでいる。

これに目をつけた石皓然は、突厥の部族長から鍛鉄職人を借り受け、渤海から仕入れた鉄を加工させることにした。そこで親交を深めるために、部族長の娘を妻にすることで義理の親子になったのである。

「あれはもう十年以上も前の話ですが、それがしめが若い側室をもうけた時、春燕の母親もそのような状態におちいりました。最初は傷を負わせ、次には首を絞め、最後は毒まで使おうとしたんですから、空恐ろしい話ではありませんか」

「ど、毒だと」

「はい。ひと嚙みで猛牛さえ倒すという蛇の毒で、あやうくあの世に送られるところでございました」

「それで、どうしたのだ」

三匹の犬が毒殺されたという話を思い出し、真備はごくりと生唾を呑んだ。

「部族長のもとに送り返せば角が立ちますので、どうしたものかと思い悩んでいたのですが、捨てる神あれば拾う神ですな。鉄を売りに来た渤海の商人が一目で妻を気に入り、是非ともゆずってくれと言うのです。しかも莫大な結納金までくれると言うので、喜んで嫁に出しました」

「それなら春燕を引き取り、俺が帰国した後に再婚させてくれ」

むろん嫁入りの時の持参金は返すし、詫び料も払う。真備は気が楽になって、遠慮のない申し出をした。

「とんでもない。下道さまはやがて日本を背負って立つお方になられると見込んで、親子の縁を結ばせていただいたのでございます。今後もこの縁を大事にしたいばかりで、持参金や詫び料をいただくつもりはありません」

「それはこちらも望むところだ。それなら明日にも春燕と名養を引き取りに来てもらいたい」

「承知いたしました。嫁入りの時と同じように銀の馬車を仕立てて迎えに参りましょう。ただし、ひとつだけ」

聞き届けてもらいたいことがあると、皓然が長い指を立てた。

「な、何かな」

「下道さまは明後日、日本の使者を迎えに蘇州に行かれるのでございましょう」

「ああ、だから早く二人を引き取ってもらいたいのだ」

「それなら日本の大使にお願いして、買い付けていただきたいものがございます」

「それは無理だ。晁衡（仲麻呂）も言ったと思うが、公《おおやけ》の積荷を商人に横流しすることはできぬ」

「それは存じております。ですから砂金や絁《あしぎぬ》を買いたいとは申しませぬ。船の底荷を少しだけお譲りいただきたいのでございます」

底荷とは船の安定を保つために船底に積み込む重しのことで、九州や五島列島で硫黄を積み込んでいた。火山の少ない中国では、良質の硫黄は驚くほどの高値で取り引きされていたからである。

「相手は遣唐大使さまだぞ。俺の立場で、そんなことが言い出せると思うか」

「言い出せますとも。この石皓然の娘婿なのですから、言い出していただかなければ困ります」

「無理だ。俺はお前ではない」

「要するに相手も得になればいいのでございましょう」

皓然が一気に説得にかかった。

「もし日本の硫黄を売っていただけるなら、同じ重さの鉄製品と交換いたしましょう。剣でも矛でも楯でも」

「まことか」

真備は興味を引かれた。日本ではまだ青銅の刀や楯が使われている。唐の優れた鉄製品を持ち帰れば、遣唐大使の手柄にもなるはずだった。

「しかし、それでは皓然の儲けにはなるまい」

「儲けにならなくても構いません。これは婿どのの帰国の餞《はなむけ》でございますから」

「嘘をつけ」

お前がそのような殊勝な玉かと言いたかった。

「何をおおせられますか。我らは先祖代々、この大陸を股にかけて商いをしております。そのためには人と人との信頼が何より大切だと、骨身にしみて分かっているのでございます」

皓然は明らかに何かを隠している。だが大事な婿どのにも、それを明かそうとはしなかった。

真備は門の外に待たせた馬車に乗って家に向かった。

雨は小降りになっている。今のうちに家に帰るべきだと思うものの、春燕と顔をつき合わせるのがおっくうだった。

あれは病気でも憑《つ》き物でもない。真備を脅して帰国を諦めさせようとしているのだ。そう思うと腹が立つ。朱雀街東第三街の角にさしかかった時、その怒りは真備の気持ちをあらぬ方《かた》へ向けさせた。

「このまま北に向かい、北里《ほくり》の手前で車を停めてくれ」

北里は長安でも名を知られた遊郭で、朝廷の名士や文人墨客も出入りしている。今夜はなじみの店に泊まり、明日石皓然が春燕たちを連れ去った後に帰宅することにした。

(薄情なようだが、お互いさまだ)

真備は平康坊の東門で馬車を停め、今夜は楊崇礼さまの屋敷で仕事があるから帰らないと、馬丁に春燕への言伝を頼んだ。

まずは白酒を一杯やりながら腹ごしらえをしようと、鳴珂曲《めいかきょく》（曲は小路のこと）の羊肉屋に向かった。店の主人は西域の疏勒《そろく》（カシュガル）の出身で、干し肉にして現地から取り寄せた羊の串焼《シシカバブ》は絶品だった。

鳴珂曲の店には、酌をしたり夜をひさぐ女たちもいる。妖しげな雰囲気がただよう夕暮れ間近の小路には、鼻の下を伸ばした男どもが、灯火に集まる蛾《が》のように行き交っていた。

真備はこの界隈《かいわい》ではちょっとした顔である。

宰相をつとめ人望もあった楊崇礼の供をして出入りしているからだ。それに東の市に店を構える石皓然の娘婿だと知られていて、勘定の取りはぐれはないと思われていた。

真備は羊の串焼をつまみに白酒を三杯飲み、ほろ酔いで店を出た。さて今夜は琵琶の名手か詩吟の上手か、どの娘《こ》のところに上がろうかと思いながら通りを歩いていると、前方の店から二人連れが出てきた。

一人は井真成である。もう一人はつばの広い帽子をかぶった初老の男で、真成の腕をがっちりとつかんで歩いていく。

真備ははっとして後を尾《つ》けた。真成がこんな所に出入りするとは意外だし、何か嫌々付き合わされている感じである。それに初老の男とは、どこかで会ったことがある気がした。

二人は北里に入っていった。広々とした道の両側に二階屋が建ち並び、ぽつぽつと門灯に火を入れ始めている。

その明かりの下に長い髪を高々と結い上げ、あでやかな服を着た遊女たちが立ち、脂粉《しふん》の匂いをまき散らしながら手招きをしている。

真成はこんな場所には慣《な》れていないようで、後ろから見ても尻ごみしているのが分かったが、連れの男が有無を言わさず引きずっていく。

（あの野郎、まだ女を知らないんじゃなかろうか）

こいつは見物《みもの》だと、真備は意地の悪い興味をかき立てられたが、二人は女たちの街を通り過ぎて、宮殿のように壮麗な家が建ち並ぶ南曲（南曲輪）の通りに入っていった。

北里でも指折りの女たちを集めた料亭街である。客の多くは朝廷の名士たちで、真備も楊崇礼の供をして一度だけ入ったことがあった。

そうした中でもひときわ立派な花影楼の門前で二人は立ち止まり、門番らしい屈強の男に何かを告げている。

驚きと不安に、真備の酔いは一度にさめた。花影楼は上位の宦官たちが通う料亭である。中でも一番の常連は高力士だと言われている。

そんな店に真成が何の用があるのかといぶかっていると、連れの男の顔が門灯に照らされてはっきりと見えた。

大宝二年（七〇二）の遣唐使の一員だった、破戒僧弁正《べんしょう》だった。

開元二十一年（七三三）九月四日、阿倍仲麻呂らは二両の馬車をつらねて興慶宮を出発した。前の馬車には、玄宗皇帝が日本からの使者を迎えるためにつかわした通事舎人《つうじしゃじん》韋景先《いけいせん》の一行が乗っている。

後ろの馬車には、仲麻呂と従者の羽栗吉麻呂、そして下道真備の三人が乗り、蘇州までの長い旅にそなえて腰の下に柔らかい敷物を当てていた。

二両の馬車の前後には十人ずつの歩兵が警固につき、興慶宮前の通りを春明門に向かっていく。この日もあいにくの雨だったが、通りには多くの者たちが列をなして見送りに出ていた。

皇帝の使者が城門を出る時には、祝いの餅（胡餅《こへい》）が配られる。雨にもかかわらずこれだけ大勢が沿道に出ているのは、その餅にありつきたいからだ。

その多くは汚れた衣服をまとい、傘を持つ者は少ない。長引く飢饉は下層の者たちの足元まで迫り、困窮の淵《ふち》に引きずり込もうとしていた。

昔は長安から黄河までは広通渠《こうつうきょ》という運河が通じていて、舟を用いることができた。だが、今は砂に埋もれて使えなくなったので、運河ぞいの道を東に向かうしかなかった。

「このまま馬車で行けば、蘇州まで一月以上かかるだろう」

真備が一面のぬかるみとなった道を、うんざりしたようにながめた。

「河南道の汴州《べんしゅう》（開封）からは通済渠《つうさいきょ》（運河）が通じている。旅の間に雨がやめば、舟を使えるかもしれない」

「汴州までは、何日かかる」

「道路の状況にもよるが、半月ほどで着くはずだ」

仲麻呂はこれまで二度、蘇州に行ったことがある。だが、いずれも官船を用いての旅だったので、今度の参考にはならなかった。

一行はやがて運河ぞいを離れ、山中の道に分け入っていった。

この山地が東から来る外敵から長安を守る要害で、平野への出口には潼関《どうかん》という巨大な関門がきずかれていた。

後に杜甫《とほ》は、『潼関吏』という詩の中で次のように歌っている。

士卒何ぞ草々たる　城を築く潼関の道
大城は鉄も如かず　小城は万丈《まんじょう》の余

大城とは石塁をきずき城郭を載せた関門のことである。

小城とは関門から長安に向かう道の両側の尾根に配した端城《はじろ》で、ここから敵に矢を射かけて進撃をはばむようになっていた。

長安から潼関までは三百里（約一六〇キロ）。今回の馬車の行程は一日百里と定められている。仲麻呂の一行は三日目に潼関に着いて人馬の足を休め、翌朝の開門とともに洛陽をめざした。

潼関は皇帝が支配する聖なる空間と俗界を分ける境でもある。仲麻呂も真備もそのことは常々感じていて、潼関を出ると肩の荷が下りたような解放感を覚えた。

「どうだ。潼関を出たことを祝して一杯やろうじゃないか」

真備が書物を詰め込んだ雑嚢《ざつのう》の中から、白酒の瓶と杯を取り出した。

「私はいいよ。かわりに吉麻呂が飲んでくれ」

仲麻呂は白酒を生《き》で飲むほど酒が好きではない。それに前途は多難で、酔う気分にはなれなかった。

「そうか。それなら無理には勧めないが」

真備は残念そうに酒を仕舞い込み、こうして黄河ぞいの道を進んでいると十六年前に唐に来た時のことを思い出すと言った。

「あの時は唐の国土の大きさや、進んだ文明に圧倒されたものだ。何しろ日本は東のはての島国で、多くの国民は文字も書けないんだからな」

「確かに、洛陽や長安を見た時には圧倒されたよ。平城京や大宰府は立派な町だと思っていたが、井の中の蛙《かわず》だと痛感したものだ」

「お前はすでに唐の言葉を完璧に話せたじゃないか。ところが俺は」

四声の発音がどうしてもできなかったと、真備がうらめし気に仲麻呂をにらんだ。

「その分真備は体力があり、唐に渡る時にも船酔いをしなかった。ところが私は体が弱くて、食物ばかりか水にも中《あた》る有り様で、留学期間を無事に乗り切れるか不安だったよ」

「そうかもしれないが、吉麻呂が何かと面倒を見ていただろう。それに病気になったお陰で、若晴さんのような素晴らしい女性に出会うことができたじゃないか」

「まあ、それはそうだけど」

仲麻呂は不本意ながら矛を収めた。言い合いとなると、真備の押しの強さにはかなわなかった。

「ところで若晴さんとの話はついた？　帰国に同意してもらえたかい」

「ああ、翼と翔は長安に残すし、和離の届けも出すことにした。そちらは、どう」

「さんざんだったよ。出発の前日、出かけている間に石皓然に引き取ってもらうつもりだった。ところが迎えに来ると約束するまではここを動かないと、夕方まで家に居座ってやがった」

「春燕さんは気性が激しいからな」

「仕方がないんで、帰国して落ち着いたら皓然に連絡し、二人を日本に送り届けてもらうことにしたよ」

営州を拠点に手広く商いをしている皓然は、渤海湾から黄海へと船を出し、島々を拠点にして新羅や日本の商人と密貿易をしている。

春燕を真備に嫁がせたのは、将来真備が日本で出世し、商いの便宜をはかってくれるようになると見込んでのことだった。

「今は新羅が取り締まりを厳しくしているから、なかなか船を出せないんじゃないかな」

「たとえ口約束でも、春燕が納得してくれればいいんだよ。ついては、ひとつ相談だが」

真備は皓然から硫黄の取引を持ちかけられていることを仲麻呂に話して協力を得たかった

が、厚かましすぎるようでさすがに口にはできなかった。

　潼関を出てからは、雨がぴたりとやんでいる。道は乾いて馬車の車輪の音も軽やかだし、沿道の田では春播き小麦の収穫が終わっていた。

「相談って、何？」

「井真成のことだよ。ちょっと気になることがあるんだ。北里で井真成を見かけたことを語った」

　真備はとっさに話の向きを変え、北里で井真成を見かけたことを語った。

「そんな話、真成から聞いたこともないよ。見間違いじゃないの」

　真備が話をそらしたことを、仲麻呂は内心感じ取っている。君とちがって、真成はそんな遊びはしないと言いたかった。

「俺はこの目ではっきりと見たんだ。しかも、思いがけない連れがいたんだぜ」

「誰だい」

「弁正さ。大宝二年（七〇二）に粟田真人さまたちと唐に渡った」

「弁正どのとは我々が唐に渡った当初に会ったが、それ以後行方が知れないと聞いている。それこそ十六年も前の話じゃないか」

　弁正は大宝二年の遣唐使に留学僧として選ばれた。囲碁の上手で、玄宗皇帝がまだ部屋住みの皇子だった頃から対局を命じられていた。

　ところが入唐三年目に妻《めと》を娶り、破戒《はかい》の罪で僧籍を剝奪《はくだつ》されて俗人となった。その後も興慶宮にひんぱんに出入りしていたというが、養老元年（七一七）の遣唐使船に乗って帰国しようとはしなかった。

唐で生まれた息子の秦朝元《はたのあさもと》だけを船に乗せてくれるように頼むと、誰にも理由を告げずに姿を消したのである。

「北里で弁正を見かけた時は、誰だか分からなかった。ところがどこかで会ったことがあるような気がして、二人の後を尾けたんだ。そうしたら、どこへ行ったと思う」

「その口ぶりでは、普通の店ではなさそうだな」

「北里の遊郭街を抜けて料亭街に行き、花影楼に入ったのさ。あの店の馬鹿でかい門灯に顔が照らされたんで、弁正だと分かったんだよ」

「花影楼といえば、高力士さまの」

「そうだよ。高級宦官の溜り場だろう。どうして真成がそんな店に入っていくのか分からなくてさ」

真備は翌日、鴻臚寺の寮を訪ねて真成に事情をたずねた。ところが真成は花影楼に行ったことは認めたものの、同行したのが弁正だとは頑《がん》として認めなかった。

「あれは尚衣局の採寸師で、新しい官服を作るために高力士さまの寸法を取りに行ったというんだ。真っ青な顔をして」

「真っ青とは、どういうことだよ」

「決まっているだろう。知られたくないことを知られたってことだ」

「確かに北里にいたとは意外だけど、真成が言う通りかもしれないじゃないか」

「俺が弁正を見間違えたって言うのか」

「もう十数年も会っていないんだ。その可能性だってあるだろう」

「俺はなあ、仲麻呂。学問でも語学でも武術でもお前には及ばないが、目と耳と勘だけは上だと自負している。なぜだか分かるか」

真備が金壺眼《かなつぼまなこ》に怒りの色を浮かべて、仲麻呂を正面から見据えた。

「吉備《きび》の下級役人の家に生まれ、都で苦労するうちに、人はいかに薄情で残酷なものか、身をもって知っているからだ。それが名家《めいか》に生まれ、何不自由なく育ったお前との決定的なちがいだよ」

「それなら聞くが、どうして真成は青くなったと、真備は思っているのかね」

「理由は三つ考えられる。ひとつは弁正と親しくしていることを知られたくなかったこと。ひとつは花影楼に行ったのは、官服の採寸のためではなかったこと。そしてもうひとつは、弁正の手引きで真成が宦官たちと良からぬ関係を持っていることだ」

「良からぬ関係……」

仲麻呂はそうくり返し、口の中に汚物でも押し込まれた気がした。

宦官たちは後宮で職を得るために去勢するが、愛や性の欲望と無縁になったわけではない。後宮の女官と通じたり、美少年を相手にしたり、宦官同士で親密になることもあって、関係が発覚して杖殺《じょうさつ》（杖で打ち殺す刑）されることもあるのだった。

「真成は嫌々ながら弁正に引きずられていく様子だった。それに花影楼は尚衣局の主衣が立ち入れるような店ではない。それは、お前も知っているはずだ」

「いったい、何の用があったんだろうね」

真成は繊細で誠実で心優しい男である。何か良からぬことに巻き込まれたのなら、どれほど苦しい思いをしているだろう。仲麻呂はそう思い、早く帰って手を差し伸べてやりたくなった。


潼関から洛陽までは五百五十里（約二九〇キロ）で、馬車で六日の行程である。洛陽から蘇州までは、二千五百里もの距離があった。

洛陽で警固の歩兵がそっくり代わった。

馬も一日ごとに宿駅で交替させた。後に日本にも取り入れられる駅伝の制が、中国ではすでに五百年も前から整備してあった。

仲麻呂らは車中の窮屈や尻や腰の痛みに耐えながら馬車の旅をつづけ、黄河下流域の汴《べん》州（開封）に着いた。

幸い黄河は大雨による増水から立ち直り、通済渠の舟便を使うことができた。

「助かった。蘇州まで馬車で行けば、尻の皮がかかとのようになっただろうよ」

真備は船着場の前で馬車を下り、大きく背伸びをした。

仲麻呂も腰への負担をかなり感じている。ところが従者の羽栗吉麻呂はくたびれた風もなく、仲麻呂ばかりか真備の世話まで焼いていた。

「吉麻呂、俺よりひと回りも年上なのに、どうしてそんなに元気なのだ」

真備は素直に感心していた。

「しっかり旦那さまのお世話をするように、奥さまから申しつかっております。それにもうすぐ日本の使者の方々と会えるのですから」

吉麻呂は喜々として馬車から荷物を下ろし、舟に積み替えるように警固の兵たちに指示をした。

運河は幅十丈（約三〇メートル）、深さ三丈ほどもある巨大なもので、黄河との間に水門をもうけて入水量を調整できるようにしてあった。

黄河と淮水を結ぶために隋の煬帝が完成させたものだが、すでに三国時代から中国の穀倉地帯である南部と、政治の中心地である北部を運河で結ぶ計画があった。

煬帝はその計画を受け継ぎ、西暦六〇五年には通済渠、六〇八年には黄河と幽州（北京）を結ぶ永済渠を完成させた。

全長はおよそ二五〇〇キロ。工事には二百万とも三百万とも言われる人々が使役され、それに対する庶民の不満が隋国滅亡の原因になった。

だが運河はその後も長く維持され、南北の経済と人流を結ぶ大動脈になったのだった。

第一舟には皇帝の使者である韋景先《いけいせん》らが乗り、仲麻呂らは第二舟に乗って蘇州をめざした。

舟には屋根がついていて、人が二列に座ることができるほど幅が広い。仲麻呂と真備の席は桟敷のようにしてあり、体を横たえることができた。

舳先には長い綱がかけられ、舟曳きたちが運河ぞいの道を引いていく。

三日、四日、五日と舟に揺られていると、まわりの風景が少しずつ変わっていく。黄土がふり積もった大地から、赤土の多い湿地が目立つようになり、木々や草花の植生も豊かになる。運河のほとりには五十里ばかりの間を空けて村々があり、小麦や米、塩などを保管する倉庫が設置されていた。

やがて淮水が近くなると、百隻ばかりの舟を数珠つなぎにした一行とすれちがった。

「仲麻呂、あれを見ろよ」

真備が驚きの声を上げた。

先頭から末尾まで三十丈（約九〇メートル）ばかりの長さに舟が連なり、一直線になって整然と進んでいく。曳いているのは人ではなく二頭の黒い牛だった。

「あれは塩船だよ。淮水の河口一帯で作った塩を洛陽や長安に運んでいるんだ」

淮水から江水（長江）までは邗溝《かんこう》という運河が通じている。ここを三日がかりで下ると、目の前に雲をつく高さの塔がそびえていた。

揚州大明寺の栖霊塔《せいれいとう》で、九層の屋根を幾何学的に重ねた美しい形である。

隋代の仁寿元年（六〇一）に江水を行き交う舟の目印になるように建てたもので、長安の大雁塔に匹敵する高さがあった。

後に仲麻呂の親友になる李白《りはく》もこの塔に登り、『秋日登揚州栖霊塔』（秋日に揚州の栖霊塔に登る）という詩を残している。

〈宝塔は蒼々《そうそう》を凌《しの》ぎ　登攀《とうはん》して四荒《しこう》を覧《み》る〉

塔は青空を凌駕し、登れば世界の果てまで見渡すことができるという書き出しが、栖霊塔の雄大さを描き出している。

日本に律宗を伝えた鑑真和上《がんじんわじょう》も大明寺で修行しているが、仲麻呂や真備が和上の招聘《しょうへい》に深く関わるのは、これから二十年後のことである。


揚州からさらに南に下れば江水（長江）に出る。江水の河口に向かうと、南岸に蘇州の主要港である黄泗浦《こうしほ》がある。ここが日本の遣唐使船の寄港地で、多治比広成を大使とする一行は港の近くの宿所に滞在していた。

仲麻呂らはまず、港を管理する蘇州の出張所を訪ねた。この日に到着することを知らせていたので、蘇州刺史の銭帷正が出迎えるだろうと思っていたが、

「銭さまは所用があって州庁にとどまっておられます」

港湾管理を任された元鴻《げんこう》という初老の役人が言った。

「我らはお上（皇帝）の使者としてやってきた。出迎えぬとは不届きではないか」

温厚な韋景先が気色ばんで理由をたずねた。

「申し訳ありませんが、詳しいことは聞いておりません。お許しなされて下さいませ」

「それでは日本の使者の所に案内してもらおう」

「ははっ、こちらでございます」

遣唐使の宿所は役所と渡り廊下で結ばれていて、二階の広々とした部屋に一行が待ち受けて

いた。

遣唐大使多治比広成、副使中臣名代《なかとみのなしろ》、判官平群広成《へぐりのひろなり》ら八名で、その中には弁正の息子の秦朝元もいた。

「皆さま、お待たせいたしました」

元鴻が景先と仲麻呂、真備を皆に引き合わせた。

景先は皇帝の使者で従五品の高官なので、浅緋色の立派な装束をまとっているが、遣唐使たちの注目は仲麻呂一人に集まった。科挙の進士科に合格し、皇帝に重用されているという情報は日本にも伝わっていた。

「皇帝陛下のお言葉を伝えます」

景先がうやうやしく勅書を読み上げた。

「万里の波濤《はとう》を越えてわが国に至り、朝貢《ちょうこう》の誠を尽くそうとする日本国王の志《こころざし》はまことに殊《しゅ》勝《しょう》である。その命をおびて来訪した使者の一行を朕《ちん》は手厚くもてなし、滞在中の一切の費用を弁じ、保護を加えるように計らうものである」

景先は勅書と下賜の品々を多治比広成に渡し、陛下は現在多方面での仕事に忙殺されておられるので、沙汰があるまで当地で待つように告げた。

「恐れながら、いつ頃上京をお許しいただけるのでございましょうか」

「その件については晁衡どの、いや、阿倍仲麻呂どのにたずねるがよい」

そう告げると、景先は元鴻を従えて早々に出張所にもどっていった。

日本人だけとなると、皆の緊張がふっと解けた。仲麻呂も椅子に座り、懐かしい祖国の空気をまとった一行をじっくりと見回した。

「仲麻呂どの、真備どの、まずは我らの顔と名を覚えて下され」

多治比広成が八人の名前と略歴を記した紙を差し出した。

広成は仲麻呂らが入唐した時に遣唐押使をつとめた多治比縣守の弟である。略歴には北陸諸国の按察使《あんさつし》をつとめ、従四位下に叙されたとある。年は五十五歳だった。

副使の中臣名代は従五位上で四十一歳。判官の平群広成は従五位下で三十五歳。秦朝元は外従五位下。年は三十だから、弁正が入唐して二年目に生まれたことになる。

(どうだ)

朝元は弁正に似ているかと、仲麻呂は真備に目配せをしてたずねた。

(ああ、よく似ている)

真備も目の動きだけでそう伝えた。

顔合わせを終えると、相談があると大使と副使が部屋に残った。

「実は蘇州刺史の銭帷正さまと行き違いを起こしております」

多治比広成が苦渋の表情でいきさつを語った。

蘇州に着いた広成らは、入唐の挨拶のために州庁を訪ね、刺史への献上品を渡して皇帝への取り次ぎを頼もうとした。砂金や絁《あしぎぬ》、倭錦《やまとにしき》と呼ばれる絹織物などだが、帷正はこのような品々より遣唐使船に積んでいる硫黄が欲しいと言った。

「硫黄ですって」

真備が飛び上がらんばかりに驚いた。

「ご存じと思いますが、船を安定させるための底荷として、大宝二年（七〇二）の遣唐使船から硫黄を積み込むようになりました」

実はこの頃から日本の硫黄が唐で注目され、高く売れるようになった。きっかけは白村江《はくそんこう》の戦いである。

天智二年（六六三）に日本が唐と新羅の連合軍に大敗したこの戦いで、阿倍比羅夫《あべのひらふ》がひきいる水軍は硫黄を使った火矢を用い、唐の艦船に大きな被害を与えた。

硫黄をまぶした布を矢尻に巻いて火をつけると、宙を飛ぶ時も消えないし、船に命中してから勢い良く燃え上がるからである。

そこで唐でも注目されるようになったが、反乱軍に奪われることを危惧した唐の朝廷は、日本からの貢物として硫黄が持ち込まれることを喜ばなかった。

「そのために硫黄は底荷として積んだまま、船が座礁したり遭難した場合に銭に代え、身を守るために使うように定められております。ところが銭帷正さまは硫黄を献上せよと命じられ、断るなら今後一切協力はしないとおおせられたのです」

「そうですか。銭刺史が来なかったのはそのためですね」

仲麻呂はようやく事態を理解した。

中央から遠く離れた土地に赴任《ふにん》した役人たちは、朝廷の目が届かないことをいいことに、私腹を肥やしたり横暴を働いたりするのだった。

「しかし協力しないとは銭刺史の脅しです。日本の使者が到着したという報告は朝廷に届いていますが、長安まで片道一カ月ちかくかかるのです」

「それは日本で学んできましたが、あのように剣呑《けんのん》にされるとは思ってもいませんでしたので」

報告さえしていないのではないかと、不安な日々を過ごしていたという。

「陛下は皆さまの到着を喜ばれ、さっそく韋景先どのをつかわされました。ただ、長安は七月からの長雨で大きな被害を受けております。ですからしばらくは、都に迎えることができないのです」

「それをうかがって安心しました。しかし銭帷正さまは、どうしてあれほど硫黄にこだわっておられるのでしょうか」

大使の広成が辟易したようにたずねた。

「それは高値で売れるからでしょう」

真備が思わず口走り、東の市の商人から聞いた話だがと、言い訳がましく付け加えた。

「石皓然からかね」

仲麻呂がたずねた。

「ああ、何とかできないかと泣きつかれた」

「それは北方の政情が緊迫してきたからだよ。営州《えいしゅう》都督《ととく》の張守珪《ちょうしゅけい》どのが硫黄を求めておられるとは、朝廷にも伝わっている」

事は唐王朝の東アジア政策に関わっていた。

この年、開元二十一年（七三三）の春には、玄宗皇帝は渤海《ぼっかい》王大武芸《だいぶげい》を討つために、幽州《ゆうしゅう》（北京）節度使に出兵を命じた。また新羅にも使者をつかわし、南から渤海を攻めるように命じたが、例年にない大雪に進路をはばまれ、多くの兵を失って敗退する結果に終わった。

しかも大武芸に呼応して契丹《きったん》と突厥《とっけつ》が幽州に攻めて来たために、幽州節度使の薛楚玉《せつそぎょく》は一万余の精兵を派遣して討伐に当たらせたが、大将以下全員が討ち取られる惨敗をきっした。

そこで玄宗皇帝は、吐蕃《とばん》（チベット）などとの戦いで数々の戦功を上げた名将張守珪を営州都督に任じ、形勢の挽回をはかろうとした。守珪は営州に赴任すると、真っ先に硫黄を求め始めたのだった。

「なるほど。敵の騎馬軍団に火矢をあびせて追い払おうという計略か」

真備は軍事面の研究もしていて、孫子の兵法にも精通していた。

「それもあるかもしれないが、むしろ狼煙《のろし》に使いたいようだ。硫黄を混ぜれば、従来の狼煙より色もはっきりするし遠くから見えるようになる」

「狼煙の精度を上げて、契丹や突厥の軍勢の動きをいち早くつかもうという訳だな」

「幽州の軍勢が全滅させられたのは、敵の動きに気付かないまま前後を包囲されたからだそうだ。その原因は狼煙台の連絡網に不備があったからだと、張守珪どのはいち早く見抜かれたのだ」

「しかし、朝廷は硫黄の買い入れを禁じているんだろう。さっき多治比さまも、そうおおせられたじゃないか」

「ところが国を守るためとあれば仕方がない。張守珪どのに限って、買い入れを許可すること
になりそうだ」

「石皓然があれほど硫黄を欲しがったのは、張守珪どのに取り入るためだったのか」

真備はようやく事の真相を理解し、皓然のしたたかさに舌を巻いた。

「お陰で事情は分かりましたが、定めに背いて硫黄を売ることはできません。何とか銭刺史さ
まとの仲を取り持っていただけないでしょうか」

広成が仲麻呂に救いを求めた。

「承知しました。銭刺史に書状を送って、事情を説明しておきましょう」

「ありがとうございます。ところで阿倍船人《あべのふなびと》どのは、仲麻呂どのの叔父にあたられるそうです
ね」

「ええ。父船守《ふなもり》の弟です」

「今度も一号船の船長《ふなおさ》をつとめておられます。私と同じ年頃ですが、はるかに活力に満ちてお
られる」

「叔父が港にいるのですか」

「おられます。聞きしに勝る見事な操船で、我々は揺り籠に乗ったように安心して海を渡るこ
とができました」

「おい、仲麻呂。行こうや。早く行って、船人どのに元気なところを見てもらおう」

真備は居ても立ってもいられないようだった。

仲麻呂と真備、それに羽栗吉麻呂は二里（約一〇六〇メートル）ほど離れた港に向かった。江水（長江）ぞいの広々とした景色は、十六年前に入唐した時と変わらない。懐かしみながらゆっくり歩くつもりだったが、船人との再会を期していつしか急ぎ足になっていた。

港には四隻の遣唐使船が並んで停泊していた。船体を白、船縁を朱色に塗った船が艫綱《ともづな》につながれている。

長さはおよそ十丈（約三〇メートル）、幅三丈ばかりである。決して大型とは言えないが、舳先の水押《みおし》を鋭くし、船側の板を鎧張《よろいば》りにした船は、仲麻呂たちが乗ってきた船より機能性を増したようだった。

船人は一号船にいた。多くの遣唐使や船員たちは、元鴻が手配した船宿に泊まっていたが、船人は入唐以来ずっと船で暮らしていた。

日よけの帽子をかぶって舳先の横板に座り、竿を出して釣り糸をたれていた。

「船人叔父さん」

そう叫びかけると、一瞬にして遠い昔に帰ったようで、仲麻呂の目に涙がこみ上げてきた。

「おう、仲麻呂。真備と吉麻呂も来たか」

船人が渋い笑みを浮かべた。

顔は日焼けし、頬は削げ落ちている。五十四歳になるが、海で鍛えた体は引き締まり、筋金が入っているようだった。

「何か釣れるのですか」

仲麻呂は魚籠《びく》をのぞき込んだが、魚は一匹も入っていなかった。

「久々に唐に来たので、江水の魚たちと知恵比べをしているだけだ。釣れてもすぐに川にもどす」

「船人どの、知恵のある魚はおりますか」

真備は上官に対するように直立不動の姿勢をとった。

「鮮やかさはないがしぶとい。広大な江水と海のはざまでもまれているからだろうな」

「そうですか。何だか北方の商人のようだ」

「昼時も過ぎたようだが、飯は食べたか」

「多治比大使や中臣副使と打ち合わせをしておりましたので、まだ食べておりません」

「それなら二、三匹釣るから食べていけ」

船人は吉麻呂に火の用意をするように命じ、大ぶりの鯉を三匹、またたく間に釣り上げた。

そして手際良く血抜きをし、はらわたを取り出した。

吉麻呂は船館《ふなやかた》の厨房で焜炉《こんろ》に火を熾《おこ》し、一方で鯉を焼き、一方で湯をわかして煮汁を作った。航海中には料理番もつとめていたので、手慣れたものだった。

「お前たちと会ったら飲もうと思ってな。奈良の酒を持ってきた」

革の袋に入れた酒を棚から取り出し、竹の杯で三人にふるまった。

奈良の米と水で醸《かも》した酒は、祖国そのものである。舌になじみ体にやさしくしみわたって、三人とも無言のまま目をつぶって味わいにひたった。

「これだ。これでなければ酒とは言えぬ」

真備は目を赤くしてつぶやいた。

江水の鯉も絶品だった。海の水が混じった汽水領域にいるせいか、泥臭くなく味もさっぱりとしていた。

「父と母は元気にしているでしょうか」

仲麻呂は一番の気がかりを口にした。

「二人とも元気だ。兄は今年還暦になったのを機に職を辞した。帯麻呂《おびまろ》に家をゆずって隠居すると言っている」

帯麻呂は仲麻呂の弟で、近々美作守《みまさかのかみ》に任じられるという。

「義姉上《あねうえ》は近所の娘たちに機織《はたお》りを教えておられる。難波津《なにわつ》を出港する前に、ひとつ頼みごとをされた」

「何でしょうか」

「帰国の時は、わしの船に仲麻呂を乗せてほしいそうだ。そして無事に連れて帰ってくれと、手を合わせて頼まれた」

「俺も船人どのの船に乗せて下さい。料理でも掃除でも、何でもやりますから」

真備も船人の操船技術と高潔な人柄に絶対の信頼を寄せていた。

船人の船長《ふなおさ》としての活躍はすでに伝説になっていた。

前回、養老元年（七一七）の遣唐使船の船長をつとめ、仲麻呂や真備らを無事に唐に送り届けたばかりではなく、その前の大宝二年（七〇二）にも二十三歳の若さで船長に任じられた。

粟田真人を執節使（全権大使）としたこの時の遣唐使は、白村江の戦い以来断絶していた日本と唐の国交を正常化する、難しい任務をおびていた。

真人らは無事に役目をはたし、大宝四年（七〇四）四月には帰国の途につくことになった。

ところがその直前、白村江の戦いで捕虜になり、唐で奴婢として働かされていた錦部刀良《にしごりべのとら》や壬生五百足《みぶのいおたり》らが救いを求めてきた。

しかし官戸（役所の奴婢）となった者を勝手に連れ帰ることはできない。唐と交渉して解放してもらうことも難しいと判断した粟田真人は、五百足らの要請を無視して出港するように船人に命じた。

ところが船人は独断でこの命令に背き、唐に残って解放交渉を始め、慶雲四年（七〇七）三月に捕虜十人を連れて無事に帰国した。

このことは噂となって日本中に伝わり、『続日本紀』にも記されたほどだが、阿倍船人は粟田真人の命令に背いたという理由で処罰され、その名が歴史に書き留められることはなかったのだった。

「二人とも、問題なく帰れるのか」

「ええ、もちろんです」

仲麻呂と真備は声をそろえて答えた。

「それにしては浮かぬ顔をしている。家族の問題でも抱えているのではないか」

「ご存じでしたか」

「わしは新羅や渤海へも使者を乗せて往来している。そんな時に港でお前たちの噂を聞くし、必要とあらば商人に使いを頼むこともできる」

だから仲麻呂が若晴という張九齢の姪と、真備が春燕という石皓然の娘と結婚し、子供がいることは知っていた。しかし帰国の際には妻は連れて帰れないのだから、大きな問題になることは容易に想像できたのである。

「おおせの通り苦しい決断を迫られましたが、翼と翔を残して帰ることで若晴は納得してくれました」

「春燕も同じでございます。帰国するのに、何の問題もありません」

「船を出すのは、来年の秋頃になりそうか」

「唐にもいろいろな問題があって、来年春にならなければ皇帝陛下と遣唐使の対面はできないようです」

「日本からの訃報は届いているか」

「藤原不比等《ふじわらのふひと》さまが養老四年（七二〇）に亡くなられたと聞きました。他にはどなたか」

仲麻呂は不吉な胸騒ぎを覚えた。

「粟田真人さまが養老三年二月五日に他界された。他界される数日前にわしを呼ばれ、お前たちに後は頼むと伝えるようにおおせられた」

「そうですか。厳しい人でしたが、今となってみれば、国を思えばこそだったと分かります」

「それから兄の宿奈麻呂《すくなまろ》も養老四年一月に逝った。これで今の日本の基礎を築いた重鎮たちはいなくなったということだ」

阿倍宿奈麻呂は造平城京司長官として、新都の造営を指揮した功労者である。それも藤原不比等や粟田真人の後ろ盾があったから出来たことだった。

第二章　三人の運命

阿倍仲麻呂《あべのなかまろ》と羽栗吉麻呂《はぐりのよしまろ》が長安にもどったのは、十一月七日のことだった。

翌日は冬至で、玄宗皇帝が天壇《てんだん》で先祖を崇拝する祭天の儀を行われる。仲麻呂はこれに参列を命じられても対応できるように、七日の午前中に興慶宮にもどることにしたのだった。

二人は馬車に乗って春明門から長安に入った。

吹き来る風は二カ月前とは比べものにならないほど冷たい。大地を容赦なく凍らせる冷え込みは、飢饉《ききん》にあえぐ人々の暮らしを直撃し、路上で餓死や凍死する者も多かった。

大路を往来する者たちの痩《や》せた姿や、禁をおかして小屋掛けしたり物乞いをする者を見れば、危機が切迫していることがよく分かった。

やがて馬車が興慶宮の門前で停まり、仲麻呂は一人で外に下り立った。

「お前は先に帰り、若晴《じゃくせい》や子供たちに無事にもどったと伝えてくれ」

「承知いたしました。お気をつけて」

吉麻呂が風の冷たさに身震いし、急いで馬車の扉を閉めた。

仲麻呂は旅宿を出る時に浅緑色の長袍《ちょうほう》をまとい冠をかぶって出仕にそなえている。そのまま金明門を通り、勤政務本楼に行って張九齢《ちょうきゅうれい》への取り次ぎを頼んだ。

迎えに出たのは王維《おうい》である。共に科挙の進士科に合格した親友で、九齢の書記として働いていた。

「君のことだから、冬至に間に合うようにもどって来ると思っていた。ところが宰相はあいにく来客中でね。あと半刻（約一時間）ばかりかかりそうだ」

「分かった。それなら事務所で待っているよ」

「どうだった。日本の使者は？」

「六百名弱が四隻の船を連ねて蘇州《そしゅう》の港に入った。許可があるまで港で待機している」

「頭《こうべ》を挙げて山月を望み、頭を低《た》れて故郷を思う、というからね。久しぶりに祖国の方々に会って、胸に迫るものがあったろう」

「そうだね。四隻の船がふるさとの香りを運んできてくれたよ」

仲麻呂は何も気付かないふりをして話を切り上げ、城壁にそった門下省の事務所に行った。

おそらく張九齢は、仲麻呂が祖国の者たちに会って望郷の念をつのらせるのではないかと案じているのだろう。王維はそれを察し、帰国のことを聞かれるから心積もりをしておけと、李白《はく》の『静夜思』（静夜の思い）を引いて知らせてくれたにちがいなかった。

時間を見計らって再び勤政務本楼を訪ねると、すぐに九齢の部屋に通された。

「待たせてすまなかった。明日のことで少々問題があったものでね」

九齢はにこやかに迎え、日本の使者の様子はどうだったかとたずねた。

「航海も順調で、全員無事に蘇州に着いています。許可があるまで蘇州で待機することも、了解してもらいました」

「それは良かった。すでに気付いただろうが、関中の窮状は深刻でね。冬至の祭天も規模を縮小して行うことにした。正月の大朝会を終えたら、お上（皇帝）は洛陽に移られることになる」

「承知いたしました。お役に立てることがあれば、何なりとお申し付け下さい」

「これから移徙《わたまし》の計画を練り上げるので、何が必要か明らかになるだろう。下々の暮らしを守るためにも、なるべく多くの関係者を移したいが、手配が容易ではないのだ」

「関係者だけで五、六万。家族を合わせれば三十万になるとおおせでしたが」

仲麻呂は九齢が言ったことを記憶し、そうした場合の対策も自分なりに考えていた。

「それでは一度に移るのは無理だと思います。まず先発の者を洛陽に移して皇帝陛下を迎える仕度をし、次に陛下と近侍の方々にお移りいただき、家族には自力で移るように経費を支給するべきではないでしょうか」

「私もそのように考えている。ところで、日本の遣唐使船が積んでいる硫黄《いおう》のことだが」

九齢は意外な方向へ話を移した。

「蘇州刺史《しし》の銭帷正《せんいせい》が、硫黄の買い付けをめぐって日本の使者と問題を起こしていたそうだね」

「硫黄を売るように強制しておられたようですが、日本では非常の場合以外取り引きしてはならないと定められています。大使はその規則を伝え、応じられないと返答したそうです」

「君はそれを知って銭刺史に書状を送って諫めた。それで事がおさまったと聞いている」

九齢の配下は蘇州にもいて、銭刺史の行動について逐一報告している。九齢が仲麻呂を蘇州につかわしたのは、遣唐使を迎えるためばかりではなく、銭帷正の動きを封じるためにちがいなかった。

「銭刺史はどうしてあれほど強引に硫黄を買い付けようとなされたのでしょうか」

「お上は営州《えいしゅう》都督の張守珪《ちょうしゅけい》に硫黄の買い付けを許された。銭刺史はそうなることを見越し、先に硫黄を押さえて手柄にしたかったのだろう」

そうして玄宗皇帝の目にとまれば、側近に取り立てられて立身する道も開ける。九齢はそう読み解いてみせた。

「そうした勝手は許せないが、お上が勅許された以上、日本の大使と硫黄の買い付けの交渉を始めなければならぬ。しかも事は急を要するが、何か考えはないかね」

「蘇州には遣唐使仲間の下道真備《しもつみちのまきび》が残っています。彼に交渉するように命じたらどうでしょうか」

「真備といえば、楊崇礼《ようすうれい》どのに仕えていると聞いたが」

「私設秘書をしています。彼の舅《しゅうと》である石皓然《せきこうねん》は、営州を拠点に手広く商いをしていますので、買い付けた硫黄を船で幽州《ゆうしゅう》まで運ぶこともできると思います」

「それでは真備に日本の大使と交渉をするように命じてくれたまえ。ただし、商人を介入させることには慎重にならなければならぬ」

張守珪と石皓然が、軍事物資である硫黄の供給を通じて結びつけば、やがて需要の増大をまかなうために密貿易に手を染める。そして黄海から日本の九州にかけての密貿易路を確立したなら、張守珪が朝廷をもしのぐ力を持ち、反乱を起こす恐れがあった。

「ところで帰国のことだが、蘇州まで行って心が定まったかね」

「出発前に若晴と話し合いました。十五年間連れ添ってくれた妻を残して帰るのは断腸の思いですが、遣唐使に選ばれた時に帝《みかど》と祖国に身命を捧《ささ》げると誓っています。それに背くことはできないと話し、若晴にも承知してもらいました」

「翼《つばさ》や翔《かける》はどうする。二人とも連れて帰るのか」

「若晴のもとに残します。私の都合で帰国するのですから、和離《わり》の届け出をすることにしました」

「君、若晴はそんなことを望んではいないよ」

九齢は姪の哀しみを思い、言葉を詰まらせて涙を浮かべた。

自分が巻き込まれた政争のために、若晴の父張宗伯《ちょうそうはく》は西域に追放され、安否さえ分からない。今また夫である仲麻呂まで失ったなら、どんなに辛く悲しい思いをすることか……。

九齢がそんな思いやりを若晴に寄せていることは、仲麻呂にも痛いほど分かっている。だが帝と祖国への誓いを裏切り、己《おのれ》一個の幸せを優先することはできなかった。

「すまない。君が胸の肉を引きはがすような思いで決断をしたことは分かっている。もちろんそれを尊重するつもりだが、若晴はしっかりしすぎた姪だけに不憫《ふびん》なのだ」

九齢は逃げるように席を立ち、しばらく別室に閉じこもった。

仲麻呂は応接用の椅子に座ってじっと待った。細目に開けた窓から、庭の銀杏《いちょう》の巨木が見えている。この間来た時には黄葉をまとい小さな実をびっしりとつけていたが、今は落葉を終えた枝を寒々と天に向けて突き上げていた。

「お待たせした。これは昔書いた詩だが、若晴に渡してほしい。罪深き伯父からの、せめてもの償《つぐな》いだ」

九齢は封をした書状を仲麻呂に渡した。

「承知いたしました。明日の祭天で、お役に立てることはないでしょうか」

「心配は無用だ。これからは仕事を減らし、家庭で過ごす時間を増やしてくれ」

これも若晴を思ってのことだろうが、仲麻呂には帰国する君にはもう用はないと言われたように聞こえた。

仲麻呂は金明門を出て自宅へ向かった。

空は低い鉛色の雲におおわれ、陰鬱《いんうつ》に暗い。北に広がる黄土高原をこえて吹き来る風は身を切るように冷たく、沓《くつ》をはいていても指の先が痛いほどだ。

仲麻呂は失意に打ちのめされたまま大路を歩いた。若晴との結婚には反対されたものの、それ以後は九齢に引き立てられ、出世の階段を順調に登ってきた。詩作や書の手ほどきを受けたこともあった。

そのためいつしか九齢に見込まれ、将来を嘱望《しょくぼう》されていると思い込んできたが、それは九齢がひきいる進士派の一員でいる限りのことだ。

若晴を残して帰国すると決めた途端、冷たく突き放されるのは当たり前のことかもしれないが、九齢の愛情の腕に包まれていると信じてきただけに衝撃は大きかった。

(それはそうだ。私は日本人で、唐での暮らしを捨てて帰国するのだから)

仲麻呂は心の中で、自分をなだめる言葉を呪文のようにくり返した。

昇平坊の近くまで来た時、五つくらいの女の子が走り寄って袖を引いた。

「お願いです。おめぐみ下さい」

そう言って両手を差し出した。

顔も髪も砂ぼこりに汚れ、麻の粗末な服をまとっている。沓をはいていても冷たいのに裸足のままで、手も足も赤く霜焼けしていた。

仲麻呂は哀れさに胸を衝かれ、腰の胴乱《どうらん》をさぐって銭を与えようとした。ところがその時、坊の壁際に藁を敷いて座り込んでいる三人連れが目に入った。

乳呑み児を抱いた母親と、その夫のようである。二人はいたいけない子供のほうが同情を引くだろうと、娘を大路に出して物乞いをさせていたのである。

仲麻呂はそれを見るなり言いようのない憤《いきどお》りに駆られ、胴乱に伸ばした手を引っ込めた。そして恨《うら》むなら親を恨めと心の中で吐き捨て、裸足の命を置き去りにしたのだった。

人間の心は力学の作用と反作用に似ている。手で壁を押せば、壁から同じ力の反作用で押し返されるように、善をなせばその分善の喜びが心に返ってくる。

悪の場合もまた同じで、裸足の命を置きざりにした呵責《かしゃく》が仲麻呂をさいなんでいた。

昇平坊の屋敷に入り、魚を焼く旨そうな匂いをかぐと、その思いはいっそう強くなった。

自分はこれだけ恵まれた暮らしをしているのに、どうしてあの子に銭を恵んでやらなかったのか。そんな後悔があぶくのようにわき上がってくる。自分の小ささや醜さを突きつけられたようで、仲麻呂はぴたりと足を止めて立ちすくんだ。

これまで自分を支えていると信じていたものが何もかも崩れ、我が家の玄関さえ縁遠く思えた。

(みんな砂上の楼閣だったのだ。家族も宮仕えも、十六年間の生活も)

すべてを捨てて日本に帰ろうとしていることが、それを証明しているではないか。仲麻呂は己をいたぶるように決めつけ、いつものおだやかさをつくろって家に入った。

「お帰りなされませ。今日は蘇州から持ち帰った干物を料理してみました」

吉麻呂は鉢巻きをして上着の袖をまくり、料理当番になりきっていた。

長安では通常、川の魚しか食べることができない。海の魚はとびきりのごちそうだった。

「翼と翔はどうしている」

「診療所の手伝いをしておられます」

「話がある。呼んできてくれ」

上辺をつくろった気持ちのまま、仲麻呂は帰国のことを二人に話しておかなければならないと思った。

翼と翔は部屋に入る前に帽子と上着を替え、ひときわていねいに手を洗った。

この三カ月ほど、困窮した城外の民が長安城内に流れ込んでいる。その中には北方や西域から逃れてきた者たちもいて、思いがけない疫病の流行につながることがあるのだった。

「留守の間、よく家を守ってくれた。礼を言う」

仲麻呂は叔父の船人《ふなびと》から分けてもらった奈良の酒を二人に勧めた。

おいしいと喜んでくれると思っていたが、二人の反応は微妙だった。

「何だか甘いですね」

兄の翼が遠慮なく顔をしかめた。

「米を醸《かも》したものだから、回復期の患者には効果があるかもしれませんね」

弟の翔は気を遣ったようだが、自分の口には合わないと言うも同じだった。

「そうか、旨くないか」

長安までの旅程で味が変わったのかもしれない。仲麻呂はそう思って口にふくんでみた。

なめし革で作った酒袋の保存力は素晴らしい。変質しているどころか、かえって味わい深くなっている。それなのに二人の口には合わないのかと、仲麻呂は育った国のちがいを、今さらながら思い知らされた。

「吉麻呂、お前も飲んだらどうだ」

「今は手が離せませんので、後でいただきます」

吉麻呂はかまどの火をしきりにあおいで魚を焼いていた。

「日本の使者が来たことは、母さんから聞いたか」

「はい。その方々を迎えに蘇州に行かれたと聞きました」

翼は口直しに瓶の水を飲んだ。

「彼らは来年の春に皇帝陛下に朝貢し、秋には帰国する。私もその船に乗って帰国するので、母さんとお前たちだけが長安に残ることになる」

「そのことについては、聞いておりません」

「母さんは何も言いませんが、診療所の先生や患者が噂しているのを聞いたことはあります」

翔は律義に酒を飲んでしまおうとしていた。

「そのことについて、お前たちはどう思う」

仲麻呂は目を閉じて酒の香りを聞いた。三笠山を吹き抜けていく風を感じた。

二人は言い出しにくそうに顔を見合わせ、目配せで先をゆずり合った。

「お前たちが生まれた時、私は祖国へ帰る日の願いを込めて翼と翔と名付けた。私にとって待望の時が来たわけだが、それが家族との別れの日になってしまった。このことについては申し訳なく思っている。だから思っていることを正直に話してくれ」

「ぼくは帰国すべきだと思います。父さんは祖国の発展に尽くすために唐に来られたのですから」

翼は若晴に似た端正な顔を強張《こわば》らせて、名分論をとなえた。

「ぼくも帰国するべきだと思います。しかし父さんは、お一人で淋しくないのですか」

翔は父親に似て頬のふっくらとした顔立ちをしている。人を傷つけまいと、常に気を配っている少年だった。

「淋しいよ。淋しくて、たまらない」

仲麻呂は正直なことを言い、突き上げてくる感情に声を詰まらせた。

「それなら、ぼくが日本に行きましょうか。このお酒も飲めるようになりそうだし」

「二人がそろっていなければ、母さんが可哀想だ。ここまで育ててくれたのは母さんだからね」

「その通りですが、ぼくは父さんを尊敬しているし、誇りに思っています」

外で物音がして、仕事を終えた若晴が疲れた様子でもどってきた。

仲麻呂は子供たちに、この話はこれまでだと目で合図を送った。二人も心得たもので、妙に大人びた顔で何気ないふりを装ったのだった。

二カ月以上におよぶ旅は、さすがに体にこたえている。仲麻呂は早めに夕食を終え、床につくことにした。

空はよく晴れて、大きな月が中天にかかっている。部屋の戸を閉じているが、わずかな隙間から月の光が白く射し込んでいる。それが灯火の明かりと不思議な調和を保っていた。

「張宰相から、これを渡すように頼まれた。罪深き伯父からの償いだそうだ」

髪を解き終えた若晴に、仲麻呂は封書を渡した。

「あら、何かしら」

「差しつかえなければ、私にも見せてくれ」

「その前に読ませていただきます。あなたのお命に関わることかもしれないから」

若晴は軽い冗談を言って書状を開いたが、読み進むうちに大きな瞳が涙でうるんでいった。

「何か、悪い知らせか」

「これよ。伯父さまらしいわ」

縦折りの紙に『望月懐遠』（月を望んで遠きを懐《おも》う）と題した詩が、美しく端正な書体で記されていた。

海上生明月　海上　明月を生《しょう》じ
天涯共此時　天涯《てんがい》　この時を共にす

仲麻呂は声に出さずに読み下し、胸を鷲づかみにされたような衝撃を受けた。

海上に浮かぶ月。遠く離れてきた人と、その月を共に見ている実感。それは遣唐使船に乗っていた時、深夜に大海原を漂っていた時に感じたものだった。

（天の原、ふりさけ見れば……）

仲麻呂の脳裡に、ふとそんな言葉が浮かんだ。

九齢の詩は、やがて男女の想いへと展開する。

情人怨遥夜　情人　遥夜《ようや》を怨み
竟夕起相思　竟夕《きょうせき》　起きて相《あ》い思う
滅燭憐光満　燭《しょく》を滅して　光の満つるを憐れみ
披衣覚露滋　衣《ころも》を披《はお》りて　露の滋《しげ》きを覚ゆ

情人（恋する者）には長い夜がうらめしく、夜通し相手のことを思っている。灯火を消して月の光が満ちていくのをはかなみ、夜露がしとどにおりているのを知り、肌寒さを覚えて衣を羽織る。

不堪盈手贈　手に盈《み》たして贈るに堪《た》えず
還寝夢佳期　還《ま》た寝て佳期《かき》を夢みん

月の光を両手に満たしても恋しい人に贈るすべもなく、寝屋にもどって楽しかった頃を夢見ている。

閨怨詩《けいえんし》と呼ばれる、一人寝の女性の夜を怨む心情を歌ったものだ。張九齢はこの詩を若晴に贈ることで、「お前の辛さはよく分かっている」と伝えようとしたのだろう。

仲麻呂は頬に手を当て、いつの間にか涙を流していたことに気付いた。

張九齢の詩才は圧倒的である。表現力の豊かさもさることながら、若晴を思いやる心情の厚さに頭が下がる。そしてそうした配慮の中には、仲麻呂に対する思いやりも含まれているのだった。

（それなのに、私は……）

帰国するなら用はないと突き放されたように感じ、一人でひねくれていたのである。そうした貧しい感情のせいで、裸足の少女に冷たい仕打ちをしてしまった。

今頃あの少女は、冷たい夜をどこでしのいでいるのだろう。そう思うと、今からでも捜し出して手を差しのべてやりたくなった。

「あなた、どうかしましたか」

若晴は仲麻呂の涙が、詩のせいばかりではないと気付いていた。

「今日帰宅する時、裸足の少女から銭を恵んでくれと頼まれた。ところが私は、応じてやることができなかった。張宰相に突き放された気がして、心が刺立《とげ》っていたからだ」

「何と言われたのですか」

「明日の祭天に出る必要はない。これからは仕事を減らし、家庭で過ごす時間を増やせ、と」

「それも私のことを思ってくれているからでしょうね」

「そればかりではない。私が蘇州へ行って疲れていると気遣って下さったのだ」

それを遠ざけられたと受け取ったのは、自分の都合で帰国する負い目があったからだった。

「お酒、まだありますか」

「奈良の酒かい」

「ええ。翼も翔も初めて日本の酒を飲んだって自慢していましたよ」

「まだあるよ。ちょっと待って」

仲麻呂は厨房《ちゅうぼう》に行き、酒の革袋と竹の杯を持ってきた。

「あら、本当だわ。甘くて滋養《じよう》がありそう」

若晴は香りを聞き、用心深く口にふくんでから飲み干した。

「味はどう？　口に合うかい」

「おいしいわ。豊かな森をわたる風を感じます。木や土や水、すべての要素をたっぷり含み、私たちのもとに届けてくれる少し湿った風」

「そうだろう。森の風、いや風の森かな」

仲麻呂はすっかり嬉しくなって、一気に杯を飲み干した。

若晴もこれなら無理なく飲めると、もう一杯所望した。長安の麦文化の中で暮らしているが、父親のふるさとの韶州《しょうしゅう》（広東省韶関市）は米文化なのだった。

「あなたはこの酒と同じ。優しすぎるんですよ。そして完璧であろうとするから、いつも自分を責めてしまうんだわ」

「そうかな」

「わたしのことも気にしなくていいですよ。いつかはこんな日が来ると、覚悟していましたから」

「お前はどうしてそんなに立派なんだ。しっかりしすぎる姪だから不憫だと、張宰相もおっしやっていた」

「おそらく父のせいでしょうね。医師は行いが正しくなければ病気に立ち向かえないし、患者に接する資格もないと教えられて育ったから」

「教え通りの立派な方だった。それなのにあんな事件に巻き込まれて」

「市中医のままでいれば良かったんです。伯父さんに勧められて宮中に入り、皇帝陛下の侍医になどなるから」

進士派をひきいる張九齢は、皇太子の冊立《さくりつ》をめぐって恩蔭《おんいん》（門閥）派の李林甫《りりんぽ》らと対立を深めていた。そんな時、若晴の父宗伯は皇子の一人に毒を盛ったという嫌疑《けんぎ》をかけられ、西域に追放された。

林甫らが九齢を追い落とすために仕掛けた罠だが、九齢も宗伯も反証することができないまま、玄宗皇帝が下した追放の決定に従わざるを得なかった。

仲麻呂は二人の間近で事件に接し、宮中の勢力争いの凄まじさと、廷臣《ていしん》たちの非情さに身震いしたものだ。

「ねえ、窓を開けましょうか」

若晴が酒に頬をほてらせ、窓の戸を開けた。

とたんに部屋は月の光に満たされ、ひんやりとした空気が流れ込んできた。

「ああ、いい気持ち。日本のお酒は酔い心地がいいですね」

「まさに月を望み遠くを懐うだ。あの月は私のふるさとからも見えているだろう」

「どれくらい離れているんですか。あなたが生まれた奈良まで」

「詳しくは分からないが、およそ五千里（約二七〇〇キロ）と言われている」

「翼があったら飛んでいきたい、韋駄天《いだてん》の足があれば翔《か》けていきたい。そう願ってあの子たちの名前をつけたんですものね」

若晴は窓辺に寄り、月の光を手ですくう仕種をした。手に盈たして贈るに堪えずという詩をなぞっているのだった。

「和離をしていただくお心遣いは有難いのですが、私は再婚などしませんよ」

若晴がふいにふり返り、仲麻呂を真っ直ぐに見つめた。

「どうして」

「あなたのおかげで満ち足りた歳月を過ごさせていただきました。再婚などしたらその思い出を汚し、佳期を夢みることができなくなるからです。少し寒くなってきましたね」

若晴が月明かりの中で軽くほほ笑み、仲麻呂に体を寄せてきた。

仲麻呂は若晴を抱き寄せて唇を合わせた。

いつの間に嚙んだのか、薬草のさわやかな香りがする。乗馬をたしなむ肉付きのいい体が、いつの間にか冷えきっていた。

「寒さが厳しい。窓を閉めたほうが良さそうだ」

「衣は羽織りません。あなたの体で温めて」

若晴は仲麻呂の胸に顔をうずめたが、ふいに何かを思い出したらしい。腕からするりと逃れ、衣装棚から小さく畳んだ布を持ってきた。

「これは腹当てです。日本に帰ってからも使っていただけるように、西州（新疆ウイグル自治区トルファン市）の木綿で作りました」

そう言って仲麻呂の首にかけ、背中に回した紐を結んだ。赤児《あかご》のよだれかけのようだが、胃が弱い仲麻呂には欠かせない品だった。

「柔らかくて温かい。さすがに西州の木綿は素晴らしいね」

「しかも丈夫ですからね。ほら、見て」

若晴が腹当てをめくり上げ、仲麻呂の顔に近付けた。何か刺繍《ししゅう》がしてある。よく見ると大雁《だいがん》塔《とう》を描いていると分かった。

「あなたが出掛けている間に、ひと針ひと針縫いました。本当は翼と翔の顔を描きたかったけど、迷惑になるといけないから」

「迷惑なものか。今度はぜひ描いてくれ」

「だって日本にもどったら、新しい奥さんを迎えるでしょう。その方に嫌な思いをさせたくないから」

「そんな心配は無用だ。私だって」

お前以外を妻にはしないという言葉を、仲麻呂は口にすることができなかった。日本に帰ればそういう訳にはいかないことは分かっていた。

「もういいの。だから何も言わないで」

窓を閉め明かりを消すと、若晴は仲麻呂の腕の中に飛び込んできた。薬草の香りがいっそう強くなった。

「香草を使ったのか」

「ええ、口の匂いがしたら嫌でしょう」

「それなら私も」

「いいの。あなたの匂いは何もかも覚えておきたいから」

二人は薄絹で囲った寝台に横になり、裸になって抱き合った。さし込む月明かりで、若晴の豊かな体が白く浮き上がった。陶器のようになめらかな肌が熱く燃えていた。

唇を合わせると、若晴は激しく舌をからめてきた。用いた香草は口の匂いを消すだけではなく、性欲を高める効果もあるようだった。

仲麻呂はその思いに応えようと、唇から首筋、わきの下から乳房へと愛撫を加えていった。

「あなたはずるいわ。こんなことまで上手なんだから」

若晴が憎らしいと言わんばかりに、仲麻呂の顔を両手ではさみつけた。

「おまえとだから、こんな風にできるのだ。深く愛していなければ、とてもできないよ」

仲麻呂は形良く立った乳首に舌をはわせ、右手で太股の奥をさぐり当てた。そこは湯上がりのように熱く濡れている。軽くさすって指を沈めると、若晴は体をぴくりと震わせてのけぞった。

「あっ、ああ……」

切なげに息をもらし、大きく足を開けて迎え入れる姿勢を取った。

仲麻呂は若晴の中に身を沈めた。そこは熱くうるおい、やわらかな弾力を持って締め付けてくる。それに応えてゆっくりと腰を動かすと、若晴は眉根を寄せて歓びに耐え、仲麻呂の背中に回した手に力を込めた。

仲麻呂は大きな歓びと安らぎを覚えながら、これが自分の家だと思った。そうして若晴の歓びをどこまでも高めてやろうと、腰の動きを少しずつ速くしていった。

「あっ、駄目。待って」

若晴は仲麻呂の背中に爪を立て踏みとどまろうとした。それでいながら仲麻呂の動きに合わせて腰を突き出してくる。

二人の交わりはさらに深くなった。若晴の奥で何かが当たる。腰を動かすたびに子宮の口が仲麻呂の軸先にこつこつとぶつかるのである。

それを押し込むように腰を深く突くと、若晴は全身がしびれるような快感に襲われ、髪を左右に振り乱した。

「あっ、あっ、駄目」

若晴は仲麻呂の腕の中で身悶えし、歓びの声を上げて登り詰めた。

香草のせいだろう。この夜二人は深夜まで交わり、若晴は三回も絶頂に達した。だが、仲麻呂は一度も精を放てなかった。子供ができたら若晴が可哀想だという思いが、弾けることを許さなかった。

開元二十二年（七三四）の年が明けた。

玄宗皇帝は正月三日に大朝会をおこない、百官や諸国からの使者の参賀を受けたが、四夷の中で臨席を許されたのは北方と西域の使者だけだった。長安が飢饉《ききん》にあえいでいるだけに、大勢が入京することを避けたのである。

そして、東夷と南蛮からの使者の参賀は洛陽で受けることにして、皇帝の一行は七日に長安を発ち、潼関《どうかん》を出て洛陽に向かうことになった。

仲麻呂はこの移徙《わたまし》に従わない。帰国までの間、なるべく長く家族と過ごせという張九齢の命令もあって、長安に残って門下省の仕事にあたることにしていた。

来る一月十五日は上元節《じょうげんせつ》である。昼はさまざまな装束をまとった一団が楽隊とともに大路にくり出し、夜は動物をかたどった灯籠に明かりを入れて街をねり歩く。

これを観灯会と呼ぶ。日頃は夜中に坊から出ることは禁じられているが、観灯会の三日間だけは夜行を許された。

それが都人の大きな楽しみとなり、虎や象をかたどった巨大な灯籠を台車に載せてねり歩いたり、二十丈（約六〇メートル）もの高さの竿に五万個もの灯籠をつけて灯樹にしたりした。

前者は青森県のねぶた祭り、後者は秋田県の竿燈祭りを思わせるが、観灯会は皇帝や廷臣、女官らがいてこそ盛り上がる。この年は皇帝が不在となる上に飢饉の被害が深刻なので、灯籠も灯樹も少なく、祭の仕度もいまひとつ盛り上がりを欠いていた。

皇帝の一行が出発した一月七日、蘇州に残っている下道真備から仲麻呂のもとに書状が届いた。

「仲麻呂、元気か。十二月八日に蘇州の船宿でこの書状をしたためている。これが着く頃には年が明けているだろう。新年を共に迎えられないのは残念だが、公務とあらばいたし方あるまい。

硫黄のことでは大変感謝している。皇帝陛下の勅命なので、遣唐大使の多治比広成《たじひのひろなり》どのは一も二もなく応じられたよ。四隻の船にはそれぞれ五十貫目(約一八八キロ)の硫黄を積んでいる。しめて二百貫だから、これを高値で売れば、蘇州を買い取り銭刺史《せんしし》を小間使いに雇うくらいの財産ができるだろう」

真備が悪態をつくのは、機嫌がいい証拠である。それに硫黄を買い上げようとした銭帷正を出し抜いて、大いに得意でもあるようだった。

「問題はこの硫黄をどうやって幽州の張守珪どののもとに運ぶかだが、何しろ軍事機密なのだから慎重を要する。万一契丹《きったん》や突厥《とっけつ》の蛮族どもに知られたら、敵に硫黄があると警戒《けいかい》され、守珪どのの起死回生の計略も水泡に帰すだろう。だから素生《すじょう》の定かならぬ商人に任せるのは危険だし、銭刺史などに介入させるのはもっての外だ。

そうなると石皓然《せきこうねん》に頼むのが一番安全だろう。皓然に任せたなら、渤海《ぼっかい》湾の港から蘇州までたちどころに輸送船団を派遣するはずだ。しかも硫黄を売った銭で、営州で鍛えた最新の鉄器を買い込むことができるのだから、日本にとって損にはなるまい。張九齢どのは張守珪どのが石皓然と結びつき、硫黄の密貿易に乗り出すことを危ぶんでおられるとのことだが、東の市での皓然の動きを監視していればそんなことはたた易く防げるはずだ」

真備は弁舌の才を生かし、何とか皓然に硫黄の運搬を頼めるようにしようとしている。

事前に皓然と申し合わせてのことだと、仲麻呂はすぐに気付いた。

「それから弁正《べんしょう》のことだが、秦朝元《はたのあさもと》に酒を飲ませていろいろ聞き出したよ。弁正がどうして帰国しなかったのか。今の陛下の囲碁の相手に選ばれていながら、なぜ突然行方をくらましたか。前回の遣唐使船で帰国した時、朝元はまだ十五歳だったので詳しいことは分からないようだが、妙なことを言っていた。帰国しなかったのは、長安に残って何かの役目をはたすように命じられたからだ。それも帰国の寸前に命じられ、朝元だけを帰国させることにしたらしい。そして今回朝元が若くして遣唐使の判官に抜擢《ばってき》されたのは、弁正と連絡を取って成果を確かめるためだと言うのだ。

妙だろう。そんな馬鹿な話があるかと思うが、朝元は大真面目で『父は天皇のお立場を守るために唐に残ったのです』などと言うのだよ。ともかく書面では書き尽くせないので、一月中旬に長安にもどる。そして井真成《いのまなり》に弁正との関係をもう一度問い質すつもりだ。

それに石皓然の件について、張九齢さまに許可をもらわなければならぬ。その時にはお前の力を当てにしているので、そのつもりでいてくれ」

真備の書状が届いた日の午後、仲麻呂は大業坊の井真成の寮を訪ねた。

蘇州から帰って何度か会っていたが、北里《ほくり》にいたことや弁正のことを確かめられないままである。しかし、このまま放置するわけにはいかないと思い直したのだった。

真成は官服の制作に没頭していた。部屋の中央に置いた人形《ひとがた》に黄色の服を着せ、襟《えり》や袖《そで》の形を少しずつ変えて理想の形を求めていた。

「真成、入らせてもらうよ」

仲麻呂は入り口から声をかけたが、真成は長身をかがめて人形におおいかぶさるようにしたまま、ふり返ろうともしなかった。

年末に来た時とは服の色が微妙に変わっている。宦官の長袍《ちょうほう》は黄色と定められているが、かすかに赤みがかった色合いである。それが窓から射し込む光に照らされて輝いているように見えた。

真成は襟の折り返しの幅を決めると、五、六歩後ずさって出来具合を確かめた。

没頭すると寝食を忘れる質なので、頬がこけ細いあごが無性ひげにおおわれている。それでも切れ長の目が、満足できる服を仕上げた喜びに生き生きと輝いていた。

「仲麻呂、どう思う」

「これは高力士《こうりきし》さまから頼まれた服かい」

「そうだ。正月参賀には間に合わなかったが、仕上がるまで待つと言って下された」

「少し赤みがかっているけど」

服飾規定に反していないか、仲麻呂は気になった。

「これは下襲《したがさね》の色だよ。袍の織り方を荒くすることで、下の色がかすかに透けるように工夫してみた」

　真成はそれを証明しようと袍の裾《すそ》をめくって見せた。下襲の鮮やかな緋色から離されると、袍の色は規定通りの黄色になった。

「どうだい。これなら問題はないだろう」

「確かにそうだけど」

　官服の色が定められているのは、官位をはっきりと示すためである。これはその方針から逸《いっ》脱《だつ》するものだった。

「高力士さまが、宦官の黄色は下卑《げび》て不潔に見えるから何とかしろとおおせなのだ。これは許されるぎりぎりの線だよ」

　真成はふうと大きく息をつき、椅子に深々と腰を下ろした。

「こんな風に下地が透けるとは不思議だ。よほど工夫したようだね」

「西州の木綿のおかげだよ」

「どういうこと」

　仲麻呂は思わず腹に手を当てた。若晴がくれた木綿の腹当てをしていた。

「西州の綿は繊維《せんい》が細くて長い。きめ細やかな糸を作れるから、下地がかすかに透けて見える織り方ができる。尚衣局の工房にいくつもの織り方をさせて、ようやくこの生地《きじ》にたどり着いたんだ」

「しかし、よくそんな工夫を思いついたね」

「観灯会のおかげだよ。二カ月ほど前に、観灯会に出す灯籠を作っているところを見た。迫力ある虎の出し物でね。体を黄色と黒に塗り分けてあったが、夕方になってそれに明かりを入れた。すると虎が生きているように生き生きと輝き出したんだ」

しかも黄色の紙が明かりに照らされて赤みがかっている。それを見た瞬間、真成は下襲の色が透けるようにする技法を思いついたのだった。

「確かにこれなら上品で清潔な感じがする。高力士さまもお喜びだろうが……」

仲麻呂は少し間をおいて、確かめたかったことに話を移した。

「実は真備が、君が弁正と北里の花影楼に入っていくところを見たと言っていた。どういうことなのか、教えてくれないか」

「やはり君にも話したのか、真備の奴」

真成は仕方がない奴だと言いたげな笑みを浮かべ、あれは真備の勘ちがいだと言った。

「花影楼に行ったのは、高力士さまの寸法を当たるためだよ。何しろ六尺五寸（約二メートル）ちかい長身だから、ちゃんと寸法を当たりたいとお願いしていた。そしたらあの日使者が来て、花影楼に来るように伝えたんだ。それで尚衣局の採寸師を連れて行ったんだよ」

「しかし真備は、あれは弁正にちがいないと言うんだ。だから君が何か面倒なことに巻き込まれていないかと心配している」

「あいつは思い込みが強すぎる上に自信過剰だろう。だから自分が正しいと決めつけるんだよ。そんなに疑うなら、同行した採寸師に引き合わせる。そうすればどちらが正しいかすぐに分かるよ」

「すまない。疑っているわけじゃないんだ」

仲麻呂は引き退がったが、納得しきれない思いが残ったままだった。

「今日来てくれたのは、それを確かめるためなの」

「蘇州にいる真備から書状が来て、弁正のことが書いてあった。それで心配になって」

「ほう、何だって」

真成はさして興味もなさそうに人形に着せた官服をながめた。

「遣唐使の中に、弁正の息子の秦朝元がいてね。父が唐に残ったのは、秘密の役目を命じられたからだと言ったそうだ。真成が弁正と会っていたとしたら、何か関係があるのではないかと思ってね」

「仲麻呂、私も帰国するよ。この服が仕上がったから、もう思い残すことはない」

「そうか。それは良かった」

「これまで誰にも話さなかったが、国を発つ前に妻にすると誓った女性がいる。その約束をはたしてやりたいんだ」

「もしかして、難波津《なにわつ》に見送りに来ていた背の高い方かね」

遣唐使船が難波津から出港する時には、多くの親類縁者が見送りに来て、港で送別の酒宴をする。その中に浅黄色の衣をまとった豊かな髪の女性がいて、真成の側に付き添っていたのだった。

「よく覚えているね。さすがは進士科及第生だ」

「彼女の側には、従五位の服をまとった方がいたが」

「彼女の父親だよ。妻を早くに亡くし、男手ひとつで彼女を育ててくれたんだ」

「こちらで妻も娶《めと》らず、北里にも出入りしなかったのはそのためか」

「真備にはさんざんからかわれたけど、体の交わりが男女のすべてではない。心の通い合いこそが尊いし、それが歌にも詩にもなるんだよ」

真成はふいに立ち上がり、もう一度服の襟の折り返しを調整した。

「仲麻呂、帰国する前に頼みがあるんだが」

「何?」

「もう一度職貢図《しょくこうず》を見てみたい。力を貸してくれないか」

「秘書省の書閣（書庫）にあるはずだけど」

「私も以前、上司に連れられて入ったことがある。それをもう一度見てみたいんだが、上司が陛下に従って東都（洛陽）に行っているんで、頼める相手がいないんだ」

「分かった。何とかしてみるよ」

翌日、仲麻呂は真成を案内して秘書省の書閣を訪ねた。

いずれも二階建てで、一棟あたり五万巻の書物が収蔵されている。大理石の基壇に建てた書閣の扉には、向かい合う龍の紋章が刻まれていた。

龍は皇帝の象徴である。天子の顔を龍顔と呼ぶように、歴代皇帝のまわりはおびただしい龍の紋章で飾られている。そして皇帝の地位を正統だと証明するのは、周王朝以来受け継がれてきた歴史書である。

玄宗はそうした伝統を継承し、立派な書閣を造って史書や経典、地誌や風俗など、あらゆる分野の書物を収集していた。

史書の多くは隋の煬帝《ようだい》から引きついだものだが、玄宗はそれだけでは飽《あ》きたらず、秘書省に命じて国中から書物を集めさせ、校書の官を増やして書写事業を進めていた。

皇帝や廷臣たちが洛陽へ移っていることもあって、秘書省の中は人もまばらで緊張もゆるんでいる。仲麻呂は官吏たちと顔見知りなのですんなりと入ることを許されたが、書閣の入り口は厳重だった。

「こちらに必要事項をご記入下さい」

大きな孔子像を背にして座った係員から、入庫者名簿に名前と所属を書くように求められた。

真成も仲麻呂と同じように記入したが、従九品の方の入庫はできないと拒否された。

「井真成は皇帝陛下の命令で官服を作っている。そのために必要な資料を閲覧するために来たのだ」

「それでは左補闕《さほけつ》さまが、そのことを保証する書き込みをして下さい。それに閲覧する書物を明記していただきたい」

係員に言われて、真成は律義な文字で「方国使図」と「梁職貢図」と書き入れた。

受付の奥の扉を開くと、そこには別世界が広がっていた。高さ一丈（約三メートル）ほどの書棚が整然と並び、巻子や折本がびっしりと並んでいた。

「凄いな。前より書棚の数が増えている」

真成は急に早足になり、史書の書棚に向かって行った。

「おい、服飾の棚はあっちだよ」

「分かっている。でもせっかく来たんだから、どんな書物があるか見学させてもらおうよ」

史書の棚には歴代王朝の事績を記録した書物がある。中でも司馬遷《しばせん》が記した『史記』の存在感は圧倒的である。

日本について記したものは、『後漢書』、『三国志』、『翰苑《かんえん》』などがある。『翰苑』は全三十巻で、最後の三十巻目に倭国や匈奴《きょうど》、鮮卑《せんぴ》などの蕃夷《ばんい》について記されていた。

「ほう、これが翰苑か」

真成は興味を引かれて三十巻目を手に取ろうとした。

するといきなり、背後でパンパンと竹の鞭で書棚を叩く音がした。さっきの受付の係員が後ろからついて来ていて、申請した書物以外は見ないように制止したのである。

「倭と呼ばれた頃の日本について『魏略』に記されていると聞いたけど、どこにあるんだろう」

真成はそれを見るためにここに足を運んだようだった。

「それは二階の別室にあって、一階よりずっと規則が厳しい。従三品以上しか入れない書庫だよ」

「へぇ、何でだろうね」

服飾の書棚から『方国使図』と『梁職貢図』を取り出し、真成は閲覧用の机に広げた。

前者は南朝梁で県令をつとめた裴子野《はいしや》が、朝貢に来る諸国の使者の姿を描いたもの。後者は南朝梁の元帝が、『方国使図』に範を取って朝貢の使者を描かせたもので、蕃夷の使者たちの姿が細密に描かれている。

岩絵具をふんだんに使った彩色は息を呑むほどに鮮やかで、どの人物も今にも国の言葉を話しながら歩き出しそうだった。

「こうした絵を見れば、服を仕立てる時の参考になるだろうね」

仲麻呂は真成の肩越しに絵図をのぞき込んだ。

「特に西域や大秦《たいしん》（東ローマ）、大食《タージー》（アラビア）の図は面白いよ。服に対する考え方が我々とはずいぶんちがう」

真成は気になる絵図を手早く写し取り、ついでにもう一冊閲覧したいと申し入れた。

「ならば、これに書き込みなさい」

係員が申請書を突き付けた。

真成が見たがったのは、敦煌の莫高窟《ばっこうくつ》の画集だった。

大判の絹画紙に、巨大な弥勒菩薩像や仏涅槃像、釈迦如来坐像や、法華経変相図などが写し取られていた。

中でも出色なのは、唐の初期に描かれた脇侍《わきじ》菩薩《ぼさつ》の絵で、金の宝冠、胸飾り、耳環などをつけて薄手の衣をまとった菩薩が、女性のようにたおやかに腰をくねらせ、慈悲深い美しい表情をしていた。

「凄いね。莫高窟の話は聞いていたが、こんな画集があるとは知らなかった」

仲麻呂は真成の肩ごしに画集をのぞき込んだ。

「そうだろう。職貢図は人の姿だけだが、これには当時の人々の生活が描かれている。服というものは、生活の中から生み出されるものなんだ」

「一度行きたかったな。敦煌は西域の入り口で、都から三千七百里（約二〇〇〇キロ）も離れているというけど」

「しかし三蔵法師は身ひとつでそこを越え、砂漠を渡って天竺《てんじく》まで行ったんだからね。同じような旅をしている人々の祈りや願いが、莫高窟の仏たちには込められているんだ」

真成は突き上げてくる感動に揺さぶられ、肩をふるわせて泣き出した。

「どうした。今日は何か変だよ」

「何でもない。ここに描かれたような服を一着でも作りたいと願いながら、私は……、私はこんなにも愚かだ」

真成がこれほど感情をあらわにするのは珍しい。仲麻呂はふと不吉な予感に駆られたが、どう手を差しのべていいか分からなかった。

予感は最悪の形で的中した。秘書省の書閣を訪ねた翌々日の朝、

「晁衡《ちょうこう》さま、晁衡左補闕《ちょうこうさほけつ》さま」

鴻臚寺《こうろじ》の寮官が、坊の門が開くと同時に血相を変えて駆け込んできた。

「たいへんでございます。すぐに寮に来て下さい」

「どうした。何事だ」

「来ていただければ分かります。早く早く」

急かされて表に停めた馬車に乗り込んだ。

真成は部屋の寝台にあお向けになって横たわっていた。青い顔をして宙をにらんでいるが、すでに息絶えているのは明らかだった。

「これはいったい、どうしたことだ」

仲麻呂は立ちすくんだままつぶやいた。

「分かりません。宿直の者は服毒自殺ではないかと申しております」

「自殺だと。何を根拠に」

そんなことを言うのだと、仲麻呂は厳しく問い詰めた。

「真成さまは昨日の夕方から今朝まで、出かけておられません。部屋で争った様子もありませんから、自分で毒を飲んだとしか思えないのです」

「死因は毒だと、医師が確かめたのか」

「はい。坊内に住む医師が確かめました」

「しかし……いったいどうして」

仲麻呂は真成の枕元にしゃがみ込み、開いたままの目を閉じた。

そして乱れた襟を直そうと首の後ろに手を回し、妙なことに気付いた。首筋はきれいなのに、髪の根元に泥汚れの跡があった。

「昨夜は夜中に雪が降ったな」

「亥《い》の刻（午後十時）過ぎから、かなり降りました」

「真成の髪の汚れは、泥まみれの雪に倒れてついたのだろう。どこか外に出ていたはずだ」

「そんな馬鹿な。服は少しも汚れていなかったんですよ」

それに寮の門は閉まっているので、亥の刻過ぎには出入りできない。寮官はそう断言し、仲麻呂に来てもらったのは遺体を引き取ってもらうためだと言った。

「寮で自殺者が出たと知られれば、鴻臚寺ばかりか留学生を預かる大唐の信用にかかわります。早くどこかに埋葬していただかなければ」

「死因に不審がある。御史台《ぎょしだい》に届けて、遺体を詳しく調べてもらわねばならぬ」

「とんでもない。もし不祥事が明らかになれば、寮そのものが潰されます。ここに住む百人以上の寮生が家を失うのですよ」

「真相をうやむやにしたままでは、真成が浮かばれぬ。何とか手立てを考えてくれ」

「三日待ちましょう。一月十三日の正午までに遺体を引き取りに来て下さい。来て下さらなければ、近くの寺で無縁仏として葬ってもらいます」

仲麻呂はひとまず引き下がって出直そうとしたが、相談できる知り合いはいない。張九齢や王維なら力になってくれたかもしれないが、玄宗皇帝に従って洛陽に向かっていた。

仲麻呂は約束の十三日に真成の遺体を引き取り、知り合いの寺に保管してもらうことにした。幸い真冬で、息も凍るほどの寒さなので、地下に安置すれば腐敗することはない。保管している間に事の真相を突き止めるつもりだった。

「帰国の直前にこんなことになるなんて、真成さまもさぞ無念でございましょうね」

棺を積んだ荷車を曳きながら、羽栗吉麻呂が天をあおいだ。

「何が起こったのかいまだに分からない。だが真成は、絶対に自殺なんかしないはずだ」

「そうですとも。今日まで十七年間、苦労に耐えてこられたんですから。あと半年で帰国できるという時に、そんなことをなさるはずがありません」

「真成には留学前に言い交わした人がいたそうだ。その人のためにも帰りたいと言っていた」

「それじゃあ、なおさらです。なおさら帰りたかったはずですよ」

仲麻呂は後ろで荷車を押しながら、どんよりと曇った長安の空をにらんだ。後押しは召使いにさせると吉麻呂が言ったが、真成の棺に最後まで寄り添っていたかった。

その日の午後、下道真備が蘇州からもどってきた。

「真成が死んだと聞いたが、どういうことだ」

玄関で顔を合わせるなり、金壺眼《かなつぼまなこ》をひんむいてたずねた。

「ここでは話せない」

仲麻呂は真備を書斎に案内していきさつを語った。

「そうか。お前は自殺ではないと言うんだな」

「ずっと部屋にいたのなら、髪の根元に泥がつくはずがない。しかも」

遺体を引き取りに行った時、そこがきれいに洗われていたのである。

「誰かが証拠を消そうとしたということか」

「そう思う。それができるのは寮の者だけだ」

「よし。俺が調べてやる。四、五日待ってくれ」

蘇州から一月の長旅をしてきたばかりなのに、真備は疲れた様子も見せずに駆け出していった。

報告に来たのは五日後である。

「分かったよ。外で話そう」

仲麻呂を中庭に連れ出し、真成が死んだ日の深夜、四人乗りの馬車が坊内に入ったことが分かったと告げた。

「つまり真成は別の場所で毒殺され、寮に運び込まれて自殺のように見せかけられたということだ」

「しかし夜中には坊の門は閉まっている。寮にだって出入りできないはずだ」

「閉まっているはずの門を開かせた奴がいたということさ。大業坊の坊正《ぼうせい》は銭の亡者《もうじゃ》でね。金さえ払えば、自分の腹だって開いてみせるさ」

「誰かに買収されたということか」

雪が降りつづく夜、真成の遺体を乗せた馬車が坊門を通る陰鬱《いんうつ》な光景が、仲麻呂の脳裡にまざまざと浮かんだ。

「そうだよ。寮官も同じだ。しかも真成を運んで来た二人は宦官だったそうだ」

「真成が宦官に……」

「何かの用事で会ったか、それとも呼び出されたのか。俺は北里の花影楼で毒を盛られたとにらんでいる」

「真成が馬車で運び込まれたと、坊正も寮官も認めたのなら、御史台で証言させれば犯人を捕らえることができるはずだ」

「認めたよ。奴らが買収された倍の銭を積んで白状させた。しかもこのことは絶対に口外しないという条件でね」

だから御史台で証言させることは無理だと、真備は仲麻呂の杓子定規《しゃくしじょうぎ》を鼻で笑った。

「それじゃあ、どうするんだよ」

「俺たちだけで何があったか突き止めるんだ。あの夜真成が花影楼に行ったのか、行ったとしたら誰と会ったのか」

「真成は高力士さまから頼まれた官服ができ上がったと言っていた。それを届けに行ったのかもしれないが、高力士さまは洛陽に向かっておられるはずだ」

「それなら高力士の側近に届けたのだろう。しかしそれだけなら、毒殺されることはあるまい」

「真成は莫高窟の画集を見ながら、私はこんなにも愚かだと泣いていたよ。何か口にできないことに関わっていたのかもしれない」

真成が慟哭《どうこく》した時、なぜ理由を問い詰めなかったかと、仲麻呂は己のうかつさが悔やまれてならなかった。

「仲麻呂、口にできないこととは何だと思う」

真備が鋭く問いかけてきた。

「分からないけど、仕事に関することではないのは確かだ。真成はめざしていた服ができたと喜んでいた。もう思い残すことはないので帰国すると」

「俺は弁正に関わることではないかとにらんでいる。真成は弁正に連れられて花影楼に行った。ところが弁正のことだけは頑《がん》として認めようとしなかった」

「私も聞いたよ。あれは尚衣局の採寸師だと言っていた」

「それは花影楼に高力士がいたと認めるも同じだ。本人がいなければ採寸師を連れて行く必要もないからな」

「ああ、そうだね」

「しかしあれは採寸師ではなく弁正だった。高力士と弁正と真成が、口にはできない用事で会ったということだ」

「弁正が帰国しなかったのは、何かの役目をはたすように命じられたからだと書いていたね」

「秦朝元《はたのあさもと》がそう言っていた。その役目が何か分かれば、真成がやらされていたことも分かるはずだ」

「やらされていた?」

仲麻呂はなぜかどきりとした。

「ああ。真成は弁正に引きずられるようにして北里の道を歩いていた。自分から望んで花影楼に行ったわけではない」

「弁正は今どこにいるか、聞いたかい」

「それは朝元にも分からない。しかし十七年前に唐を離れる時、何かあったら宣陽坊《せんようぼう》にある浄《じょう》域《いき》寺《じ》の陳延昌《ちんえんしょう》を訪ねるように言われたそうだ。弁正はその寺を連絡場所として使っているのだろう」

明日にも浄域寺を訪ねようと約束して真備は帰っていったが、その直後に尚衣局から使者が来た。

「東都に向かっておられる皇帝陛下から、急使が参りました。晁衡左補闕にこの勅命を伝えよとのことでございます」

差し出された勅書には、井真成の急死を悼んで尚衣奉御《しょういほうぎょ》の位を贈るので、仲麻呂が主宰となって葬儀を行うようにと記されていた。

尚衣奉御は従五品上なので、主衣にすぎなかった真成にとって信じ難い計らいである。だが仲麻呂にはこの厚遇の背後に、事を早く始末しようという高力士の意図があるように思えてならなかった。

長安の東には滻水《さんすい》が流れている。終南山に源を発し、北に流れて渭水《いすい》にそそぐ川である。滻水の東には河岸段丘の高台が連なり、墓地が営まれていた。

墓は身分によって規模が定められている。三品以上の高官や皇族は塼《せん》（レンガ）を積み上げた塼室墓《せんしつぼ》だが、四品以下の者は黄土に横穴を掘って作った土坑墓《どこうぼ》に葬られる。

二月四日、この地で井真成の葬儀がおこなわれた。玄宗皇帝から尚衣奉御の位を贈る勅が下り、従五品上の格式に従って葬ることになったのだった。

仲麻呂は主宰を命じられたが、急なことで何もかもが間に合わない。土坑墓はたまたま空いていたものを使い、墓誌石と蓋もありあわせのものなので、大きさが合っていなかった。

しかも、真成の死因を明らかにすることもはばかられた。皇帝が位を贈って功績を賞したからには、何ひとつ落ち度があってはならない。

自殺とか毒殺されたという噂が立つことさえ不敬と見なされるので、急病死という扱いにするしかなかった。

仲麻呂は真備に葬儀の手配を手伝ってもらい、徹夜で誌文を作って知り合いの石工に刻んでもらったのだった。

土坑墓の墓道の幅は三尺（約九〇センチ）、奥行きは一丈（約三メートル）くらいで、墓室につながっている。墓室の広さは一丈四方ほどで、台形の斗《ます》をかぶせた形なので覆斗形《ふくとがた》という。

天井の高さは仲麻呂らが腰をかがめずに立っていられるほどで、入って左側に棺《ひつぎ》を安置するための磚で組んだ台座がある。

ここに真成を納めた棺を安置すると、台座の右側に壺や俑《よう》（はにわ）などの副葬品を置き、墓誌と墓蓋《ぼこう》を重ねて入り口の近くにおさめた。

すべての作業を終えると、仲麻呂は墓の外に会葬者十人を集め、墓誌を読み上げて故人を偲んだ。会葬者は羽栗吉麻呂と真備、同期留学の玄昉《げんぼう》、鴻臚寺の寮に住む諸国からの留学生たちである。

その中には白い肌をした大秦（東ローマ）人、肌が浅黒い天竺（インド）人。大きな体を窮屈そうに縮めたソグド人や、頬が削げ落ちて目付の鋭い吐蕃（チベット）人もいた。

仲麻呂は誌文を下書きした紙を広げた。

十三寸（約三九センチ）四方の誌石には、一行目に「贈尚衣奉御井公（井真成公）墓誌文幷《ならびに》序」と記され、十二行の途中で終わっている。本来なら十六行の誌文を書くべきだが、真成の急死に動揺し、どうしても文章がまとまらなかった。

「公、姓は井、字《あざな》は真成、国は日本と号す。才は天縦《てんしょう》と称せらる。故に能く命を遠邦に銜《ふく》み、上国（大唐）に馳騁《ちてい》す」

仲麻呂は墓に向かって朗読《ろうどく》した。真成は生まれつき才能豊かで、日本から遣唐使として唐に派遣され、大いに活躍したという意味である。

「礼楽を蹈《ふ》み、衣冠を襲ね、束帯して朝に立ち、与《とも》に儔《たぐ》うこと難し。豈《あ》に図らんや、学に強《つと》めて倦《う》まず、道を問うこと未だ終らざるに、壑《がく》に移舟に遇い、隙《げき》に奔駟《ほんし》に逢わんとは」

衣冠束帯で朝廷に立ち、比べる者がいないほど優秀だった。ところが学業の途中で突然死んでしまうとは、何ということだろう。

「開元二十二年正月十日をもって、乃《すなわ》ち官弟に終る。春秋三十六、皇上哀《かなし》く傷みて、追崇するに典有り、詔して尚衣奉御を贈り、葬は官給せしむ。即ち其の年二月四日を以て、万年県の滻水の東原に窆《ほう》むる。礼なり」

これは真成が三十六歳で役所の寮で亡くなり、玄宗から位を贈られて公費で葬られたことを言ったものだ。

「嗚呼、素車《そしゃ》（遺体を運ぶ霊柩車）もて暁《あかつき》に引き、丹旐《たんちょう》（魂を招く幡《はた》）もて哀を行う。遠途を嗟《なげ》きて暮日に頽《たお》れ、窮郊《きゅうこう》に指《おもむ》きて夜台（墓地）に悲しむ。其の辞に曰く、別れることは乃《すなわ》ち天の常、茲《こ》の遠方なるを哀しむ。形は既に異土に埋もれるも、魂は故郷に帰らんことを庶《こいねが》う、と」

これは葬礼の列をつらねて墓地に向かった情景を歌ったものだ。そして別れることは天命だと諦めながらも、遠い異国で死んだ真成の哀しみに寄り添っている。せめて魂だけでも故郷に帰れますようにという祈りとともに。

仲麻呂は朗読を終え、墓前に供えた革袋の酒を墓道にまいた。馥郁《ふくいく》とした奈良の香りがあたりに広がった。

これは何だと異国の留学生たちが色めき立ったが、阿倍船人《あべのふなびと》が持ってきてくれた酒はこれで終わりである。後は白酒《バイジュウ》を飲んで真成を偲ぶことにした。

初めは無言だったが、酔いが回るにつれて皆が重い口を開き始めた。

「真成さんはよく聞きに来ました。国ではどんな服を着ているのかと」

大秦の白面の若者が言った。

「そうそう。特に祭りと結婚式の服装を聞かれたよ。それで私が結婚式で着た服を見せてやった」

そうしたら真成は自分で着てみたいと言い出したと、天竺人が大きな瞳に涙を浮かべた。

「それで着せてやったのか」

早々と酔った真備が、喧嘩腰でたずねた。

「とんでもない。結婚式の服は神さまの前で着たものだから、人に貸すわけにはいかないよ」

「ならばそんな話をするな。だいたいお前の国の神さまは、酒を飲むことを禁じているんじゃないのか」

真成の死の真相がこんな形で闇に葬られることに、真備はいたたまれない思いをしている。

誰彼となく八つ当たりしないではいられないのだった。

「そうだけど、今日は構わない。友だちのためならシヴァ神さまも許して下さる」

「ならば飲み比べをするか。お前が結婚式で着た服を賭けて」

「真備は何を賭ける」

「胸の肉一斤を賭けるぜ。どうせ負けねえから」

「馬鹿なことを言うな」

仲麻呂は真備の悪酔いをたしなめた。

「そうですよ。ようやく帰国できるんだから」

許してくれるようにと、玄昉が天竺人に片手拝みをした。

仲麻呂らと同期の留学僧で、熱心な勉学ぶりを玄宗皇帝に賞されたほどだった。

「おい玄昉、たれ目の玄ちゃん、今何か言いましたか」

真備が赤ら顔でじろりとにらんだ。

「帰国を前に無謀なことをすべきではないと言ったのです。間違っていますか」

玄昉は真備より七つも年下だが、受けて立つぞという姿勢をとった。

「そうかい。お前は頭が良くて思慮深いと自負しているようだが、頭の良さでは仲麻呂に遠く及ばず、思慮の深さは真成の膝《ひざ》までしかねえんだよ」

真備は玄昉を焼き尽くさんばかりの形相をした。

「しかも自分を守ることばかり考えているから、いつまでたっても理屈ばかりで、本当の悟りに手が届かねえんだ」

「私が身を慎むのは、祖国に正しい仏教を伝えたいからです。保身のためではありません」

「馬鹿野郎、相手を見て物を言え」

真備はいきなり玄昉の顔に白酒をあびせた。

「お前が一切経や仏像仏具を買いそろえることができたのは、いったい誰のお陰だ。北里で色道修行した銭は、どこから出ていると思ってやがる」

「真備、もうよせ。真成が哀しむぞ」

仲麻呂は玄昉に顔をふけと手巾を渡し、何も言うなと目で制した。

「哀しむさ。やっと帰れるという時にこんな目にあわされて、哀しまないはずがないだろう」

「みんなすまない。吉麻呂、みんなをどこかの酒家に案内して、飲み直してくれ」

仲麻呂は銭を入れた革袋を従者の吉麻呂に渡した。科挙の進士科に及第した仲麻呂は、すでに留学生たちの間で伝説的な存在になっている。その言葉に誰もがおとなしく従い、吉麻呂に連れられて町に向かっていった。


四日後の朝、真備が神妙な顔をして訪ねてきた。

「先日は迷惑をかけた。今日も一カ所付き合ってくれ」

「付き合うって、どこへ」

「宣陽坊の浄域寺だ」

「浄域寺といえば」

弁正が連絡役にしている陳延昌という宗務長がいる寺だった。

「陳は今もこの寺にいる。きっと弁正の居場所も知っているはずだ」

「しかし、急に行って会ってくれるだろうか」

「陳は北里の遊廓に銭を貸し、高い利息を取ってもうけている奴だ。経典や仏具も方々で買い叩き、遠来の者に高値で売り付けている」

真備の行動力はさすがである。三日の間に陳延昌の素生を調べ上げ、接近する手立てまで講じていた。

仲麻呂と真備は馬車に乗り込み、朱雀街東第三街を北に向かった。

立派な革の長衣を羽織っているので気付かなかったが、真備は長衣の下に日本風の土色の貫《かん》頭衣《とうい》を着込んでいた。

「そんな服、まだ持っていたのか」

真備が唐に渡る時にその服を着ていたことを、仲麻呂は覚えていた。

「天竺人の結婚式の服と同じだ。海を渡る時に着ていたこの服が、俺にとっては守り神なんだよ」

「今日に限って、どうしてそんな物を着込んでいる」

「考えがあってのことだ。お前はただ俺に口裏を合わせてくれればいい」

朱雀街東第三街の東側に宣陽坊がある。南門から坊内に入り、松並木の道をしばらく進んだ所に、浄域寺があった。

規模は小さいが、まわりに銅《あかがね》色の土塀をめぐらし、緑色がかった瓦ぶきの門を構えている。境内には庭木や石を配し、参道の先に寄せ棟造りの本堂があった。

真備は革の長衣をぬいで馬車を下り、門番に宗務長の陳延昌に会いたいと申し入れた。

「日本国遣唐副使、大伴古麻呂さまの使いで参った者です。お取り次ぎをいただきたい」

門番は事情を聞いていたようで、奥に確かめもしないで二人を通した。

陳延昌は本堂の側の庫裏《くり》で待っていた。六十がらみの太った男で、綿をたっぷりと入れた上着を羽織り、火鉢を抱きかかえるようにしていた。

「さっそく目通りをお許しいただき、感謝にたえません。先日連絡を差し上げた大伴古麻呂の使いでございます」

「ほう。大唐に来られたばかりにしては流暢《りゅうちょう》に話される」

「祖父が百済に住んでいた漢人で、白村江《はくそんこう》の戦いの後に日本に帰化いたしました。家の中では唐語を使っておりますので」

「そちらのお方は？」

延昌がまぶたの厚い目を仲麻呂に向けた。

「日本の留学生で阿倍仲麻呂さまと申します。留学生で初めて、科挙の進士科に及第なされた方でございます」

「ああ、あなたが」

仲麻呂の噂は長安中に広がっている。当人を前にして、延昌は初めて警戒を解いた。

「延昌上人さまのことも、仲麻呂さまから教えていただきました。経典、仏像、仏画について造詣《ぞうけい》が深く、他に並ぶ者がないと」

真備がまことしやかに誉め上げた。

仲麻呂もうなずいて調子を合わせた。

「わしは上人などではない。御仏の教えを受ける在家の信者じゃ」

「実は大伴古麻呂さまが維摩経《ゆいまきょう》を求めておられます。お持ちであれば、お譲りいただけないでしょうか」

「あいにく手元にない。近頃人気の経典でな」

「それでは金剛般若経《こんごうはんにゃきょう》は」

「うーん、それも大乗仏典の白眉と言われるものゆえ」

「費用なら用意がございます。主《あるじ》から失礼のないようにと砂金を預かって参りました」

真備は腰につけた砂金の袋を膝の前においた。

「金剛般若経はないが、遺教経《ゆいきょうぎょう》ならある。釈尊が入滅に際して弟子たちに語られた言葉を記した有難い経典じゃ」

「拝見させていただけますか」

「これが、そうじゃ」

陳延昌はあらかじめ遺教経を用意していた。

真備はうやうやしく押しいただき、巻物を広げて仲麻呂に確かめてもらった。

「本物に間違いない。正式な仏垂般涅槃略説教誡経《ぶっすいはつねはんりゃくせっきょうかいきょう》という経題も記されている」

「それで上人さま、お値段は」

「そうだな。砂金ならこの椀一杯をいただこう」

延昌が差し出した朱塗りの椀に、真備は袋の砂金を山盛りにそそいだ。それでも袋には、まだ半分ほど残っていた。

「ついでながら上人さま、我が主のために献辞を記していただけませんか」

「いいとも。何と記せばいいのかな」

「主は大学寮の判官をしておりますので、こちらの官名では國子監大学《こくしかん》ということになりましょう。また唐名を朋古満と名乗っております」

「承知、承知、他にも珍しい経典があるでな。見ていかれるがよい」

延昌は袋に残った砂金をちらりと見て、巻物の巻末に署名した。

「唐清信弟子陳延昌 荘厳《しょうごん》此大乘經典附日　本
使國子監大學朋古滿於彼流傳
開元廿二年二月八日從京發記」

在家の仏弟子陳延昌が、この経典を厳かにまとめて朋古満に伝えたという常套句《じょうとうく》である。二月八日に「京より発記」と書いたのは、遠来の者には都で記したと書いた方が喜ばれるからだった。

「これはしまった。日本と書くべきところを、つい間を空けてしもうた。何しろ馴染みのない国名じゃからな」

「構いませぬが、もう一筆、受け取りを書いていただかねばなりませぬ。主《あるじ》に砂金を着服したと思われては困りますので」

「お安いご用じゃ。それではこれに金一椀、二十両（約七五〇グラム）相当、遺教経お代として拝受、これでいいかな」

延昌は何の疑いもなく受領書を渡し、他にも絹画紙に書かれた阿弥陀仏の名品があると言った。

「これも金一椀でお譲りできるが、どうじゃ」

「それは不要ですが、ひとつ教えていただきたいことがあります」

「何かな」

「日本の留学僧で弁正という者がおります。上人にたずねれば連絡先が分かると聞きました」

「そ、そんなことは、わしは知らぬ。他に必要なものがなければ、さっさと帰っていただこう」

延昌は平静を装って席を立ったが、動揺ぶりが嘘をついていることを示していた。

「ところがそうはいかないんだ。教えていただけないなら、この受け取りをしかるべき所に持っていって、法外な値で遺教経を買わされたと訴えますよ」

真備が辣腕家《らつわんか》の本性をあらわにした。

「何を言う。わしはそちらの求めに応じて譲っただけだ」

「そうですがね。二十両はふっかけ過ぎでしょう。こんな物は東の市に行けば三両ばかりで売っている。寺の宗務長がこんなあくどいことをしていると知ったなら、お役所ではどうなさいますかね」

「お前は誰だ。日本からの使いじゃないな」

「弁正を捜しているんで、どうあっても教えてもらいたいのさ。居場所を書いてくれたなら、残りの砂金もあんたのものだ。もちろん、この受け取りも破って捨てる」

真備がどすんと砂金の袋を差し出すと、延昌は立ちつくしたままめまぐるしく考えをめぐらした。欲と保身をむき出しにした、哀れなばかりの亡者ぶりだった。

翌日、仲麻呂と真備は弁正の住まいを訪ねることにした。

陳延昌に教えられた通り、延興門を出て東に向かう。そして滻水に突き当たり、川沿いの道を南に向かうと、弁正が住んでいる村があるという。

「おい、あれを見ろよ」

真備が急に足を止めて川向こうを指した。

河岸段丘になった高台は、五日前に井真成を葬った墓地だった。

「こんな偶然があるか。陳の野郎に一杯喰わされたのかもしれないな」

「ともかく、樹下地区の家に行ってみよう。このあたりは、身を潜めるには都合がいい所だよ」

樹下の地名は柳の巨木が数多くあることに由来する。住人の大半は対岸の墓地で墓掘りに従事していて、地区以外の者との交際を断っているので、部外者と顔を合わせることがないのだった。

弁正の家はまわりを土塀で囲んだ平屋だった。敷地は充分に広く、庭に柳が二本もあって枝葉が天をおおっているが、家は急ごしらえの粗末な造りである。しかも入り口の戸は引き倒され、部屋には家具や生活用品が散乱していた。

「これは、いったいどうしたことだ」

「弁正どのは確かにここに住んでいた。ところが身の危険を感じて、急いで逃げ出したようだ」

仲麻呂は部屋の隅の小机の下に、住吉神社の礼が落ちていることに気付いた。遣唐使船が難波津を出港する時、お守りとして拝領したものである。

これは弁正が住んでいた証だし、守り礼を持っていく余裕もなく逃げ出したことをうかがわせた。

「あわてたのは、真成が殺されたと知ったからだな」

「そうだと思う。弁正どのが逃げ出した後に、誰かが踏み込んで家捜ししたんだろう」

「そうだよ、仲麻呂。真成はやはり弁正にそそのかされて、何か危ないことをしていたんだ。高力士に会いに花影楼に行ったのはそのためだったにちがいない」

「危ないこととは、何だと思う？」

「もし秦朝元が言った通りなら、弁正は何かの役目を命じられて長安に残った。その役目をはたすために、真成に何かをやらせようとしたのだろう」

それ以上の手掛かりをつかめないまま、二人は長安に引き返すことにした。

「この間の文に、秦朝元が遣唐判官に抜擢されたのは、弁正と連絡を取るためだと書いていたね」

仲麻呂はそのことがずっと気にかかっていた。

「ああ。父と連絡を取って成果を確かめるためだと、朝元本人が言ったんだ」

「遣唐大使の多治比広成どのは、その役目が何か知っておられるかもしれない」

弁正が急に帰国を取りやめたのは、何かの役目をはたすためだったとすれば、それを命じたのは前回の遣唐押使《おうし》だった多治比縣守《あがたもり》としか考えられない。

広成は縣守の弟だから、弁正に役目を引き継ぐように命じる任務をおびていたのではないか。だからこそ、数多い官吏の中から遣唐大使に選ばれたにちがいない。

仲麻呂はそう推論していた。

「俺が一足先に洛陽に行って、広成さまに確かめてみるよ。四月には陛下との拝謁式が行われると言っていただろう」

「ああ、そうだ」

「それなら三月中旬までには上洛するはずだ。それを待って問い質してみるよ。それに石皓然に硫黄を運ばせる件について、張九齢さまの許可を得なければならない。だから仲麻呂」

張さまへの執り成し状を書いてくれと、真備が臆面もなく迫った。

「おそらく問い質しても、広成どのは本当のことを答えては下さるまい。だから真備は広成どのと同じ宿舎に泊まり、弁正が近付いてくるのを待っていた方がいいと思う」

「分かった。網を張って魚を待つわけだな。そのかわり、執り成し状を忘れるなよ」

土塀に開けた門を出ようとした時、仲麻呂の眉間に引き吊るような痛みが走った。危険を察知した時の癖である。

はっと前方を見ると、向こうの家の柳の巨木の上に二人がひそみ、こちらに向かって弓を引き絞っている。

「真備、伏せろ」

仲麻呂はとっさに真備に飛びかかって押し倒した。もつれあって倒れた二人の頭上を二本の矢が飛び、音をたてて地面に突き立った。

二月二十日になって、洛陽の王維から書状がとどいた。

「お上（皇帝）と日本の使者の対面は、四月一日に行われることになった。それに合わせて上洛するように伝えたところ、二月十日に蘇州を出発して三月十五日前後に洛陽に着く予定だという返信があった。そこで君は三月十五日までに上洛し、張九齢さまと日本の使者との仲介役をはたしてもらいたい」

王維は繊細な書体でそう記し、井真成の死を悼み、心よりご冥福をお祈りすると追記していた。

仲麻呂は役所の帰りに大業坊に立ち寄り、真備にこのことを伝えた。

「そうか、ついに来るか」

真備は玄関口で話を聞くなり、俺は明日にも洛陽へ向かうと言った。

「石皓然のことがあるしね。執り成し状は書いてくれたか」

「用意してきたよ。そう言われると思って」

仲麻呂が差し出した書状に目を通し、真備は「よっしゃ」とひとつ気合を入れた。

「すでに楊崇礼さまにも、皓然を推薦してもらっている。この執り成し状があれば鬼に金棒だ」

「楊さまと張九齢さまは疎遠だと聞いたが、よく推薦して下さったね」

「唐の北方を守り、皇帝の御世の安泰を保つには、何としてでも張守珪さまに契丹《きったん》や突厥《とっけつ》を打ち破ってもらわなければならぬ。そのためには日本の硫黄が必要だし、秘密と安全を守りながら幽州まで運ぶ必要がある。そうだろう」

「そうだね。真備の書状を読んで、秘密を守ることの大切さに気付かされたよ」

「その役目をはたせるのは、営州で手広く商売をしている石皓然しかいない。俺は何度もそう力説したのさ」

それでは出発の仕度もあるからと、真備はあわただしく奥に引っ込んでいった。

仲麻呂は三月四日に出発することにした。それまでに左補闕の仕事の整理と引き継ぎ、日本に持ち帰る荷物の整理、友人、知人への別れの挨拶など、やらなければならないことは多かった。


三月三日は上巳節《じょうしせつ》である。

長い冬を終えて春がおとずれる頃、官民こぞって川や湖で沐浴をして邪気を払った。桃の花が咲く時期なので桃の節句とも呼ばれている。上流の者たちは水辺で酒を飲みながら詩を作る『曲水宴』を楽しみ、庶民は野外に行楽に出たり、沐浴にちなんだ祭りをする。

仲麻呂もこの日、妻の若晴や翼と翔、従者の羽栗吉麻呂を連れて祭りに出かけることにした。

いつもは昇平坊内にある楽遊園で用をすませていたが、馬車に乗って長安城の南東にある芙《ふ》蓉園《ようえん》に向かった。

明日は洛陽に向かって出発する。妻子と共に過ごす最後の日なので、楽しい思い出を残してやりたかった。

若晴もその気持ちを察し、昨夜遅くまでかかって立派な弁当をこしらえている。今朝はいつもより入念に髪を結い上げ、美しく化粧をして快活に振る舞っていた。

「父上、芙蓉園に行くのは初めてですね」

どんな所ですかと、翼が車外の景色をながめながらたずねた。

「園のまん中には曲江池《きょくこうち》という広大な池がある。隋の文帝が大興城（長安城）を築いた時、城内の排水のために作ったものだ。池のほとりには数々の草花が植えられているが、中でも牡丹と芙蓉が見事だ」

「池のほとりには、今上陛下が曲江亭子《ていし》という宮殿を建てられたと聞きました。雅やかな美しい建物だと」

翔は話を盛り上げようと、期待に満ちた声を上げた。

「曲江亭子は高台に建てられ、居ながらにして長安の街をのぞむことができる。眼下には曲江池と花園が広がっていてひときわ見事だ」

「父上は亭子に上がられたことがあるのですか」

「張九齢さまのお供をして、一度だけ上がったことがある。ちょうど今頃で、桃の花が薄桃色の布を敷きつめたように咲きほこっていた」

馬車はやがて芙蓉園の正門に着いた。巨大な門には三つの入り口があり、軍装をした門番が入園者の監視に当たっている。

仲麻呂は門下省の所属であることを示し、家族を連れて中に入った。

まず目に飛び込んできたのは曲江池の水面の輝きだった。南北三里（約一・六キロ）、東西一里（約〇・五キロ）ほどもある広大な池の水面が鏡のように静止し、春の空を映して薄水色に輝いている。まるで地面にぽっかりと穴があき、もうひとつの空が姿を現したようだった。

池の西側はなだらかな傾斜をなして高台になり、桃の林となっている。花はまだ五分ほどしか開いていないが、仲麻呂が言ったように薄桃色の布を敷きつめたようだった。

東側は水平になっていて、牡丹や芙蓉、芍薬《しゃくやく》や山吹など、季節ごとに咲く花が植えられていた。その東隣の高台には、玄宗皇帝が建てた亭子が八角形の優美な姿を見せている。鉛色の瓦が春の陽に輝き、朱色の柱や白塗りの壁が花の色をしのぐほどに鮮やかだった。

池のほとりの広々とした道には、高く結い上げた髪にかんざしをつけ、美しくあでやかな着物をまとった若い女たちが行き交っていた。

上巳節は女性の成人を祝う儀式でもあり、女たちが自由に出歩ける数少ない機会である。そのため若い娘たちは化粧をして美しく着飾り、思いを寄せた相手と密会したり、新しい恋人との出会いを求めてそぞろ歩きをするのだった。

こうした様子を、詩人の杜甫は『麗人行』の中で次のように詠《うた》っている。

三月三日天氣新　三月三日天気新たなり
長安水邊多麗人　長安の水辺《すいへん》麗人多し
態濃意遠淑且眞　態《たい》は濃《こま》やかに意は遠く、淑にして且《か》つ真
肌理細膩骨肉勻　肌理《きり》は細膩《さいじ》にして骨肉は勻《ひと》し

三月三日の上巳節には天の気が新たになり、長安の曲江池の水辺には、美人たちがくり出し

ている。その姿態は艶やかで奥ゆかしく、内面から湧き出すしとやかさと純真さがある。肌のきめは細やかでなめらかで、肉体は均整《きんせい》良くととのっている、という意味である。

仲麻呂はそうした麗人たちの間を歩きながら、若晴に勝る女性はいないと改めて思った。容姿や体形の美しさばかりではない。内面からにじみ出る気品や気高さ、真心の深さや純粋さにおいて、若晴は他の者がおよばない輝きを放っていた。

(それでも帰るか。この家族を残して)

仲麻呂はひそかに自問してみた。

別れは明日に迫っている。断ち難い思いは次々とわき上がるが、それでも迷いをふり捨てて帰国しなければならなかった。

「父上、卵占いをやっていますよ」

翔が目ざとく見つけて近くに駆け寄った。

十三、四歳の娘たちが五人、池のほとりに腰を下ろし、長裙《ちょうくん》の裾を膝までまくり上げて足を水にひたしていた。

そうして一人がゆで卵を水に投げ込み、浮き上がってきた所を先を争ってつかんでいる。一番多くつかめた者が一番早く嫁に行くという占いで、娘たちは嬌声《きょうせい》を上げながら先を争っている。

翔も翼も娘たちのはしゃぎぶりを見て、祭りらしい浮き立った気持ちになったようだった。

「母上もあんな占いをしましたか」

翼がはにかんだ顔をしてたずねた。

「ええ、いつも一番早く卵をつかんでいました。だからお父さまと出会い、あなたたちを授かることができたのですよ」

「男にはそんな占いはないのかな」

「正月七日に弓矢で的を射る行事があるでしょう。あの時上手に的を射抜くことができた子が、早く出世して立派な娘を嫁にすることができると言われています」

「本当ですか。そんな意味があるとは知らずに矢を射てたけど、大丈夫かな」

翼も翔も変声期を終え、異性が気になる年頃になっているのだった。

「お前たち、あの五人の中から嫁を選ぶとすれば、どの娘がいいと思う」

仲麻呂はあえて意地の悪い質問をした。

「そんな失礼なことは言えませんよ」

翼は顔を赤らめて強弁した。

「いいから言ってみろ。将来嫁を決める時の参考になるだろう」

「それなら一番向こうの背の高い娘かな」

「僕は真ん中の丸い顔の娘です。さっきから一番多く卵をつかんでいる」

翔は今にも声をかけに行きそうだった。

「そうか。兄弟でも好みがちがうものだな」

長男の翼が選んだ娘は、若晴によく似た清楚で聡明な感じである。翔は快活でよく笑う娘が好きなようだった。

牡丹も芙蓉もまだ花をつけていない。それぞれの花を植えた一町四方ほどの花園の間には、紫雲閣の池を通って曲江池にそそぎ込む清らかな流れがあった。

山奥の渓流のように造った河原には、多くの官人や女官が集まり曲水宴をもよおしていた。

玄宗皇帝はすでに洛陽に移り、張九齢を始めとする宰相や高官たちもそれに従っているが、残った者たちだけでいつものように雅びやかな宴に興じているのだった。

二百人ばかりの集まりの中には、黄色い長袍をまとった宦官《かんがん》もいる。仲麻呂はふと嫌な予感がして、道を引き返すことにした。

「桃の森の高台に登ってみよう。大雁塔や小雁塔が美しく見えるはずだ」

我知らず急ぎ足になって池の西側に向かっていると、後ろから年若い宦官が追いかけてきた。

「晁衡さま、阿倍仲麻呂さま、お待ち下さい。お逃げになることはないではありませんか」

大声で呼び止められ、仲麻呂は対応せざるを得なくなった。

「逃げてなどおらぬ。先を急ぐ用があるのだ」

「三代金剛さまがお呼びです。曲水の宴をもよおしておられますので、詩の名手であられる晁衡さまにも加わっていただきたいとおおせでございます」

「先を急いでいると言ったはずだ。丁重にお断りすると伝えてくれ」

「いいのですか、三代金剛さまのお召しですよ」

三代金剛とは宦官の筆頭である高力士の側近で、力士と共に玄宗皇帝への取り次ぎ役をつとめている。二人を敵に回したなら宮廷では生きていけないと言われるほどの力を持っていた。

「西域から届いたぶどう酒もあります。琵琶《びわ》を奏し胡旋舞《こせんぶ》を舞う美女もたくさんいます。どうかご出席下さい」

「分からぬか、私は家族を連れて行楽に来ているのだ」

「分かっております。しかしここは芙蓉園なのですから、朝廷の人士との交流を優先するべきでございましょう」

「私は明日、陛下のご命令で洛陽に向かう。今日のうちにすませておかなければならない用事も多い」

仲麻呂は誘いをふり切り、若晴らを連れて表門に向かった。長居をすればどんな嫌がらせをされるか分からないので、桃の森に行くことは断念せざるを得なかった。

「お弁当はどうしましょうか」

従者の吉麻呂が背負った笈《おい》を、若晴が残念そうに見やった。中には精魂込めて作った五人分の弁当が入っていた。

「昇平坊にもどり、楽遊園で食べよう。あそこは高台になっていて見晴らしもいい」

「話には聞いていましたが、難しいことが多いのですね。宮廷という所は」

「光があれば影ができる。影の中でしか生きられない者たちもいるということだ」

難しいのは光と影、善意と悪意が入り乱れ、見分けがつかないことである。だから余程慎重にならないと、知らない間に罠に落とされ、命まで取られることになりかねない。

仲麻呂は十年あまり宮廷で生き、薄氷を渡る思いをしてきただけに、帰国が決まって内心ほっとしているところもあるのだった。

翌朝は晴天だった。春には珍しい澄みきった青空で、太陽もいつもより鮮やかに輝いていた。

仲麻呂と吉麻呂は巳の刻（午前十時）に出発することにして、帰国に当たって必要な品を四人乗りの中型の馬車に積み込んでいた。

「忘れ物はありませんか。書物、衣類、食中《あた》りの薬など」

若晴は最後まで快活で、二、三日旅に出る夫を見送るような様子をしていた。

「昨夜調べ直した。大丈夫だ」

「白酒とぶどうの果汁も行李《こうり》に入れておきました。眠れない時や食欲がない時に、薄めにして飲んで下さい」

「ありがとう。海を渡る時に重宝しそうだ」

「翼、翔、来てごらん」

若晴は二人を呼ぶと、仲麻呂に贈る新しい腹巻きを広げてみせた。刺繡《ししゅう》した二人の顔は驚くほどよく似ていた。

馬車は昇平坊の北門を出て、延興門通りを東に向かった。

若晴と翼と翔は、いつまでも通りに立って見送っている。仲麻呂はその視線を全身で感じながらも、窓から顔を出してふり返ろうとはしなかった。

吉麻呂はすすり泣きをこらえながら、何度も窓から顔を出してふり返っている。家を留守にすることが多かった仲麻呂や若晴に代わって翼と翔の面倒を見てきたので、別れがひときわ辛いのだった。

「窓を閉めよ。もうふり返ってはならぬ」

「しかし、旦那さま。これが今生《こんじょう》の別れでございます」

「すべて覚悟していたことだ。今さら未練を引きずってどうする」

仲麻呂は厳しく叱りつけて窓を閉めさせた。

延興門を出て城壁ぞいの道を北に向かい、灞水《はすい》にかかる舟橋を渡って潼関《どうかん》に向かっていった。

玄宗皇帝が東都の洛陽に移って以来、洛陽と長安を結ぶ道はひときわ重要になった。そこで年明け早々から河に舟橋をかけたり、大雨で傷んだ道を修復している。

しかも季節はおだやかな春で、沿道に植えた柳の並木ももえぎ色の若葉をつけた枝を広げている。野原には草花が咲きほこり、山の中腹では桃や山桜が花をつけていた。

二日、三日と山中を馬車で進むうちに、仲麻呂はふと張衡《ちょうこう》の『帰田賦』を思い出した。

張衡は後漢の順帝に仕えた官人で、詩才に恵まれ、天文学や数学に通じた発明家でもあった。

実は仲麻呂の晁衡という中国名は、進士科に及第した時に張九齢が、「張衡にならって清廉な生き方を貫くように」と言って付けてくれたものだ。

それゆえ仲麻呂は張衡の詩を折にふれて読んできたが、中でも官職を辞して郷里に帰る心情を詠んだ『帰田賦』に心をひかれていた。

その書き出しは次の通りである。

「都邑《とゆう》に遊びて以《もっ》て永久なるも、明略《めいりゃく》の以て時を佐《たす》くるなし。徒《いたずら》に川に臨みて以て魚を羨《うらや》み、河の清《す》むことを俟《ま》てども未《いま》だ期《き》あらず」

張衡は皇帝のもとで国を良くし民の暮らしを救おうと努力したが、俗人や佞人《ねいじん》にはばまれ、力及ばず宮中を去ることになった。

そうして官職を捨てて田舎に帰ることにしたのだが、その心情は仲麻呂にもよく分かった。張衡の頃から六百年もたっているのに、仲麻呂が生きてきた唐朝廷の内情もほとんど変わっていなかった。

十日目に洛陽に着いた。端門《たんもん》（正門）を入り、外国の使者の宿所である皇城内の鴻臚寺に行くと、下道（吉備）真備が待ちわびていた。

「十五日になると思ったが、早かったな」

「上巳節を機にふんぎりをつけることにした。日本の使者は到着しているようだね」

「三日前に着いた。入洛を許されたのは三十人だけだ」

「挨拶をしておきたいんだが」

「今日は係官に案内されて城内の見物に出かけている。もどるのは夕方になるだろう」

物見遊山の気分だから、呑気なものさ。真備はそう言いたげに肩をすくめた。

「弁正のことは何か分かったかい」

「まだ多治比広成さまや秦朝元に接近した様子はない。一人では見落とすこともあるので、たれ目の玄昉に手伝わせているが、誰も近付いた者はいないそうだ」

「井真成の急死を知って、弁正はあわてて姿を消している。しばらくは警戒して、動かないのだろう」

「浄域寺の陳延昌から買った遺教経を大伴古麻呂どのに渡した。その時広成さまも同席されたので探りを入れてみたが、延昌が連絡役をしていることはご存じないようだ」

「そのことについては、朝元に詳しく聞いてみよう。ところで石皓然の件はどうした」

「うまくいったよ。硫黄の運搬を皓然に任せるというご裁許を、張九齢さまにいただいた。お前が執り成してくれたお陰だ」

真備は石春燕を妻にして以来、皓然から莫大な支援を得ている。その恩を帰国前に返すことができてほっとしているのだった。

仲麻呂は荷物の整理を従者の吉麻呂に任せ、従七品上の官服に着替えて宮城内の宣政殿に向かった。

宮城の正門である応天門を入ると、正面に含元殿《がんげんでん》がある。公の儀式を行う含元殿の西隣には、皇帝が政務をとる宣政殿があった。

宣政殿の受付で張九齢との面会を申し込むと、程なくして二階の執務室から王維がやって来た。

従八品の官服である深青色の長袍を着て冠をかぶっている。九齢の計らいで中書省の右拾《しゅう》遺《い》に任じられたのだった。

「張宰相は来客中だ。しばらく時間がかかると思うから、別室で話をしよう」

王維は受付の隣にある控室に仲麻呂を案内した。

「官服がよく似合うよ。君はやはり朝廷で腕をふるうべき逸材だ」

親友の復帰が嬉しくて、仲麻呂は思わず手を握りしめた。

「井真成君の急逝は残念だった。心からお悔み申し上げる」

王維が拱手《きょうしゅ》して深々と頭を下げた。

「お心遣いありがとう。突然の死で、今でも動揺から立ち直れないでいる」

「急病と聞いたけど、何の病気だったの」

「よく分からない。夜中に眠っているうちに容体が急変したそうだ」

仲麻呂は方便を使い、それよりひとつ気になることがあると話を変えた。

「真成は尚衣局に勤めていたが、現場で働きたいと言って主衣のままだった。それなのに陛下のお計らいによって尚衣奉御の位が贈られ、官費によって葬儀をいとなむことができた。そのいきさつについて、王君は何か聞いていないだろうか」

「いきさつと言うと？」

「普通ならこんな計らいをしていただくことは絶対にないと思う。しかも陛下は洛陽へのご動座の途中で勅を下されたのだ。余程有力な方の推挙がなければ、こんなことはありえないはずだ」

「それは高力士さまのご尽力だと聞いている。日本からの使者との対面を控えているので、厚く弔意を示した方がいいと進言なされたそうだ」

そうしたいきさつを、王維は張九齢から聞いていた。

「真成は高力士さまに頼まれて新しい官服を作っていた。北里の花影楼にも行って、高さまと会っていたようだ」

「花影楼か。悪事と陰謀の策源地だね」

「何か知っているの。真成のことについて」

「そのことについては何も知らない。ただ」

王維は部屋の戸がしっかり閉まっていることを確かめると、椅子を引いて仲麻呂に体を寄せ、声をひそめて打ち明けた。

「高力士さまは近頃恩蔭《おんいん》（門閥）派の李林甫《りりんぽ》さまと接近し、張九齢さまと対立する姿勢を強めておられる」

「高さまが、どうして」

「考えられる理由は二つ。ひとつは九齢さまが均田制《きんでんせい》の崩壊によって困窮した農民を救うために、通貨の流通量を減らそうとしておられることだ。これに反対する大手の商人たちは、高さまと李さまに働きかけて九齢さまを失脚させようとしている」

「今度の飢饉の遠因は、均田制の崩壊にある。私も張さまにそう進言したことがある」

「それは張九齢さまから聞いた。私もまったく同じ考えだ」

「それで、もうひとつの理由は？」

「どうやらこの王維のようだ。私は昔、宦官の専横を批判して高力士さまににらまれ、済州

（山東省）に左遷《させん》された。そのような者を独断で右拾遺に採用するとはいかがなものか。高さまは陛下にそう耳打ちされたそうだ」

「それは嫌がらせだよ。張さまを批判するために、君のことまであげつらっているのだ」

「晁君、本当にそう思うかい」

王維が美しく澄んだ目を真っ直ぐに向けた。

「思うとも。君に落ち度は何ひとつない」

「それなら唐に残ってくれないか。そうして私と一緒に、商人たちの策謀から張九齢さまを守る楯になってもらいたい。それが陛下と朝廷をお守りすることにもつながるんだ」

「すまない。君の気持ちはありがたいが、私には帰国して日本のために働く使命がある。天皇にそう誓って、遣唐使に任じられたんだ」

仲麻呂はまたしても体を引き裂かれる思いをしながら、王維との話を打ち切った。

やがて張九齢の執務室に招かれた。仲麻呂は重い気持ちで階段を上がり、机についたままの九齢の前に立った。

「ご命令により、本日入洛いたしました」

「ご苦労だった。晩春の野山は絶景だったろう」

九齢は明るい表情で詩人らしいことを言った。

「花が咲き鳥が鳴き、しだれ柳が風にゆれていました。張衡の『帰田賦』が頭をよぎりました」

「あれは都を落ちる無念の詩だ。帰国することにも、忸怩《じくじ》たる思いがあるということかね」

「私は留学の戦士として唐につかわされ、祖国新生の戦士として帰国すると決意しました」

「もし私が君の立場なら、同じ判断をしたと思う。だから負い目を感じる必要はない」

「ありがとうございます」

「日本の使者が入洛したことは聞いている。四、五日のうちに対面するので、一行を案内してくれたまえ」

「承知いたしました」

「陛下への目通りは四月一日と決まった。正月の大朝会に招かれなかった新羅《しらぎ》や渤海《ぼっかい》、契丹《きったん》の使者も一緒だ。目通りの作法については、使者の一行と対面した時に王維君が説明するだろう」

三月十八日、多治比広成ら遣唐使首脳と張九齢の対面が行われた。仲麻呂は通訳をつとめ、両者は終始なごやかな雰囲気の中で食事を共にした。

ただひとつ問題になったのは、遣唐使船が底荷として積んできた硫黄の扱いである。

積荷はすべて皇帝への献上品とし、石皓然に払い下げられた後に営州の張守珪のもとに運ぶことにしたが、

「これはあくまで例外的なことで、今後の遣唐使船の底荷の扱いは、従来通りとしていただく。また今回のことは口外することはおろか、記録にも残さないでいただきたい」

九齢が改めて念を押した。

日本産の優良な硫黄は、火矢として用いれば威力が倍加するし、狼煙《のろし》として用いればより遠

くに正確な情報を伝えることができる。

これを張守珪が渤海や契丹、突厥との戦いに用いたいと望んだためにこうした計らいをすることにしたが、九齢はこの話が外部に洩れ、日本の硫黄が敵に渡ることを警戒しているのだった。

「そのことについては阿倍仲麻呂から聞いております。ご懸念には及びません」

広成がにこやかに応じた。

硫黄を献上するかわりに、最新の鉄製品を同じ重さだけ受け取って船の底荷にすることにしている。鉄剣や槍の穂先、矢尻など、蝦夷《えみし》や隼人《はやと》などの討伐を進める大和朝廷にとって、喉から手が出るほど欲しいものだった。


四月一日、正月の元会《げんかい》儀礼にならって玄宗皇帝との拝謁式が行われた。

元会儀礼とは年の始めに群臣が宮城に参上し、皇帝に貢物《みつぎもの》をして忠誠を誓う儀式である。

これには序列がある。皇帝のまわりを王侯や宰相たちが固め、その外側に唐の道《どう》や州《しゅう》からの朝集使が並び、さらに外側に唐と境を接する民族や地域（これを羈縻州《きびしゅう》という）の使者たちが整列する。

これこそ皇帝を中心とした中華秩序を視覚的に表したもので、本来なら日本の遣唐使も加わるはずだったが、長安が長雨による飢饉に襲われたために規模を縮小し、東夷《とうい》の使者とは洛陽で対面することにしたのだった。

仲麻呂も多治比広成以下三十人の遣唐使に付き添って拝謁式に出た。

まず含元殿の前に建つ朝堂に進み、広成らが日本の天皇から皇帝への貢物を積み上げた。新羅や渤海、契丹などの使者も職貢図《しょくこうず》に記された通りの装束をまとい、貢物を積み上げている。

やがて皆が含元殿前の殿庭《でんてい》に整列し、玉座についた玄宗皇帝に拝謁することになった。ところが四夷《しい》の使者が立ち入れるのは、玉座から五十間（約九〇メートル）ほど離れた所までである。

しかも玉座は八角形の朱色の建物に据えられ、前には薄絹の簾《すだれ》がたらしてあるので、皇帝の姿を拝することはできなかった。

それでも正月参賀に代わる拝謁式に出席を許され、貢物を献じることができたことで唐の冊《さく》封国《ほうこく》（皇帝と君臣関係にある国）としての立場を認められたのだから、多治比広成らの役目は無事にはたせたのだった。

拝謁式の後には玄宗皇帝から下賜品をたまわる。これは上納した貢物の五、六倍になるのが普通で、蘇州まで運ぶのに何台もの馬車や舟を要するほどである。

仲麻呂が下道真備らとその手配に当たっていると、多治比広成から会食の誘いがあった。

「四月十日の午後、内々で話がしたいとのことでございます」

広成の従者が告げた。

「内々とは、仲麻呂だけということか」

真備が目をむいてにらみつけた。

「さようでございます」

「それはおかしい。我らは生死を共にしてきた同志だぞ」

「唐の朝廷の内情について、聞きたいことがおありなのだろう。そんなに目くじらを立てるなよ」

仲麻呂は笑ってたしなめた。

指定された時刻に部屋を訪ねると、広成は一人で待っていた。食卓には酒肴の用意がととのえてあった。

「このたびは苦労をかけた。お陰で無事に役目をはたすことができた」

広成は五十五歳になる。北陸諸国の按察使《あんさつし》を歴任した温厚な男で、役目をはたして帰国したら官職を辞すると公言していた。

「元会儀礼にご出席いただけなかったのは残念ですが、唐朝の混乱のためと思し召してご容赦下さい」

「長雨によって飢饉が起こっていると聞いている。大唐国でもそのようなことがあるのかと、目を開かれた思いだよ」

「長安の周辺は黄土高原が多く、耕作に適した土地が少ないので、気候の変動による影響を受けやすいのです。その点では日本の田畑のほうがはるかに優れていると思います」

「ともかく東都での任務の成功を祝って乾杯しよう。こちらに来て乾杯と万歳を覚えたよ」

広成の言葉を待って、従者が白酒を薄赤色の果汁で割ったものを差し出した。

口をつけてみると酸味があってさわやかな香りがする。長安では味わったことがないものだった。

「これは……」

「石榴《ざくろ》というそうだ。下賜品だが日本に持ち帰れないので使わせてもらった」

「西域から伝来したと、噂には聞いたことがあります」

「実は君に折り入って頼みたいことがある」

広成はゆっくりと酒を味わってから、従者に席をはずすように目配せをした。

「我々は帰国のために蘇州に向かうが、君には唐に残ってもらいたい」

「それは……、どうしてでしょうか」

仲麻呂は激しい動揺に襲われ、表に出すまいと懸命に平静を装った。

「君は樹下地区にある弁正の家を訪ねたそうだね」

「連絡があったのでしょうか。弁正どのから」

「洛陽に着いた直後に、ひそかに文を受け取った。その中には井真成君が毒殺されたことも記してあった」

「……………」

「そのいきさつについては、やがて弁正が話すだろう。君に唐に残ってくれと頼むのは、井真成君に代わって弁正の片腕になってもらいたいからだ」

「弁正どのは、唐に残って何をしておられるのでしょうか」

仲麻呂は動揺から立ち直ろうと、丹田に心気を集めた。

「それを話す前に」

広成は背後の棚から黄金造りの太刀を取り出し、両手でささげて仲麻呂に差し出した。

遣唐大使として天皇から預かった節刀で、天皇の名代として全権を委任されていることを示していた。

「この太刀を手に取り、これから聞いたことは誰にも口外しないと誓ってもらいたい」

「遣唐使を拝命した時、帝に忠誠を尽くすと誓っています」

「それは知っているが、これは天皇家の存続に関わる問題なのだ。一命を賭して誓ってくれなければ話すことはできない」

「承知いたしました」

仲麻呂は頭を垂れ、うやうやしく両手を差し出した。

ずしりと重い節刀を受け取った瞬間、頭から足の先までしびれるような感動が突き抜けた。まるで帝ご本人から、朝家が相伝してきた霊力をさずけられたようだった。

「一命を賭して、命に従います」

仲麻呂はためらいなく口にした。すると返す波のように足先から頭まで感動がせり上がり、両の目から滂沱《ぼうだ》の涙があふれ出した。

広成はその様子をじっとながめ、節刀を背後の棚にもどしてから話を始めた。

「弁正の任務は、唐の史書に日本のことがどう記されているかを確かめることだった。そのためには秘書省の秘府《ひふ》（秘庫）まで入り込まねばなるまい」

「その通りです。重要な史書は秘府に保管され、秘書監（秘書省長官）の許可がなければ入れません」

「しかし弁正は皇帝からうとんじられるようになり、宮廷への出入りを禁じられている。そこで井真成君を手先にしたようだ」

「しかし、真成は秘府に入ることなどできません」

仲麻呂は真成と書閣に入った時のことを思い出した。真成は職貢図を見るためだと言ったが、真っ先に史書の棚に行って『翰苑《かんえん》』を手に取ったのである。

「それにどうして、唐の史書に日本がどう記されているかを確かめる必要があるのでしょうか」

「阿倍君、君ならそんなことはすでに分かっているだろう。唐との関係を維持するためだよ」

日本にとって事はそれほど重大だった。

発端は大宝二年（七〇二）に粟田真人を執節使（全権大使）とする遣唐使が派遣されたことである。白村江の戦で唐と新羅の連合軍に大敗した日本は、唐との関係正常化をめざして四十年ぶりに正式の使者を送ったが、交渉開始の前提として唐側が示した条件が四つあった。
一、律令制度を導入し、法治国家とすること。
二、仏教を国家の基本理念とすること。
三、唐の長安にならった条坊制にもとづく都をきずくこと。
四、国史を明らかにし、天皇の由緒の正しさを示すこと。

いずれも難しい条件ばかりだが、白村江で大敗した日本の立場は弱い。しかも朝鮮半島を統一して強大になった新羅と対抗するためにも、唐との関係を正常化して最新の技術や文化を導入する必要に迫られていた。

そこで唐が示した条件に対応するべく改革を急いだ。

一については、大宝元年（七〇一）に大宝律令を制定し、唐に持参して不備がないかどうかを判断してもらうことにした。

二については、奈良や諸国の国府に寺を建て、多くの僧を養成して仏教の教えに従った国造りを急ぐことにした。

三については、持統天皇八年（六九四）に条里制にもとづいた藤原京を造営し、新しい都とした。

四については、『古事記』の編纂計画が立てられたが、粟田真人を派遣した時点では手つかずのままだった。

「真人どのと唐側の交渉で、大宝律令と仏教の導入についてはすんなりと認められた。しかし藤原京については天子南面の原則にそむくという理由で再築を命じられ、国史を編纂しない限り冊封国と認めることはできないと釘を刺された」

広成が苦々しげに石榴の果汁で割った酒を口にした。

唐の都は天子は南面するという原則に従い、長安も洛陽も王宮を城内の北側に配している。

ところが藤原京は『周礼《しゅらい》』の記述にのっとり、城内の中央に配していた。

これでは唐の中華思想を奉じているとは言えないので、造り直すように命じられたのである。帰国した粟田真人は唐との交渉結果を朝廷に報告し、早々に対応に着手した。完成して間もない藤原京を捨て、和銅三年（七一〇）には長安様式の平城京に遷都《せんと》した。

遷都の詔《みことのり》が出されてわずか二年という突貫工事だったが、阿倍仲麻呂の伯父にあたる宿奈麻呂《すくなまろ》が造平城京司長官となり、無事に完成にこぎつけたのだった。

残るは国史の編纂である。これに対応するために和銅五年（七一二）に『古事記』を編纂し、五年後に派遣された多治比縣守を遣唐押使とする一行に託した。縣守は広成の兄で、博識をもって知られる逸材だった。

「兄は完成したばかりの『古事記』をたずさえ、秘書省の顕官《けんかん》たちが顔をそろえた審査会に出席したそうだ。結果はどうなったと思う」

広成が深い諦念とともに溜息をついた。

「古事記は唐における史書の概念からはずれています。むしろ叙事詩《じょじし》と言うべきでしょう」

仲麻呂は前々からそう感じていた。

「その通りだ。唐には周王朝以来の膨大《ぼうだい》な史書があり、『史通《しつう》』のような優れた史論も記されている。そうした水準から見れば、『古事記』は老婆の昔語りか貧乏文士の伝奇物のようだと言われたそうだ」

問題はそればかりではない。唐には『後漢書』や『三国志』、『隋書』など、東夷や倭国について記した史書がたくさんある。日本で作られる史書も、こうした史書との整合性がなければ正史とは認められないのだった。

「そこで兄は、唐にいる間に可能な限り史書を買い集め、次の史書を編纂する時の参考にしようとした。そうして作ったのが『日本書紀』だ。それは養老四年（七二〇）に完成し、唐朝の審査を受けるようにこの私に託された」

「すでに審査会が開かれたのですか」

「開かれたよ。そして私も兄と同じ屈辱を味わった。中でも問題になったのが、天皇家はどこから日本に渡り、どうして大和に朝廷をきずいたかということだ」

それについても唐の史書に詳細な記述がある。それと一致しない所があると、秘書省の高官たちは記述の根拠を示せとしつこく迫ったのだった。

「そこで私は反対にたずねてみたよ。あなたたちが根拠としている史書は何なのか教えてほしいと。すると彼らは、朝廷の機密なので公《おおやけ》にはできないと言った」

「唐の朝廷は羈縻州《きびしゅう》や四夷《しい》の国々の来歴を知っていることを、外交上の強みにしています。ある国の王権の正統性を否定する史書を持っていれば、それを材料にして相手を屈服させることができるからです」

仲麻呂はそう口にした瞬間、多治比縣守が弁正を唐に残した理由を理解した。そして広成が同じ任務を自分に与えようとしていることも……。

「だからこれは国と国との戦《いくさ》なのだ。唐が秘府に保管している史書を根拠に日本の正統を否定しようとするなら、我らは秘府の扉をこじ開けてその史書を見つけ出すしかない。見つけたならそれを根拠に新しい史書を作るか、件《くだん》の史書をこの世から葬り去るしかあるまい」

「弁正どのの任務は、それだったのですね」

「兄は唐側の思惑を察し、弁正に秘府の史書を見つけ出すように命じた。同じことを君にも命じたい」

広成の温顔の下から、国を背負う官吏らしい冷徹さが現れた。

「どうして、私に」

「唐での立場といい才質といい、この役目をはたせるのは君しかいない」

「次の遣唐使船で、帰国できるでしょうか」

「それは約束する。無事に役目をはたし、祖国の土を踏めるように祈っている」

「承知しました。帝への誓いにかけて」

「君ならそう言ってくれると思っていた。やがて弁正から連絡があるだろう。詳しいことは彼から聞いてくれたまえ」

「ひとつ、たずねてもいいですか」

「何かね」

「井真成が毒殺されたのは、高力士さまを頼って秘府の史書に近付こうとしたためでしょうか」

「それも弁正が知っている。私の口からは何も言えぬ」

仲麻呂は早々に会食を切り上げて部屋を出た。頭では冷静なつもりでも、心と体が事態の急変に対応できないままである。

激しい目まいと吐き気がして、酒も食事も受け付けなくなっていた。

第三章　帰国と残留

下道《しもつみちの》（吉備《きびの》）真備《まきび》は六月まで洛陽にとどまっていた。

多治比広成《たじひのひろなり》ら遣唐使の一行は四月末に蘇州《そしゅう》に向かって出発したが、阿倍仲麻呂《あべのなかまろ》が急に同行できないと言い出したからである。

「王維《おうい》君から急ぎの仕事を頼まれた。張九齢《ちょうきゅうれい》さまから命じられた仕事が間に合わないので、あと三カ月でいいから手伝ってほしいと言うんだ」

それを断って帰国はできないというので、真備は玄昉《げんぼう》と鴻臚寺《こうろじ》の宿舎で待つことにして所在ない日々を過ごしていた。

帰国の船が出るのは十月になってからである。蘇州まで片道一カ月なのだから、八月中旬に洛陽を出発すれば間に合うのだが、真備は仲麻呂の様子が何かおかしいと感じていた。

いつもの純粋さが失われ、目に陰《かげ》りがある。何か悪事をおかし、それを隠し通そうとするような後ろ暗さがあった。

「水臭いな。困ったことがあるなら相談してくれ」

真備はそう言って肩を叩いたが、仲麻呂はにこりともせずに去っていった。その時の人を寄せつけない頑《かたく》な態度がずっと気にかかっていた。

（ともあれ七月まで待つしかあるまい）

真備はそう決意したが、気がかりを払拭《ふっしょく》できないので何をする気にもなれない。宿所の部屋で書物を読んだり昼寝をする日々を過ごしていた。

六月になって晴天がつづくと、玄昉がどこかへ行こうと誘いに来た。

「龍門石窟に行きませんか。雲州《うんしゅう》の雲崗《うんこう》石窟に劣らぬ規模で、則天武后の面影を写した巨大な盧舎那仏《るしゃなぶつ》があるそうですよ」

距離はおよそ二十五里（約一三キロ）。馬車で行けば半日で着けると、玄昉は調べ上げていた。

「俺はもう二度も見てきた。行きたければ一人で行け」

真備は寝そべったまま玄昉を見ようともしなかった。

「近くには温泉もあり、湯女《ゆな》もいるそうです。あと少ししか唐にはいられないのだから、こんな所でくすぶっていてはもったいないですよ」

「うるせえな。銭なら出してやるから、一人で行って来い」

真備は砂金の入った袋を無造作に投げた。

「そうですか。別に銭を出してもらいたくてお誘いしたわけではありませんがね。へっへっへ。それでは遠慮なく」

砂金の袋を懐にねじ込み、足音も高らかに表に出ていった。

六月二十一日は雨だった。

大粒の雨が南からの風に吹かれて横なぐりに降りつけてくる。中庭の柳の枝が、狂乱した女が髪をふり乱すように激しく揺れていた。

真備の脳裡を、閨《ねや》で乱れる妻春燕《しゅんえん》の姿がよぎった。もう二度と会えないと思うと、淋しいようなほっとしたような妙な気持ちだった。

「真備どの、よろしいか」

薄絹の長袍《ちょうほう》を着て冠をかぶった、立派な風采《ふうさい》の男が入ってきた。歳は五十がらみで、丸い顔にどじょう髭をたくわえていた。

「私は秘書省で丞《じょう》（従五品上）をつとめる褚思光《ちょしこう》という者です。真備どのにお願いがあって参りました」

「どこかでお目にかかりましたか」

真備は退屈をまぎらすために酒を飲んでいた。

「ご面識を得たことはありませんが、門下省の阿倍仲麻呂君とは親しくしております」

「それで、何の用です」

「鴻臚寺丞の李君のことです」

「李君というのは、李訓《りくん》どののことでしょうか」

「そうです。昨日、他界しました。五十二歳でした」

「そんな……。あんなに元気だったのに」

李訓は鴻臚寺で諸国からの使者の接待役をしていた。日本からの遣唐使の世話も一手に引き受け、玄宗皇帝との拝謁式もとどこおりなくすませてくれたのだった。

「長年の友なので、私もまだ信じられません。しかし、もはや帰らぬ身となりましたので、せめて最後の望みだけでも叶えてやりたいのです」

「何でしょう。その望みとは」

「李君の最後の仕事が、日本からの使者の接待でした。だから墓誌は日本人に書いてもらいたいと言い残したのです」

「それは仲麻呂に頼んで下さい。彼は名筆です」

「私もそう思って阿倍君に頼んでみました。ところが彼は、喪中なので引き受けることができないと言うのです」

「喪中とはどういうことです。彼の家族に何かあったのでしょうか」

仲麻呂がふさぎ込んでいたのは、妻の若晴《じゃくせい》に異変があったからではないか。真備はそう思った。

「それは聞いておりませんが、喪中とあれば仕方がありません。そこで褚遂良《ちょすいりょう》や王羲之《おうぎし》の書を学んでおられる真備どのにお願いに上がりました」

褚思光が墓誌用に罫線《けいせん》を引いた紙と、墨壺と筆を差し出した。

「学んでいるというほどではありませんが、仲麻呂の紹介ならやむを得ません。お引き受けしましょう」

真備は道具を受け取って机の上に運び、墓誌銘を読んでくれと筆を執った。

「失礼ですが、酩酊《めいてい》しておられるのではありませんか」

「酒は飲みましたが、問題ありません。王羲之が『蘭亭序《らんていじょ》』を書いた時のことをご存じでしょう」

王は会稽山《かいけいざん》のふもとの蘭亭に名士を招いて曲水の宴を開き、泥酔して詩集の序文を書いた。後日それを書き直したが、酔った時に書いたものが一番評価が高く、後に書家の手本とされたのである。

「なるほど。そういうこともありますね」

思光はあっさりと引き下がり、「大唐故鴻臚寺丞李君墓誌銘幷《ならび》に序」と題した草稿を読み始めた。

「公、諱《いみな》は訓《くん》、字《あざな》は恒《こう》。隴西《ろうせい》自《よ》り出で、天下の著姓《ちょせい》と為《な》る。曾祖《そうそ》の亮《りょう》は、随（隋）の太子洗馬《たいしせんば》、祖（祖父）の知順《ちじゅん》は、右千牛《うせんぎゅう》と為り、文皇帝に事《つか》う。父の元恭《げんきょう》は大理《だいり》少卿兼吏部侍郎《しょうけいけんりぶじろう》なり」

李訓の出自と曾祖父から父までの経歴を語った後で、

「君（李訓）少《わか》くして異操《いそう》有り、長じて介立《かいりつ》し学を好む」

李訓の若い頃からの有能ぶりと、若くして父を失って苦労したいきさつが述べられる。

真備はこうした場合の言葉遣いをよく知っていて、酔いながらも長年学んできた褚遂良の書体で思光の言葉を書き取っていった。

「而《しか》るに天其《そ》の才を与うるも、其の壽《よわい》を与えず。梁《はり》は夏《か》に在りて、始めて構えらるるも……」

褚思光はその件《くだり》になるとにわかに絶句した。親友を失った哀しみが胸に突き上げ、涙に目をふさがれて草稿を読むことができなくなった。

「は、梁《はり》は夏《か》に在りて、始めて構えらるるも、ふ、舟は流れに中《あた》りて、遽《にわか》に……、遽に覆《くつがえ》る」

そこまでが限界だった。友こそ一生の宝である。互いに感化を与え合った深い交わりは、親兄弟に勝ると言っても過言ではない。それを失った空虚を埋められず、思光は膝を折って泣き崩れた。

真備もこの正月に井真成を失ったばかりである。思光の悲しみは胸が痛いほど分かった。

「どれ、草稿を貸して下さい」

真備は草稿を読み上げながら写すことにした。

「それ旐《はた》は以て名《な》を書き、誌は以て行を誄《しる》す。乃《すなわ》ち石に勒《ろく》し銘を作りて云う。

洪《おお》いなり、これ夫子《ふうし》、灼灼《しゃくしゃく》たりその芳《かんばせ》。

道《みち》は世を經《おさ》むるに足り、言いて章《あや》あり。

亦《ま》た既に來《きた》り仕《つか》え、休《おお》いに聞こゆ烈光《れっこう》。

如何《いかん》ぞ淑《よか》らず、代《よ》を弃《す》（棄）てここに亡《みまか》る。

その引くや盖《けだ》し殯《ひん》なり、用《もっ》て山崗《さんこう》に紀《しる》す。」

そうして最後に秘書丞褚思光文《ぶん》、日本國朝臣備書《あそんびしょ》と記した。備とは真備のことである。

「これでよろしいでしょうか」

真備は墨が乾くのを待って思光に差し出した。

「素晴らしい。思っていたよりはるかに達筆です」

思光は書を持ち帰ると石工に刻《きざ》ませ、六月二十五日に李訓の遺体を洛陽の感徳郷《かんとくきょう》の墓地に埋葬した。

余談だが、「李訓墓誌」はこれから千二百七十九年後の西暦二〇一三年に広東省深圳《しんせん》市の博物館長によって発見され、六年間の研究によって「日本国朝臣備」とは吉備真備だということが明らかになった。

井真成の墓誌は日本国の名を歴史的に確認できる最古の史料だと話題になったが、「李訓墓誌」は日本国という名を記した人物を特定できる最古の史料なのである。

李訓の葬儀の翌日、阿倍仲麻呂が宿舎に訪ねて来た。二カ月ばかりの間に面やつれして、別人のように覇気を失っていた。

「どうした。どこか悪いのではないか」

真備は仲麻呂まで失うのではないかと気が気ではなかった。

「どこも悪くない。仕事が忙しくて疲れているだけだよ」

仲麻呂は何でもないと弱々しく笑った。

「王維君から頼まれたと言ってたけど、どんな仕事をしてるんだい」

「悪いが話せない。朝廷の機密に関わることなんだ」

「秘書省の褚思光どのから墓誌の揮毫《きごう》を頼まれたよ」

「聞いている。私も頼まれたが引き受けられなかった」

「喪中だと聞いたが、若晴さんに何かあったんじゃないのか」

仲麻呂が帰国することを儚《はかな》んだ若晴は、自ら命を絶ったのではないか。真備はそんな予感にとらわれていた。

「そうではない。あれは方便だ」

「方便？　嘘をついたと言うことか」

「仕事に追われていて、揮毫など引き受けられる状態ではなかった。ところが褚どのがあまり熱心に頼まれるので、断る方便にしたんだ」

「そうか。それならいいが」

お前らしくないなという言葉を、真備はすんでの所で呑み込んだ。

「そのような状況で、八月下旬まで洛陽を離れられない。悪いが先に蘇州まで行っていてほしい」

「まさか、帰国しないつもりじゃないだろうな」

「仕事が終わったらすぐに後を追う。九月末までには蘇州に着くよ」

「仲麻呂、帰国したら日本を唐に劣らぬ国にしようと約束したことを覚えているか」

「もちろん覚えている」

「そのために俺とお前と井真成と玄昉で役割を分担した。真成はあんなことになったが、お前がいてくれるなら何とかなると思っている」

「分かっている。私だって一日たりとも祖国のことを忘れたことはないよ」

仲麻呂が妙に力んで言い張った。これもらしくないが、真備は黙って引き下がったのだった。

七月一日、真備は玄昉や荷物運びの従僕らとともに洛陽を発った。

馬車で汴州《べんしゅう》（開封市）まで行き、仲麻呂と行った時と同じように通済渠《つうさいきょ》（運河）の舟便を用いた。

蘇州に着いたのは八月五日。江水（長江）に面した南方の町にも、秋風が吹く季節になっていた。

江水の河口にある黄泗浦《こうしほ》の港の近くに、日本の遣唐使の宿所がある。四月末に洛陽を出発した多治比広成らの一行は六月初めに宿所に入り、日本への帰国に向けて準備を進めていた。

真備は玄昉とともに宿所に入り、仲麻呂が到着するのを待つことにした。

ところが秋が過ぎ、銀杏《いちょう》や楓が落葉を終える頃になっても、仲麻呂は来なかった。

出国は十月二十日前後と定められている。天気の動き、風の良し悪し、海の匂いなどをもとに、一号船の船長《ふなおさ》である阿倍船人《ふなびと》が決断することになっていた。

（仲麻呂の野郎、何をぐずぐずしてやがる）

真備は切れそうになる堪忍袋の緒を持ちこたえながら、洛陽から持参した荷物の整理をつづけていた。

主要なのは書物。

唐の典礼について記した『唐礼』百三十巻、唐の暦について記した『大衍暦経《たいえんれききょう》』一巻、大衍暦経の解説書である『大衍暦立成』十二巻などである。

日本の朝廷が唐にならった制度をととのえるには、何と言っても典礼を確立する必要がある。儒教の教えにのっとった儀式が、上は皇帝から下は初位の役人まで、一糸乱れぬ序列を成していることを視覚化し、皇帝の権威によって天下が整然とおさまっていることを示すのである。

暦が必要なのは、皇帝が天命を受けて天下に君臨し、すべての時を支配しているからだ。朝廷はその証として暦を作り、支配地域すべてを皇帝時間に従わせる。

暦によって国内の行事が決められるばかりか、稲の種まきや田植え、刈り取りの時期まで決めるのだから、生活すべてを支配すると言っても過言ではない。

それゆえ皇帝は権威と権力の象徴として暦を作成するのだが、これは天体の運行を正しく把握し、莫大な記録を集積している必要がある。

日本のように後進の国は、唐の優れた暦法に頼るしかないのだった。

（しかし日本でも、独自の暦を作れるようにならなければならぬ）

真備はそう考え、天体測量のための『測影鉄尺』も買い込んでいる。これを陰陽寮の暦博士に渡し、『大衍暦立成』と首っ引きで研究させるつもりだった。

他には音楽について記した『楽書要録』十巻、管楽器である「銅律管」一個、「馬上飲水漆角弓」と名付けられた漆ぬりの角弓が一張、鎧をも貫き通す「射甲箭《しゃこうせん》」が二十隻、歩兵用の「平《へい》射箭《しゃせん》」が十隻である。

箭とは矢のことで、矢尻は石皓然《せきこうねん》が突厥の鍛冶職人に作らせた最新式のものである。しかも射るのは普通の弓ではなく、十字弓と呼ばれる弩《ど》だった。

真備が典礼や暦、音楽、軍事方面のものを中心に買い集めたのは、遣唐留学生《るがくしょう》四人で役割分担をしていたからである。

律令についての書物や史書は阿倍仲麻呂が担当し、帰国後は朝廷の要職について国家の方針を決定する。

仏教については玄昉が担当し、一切経をはじめとする経典を持ち帰り、日本の仏教界を指導する。井真成は服飾や化粧、調度などについての学識と装飾品類を持ち帰り、後宮への影響力を確保する。

そして真備は頭領として三人を背後から動かし、行政や軍事の長官として実務面を担当して、日本を一気に新しい国家に造り替えようと目論んでいた。

ところが真成は不慮の死を遂げ、仲麻呂もどうした訳か蘇州にやって来ない。これでは両腕をもがれたも同じではないかと、焦慮《しょうりょ》のあまり夜も眠れない日々を過ごしていた。

十月五日、出港まであと半月と迫った日の午後、玄昉が遠慮がちに声をかけた。

「あの、よろしいでしょうか」

「見ての通り忙しい」

真備は窓を開け放ち、寝転がって空を見ていた。どこまでも突き抜けるような高く澄んだ青空だった。

「実は帰国の船のことですが、私も一号船に替えていただけないでしょうか」

「お前は四号船と決められている」

「それは承知していますが、近頃悪い夢を見ました。四号船で海を渡っていたところ、嵐に巻き込まれて船が座礁し真っぷたつに割れたんです」

玄昉はたれ下がった目を不安そうにしばたたいた。

「縁起でもないことを言うな。言霊《ことだま》ということもあるのだぞ」

「言いたくはありませんが、同じ夢を三日つづけて見ました。これはお告げにちがいありません」

「不安と臆病のせいだよ。そんな話を真に受けていたら、乗船の割り振りなどできなくなる」

「私は命が惜しくて言っているわけではありません。苦労して買い求めた一切経が海のもくずになるのが忍びないのです」

「無理だ。今さら替えてくれとは頼めない」

「真備さんはいいよな。一号船の船長は海神《わだつみ》の化身と言われた阿倍船人さまじゃないですか」

「何だと」

真備はもう一度、この生臭坊主の顔に酒をあびせてやりたくなった。

「船人さまなら、一切経を無事に日本に届けてくださる。そう言っているんです」

「分かった。それなら一切経全巻は俺が預かってやる。お前は四号船と運命を共にしろ」

「いいのですか。私はお役に立ちますよ」

「ほう。どういう意味だ」

「この玄昉は病気平癒の秘法を、青龍寺の導師からさずけられました。この秘法があれば、どなたが病気になられても治してあげることができます。たとえば帝や皇后さまでも」

「本当か」

「本当ですとも。そんな力を持つ者を手下にしておけば、帰国してから何かと便利だと思いますがね」

「なるほど、そうかもしれぬ」

真備はちょっと考え、手立てはないか探ってみることにした。

翌日、洛陽からの一行がやって来た。

真備は知らせを受けるなり蘇州の出張所に駆け込んだが、阿倍仲麻呂の姿はない。かわりに従者の羽栗吉麻呂《はぐりのよしまろ》と翼《つばさ》と翔《かける》が旅装束で加わっていた。

「これはいったい、どうしたことだ」

真備は怒りをあらわにして吉麻呂にたずねた。

「こちらでは、ちょっと」

吉麻呂がまわりをはばかり、宿所へ行こうと言った。

真備は長い渡り廊下を通り、自分の部屋に案内した。

「仲麻呂は帰国しないということか」

「帰国させてはならぬと、張九齢さまに勅命が下ったそうでございます。そこで仲麻呂さまは、翼と翔を私の子として帰国させるように命じられました」

「仲麻呂はなぜそんなことをする。翼と翔はそれでいいのか」

「私に代わって祖国のために尽くしてくれ。父はそう言いました」

翼は覚悟の定まった静かな目をしていた。

「お前たちは遣日使になり、次の遣唐使船で帰って来いと言われました」

翔は快活である。日本に行けるのを喜んでいるようだった。

「次の遣唐使は二十年先だぞ。そんなに長く仲麻呂を手放してたまるか」

真備は焦燥に駆られて立ち上がり、多治比広成に仲麻呂を帰国させるように申し入れることにした。

「仲麻呂は大唐国が認めた天才です。彼がいなければ、新生日本の建設は二十年遅れることになります」

そう言って掛け合おうと表に出たが、宿所の長い廊下を前にして我に返った。

洛陽まで往復するのに二カ月かかる。その間に出港の時期を逃せば、来年の秋を待たなければならなくなる。それに皇帝の勅命だとすれば、日本の遣唐大使がお願いしたところで決定がくつがえることはないはずだった。

失意の真備は酒を飲むことにした。女好きの玄昉に供をさせ、色街にくり出してどんちゃん騒ぎをやらかそう。そう思って身仕度をしていると、商人風の男が訪ねてきた。

「下道真備さまのお部屋はこちらでしょうか」

「ああ、俺が真備だ」

「望海楼の手代でございます。お泊まりの石春燕さまから、これをお届けするように申し付けられました」

「春燕だと」

真備は半信半疑で渡された書き付けを開いた。

美しく整った字で「望海楼に泊まっているので来てちょうだい」と記されていた。

望海楼は黄泗浦の東側の高台にあった。江水の河口と海を望む位置にある、三階建ての豪華な建物だった。

門は城塞のように立派で、四頭立ての馬車で乗りつけるような客しか入らない。徒歩で来た真備を見た門番は使用人だと思ったようで、裏口に回れとあごをしゃくった。

「日本国遣唐使、下道真備だ。宿泊している石春燕に会いたい」

「そんな名前は聞いたこともない。早く裏口に回れ」

「営州《えいしゅう》の商人石皓然《せきこうねん》の娘だ。夫が来たと伝えよ」

「石皓然さまだと」

門番は急に態度を改め、配下を奥に走らせた。

春燕は三階の一番いい部屋に泊まっていた。

白い大理石を張った床には、銀の撚《よ》り糸で縁を刺繡《ししゅう》した紺色の毛氈《もうせん》が敷かれ、広々とした部屋の隅には朱色の薄絹を垂らした寝台があった。食卓や椅子には金銀や珠玉がちりばめられ、瑪瑙《めのう》や真珠などをあしらった小物類がおかれている。

中でも驚いたのは薄青色の瑠璃《るり》（ガラス）が窓に張ってあり、外の光を部屋に取り入れていることだ。瑠璃を透かして、ぼんやりとながら外の景色を見ることができる。

庶民の一年分の収入を投じても泊まれないような部屋に、春燕は一人でつまらなさそうに座っていた。

髪を顔の両側で双髻《そうけい》に結っている。日本では角髪《みずら》と呼ばれる髪形で、下ぶくれの顔がいくらかほっそりと見えた。緋色の地に金糸で鳥を描いた長裙《ちょうくん》を着込み、豊かな胸元を大胆に開けていた。

「急にどうした。しかもこんな高価な所に泊まって」

真備は嬉しさ半分、迷惑半分だった。

「父から使いを頼まれたのよ。いくらでも使っていいと言われたので、一番いい部屋にしたの。だって最後の夜だもの」

「義父《おやじ》が、何の用だ」

「これを渡してくれって」

春燕が石皓然から預かった書状を渡した。

筑前那の津《なつ》（博多）の志賀海《しかうみ》神社に、日渡当麻《ひわたりとうま》という者がいる。紹介状を書いたので、帰国したなら訪ねてくれという。

「義父《おやじ》は那の津にまで手を伸ばしているのか」

「父は去年から、耽羅《たんら》（済州島）に支店を作って部下をおいているわ。その日渡という人は、支店と交易しているみたい」

「もしかして、硫黄を買い付けているんじゃないだろうな」

「知らないわ。酒でもどう」

春燕が金の酒器に入った酒を碗に注いだ。

長江ぞいでは餅米《もちごめ》を原料とした醸造酒（紹興酒など）が作られている。日本の酒に似ているので真備の口にも合うのだった。

「教えてくれ。義父《おやじ》は昨年から耽羅に支店を作って、硫黄を買い付けようとしていたんだな」

「教えたなら、何をくれる」

「今晩、気を失うほど可愛がってやる。それでどうだ」

「大きく出たわね。できもしないくせに」

春燕は下ぶくれの頰にえくぼを浮かべ、二つの碗に酒を注ぎながらその通りだと言った。

「それで合点がいったぞ。あの糞義父《くそおやじ》めが」

「へえ、どんな合点？」

「今日まで湯水のごとく金をくれたのは、こんな目論みがあったからなのだ」

真備は春燕と乾杯し、甘い香りがする酒をひと息に飲み干した。

石皓然の狙いは、耽羅を中継地として日本から硫黄を買い付けることにあった。

すでに耽羅の港に拠点をおき、日本から硫黄を買い付ける体制をととのえているのだろう。

だが問題は、唐が輸入を禁止している硫黄をどうやって合法的に売るかということである。

そんな時、幽州節度使になった張守珪《ちょうしゅけい》が、契丹《きったん》や突厥《とっけつ》と戦うために硫黄を求めていることを知った。しかもうまい具合に、硫黄を底荷にした日本の遣唐使船が蘇州の港に入ったのである。

そこで硫黄を幽州まで運ぶ役目をはたし、張守珪の元に出入りできるように謀《はか》った。一度関係ができれば、次に売り込むのは容易だからである。

いくら唐が取引を禁じていても、戦に勝つためには規則をゆるめざるを得なくなる。そして張守珪の部下の中にも、硫黄を使うことで敵を制圧し、高位高官の座を狙おうとする輩《やから》が出てくるはずだった。

「確かに父が、そんなことを言ってたわ。張さまの部下で見込みのあるソグド人がいるって」

「誰だ。それは」

「安《あん》とか史《し》とか言ってたけど、詳しいことは知らないわ。どうせ戦を儲《もう》け口にしようと企んでいるような連中よ」

そんなことよりこれを見てと、春燕が大事そうにもう一枚の書き付けを広げた。

楷書や草書の書体を織り交ぜた美しい漢文が十行ほど記されている。書き出しは「永和九年(三五三)歳は癸丑《みずのとうし》に在り」だった。

「何だ。王羲之の蘭亭序ではないか」

真備が書の手本にしている名筆である。その冒頭を切り取ってきたのだと思った。

「そう。蘭亭序よ。これまで書かれた文章の中で、最高の傑作と言われる書体でしょう。真備はこんな風に書ける？」

「それは東の市で買った手本だ。そんなに上手に書ければ苦労はしない」

「ところが名養《なかい》はできたのよ。ほら」

春燕が誇らし気に手本を取り出した。

そちらが真備が愛用していたもので、紙と墨の色に年季が入っている。ところが文字の形は、真備には見分けられないほどだった。

「信じられん。本当に名養が書いたのか」

「あの子の部屋でこれを見つけた時には、わたしも驚いたわ。名養にこんな才能があったなんて知らなかったでしょう」

「ああ、小川で鯛を釣り上げた気分だ」

真備は半信半疑である。春燕は自分を帰国させまいと、こんな嘘を考え出したのではないかという疑いを捨てきれなかった。

「それなら、これを見て」

春燕は真備の疑いを見こしていて、下道真備、石春燕と書いた紙を持参していた。それも王の書体にそっくりだった。

「ね、分かったでしょう。名養は書の天才なのよ。日本に連れ帰ったなら、大和の王羲之と呼ばれるわよ。だから必ず迎えに来てね」

「約束は守るから心配するな」

「わたし、父から船を一隻もらうことにしたの」

それは港に停泊している遣唐使船にも劣らぬほどだと、春燕が唐突に言い出した。

「そんなものをもらって、どうする」

「父の部下に黄海の海民がいるから、操り方を教えてもらうわ。そして耽羅や値嘉島《ちかのしま》（五島列島）に渡って商いをするの」

「義父《おやじ》のように、密貿易を始めるつもりか」

真備は苦笑した。とても本気とは思えなかった。

「いいえ。海賊の頭になるのよ。もし真備が約束を破ったなら、日本の船を片っ端から襲うからね」

「それは困る。そんな物騒なことはやめてくれ」

「それなら約束を守ること。まず手始めにわたしを満足させてもらいましょうか」

春燕の目は酔いと欲情に妖《あや》しくうるんでいた。

「夜は長い。この景色を見ながら、もう少し飲もうじゃないか」

真備は内心ひるんでいる。年若い春燕の性欲は旺盛で、動きは奔馬《ほんば》のように激しいので、事の途中で持て余すことが多い。

折り合いをつけるには春燕を酔わせて勢いを弱め、こちらは酒の力を借りて持続力を強化するしかないのだった。

日は徐々に暮れていく。瑠璃を通して見えていた長江の景色も闇に沈み、ただの黒い壁へと変わっていく。

それを待っていたように、宿の女が燭台を置いていった。朱色の明かりにあたりが丸く照らされ、二人の姿をぼんやりと映し出した。

「さて、そろそろね」

春燕が席を立ち、束縛の網を引きちぎるように服を脱ぎ捨てた。

一糸まとわぬ姿は西域の彫像《ちょうぞう》のように見事である。豊かな乳房が形良く突き立ち、腰は細くくびれて尻はふくよかに張っている。

「おう、望むところだ」

真備も杖術の試合のように気合を入れ、手早く服を脱いだ。

不惑の歳になって体はかなりたるんでいるが、それでも若い頃に武術で鍛え上げた名残が厚い胸や太い腕に残っていた。

真備は春燕を抱き上げて寝台に運んだ。

春燕は待ちきれないのか、真備の首に腕を回して口付けを求めてくる。それに応じてやると激しく舌をからめ、首筋から耳たぶにかけて舐め回す。

熱い舌先が肌をはうたびに真備はぞくりと寒気を覚え、虎に喰われる前の山羊《やぎ》のようなおののきを感じるが、同時にそれが得も言われぬ快感を呼びさますのだった。

真備は春燕を寝台に横たえると、お返しに耳の下やうなじに舌をはわせた。そこが感じやすいところだと知っているからで、春燕は切なげな吐息をもらし、腰を上げて体をのけぞらせた。

春燕の豊かな乳房は、はちきれんばかりである。今にも果汁がしみ出しそうな乳首を、真備は舐めたり吸ったりもみしだいたりした。

いくら乱暴に扱っても、春燕は嫌がったり痛がったりしない。刺激のすべてを愛の証と感じるのか、もっと激しくもっと強くと求めてくる。

これに応えるのが男の義務であり、力の見せ所である。真備は第一の関門である乳房に充分な愛撫を加えると、第二の関門である下半身の攻略にかかった。

まず右手を斥候《せっこう》に出す。下腹から太股、お尻を繊細《せんさい》な手つきでなで回し、太股のつけ根を指でさぐる。そこには女の入り口がひめやかに口をあけ、快楽の門番のように小さな突起が待ち構えている。

真備はわざとそこには触らない。焦らせば焦らすほど春燕の欲情は高まり、与えられた時の喜びが大きくなるからだ。

「ああ、早く、もっと、強く」

春燕が天井に向かって声を上げる。

真備はまるで楽器の奏者のように、指示に応じて突起をなでさすり、ひめやかな所に指を入れていい音色を出そうとする。

「そう、そう、もっと来て」

春燕は指の動きだけでは満足できず、腰を上下に振って刺激を大きくしようとする。真備は若い妻を圧倒している喜びを感じながら、両足を広々と開げて女の入り口をながめてみる。

灯火の薄明かりに照らされたそこは、すでに粘り気のある体液に濡れてかすかに輝いている。小突起は快楽のありかを捜そうとするように首を立て、恥骨の上はわずかに金色がかった柔らかい毛におおわれている。

金色がかっているのは明かりのせいではなく、ソグド人と突厥人の血を受けているからのようだ。髪は黒いのになぜここだけ色がちがうのかと、真備は閨《ねや》を共にするたびにいぶかったものだ。

長い長い血の継承の結果として春燕と自分がいる。それを可能にしたのは男と女の交わりであり、互いへの慈しみなのだ。真備はそのことに敬意を表し、春燕のそこを入念に舌で清めてやる。

「いいわ、真備。もっと、もっと」

春燕は地を蹴って快楽の空へと飛び立っていく。

そろそろ結合の時である。

真備は体勢をととのえ、春燕の反応を見定めて一物《いちもつ》を突いた。先端に湿ったひだをかき分ける感触があり、一物はすっぽりと膣におさまった。

「来たわね、真備」

春燕は真備の背中にがっしりと腕を回し、膝を立てて腰を動かした。そうしてひたすら自分だけの快楽をむさぼっている。

真備も女の扱いには慣れているつもりである。北里には十年以上通っているし、もう少し格式の低い遊郭にも出入りしている。酒場で知り合った酌婦と遊ぶこともあり、関係した女は両手にあまるほどだ。

真備はそれを色道修行と名付けているが、春燕のように貪欲に快楽をむさぼろうとする女は初めてである。それが時には嬉しく、時には負担になるのだった。

「もっと、腰を入れて、強く強くよ」

春燕に催促《さいそく》され、真備は猛然と腰を動かした。ひと突き、ふた突き、み突き、よ突き……。

杖術の稽古《けいこ》も同じだった。

「そろそろ、上になっていい?」

春燕が猫のような甘え声を出して体を入れ替えた。男にまたがる騎乗位が大好きで、もっとも感じやすいのである。

「おう、いつでも来い」

春燕の指に導かれ、真備の一物は下から突き上げる形におさまった。

「ああ、いい、いいわよ、真備」

春燕は両手で真備の脇腹を押さえ、腰をゆっくりと前後に動かした。馬を並足で進めるようにして体をならすと、徐々に早足に移っていく。

「ああ、いく。はい、はい、はい」

歓びの声と馬を駆る声が一体になり、腰の動きは前後から左右、そして挽《ひ》き臼《うす》のような回転へと変わっていく。

真備は快感の強さに耐えきれずに精を放ちそうになるが、春燕はそれを鋭く察知して、

「まだよ、まだ行かないで」

そう言って脇腹の皮を握りしめる。鋭い爪が血をふくほどに皮に食い込み、真備の歓びに水をさす。

こうして快楽なのか苦痛なのか分からない性の饗宴《きょうえん》が始まり、春燕の主導で体位を変えながら深夜までつづいたのだった。


十月二十日になって、出発は二日後の二十二日早朝だと発表された。

その日が晴天、順風に恵まれると、一号船の船長である阿倍船人が判断したのである。

真備はその日のうちに二号船の宿所に秦朝元《はたのあさもと》を訪ねた。蘇州に来てからずっと気になっていたが、仲麻呂と二人で行った方がいいと考えて先延ばしにしてきたのだった。

朝元はすらりと背が高く、鉢の開いた頭をしてあごが細く尖っていた。

「帰国の前に教えてもらいたいことがある。ちょっといいか」

「父のことなら、もうお話ししました」

朝元はこれ以上関わりたくないという態度を露骨に示した。

「こちらはまだ話していないことがある。いいから付き合え」

真備は強引に朝元を中庭に連れ出した。

銀杏の巨木が黄金色に色づき、落葉が地面をぶ厚くおおっている。実も大量に落ちていた

が、街で売れば結構いい値段になるので、宿所の管理人夫婦が毎朝早くから拾っているのだった。

二人は池のほとりに置かれた長椅子に腰を下ろした。池の面にも落ち葉が浮かび、風に吹かれてたゆたっていた。


「天皇のお立場を守るために、弁正どのは唐に残った。以前そう言ったな」

「唐を出る直前に、父からそう聞きました」

「お立場を守るとはどういうことだ。どんな役目を命じられた」

「それは知りません。何も聞いていないと申し上げたはずです」

「しかしお前は、弁正どのと連絡を取るために遣唐使に抜擢《ばってき》されたんだろう」

「ええ、多治比広成さまからそう告げられました」

「それなら弁正どのがどんな役目をしておられるのか、少しは知っているだろう」

「知りません。おそらく僕がいれば、父も安心すると思われたのではないでしょうか」


朝元は頑なである。うるさく聞かれるのが不快なのか、それとも何かを隠しているのか。真備も判断をつけかねていた。


「結局、弁正どのには会えなかったんだな」

「おおせの通りです」

「なぜ親父《おやじ》が来なかったか、俺は知っているぜ」

「真備どのが、どうして」

「弁正のせいで、親友が殺されたからさ」

真備は礼節の仮面を脱ぎ捨て、巷《ちまた》のごろつきのような物言いをした。

「尚衣局にいた井真成が死んだことは知っているだろう」

「聞きましたが、あれは急病だったと」

「政治的な事情があってそう言わざるを得なかったが、本当は毒殺されたんだよ。それも弁正の役目とやらに巻き込まれたせいで」

「そんな、どうして……」

朝元は真っ青になって絶句した。

「それが知りたいから、お前にこうしてたずねている。真成は弁正に紹介されて、宦官の首領である高力士《こうりきし》と会っていた」

「知りません。僕は十七年前に父と別れているし、唐に来てから一度も会っていませんから」

「書状ももらっていないのか」

「神仏に誓って、もらっていません」

「遣唐大使の多治比広成さまはどうだ。何か連絡があったのではないのか」

「知りません。何も聞いておりません」

「長安の浄域寺にいる陳延昌《ちんえんしょう》という野郎を知っているか」

「いいえ」

「その野郎から弁正の隠れ家を聞き出した。長安の東の樹下地区という所だ。俺と仲麻呂は弁正に会うために、その隠れ家を訪ねた。そこで何があったと思う」

すべてはお前の父親のせいだと決めつけ、真備は朝元を追い込んで本音を吐かせようとした。

「弁正は確かにそこに住んでいたよ。ところが井真成が殺されたと聞き、自分にも危険が迫ると察していち早く逃げ出していた。奴はそれほど危ない橋を渡っていながら、役目をはたすために井真成を利用した。そのために真成は殺されたんだよ」

「嘘です。父はそんな卑怯者ではありません」

「弁正の隠れ家を出ようとした時、俺と仲麻呂は矢を射かけられた。とっさにかわして事なきを得たが、弁正を追っている奴らは俺たちまで葬り去ろうとしたということだ。だからお前には近づかなかったが、何らかの方法で連絡を取ってきたはずだ」

「知りません。僕は本当に……」

朝元はそう言うなり顔をおおって泣き出した。

(こいつでなければ、やはり多治比広成さまか……)

真備はひとまず矛をおさめ、朝元を置き去りにして中庭を出た。

二十二日の早朝、遣唐使の一行は四隻の船に乗り込んで出港の準備にかかった。

来る時には五百九十余名だったが、留学生や留学僧などを唐に残しているので、総勢は五百五十名ばかりになっている。それでも一隻に百四十名ほどが乗り込むので、船内はぎゅうぎゅう詰めの過密状態だった。

真備は羽栗吉麻呂や翼、翔を連れて一号船に乗り込んだ。帰りも無事であるようにと、唐に渡った時に着ていた貫頭衣を身につけていた。

「船人さま、よろしくお願いいたします」

真っ先に船長の阿倍船人に挨拶に行った。

「おう。いよいよだな」

「はい。仲麻呂がいないのが残念ですが」

「多治比さまから聞いたよ。唐に残ることにしたと」

船人はさして驚いた様子もない。唐にいようが日本にいようが同じことだと言いたげな飄々《ひょうひょう》とした態度だった。

「羽栗吉麻呂と翼と翔も、この船に乗せていただくことにしました」

「それなら吉麻呂は炊事《すいじ》当番をしてくれ」

「はい。喜んで」

吉麻呂が主人の口笛を聞いた犬のように勢い込んだ。

「翼と翔とはいい名前だ、双子のようだな」

「はい、そうです」

「十六歳になります」

二人は流暢《りゅうちょう》な日本語で先を争うように答えた。

「船に乗るのは初めてのようだが、何かできることがあるか」

「二人とも医術の勉強をしています。船内医の手伝いはできると思います」

「少しですが薬も持ってきました。父に言われたので」

翔がポロリともらし、しまったとばかりに口を押さえた。

「それは有難い。長い航海では病人も怪我人も出る。頼りにしているぞ」

船人は二人を見ただけで仲麻呂の子だと察したようだが、それにこだわるつもりはないのだった。

荷物を船倉《ふなぐら》に運び込んでいると、波止場から真備を呼ぶ声がした。

「真備さん、お願いです。助けて下さい」

顔中血だらけにした玄昉が、船に向かって懸命に手をふっていた。

「どうした。玄昉」

「四号船に乗り込んだところ、いきなり水夫《かこ》たちに袋叩きにされました。恐ろしくてとてもあの船には乗れません」

だから一号船に乗せてくれというのである。

どうやら本当に殴られたようで、右目の上から出血し頰は腫れ上がっていたが、真備は本気にしなかった。

「お前、なぜ殴られた」

「分かりません。虫の居所が悪かったんじゃないでしょうか」

「一号船に移りたくて、わざと喧嘩を売ったんじゃないのか。それとも銭を払って殴ってもらったか」

「な、何を言うんです。私は修行僧ですよ」

「結構な修行僧だな。たれ目の玄ちゃん」

真備は先日、玄昉が身につけた病気平癒の秘法とは何かとたずねた。すると性的な刺激を加えて気の流れを快復する類だと言うので、一号船に移すのをやめたのだった。

「お願いします。一切経だけ取り上げて、拙僧を見捨てるとはあんまりじゃありませんか」

「心配するな。四号船の船長も、年は若いがしっかりした男だ。それに生死一如だと学ばなかったか」

「三日も不吉な夢を見たと言ったじゃありませんか。それなのに見捨てるなんて、あんまりだ。あんまりだ。あんまりだぁ」

玄昉は両手を垂らして泣きながら、だだっ子のように大口を開けて訴えた。

船乗りは出港前の異変を嫌う。皆が船縁に集まり、何事だと言いたげに玄昉を見やった。

「どうした。何があった」

阿倍船人にたずねられ、真備は手短に事情を話した。

「それなら乗せてやれ。まだ少し余裕がある」

船人は乗船を許可したばかりか、翼と翔に玄昉の傷の手当てをするように命じた。

辰の刻（午前八時）、四隻の遣唐使船は一号船から黄泗浦の港を出港していった。関係者や物売りの商人たちに見送られ、江水（長江）をゆっくりと下っていった。

真備は無念と淋しさで一杯である。

本来なら井真成や阿倍仲麻呂と共に帰国し、新生日本の先頭に立つはずだった。ところが真成は死に、仲麻呂は本当の理由も告げないまま唐に残った。

描いた計略はもろくも崩れ、帰国しても何から手をつけていいか分からなかった。

(仲麻呂よ、お前はなぜここにいない。どうして俺をだますようなことをした)

真備は船縁をにぎりしめ、河口の向こうに広がる海をにらんだ。

満潮が近付いているようで、潮が河口から思いがけない速さでせり上がってくる。それが江水の流れとせめぎ合い、境目が白く泡立ち、水面が三尺(約九〇センチ)ちかくも盛り上がっていた。

「西風だ。帆を上げろ」

船人が命じると、水夫《かこ》たちが素早く綱を引いて網代《あじろ》の帆を上げた。

船は西風に押され、せめぎ合いの尾根をこえて海に出た。波は静かである。舳先の水押《みおし》が軽快に波を切って進んでいく。日本までは早くて七日の旅程だった。

「真備さん、このご恩は一生忘れません」

治療を終えた玄昉が、腰を低くして一号船に乗せてもらった礼を言った。

「それなら帰国して俺の役に立て。働きが良ければ大僧正にしてやる」

玄昉を乗せたのは真備ではない。だが恩を忘れぬと言うのなら、わざわざ事実を告げる必要はなかった。

それより多治比広成に確かめなければならないことがある。弁正から連絡はあったのか。仲麻呂が唐に残った本当の理由を知っているのではないか……。

だが相手は遣唐大使で、不興を買えば帰国してからの出世に響くので、なかなか言い出す機会をつかめずにいた。

頭上には海鳥が群をなして飛び交い、かまびすしい声を上げて餌《えさ》を求めている。冬の空は抜けるように青く、波が陽に照らされて砂金をまいたようにきらめいていた。

一刻（約二時間）ばかりもすると引き潮に変わり、航海はいっそう順調になった。

二号船以下三隻も、二百尋《ひろ》（約三〇〇メートル）ほどの間隔をおいて従ってくる。白い船体と朱色に塗った船縁や船館《ふなやかた》が、青い大海原の中で際立っていた。

航海二日目、背後の陸地も見えなくなるほど沖に出た頃、前方の海の色が変わった。濃紺、いや藍黒色の海が青い海とくっきりと一線を画して広がっていた。

「あれが黒潮だ。我らを祖国へ導いてくれる海の道だ」

船人が舳先に立って告げた。

真備らは知らないが、黒潮の幅はおよそ一〇〇キロ。東シナ海を時速約六キロで南から北へと流れ、種子島の南のトカラ海峡を通って太平洋へ抜けていく。

また分流はそのまま北上し、対馬海流となって日本海に流れ込み、津軽海峡から太平洋へ抜ける。

時速約六キロだから、一日で約一四四キロを進む。蘇州の沖で黒潮にうまく乗り、嵐にさえあわなければ、九州に着くのは比較的簡単だった。

二日目までは、四隻は隊列を維持したまま航海をつづけていた。夜になると一号船は船尾に、他の三隻は舳先にかがり火を焚き、互いの位置を確かめながら北東に向かっていく。

あいにく曇り空で星も月も見えず、あたりは漆黒の闇に包まれている。その中を進む四個の灯火の列は、人間の営みの微力と偉大さを二つながら表していた。

三日目の早朝から風が出てきた。真冬に吹く北西の強風で、後に水夫たちが鉄砲西と呼んで恐れることになる難風である。

この風に流されて黒潮の流路からはずれたなら、船はどこに流されるか分からない。そこで船人は帆を下ろし、右舷の艪をこがせて黒潮の上にとどまろうとした。

こうした状況になると船長の判断と水夫たちの熟練度によって、船の進路は大きく変わる。四隻の隊列は見る間にくずれ、散り散りになって一隻も船影を見ることができなくなった。

「船人どの、今はどのあたりでしょうか」

真備は九州から唐までの航路を記した略図を持っていた。

「阿児奈波嶋《あこなはじま》の戌亥《いぬい》（北西）、奄美に近い所だろう」

船人は地図も見ずに答えた。

北西の突風は一刻ほどでおさまり、四日目の昼頃から南東からの暖かい風が吹き始めた。この季節には珍しいことだが、冬の海の寒さに凍えていた真備たちにとっては有り難い追い風である。

船人はしばらく空と海をながめて状況を読み取っていたが、

「帆を上げろ。風に乗って一気に稼ぐぞ」

声高に水夫頭《かこがしら》に命じた。

網代の帆が綱でするすると巻き上げられ、追い風を受けて船脚は一気に速くなった。高くなった波の波頭から谷間まで、持ち上げられたり突き落とされたりしながら進んでいく。

船はそのたびに上下に揺れ、左右に傾き、船縁をこえて打ち込む波の一撃を受ける。甲板に立ったり船底でうずくまっている者たちは船酔いし、反吐《へど》を吐くために船縁に駆け寄る姿が目につくようになった。

「あと半日の辛抱だ。半日あまりで多禰嶋《たねしま》（種子島）に着くそうだ」

真備は船人から教えられたことを仲間に告げ、元気を出せと励まして回った。

羽栗吉麻呂は子供の頃から阿倍家の従僕をつとめ、船には慣れている。翼と翔は海は初めてだが、不思議なことにまったく船酔いしなかった。

「立派なものだ。仲麻呂が聞いたら喜ぶぞ」

真備は大声で二人を誉めてやったが、哀れをとどめたのは玄昉だった。激しい船酔いをして黄色い胃液まで吐いた揚げ句、足腰も立たなくなって船底でうずくまっていた。

風はますます強くなり、波は大人の背丈ほどの高さになっている。いくら追い風と言っても、これでは船が均衡《きんこう》を失って転覆する恐れがあった。

船人はそれを避けるために帆を下ろさせようとしたが、強風にあおられている間に帆綱が帆柱の横木にからんでいた。

「船長《ふなおさ》、駄目です。帆が下ろせません」

水夫頭が悲痛な声を上げた。

「やむを得ぬ。帆柱に登って綱を切れ」

その命令に帆柱を囲んでいた水夫たちが一瞬ひるんだ。

船は波にもまれて激しく揺れている。高さ十二尋（約一八メートル）もある帆柱に登ったなら、揺れ幅は何倍にもなり、荒れ狂う海に振り落とされかねなかった。

帆柱には二枚の帆が上げてある。一枚は大きな主帆で、その上に風切りと呼ばれる小さな帆がある。この帆は弱い風にも反応するので、風向きや風の強さを計ることができる。

その風切りの横木に、主帆の綱がからまっていた。帆柱の上部につけた滑車に綱を通して引き上げているが、綱が横木にからまって滑車が使えなくなっていた。

水夫たちはしばらく顔を見合わせていたが、二十歳ばかりの身軽そうな青年が意を決して登り始めた。

帆柱には足場となる切り込みが入れてある。そこに足をかけ、帆柱にしがみつくようにして慎重に登っていく。そして主帆の横木までたどりつき、からんだ綱を切るために伸び上がって腰刀をふるったが、わずかに届かず切っ先が空を切った。

その瞬間、船が波の谷間に落ちて大きく前に傾いたために、青年は前方に振られて高々と宙を飛び、荒れ狂う大海原に叩きつけられた。

それでも必死に海面から顔を出し、救いを求めて腕を振っていたが、遠すぎて綱を投げてやることもできなかった。

「畜生、俺がやってやる」

腕力自慢の水夫が名乗りを上げたが、船人が少し待てと命じた。

「逆艫《さかども》だ。高麻呂、船を風上に向けろ」

熟練の舵取りである高麻呂が、強風と荒波の間隙《かんげき》をぬって船を回し、舳先を風上に向けた。

船の最大の弱点は、後方から追い波を受けて舵を破損することである。それを避けるために舳先を後ろに向けて進む航法を逆艫と呼ぶ。

しかし船人が逆艫を命じたのは、舵を守るためだけではなかった。舳先を追い波に向けていれば、波の衝撃をいくらか和らげ、船の揺れを少なくできるのである。

「よし今だ。頼むぞ力丸《りきまる》」

水夫頭が腕力自慢の水夫を励ました。

ところが帆柱は打ち寄せる波しぶきを受けて濡れている。力丸は半分も登らないうちに足を滑らせ、どさりと甲板に落ちてきた。

「何だ、その様《ざま》は」

水夫頭が激高して、自分が登ると言い出した。

「待て。俺に考えがある」

真備は水夫頭を止め、船底に走り込んで弩《ど》と平射箭《へいしゃせん》と硫黄の粉《こな》を持ってきた。

「船人どの、風切りを焼き落としていいですか」

「どうする」

「火矢を射て火をつけます。そうすれば綱も燃えて、主帆が下ろせるはずです」

「構わん。やってみろ」

「分かりました」

真備は貫頭衣の袖を裂き、硫黄をまぶして矢尻に巻きつけ、羽栗吉麻呂に厨房で火をつけてくるように命じた。でき上がった火矢は三本。さすがに硫黄の効果は素晴らしく、黄色い炎を勢い良く上げている。

真備は火矢を弩につがえ、船尾に座り込んで風切りを狙った。だが宙に吊るされた小さな帆は、風に吹かれて右に左に目まぐるしく動く。

しかも船が上下、左右に揺れるので、狙いを定めるのは容易ではなかった。

(南無三)

神仏のご加護を願って矢を放ったが、大きく上にはずれた。二本目を放った時には、帆柱が身をかわすように横に傾いた。

(畜生、仲麻呂。力を貸せ)

心の中で悪態をつくと、風がぱたりと止み、風切りがだらりと垂れ下がった。真備はそこを目がけて命中させたが、次の瞬間大波が打ち寄せ、真後ろにはね飛ばされて頭を強く打ちつけた。

どれほど時間がたったのだろう。真備は大勢のざわめきで我に返った。

あお向けになって見る大空が青い。船も揺れていないので、嵐はおさまったようだった。

「大丈夫ですか。目まいや吐き気はしませんか」

翼が声をかけた。翔と交代で介抱してくれたのである。

「頭が痛い。俺はどれくらい気を失っていた」

「昨日から丸一日です。お陰で日本に着くことができました」

それを聞いてはね起きた。頭が割れそうに痛んだが、水夫たちをかき分けて舳先に出た。

小さな島が二つ。豊かな樹木におおわれ、そなえ物のように海に置かれている。海岸は岩場の多い浅瀬で、打ち寄せる波が白く泡立っていた。

「左が益救嶋《やくしま》、右が多禰嶋だ。よくやってくれた」

船人がねぎらいの言葉をかけた。

真備は遠くに見える二つの島を喰い入るように見つめた。

あれが我が祖国、我がふるさとである。唐にいた頃は東のはずれの小さな島国だと馬鹿にしていたが、ようやく帰れた嬉しさに涙がとめどなくあふれてきた。


開元二十三年（七三五）の年が明けた。

玄宗皇帝は先天元年（七一二）に即位し、翌年に元号を開元と改めて以来、開元の治と呼ばれる善政を敷き、唐を繁栄の絶頂に導いた。

ところが治政二十四年目になり、玄宗も五十一歳の高齢を迎えて、盤石と見えた大唐国の体制も少しずつほころびを見せるようになっている。

昨年長安で起こった大飢饉に対処できず、廷臣たちを引き連れて洛陽に移ったことが、はからずも唐の弱体化を内外に知らしめる結果となった。

これを知った渤海や契丹、突厥、吐蕃（チベット）などの国々は、好機到来とばかりに反乱の牙をとぎ始めているのだった。

阿倍仲麻呂は妻の若晴《じゃくせい》とともに、鴻臚寺《こうろじ》の宿所で暮らしていた。

昨年の四月、遣唐大使の多治比広成から唐に残って弁正に協力するように命じられた。日本の史書を編纂するために、唐に保存されている史書に何が書かれているか突き止めろというのである。

仲麻呂はこれを承諾し、従者の羽栗吉麻呂に息子の翼と翔を日本に連れて帰るように命じ、若晴とともに洛陽で暮らすことにした。

与えられた任務は難しく、立場は微妙である。

唐の史書の管理は厳重で、自由に見られる立場になるのは容易なことではない。その地位を得るには厳しい出世競争を勝ち抜かなければならないし、本当の目的を誰にも話せないのである。

「孫子の兵法」で言えば用間《ようかん》（スパイ）。しかも敵国に侵入し、生きて情報を持ち帰る生間《せいかん》に当たる。入唐して十八年を過ごしてきたが、これからの生活はこれまでとまったく違ったものになるはずだった。

（いったい、どうして……）

こんな役目を引き受けてしまったのかと悔やむこともしばしばだが、日本国と天皇家の正統性を守るためとあればやむを得ない。三十五歳にして突然おとずれた運命の激変を受け容れるしかないのだった。

ともかく弁正からの連絡を待つこと、朝廷での出世の機会を貪欲につかむこと、そして誰にも本心を悟らせない処世術を身につけること。

仲麻呂はそう覚悟して淡々と日々を過ごしていたが、こうした行動が若晴との溝を深めることになった。

若晴が洛陽に来たのは昨年の七月末である。帰国しないと決断した仲麻呂は、吉麻呂を長安まで使いにやり、妻子を呼び寄せた。

そして遣唐大使からもう一期唐に滞在するように命じられたことを伝え、翼と翔を吉麻呂と共に帰国させることについて相談した。

「なぜ二人を、日本にやらなければならないのでしょうか」

若晴は突然のことに戸惑っていた。

「年老いた父や母が、私の帰国を待っている。せめて孫の顔を見せてやりたいのだ」

次の遣唐使船で二人とも唐にもどれるようにする。その間、日本のことを学んで、唐との架け橋になってもらいたい。仲麻呂はそうも言った。

若晴は納得できないようだったが、これ以上反対しても夫を苦しめるだけだと思って引き下がったのだった。

それから半年ちかくが過ぎたが、二人とも打ち解けられないわだかまりを抱えている。仲麻呂は唐に残る本当の理由を言えないままだし、若晴は何かおかしいと直感的に感じているのだった。

(しばらく別々に暮らしたほうがいい)

仲麻呂は次第にそう思うようになり、年が明け役所の仕事が始まったのを機に切り出すことにした。

「ちょっと相談したいことがある」

仲麻呂は火炉を間にして若晴と向き合った。

初めて過ごす洛陽の冬も、長安と同じように冷え込みが厳しかった。

「実は明後日、お上(皇帝)が籍田《せきでん》をなされる」

「聞いています。先祖に供える麦の種を、天子がみずからまかれる儀式でしょう」

「その通りだ。その後応天門の五鳳楼《ごほうろう》で三日間宴《うたげ》が開かれるが、私も張九齢さまのお供をして出席するように命じられている」

「伯父はあなたが唐に残ってくれたことを大変喜んでいます。自慢でもあるようなので、側においてて他の方々にも見てもらいたいのでしょう」

若晴はあきれた口調である。鴻臚寺の宿舎に住むようになって、九齢は何かと理由をつけて訪ねてくるのだった。

「その間は家に帰れない。そこでどうだろう。若晴はしばらく長安にもどって、診療所の仕事をしたほうがいいのではないだろうか」

「そうね。そうさせていただこうかしら」

若晴は意外にあっさりと承知した。

「実は人手が足りなくて困っていると、診療所から知らせがありました。でも、あなたを一人にするのは申し訳なくて」

「私の方こそ、仕事が忙しくて家でゆっくりできないので申し訳ないと思っている」

「ご心配にはおよびませんよ。その間私は、『千金方《せんきんほう》』をじっくりと読むことができましたから」

『千金方』は唐の初期に孫思邈《そんしばく》がまとめた、三十巻におよぶ医学全書だった。

「それなら勉強の成果を長安で発揮してくれ。私が馬車と従者の手配をするが、出発はいつにするかね」

「明後日にして下さい。あなたの出仕を見送ってから長安に向かいます」

一月十二日の朝、二台の馬車がやってきた。

一台は仲麻呂が出仕のために用いる二人乗りの軽馬車。もう一台は若晴が長安に向かうための大型車で、従者も三人同行することにしていた。

「あら、こんなに立派な車でなくて良かったのに」

若晴は気の毒そうに二頭立ての馬車を見上げた。

「荷物もあるし、長安までは八百五十里（約四五〇キロ）もあるからね。疲れた時には横になれるように、大きなものを頼んだのだ」

「ありがとう。あなたも体に気をつけてね」

「ああ、それでは先に行くよ」

仲麻呂は自然に見えるように笑顔を作り、馬車に乗り込んで寒い道を北に向かった。

今日の籍田は洛陽城の東、建春門の門外の一画でおこなわれるが、いったん中書省に出仕し、張九齢の指示に従って準備をしなければならなかった。

馬車は宮城につづく応天門街を進んでいく。版築《はんちく》で突き固められた広々とした大路は、夜の間におりた霜《しも》にうっすらとおおわれ、朝日をあびて白く輝いている。

普通なら人の通りもまばらな時間だが、籍田の後に三日三晩の宴があり、選りすぐりの楽師たちが応天門前の広場で腕を競う。

それを見物するために洛中洛外から多くの群衆が集まるので、食べ物やみやげ物を売るために商人たちが朝早くから露店を組み立てていた。

仲麻呂は別れ際に見せた若晴の快活さが気になっていた。

医師にしようと手塩にかけた翼と翔を手放し、夫は急によそよそしくなったのだから、心中おだやかなはずはない。

だが帰国を断念した仲麻呂の胸中をおもんぱかり、嫌な思いをさせまいと気遣っている。それが分かるだけに、申し訳なさに身がすくむのだった。

辛いのは本当の理由を話せないまま、表面だけをつくろって生きていかなければならないことだが、それは家庭の中ばかりではない。

唐朝が機密としている史書や文書に自由に触れるには、秘書省の秘書監（長官）になるのが一番確実な方法だが、それは宰相に匹敵する高位である。

そんなことを外国人である自分が、しかも本音を誰にも悟られないでできるはずがないと、奈落《ならく》の底をのぞき込むような恐怖を覚えた。

仲麻呂はふと井真成の言葉を思い出した。二人で秘書省の書閣に行った時、絹画紙に描かれた敦煌莫高窟《ばっこうくつ》の画集を見ながら、

「ここに描かれたような服を一着でも作りたいと願いながら、私は……、私はこんなにも愚かだ」

真成はそう言うなり肩を震わせて泣き出した。

あの時の真成のやる瀬なさが、今の仲麻呂には良く分かる。祖国のために用間になった者には、孤独と不安と背信の自責がつきまとう。

（お前はもう死んだのだ。人並みの幸せなど求めるな）

大路を行き交う人の群を暗い目でながめながら、仲麻呂は自分にそう言い聞かせた。

応天門を抜けて中書省に着くと、仲麻呂は受付も通さずに二階の張九齢の執務室に向かった。

所属していた門下省は、帰国すると届け出た時点で除籍されている。そこで九齢は仲麻呂を中書省に採用し、宰相付き秘書官に任じた。

九齢の供をして、玄宗皇帝にも対面できる立場だった。

張九齢の執務室には、十人ちかい若手官僚が集まっていた。いずれも科挙の進士科に合格した俊英で、仲麻呂と王維は最年長だった。

「晁《ちょう》君、いい所に来てくれた。これから皆を三つの組に分けるところだ」

三つの組の役目は、籍田に向かう玄宗皇帝の行列の先導、行事の進行、応天門上の五鳳楼での宴を監視することである。今回の行事は張九齢が奉行するので、何ひとつ手落ちがあってはならなかった。

「行列の先導は私が監督する。晁君は先に籍田に行って、仕度に不備がないか確かめてほしい」

「分かった。それなら元気のいい若者を三人貸してくれ」

仲麻呂は何度か籍田に立ち会い、手順はだいたい分かっていた。

「問題は宴の監督だが、誰に任せたらいいと思うかね」

「それなら孫君が適任だろう」

「僕には無理です。そんな大役、とても務まりません」

名指しされた孫長信が尻ごみした。

まだ二十五歳だが、観察力の鋭さと機転の速さは群を抜いている。何より人を不快にさせない可愛げがあった。

「宴が始まるまでには、私も王君も五鳳楼へ行く。心配することはないよ」

「でも、僕はまだ安南（ベトナム）訛《なま》りが抜けないし、高位の方々に失礼になったり皆様に迷惑をかけたら、取り返しがつきませんから」

長信は安南の生まれである。父が安南都護《とご》府《ふ》の都護（長官）として派遣されていたので、十歳までかの地で過ごしたのだった。

「孫君、お上や皇子《みこ》さま、宰相方に名前と顔を覚えてもらう絶好の機会じゃないか。勇気を持って引き受けたまえ」

王維に背中を押され、長信はようやく覚悟を定めたのだった。

仲麻呂は助手三人を連れて、建春門の門外にある籍田に行った。

一里（約五四〇メートル）四方にも及ぶ広大な畑が、皇帝の出御にそなえて美しく耕してある。その側には皇帝や高官たちが身仕度をするための行幸殿が、瓦ぶきの屋根を朝日に輝かせてそびえていた。

籍田とは天子（皇帝）や諸侯が、自ら田（畑）を耕す農耕儀礼のことである。殷《いん》や周の時代には、土地や農業の主宰者である神に対して豊作を祈り、収穫の時期に収穫物を神に捧げる行事だった。

ところが漢の文帝の頃（紀元前一七八年）に、天子は籍田をおこない、皇后は蚕を飼うことで、勧農や養蚕の手本を人民に示すという意味に変わった。これが日本にも伝わり、天皇がお田植えや刈り取り、皇后が養蚕を行われるようになったのである。

ところが唐においてはさらに意味が変容し、帝籍《ていせき》にある神田（それゆえ籍田という）を天子と人民が共に耕して天下泰平を祈念し、収穫物を捧げて先祖を供養する儀式になった。

玄宗皇帝は即位して以来、籍田にはひときわ熱心に取り組んできた。自身が即位するまでの朝廷内の争いがあまりに熾烈《しれつ》で、血で血を洗う争いをくり返してきたからである。


唐朝の初代李淵《りえん》（高祖）、二代目李世民《りせいみん》（太宗）の頃は国家の草創期で、太宗の治世は貞観の治と呼ばれて後の手本とされる善政が行われた。

ところがこの安定した時代が、一人の女性の登場によってくつがえされることになる。太宗に仕えていた武照《ぶしょう》（後の則天武后《そくてんぶこう》）である。

武照は皇太子となった李治《りち》（高宗）に接近し、正室や側室を次々におとしいれて皇后の座につくことに成功した。

それだけでは飽き足りず、高宗が政務をとる時には背後から簾越《すだれご》しにあれこれと指示をし、「垂簾《すいれん》の政」と呼ばれるほどだった。

武照の政治手腕は際立っていて、白村江《はくそんこう》の戦いで日本に大勝し、長年敵対してきた百済《くだら》や高《こう》句麗《くり》を滅ぼし、唐に空前の繁栄をもたらした。

その実績を楯に取り、高宗の死後には我が子である李顕《りけん》（中宗）、李旦《りたん》（睿宗《えいそう》）を即位させたが、そこに安住することはできなかった。二人を次々と退位させ、自ら中国初（空前絶後）の女帝となって武周王朝を打ち立てたのである。

天授元年（西暦六九〇）から始まった女帝の時代は、神龍元年（七〇五）の正月、李顕を擁したクーデターによって終わった。武后は中宗の復位を認め、国号も唐にもどすことになったが、平和は長くはつづかなかった。

中宗は正室である韋皇后《いこうごう》を信任していたが、韋皇后は則天武后と同じように女帝になろうと、景龍四年（七一〇）六月二日に中宗を毒殺した。

これを知った李隆基（玄宗）は、北衙禁軍《ほくがきんぐん》を動かして韋皇后の一派を捕らえ、父である睿宗李旦を六月二十四日に復位させた。

その二年後に隆基は父から皇位をゆずり受け、第九代皇帝となって開元の治を実現したが、その間には凄惨《せいさん》な殺し合いや騙《だま》し合いが数限りなくくり返された。

玄宗はそうした悲劇を目の当たりにし、自らも身内を破滅させたことがあるだけに、犠牲になった者たちや先祖の霊をまつりたいという思いはひときわ強いのだった――。


一里四方の籍田（畑）はすでに充分に耕されているが、まだ畝《うね》を切っていない。ここで玄宗皇帝は形だけ鋤《すき》をふるい、宰相や重臣たちが畝を切って、君臣協働の実を示す。

一行は建春門（中央東門）から入り、この日のために造られた行幸殿に入って仕度をととのえ、農民の中から選ばれた者たちに案内されて籍田に入る。

仲麻呂は三人の若手官僚を従えて皇帝と同じ動線を歩き、準備が落ち度なくととのっていることを確かめた。

「いいかね。お上がご来臨になる時には、君は門の側に、君は行幸殿に、君は籍田の側に控えて、不都合がないように目を光らせてもらいたい」

三人を持ち場に配し、自身は建春門前で一行を出迎えることにした。

巳の刻（午前十時）、一行が王維らの騎馬隊に先導されて現れた。

玄宗皇帝は金銀、玉をちりばめた四頭立ての馬車に乗り、前後を金吾衛《きんごえい》の衛士《えじ》に守られている。馬車には張九齢が同車し、その後ろに高力士と李林甫らが乗った馬車がつづいた。

一行は行幸殿で仕度をととのえ、耒《らい》（鋤に似た農具）を持って籍田に入った。普通は皇帝は三回、公卿は九回耒をふるい、庶民が畝を切ることになっている。

だがこの日、皇帝は耒をふるいながら五十数歩を進み、ひと畝分を耕した。長安をはじめ関中全域が飢饉にあえいでいるので、先頭に立って豊作を祈念する姿勢を示したのだった。

行事を無事に終えると、一行は馬車を連ねて応天門に向かった。仲麻呂はそれを見届け、若手官僚三人とともに応天門に先回りした。

門前の広場には、皇帝の行幸や楽師たちの演奏を見ようと数万の群衆が集まっている。雑踏《ざっとう》をさけて脇の門から宮城に入り、宴会が行われる五鳳楼に上がった。

仲麻呂が見込んだ通り、孫長信はそつなく皆を指揮し、会場の設営から酒肴の用意まで万全の仕度をととのえていた。

「晁衡《ちょうこう》さま、僕と一緒に会場を回って、どこかに落ち度はないか確かめて下さい」

長信に頼まれてひと回りした。会場は上段と下段に分かれていて、上段には皇帝や皇族、宰相たちが着座するための食卓と椅子が並べてある。下段には群臣たちが二列に並び、床に腰を下ろして高足膳で食事をすることになっていた。

太鼓の合図とともに五百人ばかりの家臣たちが下段の間に着座し、しばらくして皇族と宰相たちが上段の間に入って皇帝を迎える姿勢をとった。

やがて笙《しょう》や篳篥《ひちりき》のおごそかな音色とともに、玄宗が上段の間に入ってきた。光沢のある明るい赭《あかつち》色の長袍を着て、黒い冠をつけている。

目が大きく鼻筋が太く通って、立派な髭をたくわえている。大柄で肉付きのいい体は、五十一歳とは思えないほど精気に満ちていた。

玄宗は籍田の後に斎宮に立ち寄り、罪人の大赦を宣している。酒宴の前には、人事の発表を行う手はずだった。

仲麻呂ら下位の官僚は、皇帝に直接会うことはできない。宴会場の外に控え、給仕に酒肴を運び入れる間合いを指示したり、不意の用を命じられた時に備えて待機していた。

やがて階下の応天門前の広場で騒ぎが起こった。

回廊に出て下をながめると、各地から呼び集められた楽団の演奏に合わせて、踊りや雑技（サーカス）を始めようとしている。ところが群衆が間近で聞こうと演壇に押し寄せたために、警備の兵ともみ合いになっていた。

兵たちは矛を柵のように連ねて立ちはだかっているが、籍田の祝いなので流血の事態は避けるように命じられている。

群衆はそれを知っていて、今日だけは何をしても大丈夫だとばかりに、兵たちの制止をふり切って前に出ようとするのだった。

時ならぬ喧噪《けんそう》は五鳳楼にもとどいている。玉座に腰を下ろした皇帝は、何事かと言いたげな顔で張九齢を見やった。

「ただ今、鎮めてまいります」

一礼して席を立とうとした九齢を、高力士が手で制した。

「あのような場に、宰相さまが出てはなりませぬ。東都の河南県で丞《じょう》をつとめる厳安之《げんあんし》という者がおりますので、この者をつかわして鎮めさせるのが良策と存じます」

高力士は立ち上がり、拱手《きょうしゅ》して皇帝に進言した。

「そのようにせよ」

許しを得た力士は、外に控えた家臣にこの旨を伝えさせた。

厳安之は高力士に劣らぬほどの長身で、肩幅は広く胸板もぶ厚い。毛氈《もうせん》で作った赤い袖なしを着て、手には高力士から授けられた黒鞘の剣を持っていた。

安之は命を受けるやいなや、応天門前の群衆の中に駆け入り、

「者共、静まれ」

そう叫びざま剣をすっぱ抜いて天に突き上げた。

双刃の剣が西陽を受けてギラリと光り、群衆は怖気づいて黙り込んだ。

安之は鋭い目であたりを見回すと、群衆をかき分けながら懐から手板（笏《しゃく》）を取り出し、地面に一本の線を引いた。

「者共、今すぐこの線より後ろに下がれ」

双刃の剣をさし上げた厳安之におどされ、群衆はしぶしぶ後ろにさがり始めた。

応天門の前にもうけた演壇と群衆との間に六丈（約一八メートル）ほどの間が空き、警固の兵が横一列に隊列を組み直した。

「今日から三日間、この線から一歩も出てはならぬ。禁を犯した者は死罪に処するゆえ、そう心得よ」

安之の野太い声ははるか遠くまで届く。その迫力に気圧された群衆は、おとなしくその場に座り込んで従う姿勢を示したのだった。

演壇に最初に登場したのは、西域から来た一団だった。

床に丸い絨毯《じゅうたん》を三つ敷き、左右に箏《そう》（琴）や琵琶《びわ》、横笛、腰鼓《ようこ》などを持った楽士たちが着座する。演奏が始まるとあでやかな衣装をまとった踊り子三人が現れ、絨毯の上に立って胡旋舞《こせんぶ》を舞い始めた。

調子の速い西域の旋律《せんりつ》に合わせ、踊り子たちは片足立ちになってくるくると回る。すると身につけた色とりどりの薄絹の布が、体のまわりで華やかに宙に舞って、天女が空を飛んでいるようだった。

演奏を聞きながら、五鳳楼での酒宴が始まった。皆が皇帝とともに三度乾杯し、朝廷の弥栄《いやさか》を祈った後で、自由に酒を酌み交わす無礼講になった。

この間も仲麻呂らは、気を張りつめたまま外に控えている。給仕の者たちに的確な指示をしなければならないし、客たちの要望にも素早く応えなければならなかった。

中でも仕切りを任された孫長信の緊張ぶりは激しく、少年の丸みを残した顔が蒼白になっていた。

「孫君、しばらく下に行って胡旋舞でも見てきたまえ」

仲麻呂は見かねて声をかけた。

「しかし、この場を離れるわけには」

「私が指揮をとるから心配しなくていい。三日の長丁場だから、息抜きをしながら務めなければ身がもたないよ」

長信を送り出してしばらくすると、張九齢の使いが仲麻呂をたずねてきた。

「お上のお召しです。上段の間に伺候《しこう》するよう、張宰相がおおせでございます」

「お上のお召しとは、どのようなご用件でしょうか」

仲麻呂は問い返した。従七品の者が帝の御前に出ることなど、普通はありえないことだった。

「聞いておりません。宰相がお話しになりましょう」

使いに案内されて、上段の間の入り口につづく長い廊下を歩いた。

大理石が敷き詰められているせいか、足元から冷気が立ちのぼってくる。その寒さが身をすくませるのか、初めて皇帝の前に出る恐れと緊張のせいなのか、仲麻呂の足の運びはいつになくぎこちなかった。

上段の間の巨大な扉の前には、紫の長袍をまとった張九齢が待ち受けていた。

「日本の遣唐使の話になり、お上が君に会ってみたいとおおせになった。心して応対してくれ」

「何をおたずねになりたいのでしょうか」

「君が帰国を断念したのは、我が国の役に立ちたいからだと申し上げた。するとお上は、興味を持たれたようなのだ」

「大唐国にご恩返しをするために残った。そう申し上げればよろしいでしょうか」

「そうだな。それが一番無難かもしれぬ」

張九齢は高力士や李林甫らと厳しく対立している。自分の命令で唐に残ったと言えば、周囲から手柄をひけらかしていると受け取られると案じていた。

「入唐した翌年に病みついた時、お上から張宗伯《ちょうそうはく》さまをつかわしていただきました。そのお礼を申し上げるべきでしょうか」

「遠慮した方が良かろう。宗伯は罪を得て流罪となったゆえ、話がその方面におよぶことは好ましくあるまい」

九齢は他にもいくつか注意を与えてから、仲麻呂を従えて上段の間に足を踏み入れた。

中央の一段高くなった所に玄宗皇帝が着座し、手前に高力士や李林甫、向こうに皇子たちが控えていた。

何かの話で盛り上がっていたようだが、二人の姿を見ると皆がいっせいに黙り込み、好奇に満ちた目を向けた。

仲麻呂は張九齢にともなわれて皇帝の前まで進み、拱手して両膝をついて平伏した。

「晁衡を連れて参りました。日本での名を阿倍仲麻呂と申します」

「うむ。挙止《きょし》に芯がある。武術の心得があるようだな」

玄宗は目尻の上がった大きな目でじっと仲麻呂を見据えた。

「幼い頃から、家の者に手ほどきを受けました」

「剣か矛か、それとも体術か」

「護身のための体術でございます」

「我が国の力になりたいと願って、帰国を断念したそうだな」

「開元五年（七一七）に留学生として受け容れていただいて以来、大唐国に手厚く保護していただきました。そのご恩をお返しさせていただきたいと存じます」

「それだけか」

玄宗の口調はおだやかで、柔和な笑みさえ浮かべている。だが声にも姿にも他を圧する威厳があって、仲麻呂は腹の底を見透かされている気がした。

「わずか十七年では、大唐国の制度や文化を学びつくすことはできません。もっと深く学んで帰国した方が、祖国の役に立つだろうと考えたのでございます」

「そちの祖国に、一番欠けているものは何だ」

「大唐国に比べれば何もかも劣っております。そのすべてを身につけることはできませんので、朝廷のすぐれた制度と周王朝以来の文化を学びたいと願っています」

緊張と恐れに体は強張《こわば》っているが、言葉がすらすらと口をつく、そのことに仲麻呂は自分でも驚いていた。

「皆の者、聞いたか」

玄宗は満足気に犀《さい》の角をかたどった瑪瑙の杯を手に取った。

「この晁衡はわが国のため、そして祖国の発展のために、二十年先まで帰国を延ばす決断をした。皆もそのような覚悟で、この難局に対処してもらいたい」

玄宗が杯をかかげて飲み干すと、皆が皇帝をたたえる万歳三唱をして杯を手に取った。

仲麻呂が九齢とともに退出しようとした時、

「ひとつ、うかがいますが」

高力士が甲高いねっとりとした口調で声をかけた。

「昨年正月に尚衣奉御《しょういほうぎょ》の位を拝したのは、あなたの同輩でしたね。名前は確か井真成《せいしんせい》だったと思いますが」

高力士は玄宗よりひとつ上の五十二歳。宦官の頭領として朝廷内で絶大な力を持ち、玄宗の深い信頼を得ていた。

「おおせの通りでございます。井真成は留学生仲間でした」

仲麻呂はそつなく応じ、相手の出方をうかがった。

「我らの官服を作るために、帰国の直前まで尽力していたそうですが、流行《はや》り病で急逝したと聞きました。お上はそれを哀れんで、尚衣奉御の位を贈られたのです」

そのお礼を申し上げるべきだと、力士はわざわざ呼び止めたのである。

九齢の同意のまなざしを得て、仲麻呂は玄宗の御前にもどって礼をのべた。

「その者なら覚えておる。昨年一月に東都に移徙《わたまし》する途中のことであった。高力士が是非にと申すゆえ、異例の扱いをしたのだ」

「かたじけのうございます。お陰さまで立派な葬儀をいとなむことができました」

「礼にはおよばぬ。志半ばで他国に骨をうずめる無念は察するにあまりある。死の直前まで、官服の製作に心血を注いでいたとなればなおさらだ」

高力士は玄宗に真成の仕事ぶりを伝え、尚衣奉御の位を贈るように尽力してくれたが、真の目的は真成の死の真相を隠すことにあった。仲麻呂はそう思っているが、今はそうした疑いを持っていることを気取られてはならなかった。

「ところで張九齢どの。日本から来た船が積んでいた硫黄を、幽州節度使の張守珪《ちょうしゅけい》に与えられたそうですな」

李林甫がたくらみのある目をして声をかけた。

恩蔭《おんいん》（門閥）派をひきいる策略家で、高力士より一つ歳上だった。

「契丹や突厥との戦いに硫黄が欠かせないという要請を、張守珪は幽州に赴任した当初からしておりました。そこでお上のご裁許を得て計らいました」

張九齢は慎重に応じた。林甫はあらゆる所に密偵を配しているので、一瞬たりとも気を抜けなかった。

「それは素晴らしいご決断でございました」

李林甫は玄宗に向かって深々と頭を下げてから話をつづけた。

「先の戦いで契丹は南北に兵を配し、張守珪の軍勢を誘い出して挟み撃ちにしようとしていたそうでございます。ところが守珪は狼煙の合図によってこれを知り、北の本隊を急襲し、返す刀で南の分隊を撃破いたしました。これも硫黄の使用をお認めになった、お上のご英断の賜物《たまもの》でございます」

「朕《ちん》もそのように聞いておる」

「この勝ちによって、一昨年以来不穏な状勢がつづいていた北辺の政情を安定させることができました。そこでいかがでございましょう。この功によって張守珪を宰相に任じられては」

「この儀、いかがじゃ」

玄宗が張九齢にたずねた。

「しかるべからずと存じます。張守珪は軍事の才覚をもって、臣下たる役目をはたしております。経史《けいし》の才覚をもって天下を治める宰相とは持ち場がちがいます」

九齢は即座に異をとなえた。

経史とは経書と史書のことである。儒教と歴史に対する教養の深さが宰相たる者の資格だという信念は、科挙の進士科に合格した官僚たちすべてが持っていた。

「お言葉ですが、軍事の才覚がある者は為政者としても優れております。政《まつりごと》を正しくし、兵を養うことができなければ、どうして戦に勝つことができましょうや」

李林甫が横から口をはさんだが、九齢は相手にしようともせずに話をつづけた。

「それに張守珪は契丹を打ち破ったとはいえ、まだ北方には奚《けい》や突厥が割拠して反乱の機会をうかがっております。もし今守珪を宰相に任じられれば、奚や突厥を滅ぼした時にどんな恩賞を与えてこれに報いられるのでしょうか」

「李林甫よ、この儀はどうだ」

玄宗に問われたが、林甫はそれ以上抗弁しなかった。

仲麻呂は九齢に従って御前を辞し、長い廊下を歩いて仲間たちのもとにもどった。緊張から解放されたせいか、頭の血がどっと下がって目がくらんだ。

「晁君、凄いじゃないか」

王維が駆け寄って腕を取った。

「従七品の者がお上の諮問《しもん》にお答えするのは、近年まれに見る快挙だよ。確か張九齢さまが、中宗さまの御前に出られた時以来だ」

「悪いが腰を下ろさせてくれ。まるで雲の上を歩いているようで、これが現実《うつつ》かどうかも分からない」

「おい、誰か椅子。それから水も持ってきてくれ」

王維が後輩たちに命じ、手早く用意をととのえさせた。

仲麻呂は椅子に座り水を体に流し込んで、ようやく人心地がついた。自分がこんな状態におちいるとは、想像さえしていなかった。

「それで、何をたずねられた。お上はどんなお方だった」

王維ばかりではない。孫長信も後輩たちも、それが聞きたくて仲麻呂のまわりを取り巻いた。

「帰国を断念して大唐国に残ったことを、賞していただいた。後はただ、お上と宰相さま方の話を聞いていただけだよ」

「それでも凄いよ。そうだ。この仕事が終わったら、晁君から天上の話を聞く会を開こう。そうして我々も、同じ栄誉にあずかる日に備えようじゃないか」

王維はこの場をそつなくまとめ、皆を持ち場にもどらせた。

仲麻呂は外の風に当たりたいと言って王維を回廊に誘い出し、気になっていることをたずねた。

「御前で李林甫さまが、幽州節度使の張守珪さまを宰相に任じるように進言なされた。これに張九齢さまは反対され、結局は立ち消えになったが、何か不穏な空気がただよっていた。どうして李さまは唐突にこんな話を持ち出されたのだろう」

「それは張守珪さまに恩を売るためじゃないかな。実は来月、守珪さまはお上に勝ちを献じるために上洛されることになっている」

「その時に備えて、先手を打たれたということ？」

「何しろ知略縦横だからね。奸計《かんけい》も謀略も」

「しかし、九齢さまが反対されるとあっさりと引き下がられた。まるでそれを見越していたように」

「それなら九齢さまと守珪さまの間に、楔《くさび》を打ち込むためかもしれない。九齢さまが反対されたことは、やがて守珪さまの耳にとどくはずだからね」

二月中旬、張守珪は一千余の騎馬隊をひきいて上洛した。

北方産の大柄の馬にまたがった二百騎ばかりが、威風堂々と先頭を進む。守珪が乗った華やかな馬車の前後を、旌旗《せいき》をかかげた親衛隊が物々しく警固している。

中でもひときわ目を引いたのが、先の尖った頭形《ずなり》の兜をかぶった最後尾の二百騎ばかりである。

ソグド人を主力とする部隊で、あたりを圧する迫力がある。先頭を進む二人はひときわ体が大きく、髭をたくわえた勇ましげな姿をしていた。

玄宗皇帝は守珪を右羽林《ううりん》大将軍と、御史大夫《ぎょしたいふ》（御史台の長官）に任じる内示を下している。軍隊と警察の両権を託す大抜擢で、守珪の騎馬隊はその地位にふさわしい威容をととのえて上洛したのだった。

だが一千余の騎馬隊を洛陽城内に入れることは許されていない。守珪は選りすぐりの百騎ばかりをひきいて定鼎門《ていていもん》から入城し、洛水にかかる三つの橋を渡って皇城に入った。

仲麻呂は王維と連れ立ち、皇城の端門《たんもん》の内側で行列を見物した。

渤海を従わせ契丹を討ち破った英雄を一目見ようと、沿道には多くの群衆が集まっている。

一行が端門から入ってくると華やかな音楽がかなでられた。

「一番後ろで殿軍《しんがり》をつとめるのは、ソグド人たちだよ。契丹を打ち破ることができたのは彼らの力があったからだが、張九齢さまは北狄《ほくてき》を重用しすぎることを危ぶんでおられる」

王維が異形の者たちに険しい目を向けた。

「彼らは馬や弓の扱いに慣れているからね。契丹の騎馬隊にも対抗できたのだろう」

仲麻呂はふと石皓然《せきこうねん》のことを思い出した。下道（吉備）真備を娘婿とし、惜しみなく銭を与えて支援をつづけていたあの商人も、営州のソグド人だったはずだが……。

そう考えていた矢先に、聞き覚えのある押しの強い声が背後から聞こえた。

「晁補闕さま、晁衡左補闕さまではありませんか」

先の尖ったフェルトの帽子をかぶり、豊かなあご髭をたくわえた石皓然が立っていた。

「おやおや。こちらにおられるのは、詩人としても名高い王維さまでございますな」

「あなたが、どうして」

洛陽にいて、王維のことまで知っているのか。仲麻呂は狐につままれた気がした。

「皇帝さまが東都に移徙《わたまし》されましたからね。私も北の市に店を開くことにしました。そのお陰でこうして朝廷の俊英二人に行き合ったのですから、まさにズルワーンさまのお計らいでございましょう」

「そうですか。我らは他に用事がありますので」

仲麻呂は王維をうながして立ち去ろうとした。偶然をよそおって近付くのが皓然のやり口だし、こんな商人と親しいと王維に思われたくなかった。

「お待ち下さい。ほら、もう少し。もう少しで我がソグド人の精鋭がやって来ますから」

「知り合いですか。彼らと」

「ええ。左補闕さまのお口添えで日本の硫黄を幽州に運ぶことができました。お陰で彼らと親しくなることができたのです」

目の前を張守珪が乗った四頭立ての馬車が通り過ぎてゆく。その後ろに警固の親衛隊が従い、殿軍のソグド人たちがやって来た。

「ほらほら、兜に鳥の羽根飾りをつけた先頭のあの二人」

長身の皓然がさらに伸び上がり、二人に向かって手を振った。

二人はこれに応えて会釈し、堂々と胸を張って通り過ぎていった。

「手前が安禄山《あんろくざん》、向こうが史思明《ししめい》と言います。今はまだ下っ端にすぎませんが、やがて頭角を現しますよ。今度、北の市で上洛を祝う会をやりますが、おいでになりませんか」

「お断りします。都合がつきませんので」

「それは残念だな。胡旋舞の名手を呼び、西域のぶどう酒も取り寄せているんですがね。王維先生はいかがですか」

「私も遠慮させていただきます」

「そうですか。それでは、いずれまた」

皓然は初めから来てもらう気はなかったようで、行列を追って応天門の方に向かっていった。

悪疫が忍び寄ったのか、あるいは一人暮らしの不規則な生活がたたったのか。仲麻呂は翌日から病魔におそわれた。

寒気がして歯の根が合わないほどの震えがくる。体の節々が痛んで、熱もかなりあった。

仲麻呂はそれでも出仕することにした。

鴻臚寺の給仕に粥を作ってもらい、無理に腹に流し込むと、馬車に乗って中書省に向かった。

今日のうちに勅書の下書きを仕上げるように、張九齢から命じられている。それだけは終わらせようと中書省の車寄せに馬車をつけたが、頭痛と寒気は激しくなるばかりで立ち上がることさえできなかった。

「君、受付に行って王維君を呼んで来てくれ」

御者に頼むと、すぐに王維が飛び出してきた。

「晁君、どうした。真っ青じゃないか」

王維は外套《がいとう》を着込んでいる。雪こそ降っていないが、冷え込みはそれほど厳しかった。

「どうやら風邪をひいたようだ。ここまで来てみたが、とても出仕できそうにない」

「悪い風邪が流行《はや》っている。仕事のことはいいから、ゆっくり療養してくれたまえ」

「張宰相から勅書の下書きを命じられている。机の上に資料をおいているから、代わりに書いてくれないか」

「分かった。何も心配することはないよ。私がみんな引き受けるから」

王維に励まされて、仲麻呂は馬車を返した。

宿舎にもどると寝台に倒れ込み、引きずられるように眠りに落ちた。頭痛と寒気はつづいている。体が小刻みに震えているのが浅い眠りの中でも分かるほどで、時折悪夢におそわれた

――。


「実は君に折り入って頼みたいことがある」

遣唐大使の多治比広成が、石榴の果汁で割った白酒《バイジュウ》を呑み干して口を開いた。その唇が不気味なほどに赤く、目は狂気をおびて異様に輝いていた。

「我々は帰国のために蘇州に向かうが、君には唐に残ってもらいたい」

「それは……、どうしてでしょうか」

「井真成君が毒殺されたからだよ。彼は弁正の配下になって、唐の史書に日本がどう記されているか確かめようとしていた。そして秘書省の秘府（秘庫）に入り込もうとして毒殺されたのだ」

「どうして、そんなことを確かめる必要があるのでしょうか」

「晁衡左補闕ともあろう者が、くだらない質問をするのはやめてくれ。日本が唐の軛《くびき》からのがれるために決まっているじゃないか」

広成は急に顔を赤らめて激怒し、命令に従わなければこの場で斬り捨てると、節刀の切っ先を喉元に突きつけた。

「いいかね。唐の冊封国《さくほうこく》にしてもらうには、天皇家の正統を証明する国史を編まなければならぬ。しかもその国史が正しいと、唐に認めてもらわなければならぬのだ。そのためには唐に残る万巻の史書に通じる必要がある。君はあと二十年唐に残り、その役目をはたしたまえ。分かったか、分かったか、分かったか」

広成はぐいぐいと切っ先を突きつけて迫ってくる。仲麻呂はそれを避けようと後ろに下がり、いつの間にか崖《がけ》っ縁に追い詰められて真っ逆さまに奈落の底に落ちていった。


次の瞬間、仲麻呂は真成になっていた。

雪の積もった北里の道を、弁正に引きずられるようにして花影楼に向かっていく。あたりは遊女たちの笑いさんざめく声に包まれ、脂粉の匂いが色濃くただよっている。行き交う男たちは皆裸で、色欲にあおられた不様な姿をさらしながら猿のように腰をかがめて歩いている。

ふと気付くと弁正も真成も裸だった。

「心配はいらないよ。お前が一晩高力士さまの相手をすれば、秘府の鍵を渡すと言っておられる。たった一晩の我慢で、わが国が救われるのだ」

「そんなことは出来ません。あなたはそれでも修行僧ですか」

「修行僧？　そんなものはとっくに捨てたよ。非情な命令を受けて唐に残った時から、私は僧でも人間でもなくなったのだ」

弁正は蛇のように先の割れた舌を出して、真成の頬をぺろりとなめた。

やがて花影楼に入ると三人の宦官がいた。いずれもやせて顔色が悪い陰気な姿をしている。その中の一人は、何と芙蓉園で誘いをかけてきた三代金剛だった。

高力士は少年の頃、友人と二人で宦官になって則天武后に仕えた。武后は二人が六尺五寸

（約二メートル）もの長身であることを喜び、金剛、力士と名付けた。

ところがそれから四十年ちかくたつうちに、初代の金剛は病死し、二代目金剛は宮女と不祥事を起こして杖殺《じょうさつ》された。

そこで力士は自分と同じ背丈の配下を三代金剛として取り立て、側近として重用していた。

「高力士さまは、大変ご満足のようであった」

年若い三代金剛はまつげの長い涼やかな目を向け、これは褒美だと甘く煮詰めた柿を差し出した。

「秘府の鍵も渡すが、まず恩賜《おんし》の菓子を味わうがよい」

真成はためらった。これには毒が入っていると直感的に察したからだが、食べなければ高力士を疑っていると思われ、鍵も渡してもらえない。

どうしたものかと横を見やると、弁正は身の危険を感じていつの間にか姿をくらましていた。


船は黒潮に乗って順調に航海をつづけ、何日目かに二つの島が見えてきた。

「右が多禰嶋《たねしま》、左が益救嶋《やくしま》だ」

舳先に立った叔父の船人が告げた。

ようやく日本に帰ることができたのである。歓びに仲麻呂の胸は高鳴り、腹の底から熱い思いが突き上げてきた。

（日本、わが祖国。倭《やまと》しうるわし）

心の中でつぶやくと涙があふれ出した。

やがて船は有明海に入り、大川（筑後川）の港に入った。そこから川船に乗り換えて筑紫までさかのぼり、大宰府の館（後の鴻臚館）に入って一月の休養をとった。外国から帰国した使節団は、疫病にかかっていないか確かめるために、一月の禁足を命じられるのである。

無事に期限がすぎ、瀬戸内海を船で渡って奈良の都にもどった。仲麻呂の実家は三条通りの東の突き当たり、猿沢池の近くにあった。

三笠山のふもとに近く、月の名所として知られた場所である。なつかしい門をくぐり、昔と変わらぬ家に入った。

「ただ今もどりました。父上さま、母上さま」

そう呼びかけたが返答はない。皆が出払っているようで、家の中はしんと静まり返っていた。

「父上さま、母上さま、仲麻呂がもどりましたぞ」

玄関の戸を開けると、家の中は墓場になっていた。一面の荒地に夏草が生い茂り、白骨が散乱して腐臭がただよっている。

これはどうしたことだと思う間に、自分の体も皮が破れ肉がはがれて腐れ落ちていった。


仲麻呂は胸を衝かれて目をさました。

頭痛と悪寒がして、熱も相変わらず高かった。

部屋は暗い闇に閉ざされ、地下の石室のように冷え込んでいる。時々戸板がガタガタと鳴るのは強い風が吹き抜けていくからだった。

仲麻呂は水を飲みたいと思った。熱を下げるには水を飲むのが一番だという若晴の教えを思い出し、飲んでおかなければならないと思った。

ところがこの暗闇の中で立ち上がり、厨房に水を汲みに行く自信はなかった。どこかで倒れて気を失えば、そのまま凍死しかねないのである。

それに断続的に悪寒に襲われるので、夜具から出る気力がわかなかった。体を起こせば頭が揺れて、頭痛がいっそう激しくなりそうだった。

仲麻呂は寝台に体が沈み込んでいく感覚に耐えながら、じっとうずくまって病魔が去るのを待った。

すると十七年前にもこんな苦しみに襲われたことを思い出した。入唐して二年目に、瀕死《ひんし》の重態におちいったことがある。

あの時には頭痛や寒気ばかりか、胃が痙攣《けいれん》する症状に襲われ、何度も気を失った。

日本と違って唐にはこんな恐ろしい病気がある。もうろうとした意識の中でそう考え、何もできないまま死んでしまうのかと悔し涙を流した。

そんな時、玄宗皇帝が侍医の張宗伯《ちょうそうはく》をつかわしてくれた。宗伯の見立ては的確で、処方してくれる薬は日ごとに仲麻呂の苦しみをやわらげてくれた。

やがて病状が落ちつくと、娘の若晴を代診に寄こすようになった。彼女と初めて会った時、仲麻呂はまだ夢の中にいるのだと思った。

こんな清楚《せいそ》で慈愛に満ちた美しい女性が、この世にいるはずがない。きっと観音様の夢を見ているのだろうと信じて疑わなかった。

それが宗伯の娘だと知り、薬を処方してもらったり汗に濡れた夜着を替えてもらったりしているうちに、二人は運命の糸で結ばれるように惹かれ合い、深く愛し合う仲になった。

（ああ、若晴。お前は……）

今頃何をしているのかと、仲麻呂は闇に向かって呼びかけた。

彼女に落ち度は何ひとつない。それなのに仲麻呂は多治比広成に命じられるまま用間《ようかん》（スパイ）になり、二度と打ち解け合うことができない仲にしてしまったのだった。

（国とは何だ。帝とは何だ。妻や子を裏切ってまで、忠誠を尽くす価値があるのか）

仲麻呂は苦しみに呻吟《しんぎん》しながら、そんな疑問を自分に突き付けた。

答えは自明である。家族などより、国や帝のために働くことが大事である。遣唐使に選ばれた時にそう誓ったのだから、今さら任務を投げ出すことはできなかった。

仲麻呂はふと柿本人麻呂《かきのもとのひとまろ》の歌を思い出した。

あしひきの山鳥の尾のしだり尾の
　ながながし夜をひとりかも寝む

もう二度と若晴と幸せな共寝をすることはあるまい。これからはたった一人、誰にも本音を明かせないまま生きていかなければならないのだ。

そう考えると頭が割れるように痛み、仲麻呂は再び意識を失って黄泉《よみ》のような暗黒の客となった。

どれほど時間がたったのだろう。仲麻呂は物音とまぶたに射す光を感じて目を覚ました。王維が窓の扉を開けている。光がそこから射し込んでいた。

「すまない。起こすつもりはなかったが」

空気がよどんでいたので扉を開けていると、王維が申し訳なさそうに手を止めた。

「寒いなら閉めようか」

「大丈夫だ。全部開けてくれないか」

王維が扉を外に押し開けると、太陽の光が部屋を照らした。吹き込む風はまだ冷たいが、寒気はもう感じなかった。

「あれから、何日たったのだろう」

「三日だよ。具合が悪そうだったから、夕方ここを訪ねてみた。そしたら君は高い熱を出して人事不省《ふせい》におちいっていた。昨日医師に診てもらったけど、覚えていないようだね」

「ああ。一人とばかり思っていた」

「医師は流行《はやり》の風邪だと言っていた。張守珪どのの軍勢が北方から持ち込んだもので、たいしたことはないようだが」

王維はいったん口をつぐみ、気の毒そうに話をつづけた。

「君はかなり疲れているそうだ。心労も重なっているらしい。帰国を断念した痛手だろうか」

「そんなことはないよ。君とともに張宰相に仕えることができると、喜んでいるほどだ」

「それならいいけど、君は近頃屈託《くったく》を抱えているようだから」

仲麻呂の変化を、王維は鋭く察していた。


二月の中頃、思わぬ客があった。

妻の若晴が大きな荷物を両手に下げて訪ねて来たのである。

「あなた、具合はいかがですか」

「何とか熱が下がり、体も楽になった。それにしても」

どうして病気だと分かったのかと、仲麻呂は上体を起こした。久々に会った妻に、不様なところを見られたくなかった。

「張九齢伯父さんが早馬で知らせてくれました。それで軽馬車を飛ばして駆けつけたのです」

「その荷物は薬かい」

「薬だけではありません。薬材をひくための薬研《やげん》や、煎《せん》じるための土鍋も必要ですから」

若晴は大きな包みの中から薬研、土鍋、薬種を入れた小型の簞笥《たんす》を取り出した。

そうして手を洗い白い帽子と長袍に着替えると、

「失礼します。熱と脈を測らせていただきますよ」

額に手を当て、手首で脈を取り始めた。

仲麻呂はふと初めて会った時にもどったような錯覚にとらわれ、素直に身を任せた。

「熱が少し高いし、脈も弱くなっています。どこか痛みますか」

「体の節々が痛い。頭痛もまだ残っているようだ」

「下痢や吐き気はありませんか」

「それは一度もなかった」

「水は充分に飲めていますか」

「飲んではいるが、充分ではないと思う」

「悪寒は？　食欲は？」

若晴が真剣な目で仲麻呂の顔をのぞき込む。その姿は十七年前と同じだった。

「悪寒には時々襲われるが、粥を食べられるようになった。それに……」

「どうしました。他にも障《さわ》りがありますか」

「胸が痛い。でもこれは昔の思い出のせいだろう」

「あら、実は私も同じことを思っていました。初めてあなたと会った時のことを」

若晴は手元の紙に何事かを書き込むと、厨房で薬を煎じるための湯をわかし始めた。

「頭痛、発熱、身体疼痛、それに水分が不足しているようですから理中湯《りちゅうとう》を服していただきます」

若晴は薬種箪笥の中からいくつかの薬草を取り出し、鍋の中に入れて煎じ始めた。

やがて薬草の匂いが湯気とともに立ちのぼり、部屋の中に広がっていく。時間がたつにつれて、匂いは濃密になっていった。

（これは人参と乾薑《かんきょう》、それに甘草《かんぞう》だな）

仲麻呂も若晴と長年暮らす間に、それくらいは嗅ぎ分けられるようになっている。乾薑とは乾燥させた生姜《しょうが》のことだった。

（しかし、それだけではないようだ。後は何だろう）

子供の頃に母親が作る煮物の匂いを嗅ぎながら、出来上がるのを楽しみに待っていたことがある。そんな懐かしい気持ちになっていた。

「さあ、できましたよ。これを飲んで下さい」

若晴が大ぶりの椀に入れた薬湯を手渡した。

まだ湯気の立つ薬湯を口にすると、えぐいような苦みがある。それで白朮《びゃくじゅつ》（オケラの根茎）が入っていることが分かった。

椀をすべて飲み干すと腹がポカポカしてきた。しばらく横になっていると、温みが全身に広がって疼痛に縛られていた体が楽になっていくのが分かった。

「理中湯といえば胃の薬ではないのか」

「今度の風邪は胃や腸に痛手を与えるようで、診療所に来る患者さんも理中湯で治った方が多いのです。私が贈った腹巻きはしていますか」

「近頃は温かくなったので、するのを忘れていた」

「原因はそれですね。あなたは胃が弱い上に、近頃は心労も重なっているようですから、症状がよけいに重くなったのです」

「そんなことまで分かるのか」

「そんなこと、とは？」

若晴が聡明な教師のようなたずね方をした。

「心労が重なっていることだよ。しばらく離れていたのに」

「脈を診《み》れば分かります。それに傷寒《しょうかん》（発熱性伝染病）に理中湯が効くとは、『千金方』に書いてあります。頭痛、発熱、身体疼痛、熱多く、水を用いざる者には理中湯を処方すべし。さあ、ゆっくり休んで下さい。三日もすれば本復しますから」

若晴は名医である。見立て通り仲麻呂は三日目には快復し、猛烈な空腹におそわれた。麻痺《まひ》していた胃が目を覚まし、正常な活動を開始したのだった。

二日後、王維が訪ねて来た。

「ああ、温かい家庭の匂いがする。持つべきものは優しい妻だよ」

若晴をまぶしげに見つめて、竹の籠に入れた饅頭《まんじゅう》を差し出した。

興慶宮の厨房《ちゅうぼう》にいた料理人が、皇帝に従って洛陽に来ている。彼が昼食用に作る饅頭は、宮城でも評判になっていた。

「ありがとうございます。こんな貴重なものを」

若晴がささげ持って受け取った。

「礼を言うのは私の方です。あなたのおかげで晁君が生き返ったのですから」

「確かにそうだ。若晴の薬がなかったら、こんなに早く元気にはなれなかっただろう。そろそろ出仕しなければと考えていたところだよ」

仲麻呂は出仕に備え、いくつかの文書に目を通していた。

「張九齢さまの眼力はさすがだよ。若晴さんが来たからもう元気になっている頃だと、私を遣わされたんだからね」

「何かご命令があるのだろうか」

「あるよ」

王維が差し出した書状には、龍門石窟の奉先寺に皇帝からの供養料を納めてくるように記されていた。

「供養料は寒食節《かんじきせつ》の終わりに下される。中書省でそれを受け取り、龍門に向かってくれ」

「そのような役を、どうして私に」

「君は疲れている。近くに鳳翔《ほうしょう》温泉があるから、若晴さんと一緒に三泊の休養をしてくるようにとのご下命だ」

「もう大丈夫だ。休養なんか取らなくても復帰できる」

「晁君、宰相が心配しておられるのは、君のことばかりじゃないよ」

王維が仲麻呂に体を寄せてささやいた。

二月末には寒食節がある。寒食当日をはさむ前後三日間、人々は火の使用を断ち、食事は乾燥食などで間に合わせる。

この風習は、晋の文公重耳《ちょうじ》に仕えた介子推《かいしすい》が山に引きこもり、火を放って焼け死んだ故事にちなみ、彼の霊を慰めるために火を断ったことから始まったと伝えられている。

寒食節が明けると三月一日の清明節となり、本格的な春が訪れる。これを祝って新火をおこし、料理を作って先祖の墓にそなえるのである。

玄宗皇帝が祖母である則天武后を祀《まつ》った奉先寺に供養料を納めるのは、こうした風習に従ってのことだった。

仲麻呂は二月末に中書省に出向き、供養料を受け取って洛陽の南郊にある龍門石窟に向かった。翼と翔が生まれて以来、二人で出かけることはなかったので、若晴はよほど嬉しいのだろう。もえぎ色の長裙をまとった若々しい装いをしていた。

天気も良く、雲ひとつない青空が広がっている。風もなくおだやかで、道の両側に植えられた柳が新芽をつけた枝を垂らしている。

道端には白や黄色の草花が咲き、遠くの山では桃や山桜が花をつけ始めていた。

仲麻呂と若晴は馬車の戸を開け放ち、車の振動に身をゆだねながら、通り過ぎてゆく景色をながめていた。

「陌頭《はくとう》　楊柳《ようりゅう》の枝、已《すで》に春風に吹かれたり」

若晴がふと詩をそらんじた。

唐の高宗に仕えた郭震《かくしん》が詠んだもので、後段は「妾《しょう》が心正《まさ》に断絶す、君が懐《おも》い那《なん》ぞ知ること を得ん」とつづく。愛する人に思いが届かない淋しい女心を詠んだもので、小歌となって人口に膾炙《かいしゃ》している詩である。

若晴は街路の柳を見て無意識に口ずさんだのだろうが、無意識なだけに心の内を無防備にさらけ出しているようで、仲麻呂はとっさに対応することができなかった。

野山は不思議なほどに静かである。時折小鳥の声が聞こえる他は、単調な車輪の音がつづくばかりだった。

「春を詠んだ詩には名作が多いね」

仲麻呂は考え抜いた末にそう言ったが、いかにも間が抜けていた。

「あなたはどんな詩が好き？」

「すぐに思い出すのは『春暁《しゅんぎょう》』だね。春眠《しゅんみん》暁《あかつき》を覚えず。処々啼鳥《しょしょていちょう》を聞く」

「夜来風雨の声　花落つること知る多少、ですね。孟浩然《もうこうねん》の」

「そういえばこの間、王維君が春暁にちなんだ詩を披露してくれたよ」

仲麻呂は会話がかみ合ってきたことにほっとして、前のめりに話を進めた。

「王維さん、やさしい方ですね。どんな詩ですか」

「田園楽《でんえんらく》という。どうやら孟浩然先生のように、官吏をやめて田舎に隠棲するのが夢のようだ」

仲麻呂は前置きをして詩をそらんじた。

桃は紅《くれない》にして復《ま》た宿雨《しゅくう》を含み
柳は緑にして更に春煙《しゅんえん》を帯《お》ぶ

花落ちて家僮《かどう》未《いま》だ掃《はら》わず
鶯《うぐいす》啼《な》いて山客《さんかく》猶《な》お眠る

「どうだい。なかなかいい詩だろう」

「一幅の絵を見るようですね。色彩が豊かで」

「しばらくこんな風に田園楽の風情を愉しんでくるがいい。そんな意味を込めて詩を贈ってくれたようだ」

「鶯《うぐいす》の声は聞けるでしょうか。鳳翔温泉で」

若晴が遠くをながめてつぶやいた。

その夜は途中の宿に泊まり、三月一日の清明節に龍門石窟の奉先寺を訪ねた。

南から北に向かって伊水が真っ直ぐに流れている。その西側に小高い尾根が走り、石肌がむき出しになった斜面に仏龕《ぶつがん》と石仏が刻まれていた。

「これは北魏の時代、今から二百五十年ほど前に造られたものだ。様式は平城（大同市）の雲《うん》崗《こう》石窟にならったものだ」

仲麻呂は石窟への小径を歩きながら、若晴のために教師の役をつとめることにした。

「北方の鮮卑《せんぴ》族が打ち立てた北魏王朝は、中華を支配する拠り所を仏教に求めた。そうして勢力を拡大し、孝文帝の頃に都を洛陽に移した。そしてこの龍門の地に雲崗石窟に代わる石窟を作り、仏教の聖地にしたのだ」

「凄いですね。話には聞いていましたが、これほど大きく美しいとは思いませんでした」

二里（約一〇〇〇メートル）ほどつづく石仏群の中には、高さ三丈（約九メートル）ばかりのものがいくつもある。若晴はその大きさと造りの精巧さに圧倒されていた。

「龍門とは皇帝が入る門という意味だ。洛陽の真南に石窟を造ったのは、皇帝と御仏が一体だと示したかったからだろう」

やがて山の中腹が広々と削られた広場に出た。

その中央に山肌をおおうように巨大な奉先寺が建っている。入り口には二十人ばかりの僧たちが整列して待ち受けていた。

「晁衡さま、勅使のお役目、かたじけのうございます」

立派な袈裟《けさ》をまとった首位の僧が、先に立って中に案内した。

寺の奥には石窟があり、高さ六丈（約一八メートル）の盧舎那仏《るしゃなぶつ》が崖のようにそびえ立っていた。七層の寺の窓から光が射し込み、眉がくっきりとして切れ長の目をした御仏の顔を照らし出していた。

これは則天武后の顔を写したものだと伝えられている。史上初めて中華の女帝をめざした武后は、自分が御仏と一体だと示すことで即位の正当性を得ようとしたのである。

仲麻呂は巨大な石仏の足元まで進み、玄宗皇帝の勅書を読み上げて供養料を奉納した。武周朝が倒された後、武后に対する批判が激しくなったが、玄宗は祖母に対する供養を欠かさずつづけていた。

無事に役目をはたし、龍門山の西にある鳳翔温泉に向かった。

「ありがとうございました。お陰で普通では拝見できない御仏に出会うことができました」

若晴は馬車の中で感激の余韻《よいん》にひたっていた。

「武后さまがあんなに美しい顔立ちをしておられたとは思いませんでした。聡明で気高くて、信念を貫く強さをお持ちで」

「そうした方でなければ、儒教の教えが根強いこの国で女帝になることはできなかったはずだ。何より統治の能力がずば抜けていた」

「世に出回っている書物では、高宗さまを手玉に取って朝廷を牛耳った悪女だと書かれていますけど」

「中宗さまが武周朝を倒されたから、武后さまを悪者にしておいた方が都合がいいのだろう。しかし陛下はそう思っておられないことは、こうして供養を欠かされないことが示している」

「ひとつたずねていいですか」

「ああ、何なりと」

「武后さまはどんな能力を発揮して、皇帝の地位まで登りつめられたのでしょうか」

「若晴も女帝になりたいかね」

「いいえ。あんな顔立ちをなされた方がどんな風に生きられたか、同じ女として知りたいのです」

「少し話が長くなるが、温泉に着くまで間があるからご進講申し上げようかね」

仲麻呂はそんな冗談を言って、則天武后の功績のあらましを語ることにした。

「武后さまの功績は三つの分野にまたがっている。ひとつは朝政の改革だ。高宗さまの頃までは唐室の創設に貢献した家系の人々が貴族階級になり、政《まつりごと》を意のままにしていた。武后さまはこれを改めるために、科挙に合格した有能な人材を登用する道筋を開かれた。そのため今上陛下の御世になって有能な宰相が登用され、的確な政を行うようになった。それに女帝は後宮と密接だから、宦官の横行を抑えることもできたんだ」

「でも今では、少しずつ関隴《かんろう》集団や宦官が発言力を強めているのでしょう」

「張宰相がそうおっしゃったのかい」

若晴が政治のことに口を出すとは、仲麻呂には意外だった。

「伯父さんはそんなことはなされません。診療所に来る患者さんたちが噂しているので、つい出過ぎたことを申しました」

「今上陛下の御世になって、少しずつ古い時代にもどりつつあることは確かだ。武后さまのふたつ目の功績である経済政策においても、同様のことが起こっている」

武后は貴族と結びついて商いを独占していた大商人から既得権を奪い、市井の商人たちが幅広く商いに参入できるようにした。

大運河の流通路を整備し、人や物の移動が円滑にできるようにしたのも、市井の商人たちが商いをしやすくするためだった。

ところが均田制が崩れ始めると、大商人が土地を買い占めて独占を強化し、李林甫や高力士と結びついて利権をあさるようになっていた。

「功績のみっつ目は対外政策の成功だよ。高宗さまは北方の突厥や西の吐蕃《とばん》（チベット）を支配下に組み込まれたものの、東方の高句麗や百済を服従させることはできなかった」

そこで武后は強化した政治力、経済力を背景にして強硬策をとり、顕慶五年（六六〇）には百済を滅ぼし、その八年後には高句麗を滅亡させた。白村江の戦いで日本の軍勢を壊滅させたのも、武后の手腕によるものだった。

「この後日本でも持統、元明、元正と三人の女性天皇が即位なされたが、それは武后さまの影響によるものだと言われている」

鳳翔温泉は龍門石窟から洛陽の西につづく道にそったところにあった。畑と雑木林をぬってなだらかな丘を登ると、尽誠楼という茅《かや》ぶきの館がある。手入れのゆき届いた庭に囲まれた田舎家で、朝廷の要人しか使うことを許されていなかった。

「晁衡さま、お待ち申し上げておりました」

館の主人が出迎え、二部屋つづきの立派な離れに案内した。

「今日から三日間は他のお客さまはおりません。どうぞ、ゆっくりとおくつろぎ下さい」

しんと静まった広々とした部屋で若晴と二人きりになると、仲麻呂は急にぎこちなくなった。張九齢は夫婦仲が良くなるようにこうした配慮をしたのだろうが、二人だけで向き合うことに言いようのない重圧を覚えた。

「さすがに立派な宿だね。王君の田園楽そのままの風情だ」

仲麻呂は平静を装い、棚に飾られた龍の置物を手に取った。

「これは瑪瑙だよ。らんらんと輝く目は黒水晶だ」

「黒水晶は魔を祓《はら》うと言われていますから、離れのお守りなのでしょう」

若晴もどことなく堅くなっていた。

「夕餉《ゆうげ》までには間があるから、風呂に入ってこよう。ここの温泉は延命の湯と呼ばれているそうだ」

「そうですね。大事なお役目でお疲れになったでしょう」

「一緒に入るかい。他には誰もいないというし」

「お先にどうぞ。私はすましておきたいことがありますので」

「そうか。じゃあ、そうしよう」

仲麻呂は少なからずほっとして湯屋に向かった。

岩場の間に湯船が作られ、熱い湯が高さ半丈（約一・五メートル）ほどの滝となって落ちている。いかにも野趣に満ちた風情だが、どうやら熱すぎる湯を冷ますための工夫のようだった。

仲麻呂は腰布をつけて湯に入った。全身が温かく包まれ、体中を血が駆け巡り始めた。

（ああ、この湯心地……）

日本の温泉に似ていると、泣きたいような懐かしさにとらわれた。

難波津《なにわつ》で遣唐使船の出港を待っていた時、装備の不足で出港を十日ほど延期すると告げられた。その間所在なく過ごしていたが、ある時下道（吉備）真備が河内の温泉に行こうと言いだした。

「航海中は風呂にも入れないんだ。どうせなら残りの日々を有効に使おうじゃないか」

この提案に仲麻呂も井真成も同意し、金剛山のふもとにある推古天皇の頃に開かれたという温泉に行った。

そこの宿で三日間逗留《とうりゅう》し、湯にひたったり酒を呑んだりしながら、唐への思いを馳せ、留学後の夢を語り合ったものだ。

ちょうど季節は春で、野も山も美しい花々で彩られていた。宿の主人が釣ってきた鮎が絶品で、囲炉裏で串焼にして食べたものだ。

あれから十九年、真成は非業の死を遂げ、仲麻呂は用間（スパイ）となって唐に残ることを余儀なくされた。昨年十月に帰国の途についた真備は、無事に日本に着いただろうか？

仲麻呂は腰まで湯船につかり、岩場に背中をあずけて空をながめた。

黄砂が吹き始める頃で、空の色はかすみがかかったように淡い。それは若晴がつけていた髪留めの宝石の色に似ていた。

（この先、どうしたら若晴とうまくやっていけるのだろう）

仲麻呂はそう考え、体が湯に溶けていくような頼りなさを覚えた。

普段通りにしておくのが一番いいことは分かっている。しかし二人きりで向き合うのは翼翔が生まれて以来なかったので、何を話しどう振る舞っていいか分からない。

しかも今は誰にも言えない大きな秘密を背負っている。日本のためとはいえ、大恩ある唐を裏切らなければならないのである。

こんな気持ちを抱えたまま、夫婦の営みなどできるはずがなかった。

（だがこんな所に来て、何もしないままではすむまい）

それでは若晴が気の毒だと思うものの、気持ちの整理がつかないままでは手を触れることさえできない。仲麻呂は何事にも完璧《かんぺき》であろうとするから、納得できなければ指一本動かせないのである。

「馬鹿を言うな」

真備ならそう言って笑い飛ばすだろう。人間という奴は、自分の思い通りになるほど単純にはできていない。善と悪、条理と不条理の間でたゆたう振り子だ。

「その両極を丸ごと呑み込む境地がある。だから生きるのは面白いんだ。さっさと若晴さんを歓ばせ、心の中で騙《だま》してごめんと手を合わせろよ」

それができれば苦労はしない。私と真備はちがうんだと心の中で反論していると、遠くから鶯の鳴き声が聞こえた。

まだ舌足らずのつたない鳴き方だが、瑞兆《ずいちょう》と言われる声をここで聞くことができたことに、仲麻呂は救われた思いをした。

夕食の時、若晴も鶯の話をした。

「鳴きましたね。鶯が」

「湯船で横になって聞いたよ。鶯啼《な》いて山客猶《さんかくな》お眠る、の心地だ」

「ひとつお願いがあるのですが」

「何かな」

仲麻呂はどきりとして、山菜の炒《いた》め物に伸ばしていた箸を止めた。

「明日、一人で出かけたい所があるのですが構いませんか」

「構わないけど、何の用？」

「宿の主人から、珍しい薬草を売っている店があると聞いたので、見に行きたいんです。一緒に行ってもいいのですが、長くなったらご迷惑でしょうから」

確かに若晴の薬草選びは時間がかかる。そこまでこだわるかと、長安の市場に同行した時に感心したり呆れたりしたものだ。

「分かった。一人で行ってくるといいよ」

仲麻呂は内心ほっとして、その夜は早々と眠りについた。

翌朝、若晴の出発を見送ってから、仲麻呂はゆっくりと湯に入った。妻がいないとこれほど解放された気持ちになるとは、思ってもみないことだった。

仲麻呂は滝壺の湯船に身をひたし、滝の音に耳を澄ましていた。湯は同じ量が変わりなく落ちているが、滝の形も音も同じではなかった。

湯は風に吹かれた布が刻々と姿を変えるように変化するし、音も決して同じではない。拍子も音調も似ているようだがわずかに違う。

仲麻呂は正面から滝をながめているうちに、いつしか物想いにふけっていた。

頭から離れないのは若晴のことである。昨夜は何事もなく終わったものの、こんな状態をこの先も続けられるとは思えなかった。

何より自分の心の置き所がない。裏切っている呵責《かしゃく》を抱えたまま、どうして仲のいい夫婦でいることができようか。

（いっそ和離《わり》の手続きを取った方が、若晴のためかもしれない）

いや、若晴のためではなく、自分が楽になりたいのだ。仲麻呂はそう思い直し、問題は家庭の中だけではないことに気付いた。

事情は朝廷でも同じである。本心を隠したまま王維や張九齢たちと接しなければならないばかりか、秘書監（秘書省の長官）まで出世するには彼らをうまく利用しなければならないのである。

天下の俊英を相手に、そんな芸当ができるとはとても思えない。しかも朝廷には神の如き洞察力を持つ玄宗皇帝や、ひと癖もふた癖もある高力士や李林甫のような怪物がいるのである。

そう考えると絶望に鷲《わし》づかみにされ、どこかへ逃げ出したくなった。若晴を連れて西域、大食《タージー》（アラビア）、天竺《てんじく》（インド）、大秦《たいしん》（東ローマ）を旅したなら、唐や日本のことなど取るに足らないと思えるようになるのではないか。

仲麻呂は自らをいたぶるようにそんなことを考えてみたが、今さら任務を放棄できないことはよく分かっていた。どんなに辛くても日本と天皇のために任務をはたす。それが祖父比羅夫《ひらふ》以来の阿倍家の伝統なのである。

状況を変えられないのなら、自分を変えるしかない。この任務をはたすために自分を組み立て直すのである。

陽気で淡々として、しかも己を売らないような、そんな境地はないものか。目を閉じて長々と黙想し、鶯の声にうながされて木々を見上げると、岩場を落ちる湯の滝が熊野の那智の滝に見えた。

熊野を訪ねたことはないが、那智神社の信仰を伝える絵巻を見たことがある。確か滝の上に大きな仏が描かれていた。神と仏への信仰が同じだと示すものだった。

(あの仏は、大日如来かもしれぬ)

昨日龍門石窟の盧舎那仏を拝したせいか、仲麻呂はそう思った。

天竺の言葉では「ヴァイローチャナ」。宇宙の真理をすべての人に照らし悟りに導く仏なので、「光明遍照《こうみょうへんじょう》」とも呼ばれる。その光をあび真理に目覚めたのがゴータマ・シッダルタ、すなわち仏陀なのである。

(この任務を真理の光に照らしたなら、どのように見えるだろうか)

仲麻呂の思考はそちらに向かった。

そもそも日本と唐の現状はどうなのか……。

日本は白村江の戦いに敗れて以来、長年唐と対立してきた。だが新羅、震国《しんこく》(後の渤海)が唐と対立するに及び、唐は両国に備える必要から日本に友好の手を差し伸べてきた。

そこで日本は大宝二年(七〇二)に粟田真人を執節使とする遣唐使を派遣し、冊封国になって唐の勢力圏に入ることを許された。

ところが両国の主従関係は明らかで、日本は唐の統治方針に従い、他の冊封国と同様の方策を取るように求められた。

一つは律令制の導入。

一つは長安型の都城の建設。

一つは仏教の教えの受容。

一つは政権の正統性を示す国史の編纂《へんさん》。

いずれも難しい問題ばかりだが、冊封国にしてもらえなければ唐との貿易も交流もできなくなり、日本は孤立していくばかりである。そこで大宝律令を制定し、平城京を新造し、仏教の導入を決め、『古事記』や『日本書紀』を編纂したが、国史については大きな問題が待ち受けていた。

『古事記』は多治比縣守が、『日本書紀』は縣守の弟の広成が唐に持参し、唐王朝の承認を得ようとした。ところが秘書省の高官たちは、記述の根拠を示せと居丈高に迫ったのである。

日本の歴史は浅く文化度は低く、国家の成り立ちや天皇家の来歴を明記した史書は少ない。それゆえ原史料となる史書や文書を示せないのは仕方がないが、唐の高官たちはそれを許さなかった。

「根拠がない？　それならこれは捏造《ねつぞう》したものですか」

「いいえ。国中の学者を集め、諸家に残った史書や国々の伝承を持ち寄り、討議に討議を重ねて記述したものです」

縣守や広成はそう説明した。

そうした精巧《せいこう》な作業をすることで史料の不足を補うしかなかったからだが、唐には周王朝以来の二千年ちかい史書の蓄積がある。唐の高官たちはそうした史書と『日本書紀』を引き比べ、矛盾する点があると容赦なく追及した。

しかもこれは学問的な正しさを求めてのことではなく、日本を従属させるための方策だった。王権の正統性は、天上の絶対者から地上の統治をゆだねられたことによって保証されている。こうした王権の来歴を記したものが史書なのだから、日本の史書の正否を決める権利を唐に握られている限り、唐の皇帝に従属せざるを得なくなる。

唐の高官たちは、日本ばかりか冊封を受けるすべての国に対してこうした外交手段を用いているが、真理の光に照らしてみれば、これは自国の利益を守るために他国の弱みを握っていることに他ならない。

もし唐王朝が中華に君臨する権利を持ち、周辺の国々を教化する役割を天から与えられていると言うのなら、こんな強請《ゆすり》めいたことをしてはなるまい。

すぐれた文明と大きな経済力、広大な版図《はんと》から集めた産物や情報を惜しみなく与え、それぞれの国が実情に応じた発展をするように導かなければならないのだ。

（秘府の史書を冊封諸国に知らしめれば、日本ばかりか多くの国々を唐の軛《くびき》から解き放つことになる。しかもそれは……）

唐の誤りを正し、正当な国家になることを助けることである。これこそが真の意味での恩返しになるのではないか。

仲麻呂はそうした思考の糸をたぐりながら、この方向を突き詰めていけば、自責の念や良心の呵責を感じることなく任務をはたせるのではないかと思った。


若晴は夕方になってもどって来た。

薬草を買うにしては長すぎる不在である。しかも疲れきった顔をして、長裙や髪から妙な匂いがした。

「お帰り。ずいぶん長くかかったね」

仲麻呂は慎重にさぐりを入れた。

「遅くなってすみません。薬草店のご主人が、栽培している畑を見てくれとおっしゃるので」

十里（約五・三キロ）ほど離れた畑まで行ってきたと、若晴はぎこちなく答えた。

「薬草は野山に自生するものではないの」

「普通はそうですが、畑で栽培した方がいい場合もあるのです」

「この匂いは、その薬草かな。いつもとは違うようだけど」

「いろいろと混じり合ったのかもしれません。何種類か植えられていましたから」

すみません、洗い落としてきますと、若晴は湯屋に向かった。

それでもまだ部屋には異質の匂いがただよっている。仲麻呂は妙だなと感じながら日暮れを待つうちに、これはお香ではないかと思った。

以前、部下の家を訪ねた時、老母が屋敷の中に造った祠《ほこら》でこんな匂いの香を焚いていたことがある。だとすれば畑では、その香草を栽培していたのだろうか……。

疑問は夕餉の時に解けた。

湯から上がった若晴は、短い襦《じゅ》（上着）に腰布（スカート）を巻いた楽な装いをしていたが、何かを取りに席から立ち上がろうとした拍子によろけて転んだのである。腰布からむき出しになった膝には、赤黒いあざが出来ていた。

「この傷は、どうしたんだ」

若晴を助け起こしながら、つい詰問《きつもん》の口調になった。

「畑に行く時につまずいたので、その時にできたのかしら」

「そんなはずはあるまい。あざは両膝にできている」

「そう……、そうですね」

若晴は隠し通せないと観念し、近くのお堂に参拝してきたと打ち明けた。

「白衣観音《びゃくえかんのん》さまを祀ったお堂です。そこに願掛けに行っておりました」

「白衣観音といえば、近頃安産の祈願に行く人が多いと聞くが」

「夫婦円満や子宝授与を願う人も多いのです。特に龍門の白衣観音さまはご利益があるそうです」

「子供を授けて欲しいと願ってきたのか。そんなあざができるまで」

仲麻呂は痛ましさに胸を衝かれた。この国では神仏に祈る時、両膝をつき上体を折って跪拝《きはい》する。若晴は半日以上そうしていたにちがいなかった。

「勝手なことをしてすみません。でも翼と翔がいない淋しさや、あなたとの心の隙間を埋めるには、それしかないと思ったものですから」

若晴は姿勢を改め、仲麻呂と真っ直ぐに向き合った。

「そうか。それで……」

今度は仲麻呂が口ごもる番だった。

「父が朝廷内の争いに巻き込まれて西域に流罪となる直前、今のあなたと似た様子をしていました。心の内を誰にも明かさず、家では父親と夫の役を懸命に演じていました。だからあなたが同じような問題に巻き込まれ、遠くへ行ってしまうのではないかと不安なのです」

「………」

「子は鎹《かすがい》と申します。子供を授けていただく以外に、この不安を乗り切る方法がないのです」

「若晴、お前の言う通りだ」

仲麻呂は冷めた茶をゆっくりと呑み干した。

「私はもう家庭のことを一番に考えられる立場ではなくなった。お義父上《ちちうえ》のように、急に罰を受けるかもしれない」

「巻き込まれているのですか。政治的な争いに」

「それを言えば、かえってお前を苦しめることになる。だからお義父上のように、夫の役をよそよそしく演じるしかないのだ」

「妻に子を授けるのは夫の役目でしょう。だからそれをはたしていただきたいのです」

「お前は、それでいいのか」

「ええ。だから白衣観音さまにお願いをしてきました」

「私には無理だ。お前を裏切っていながら、そんな営みをすることはできない」

「失礼を承知でたずねたいことがあります」

「ああ、言ってくれ」

「そのように思われるのは、私を案じてのことですか。それともご自分を守りたいからですか」

仲麻呂は再び口ごもった。これ以上お前を傷つけたくないからだと言いたかったが、そればかりではないことは自分でもよく分かっていた。

「あなたは完璧であろうとするから、いつも自分を責めておられます。でも完璧でありたいと願うのは、誰からも責められたくないからではありませんか」

「そうかもしれない。いや、その通りだ。しかし私は正しく生きるように教えられ、自分を鍛え上げてきた。今さら変えることはできないのだ」

「変えなければ、お役目ははたせませんよ」

若晴が何もかも見透かしたようなことを言った。

「どういう意味だ。それは」

「洛陽で再会した時、あなたが心に秘密を抱えておられることはすぐに分かりました。それを悟られないように夫の役を演じておられるのも、父と同じだと思いました。だから父は政敵にもそれを見抜かれ、付け込まれて葬り去られたのです。妻もあざむけない弱い心で、どうして朝廷の傑物たちをあざむき通すことができましょうか」

「では、どうすればいいのだ」

仲麻呂は母親に叱られて家から締め出され、迫り来る夕暮れを見ていた頃のような気持ちになった。

「正しいと信じて、あなたはそのお役目を引き受けたのでしょう」

「ああ、そうだ」

「それなら命を懸けてはたせばいいではありませんか。自分の命や私の命、そして他の誰かの命も、そのために使い捨てても構わないと覚悟を決めることです。正しいことのために死ぬと肚をすえていれば、誰に恥じることもないはずです」

「もう一度聞く、お前はそれでいいのか」

「構いません。夫が志のために身を捨てるのなら、妻は子を産んで立派に育てるしかないではありませんか。そして生まれた子とともに佳期《かき》を夢見ることこそ、最上の幸せかもしれません」

若晴は揺るぎがない。その強さや信念は、この国の広大な大地に生きる人々が相伝してきたものかもしれなかった。

「分かった。それではそうさせてもらおう」

仲麻呂の頭で何かが弾け、心の殻《から》を脱ぎ捨てた解放感にとらわれた。条理と不条理を丸ごと呑み込み、平然と我が道を行くことができる気がした。

夕餉を終えると、仲麻呂はもう一度湯に入った。若晴と交わる前に体を清め、心の整理をつけたかった。

あたりはすでに暗いが、滝の側に焚かれたかがり火が湯船を照らしている。

肩まで湯につかり、炎を反射しながらゆらめく湯面を見ていると、常ならぬ世界に誘い込まれるようだった。

仲麻呂はふいに立ち上がり、裸の体を夜の冷気にさらした。そうして決然と大股で歩いて湯の滝に体を差し入れた。

肩口や背中に当たる湯は熱いが、耐えられないほどではない。しばらく行者のように滝に打たれながら、新しい自分を生きられるように願った。

熱い湯がこだわりを洗い流してくれたのだろう。仲麻呂は身も心も軽くなったすっきりとした思いで部屋にもどった。

若晴はすでに薄絹の夜着をまとい、ほどいた髪を首の後ろで束ねていた。上巳節《じょうしせつ》の日に卵占いをしていた少女たちのような若々しさだった。

「これはご利益のある観音水だそうです。召し上がりますか」

桃の形をした白磁の器をさし出した。

部屋の隈においた灯りに照らされ、器の地肌が淡い朱色に染まった。

「ご利益とは、子宝に恵まれるということだろうか」

「皆はそれを願って白衣観音に参拝します。だから観音水が飛ぶように売れるそうです」

「それは頼もしい。いただいてみることにしよう」

仲麻呂は力水でも拝するように飲み干した。

「何だか妙ですね。こんなのって」

若晴がくすりと笑って肩をすくめた。

二人は寝台に横になった。仲麻呂の体は湯上がりの熱をおびている。だが夜着を脱いだ若晴の体はそれ以上に熱かった。

「不思議だな。お前の方が長湯をしてきたようではないか」

「月の障りの前には体温が上がるのです。子を生《な》すために、体が殿方を迎え入れる仕度をしているのでしょう」

二人は相手をつなぎ留めようとするように抱き合い、唇を合わせて舌をからめあった。

若晴の体はひときわ感じやすくなっている。いつもは耳の後ろやわきの下が泣き所だが、今日は乳房の感覚がひときわ鋭くなっているらしい。

舌先で愛撫をくり返すたびに、釣り上げられた魚のようにぴくりと体を震わせてのけぞった。

「ああ、嬉しい」

仲麻呂の背中に腕を回してつぶやいた。

仲麻呂は右手の指先でやわらかく肌をなぞりながら、少しずつ下に向かった。深くくびれた腰から下腹の草むらへ。その下はすでにしっとりと濡れている。

そこに指を沈めると、若晴はすすり泣くような声をもらして足を広げた。催促されるままに男を差し入れると、二人はぴたりと和合した。

「あなた、ありがとう」

若晴は背中に回した腕に力を込め、両足をからめて仲麻呂をはさみ込もうとした。

すると和合の具合がいっそう良くなり、女のひだがきつくすぼまって締めつけてくる。稲妻のような快感が背筋を走り、仲麻呂は凍えたように鳥肌立った。

「あ、あなたは、何も心配しなくていいのよ」

若晴はあえぎながらかき口説《くど》いた。

「私は何があっても、あなたについていくから」

「ああ、分かっているよ」

「でも、でも……、迷惑になったなら、遠慮なく捨ててね、私はどこへなりと姿を消すから」

「力をつくすよ、そうならないように」

仲麻呂は腰を使い、女の中を行きつもどりつした。

「ねえ、ひとつ頼んでもいい」

若晴が貫かれたまま、ひじをついて上体を起こした。形のいい乳房がひときわ美しく見えた。

「何かな」

「枕《まくら》の下に紙があるの、それを開いてみて」

言われた通りにすると、墨で刷った禍々《まがまが》しい絵が現れた。

仁王像のようなたくましい体をした千手観音が、一本一本の手に宝珠《ほうじゅ》や法輪《ほうりん》、水瓶《すいびょう》などを持ち、四つん這いになった白衣観音に背後から組みついていた。

白衣観音堂で配る護符《ごふ》である。さまざまな体位を描いた中の一枚で、これは後背位と呼ばれるものだった。

「これが何か分かるでしょう」

若晴は妖しげな笑みを浮かべ、大人びた余裕を見せた。

「白衣観音さまのお告げなの。上巳節の後の月初めには、この形で交わると子宝を授かるんですって」

「ですってったって、こんなあられもない格好で」

奥手で生真面目な仲麻呂は、北里の娼家《しょうか》に上がったことさえなかった。

「恥ずかしいけど、二人きりですもの。何でもやってみましょうよ」

若晴は思い切りがいい。さっさと背中を向けて手足をつき、仲麻呂を迎える姿勢をとった。

色白のなめらかな肌をした尻が目の前にある。それが観音水を入れた桃の磁器のように淡い朱色に照らされていた。

桃の割れ目には、若晴の女の合わさりが陰《かげ》りのある縦長の線になっている。仲麻呂はためらいを捨ててそこに分け入った。

奥まで進むと強烈な快感が脳天まで突き抜けていく。これまで経験したことのない、ひとつに溶け合う密着ぶりだった。

「ああっ、凄い。駄目……」

仲麻呂は腰を突いたり引いたりして女の中を行き来した。突くときにはかき分ける手応えが、引く時には吸いつくようにして放すまいとする感触がある。こころみに深々と突き、子宮の口を体の奥まで押し込んでみた。

「やめて、駄目、駄目」

若晴の駄目は絶頂へ行くまいとする制止である。首を振り束ねた髪をふり乱して、突き上げてくる快感に抗《あらが》っていた。

ふと夜具に目をやると、若晴の膝のあたりに点々と血の跡がある。あざになった所から血がにじんでいる。それでも若晴は痛みなど感じないのか、突き上げてくる快感の中で身悶えしていた。

「あーっ、いや、いや」

ひときわ大きな叫びをあげ、ひじを折って顔を枕に押し当てた。黒漆ぬりの寝台の棚板に、苦悶とも恍惚《こうこつ》とも見える表情となまめかしい姿が映っていた。

仲麻呂はふと命の矛盾を二人で生きている歓びにとらわれた。若晴に対する限りない愛おしさが込み上げ、絶頂に達する頃合いを見計らって精を放った。

第四章　それぞれの道

三泊四日の滞在を終え、阿倍仲麻呂《あべのなかまろ》と張若晴《ちょうじゃくせい》は洛陽に向かうことにした。

久々に身も心もとけ合う和合をして、二人の距離はずいぶん縮まっている。父と母の役割から解放されて、男と女にもどったようだった。

その余韻《よいん》にひたるように、若晴は馬車の中でも仲麻呂の肩に体を寄せている。肌の色艶が一段と良くなり、花が咲いたように美しくなっていた。

「ねえ。今度生まれる子は、男と女どちらがいいですか」

すでに手応えを感じているのか、自信あり気にそんなことをたずねた。

「女の子かな。娘の父親にもなってみたいよ。お前に似て器量良しで聡明な大人になるだろう」

「娘は父親に似ると言いますよ。あなたに似て頭が良すぎる娘だったらどうしよう。きっと私と喧嘩ばかりするでしょうね」

「どうして喧嘩になる。そんな娘だったらお前の気持ちを考えて、怒らせるようなことは言わないと思うよ」

「だから腹が立つんですよ。女同士は言葉よりも互いの体から発する気によって理解し合います。娘が母親を愚かだと思いながら、傷付けまいと気を遣っていると知ったなら、私は耐えられそうにありません」

「そうか、そういうものかね」

仲麻呂は若晴が素《す》をさらけ出してくれることが嬉しかった。

「こういう話を聞いたことはありませんか。恋仲の男女が街を歩いている時、前からやって来る同じような一組とすれ違う。その時、殿方は相手の女性を見るでしょう。どの程度の女を連れているのか確かめようと」

「確かにそうだ。まずそちらに目が行くね」

「ところが女性は、まず同性に目が行くのです。自分より上か下か確かめるために」

「その違いはどうして起こるのか、女医としての見解を聞かせてほしいね」

「前に読んだ婦人病を扱った本に、こう書いてありました。男はより良い子孫を残す宿命を負っているので、常により優れた女を捜し求めている。だからいい女だと思ったなら、相手の男から奪い取ってやろうと思うのです。それは犬や猫の世界でも同じだそうです」

「犬や猫と比べられては、たまらないなあ」

仲麻呂は明るく苦笑した。

「動物の本能として同じだということです」

「それなら女性は、どうして同性に目が行くのかね」

「女も子孫を残すために男を捜しています。しかし体力的に劣るので、男を捕らえることはできません。そこで身を飾りいい香りをふりまいて、男を招き寄せようとするのです」

「それじゃあまるで、罠に誘い込むようなものではないか」

「ある意味では、そうかもしれません。だから女同士がすれ違うと、罠の出来具合を互いに確認し、相手の優れたところを学ぼうとするのでしょう」

「お前もそんな風かい」

「ええ。あなたを誰にも取られたくありませんから」

若晴が仲麻呂の二の腕を抱き締めて体を預けた。

鳳翔《ほうしょう》温泉からの道を下り、洛陽の南門へ向かう道をしばらく行くと、急に馬車の揺れがひどくなった。十日ほど前の大雨で路面がえぐられ、凸凹がひどくなっていたのである。

「急がなくてもいい。窪地をよけてゆっくりと進め」

仲麻呂は脱輪に用心しろと馬丁にうながした。

案の定、左端の路面の窪地に車輪を取られ、立ち往生している馬車があった。一頭立ての軽馬車だが、車体は貴人用の立派な造りだった。

「どうしますか。右側を通り抜けられないことはありませんが」

馬丁にたずねられ、仲麻呂は車を停めるように命じた。

「困っているだろう。何とかなるなら助けてやりたい」

若晴を待たせて馬車を降り、相手の馬丁に事情をたずねた。

「見ての通りでございます。穴にはまって動けなくなったので、助けを呼びに小僧を走らせております」

初老の馬丁が仕方なげに肩をすくめた。

仲麻呂は路肩に下りて左の車輪の具合を見た。大雨によって路面がえぐられ、小さな谷のようになっている。しかも車輪の前方には岩が切り立っていて、進むことができないのだった。

馬車には二人の女性が乗っているというが、扉を閉ざして中に籠ったままだった。まわりには十数人ほどの野次馬がいるので、姿を見られたくないようだった。

「これでは前には進めない。いったん後ろに退がったらどうだ」

「そう思ってみんなに押してもらったんですが、びくともしないんで」

馬丁が面目なさそうに頭を下げた。

「それなら私の馬車で引いてみよう。そちらの馬の軛《くびき》をはずしてくれ」

仲麻呂は自分の馬車の向きを変えさせ、太綱で二台の馬車をしっかりとつなぎ合わせた。

「よし。ゆっくりと馬を進めてくれ」

仲麻呂の馬車は二頭立てで力が強い。腕利きの馬丁が静かに馬を進めると、太綱がぴんと張って、軽馬車を難なく路肩の窪地から引き上げた。

「ありがとうございます。お陰で助かりました」

初老の馬丁は礼を言い、手早く馬をつなぎ始めた。

その時、馬車の扉が開いて薄水色の長裙《ちょうくん》をまとった女が路上に降り立った。二十歳を少し過ぎたくらいだろう。緑なす豊かな髪を形良く巻き上げ、細面の整った顔にうっすらと化粧をしている。

誰もが息を呑んで見入るような、潑剌《はつらつ》とした美しさだった。

「助けていただいてありがとうございます。私は楊玉鈴《ようぎょくれい》と申します。朝廷の方とお見受けしましたが、お名前を教えていただけないでしょうか」

「ご丁重に痛みいります。当然のことをしただけですので、名乗るのはご容赦いただきとうございます」

ただならぬ相手と見て、仲麻呂は拱手《きょうしゅ》して礼を尽くした。

「車には妹も乗っておりますが、人目をはばかる事情があって外に出ることができません。お礼も申し上げず、お許し下さいませ」

玉鈴と名乗った娘は、仲麻呂の手が土で汚れているのに気付くと、懐から純白の手布を取り出した。

「これでお拭き下さい。ありがとうございました」

一礼して馬車に乗り込み、洛陽へ向かっていく。薄絹の手布には牡丹《ぼたん》の花の細かい刺繡《ししゅう》がしてあり、馥郁《ふくいく》たる香りがした。

「若いのに礼儀正しい方ね」

馬車で待っていた若晴は、二人のやり取りをつぶさに見ていたのだった。

翌日、仲麻呂は中書省に出仕し、宰相の張九齢《ちょうきゅうれい》に挨拶に行った。

「このたびは特別の計らいをいただき、ありがとうございました。長期の休暇をいただいた上に、尽誠楼の支払いまでしていただき、お礼の言葉もありません」

「どうだね。楽しんでくれたかね」

九齢の机の上には山のように書類が積まれていた。

「お陰さまで久しぶりに、妻と二人でゆっくり過ごすことができました。体調も快復しましたので、何なりとお申し付け下さい」

「それは何よりだ。帰国を断念した君の辛さも分かるが、若晴も二人の子供を手放して淋しい思いをしているだろう。まだ若いのだから、三人目を授けてやってくれ」

九齢はそうなることを願って、こうした計らいをしたのだった。

「蘇州から知らせがあった。昨年出港した日本の船の一隻が、嵐にあってもどってきたそうだ」

「どなたが指揮をとられる船でしょうか」

「詳しいことは王維《おうい》君に聞いてくれたまえ。援助が必要ならできるだけのことをするから、遠慮なく言ってくれ」

仲麻呂は王維の部屋に行って事情を聞いた。

「帰ってきたのは遣唐副使中臣名代《なかとみのなしろ》どのの船だ。嵐に巻き込まれて舵や帆が折れたが、乗員は全員無事だったようだ」

王維が渡した蘇州刺史の銭帷正《せんいせい》からの書状には、次のように記されていた。

日本船が蘇州に漂着したのは昨年十一月のことだが、不審なところがあったので詳しく事情を聴取していた。このほど不審が解けたので、中臣名代以下十人を上洛させる。破損した船の修理について援助を求めているので、よろしくお取り計らいいただきたい。

日付は一月二十五日。十一月に蘇州にもどってから二カ月もかかっている。

銭帷正は事情を聴取していたと書いているが、硫黄の売買が意のままにならなかったので、仕返しにほったらかしていたにちがいなかった。

「一行はもう鴻臚寺《こうろじ》に着いているの？」

「昨日到着して、宿舎に滞在しておられる」

「張宰相は援助を惜しまないと言って下さった。面倒をかけるが、よろしく頼むよ」

「当たり前だろう。君の祖国の方々じゃないか」

幸い仲麻呂は鴻臚寺の寮に住んでいる。一行がひと息ついた頃を見計らって宿舎を訪ねた。

「これは阿倍仲麻呂どの。よく来て下さった」

名代が抱きつかんばかりにして迎えた。

部屋には配下の判官や役人がいたが、いずれも面やつれもせず元気そうだった。

「事情は聞きました。ご無事で何よりです」

「出港して三日目に戌亥《いぬい》（北西）の風に吹かれました。そこで船長はそちらに舳先を向けて押し流されまいとしたのですが、急に風が辰巳《たつみ》（南東）に変わったのです」

それに対応できずに後ろからの風に吹かれ、どことも知れずに流されていくうちに、福州

（福建省）の港に漂着したという。

南から北に向かって流れる黒潮の両側には、逆方向に流れる環流がある。だから黒潮からはずれて環流に乗ると、南に流されるのだった。

「福州の港で二隻の船を借り上げ、蘇州まで曳航《えいこう》してもらいました。そして黄泗浦《こうしほ》の港に入り、蘇州刺史の銭帷正どのに会って船を修理する救助をしてほしいとお願いしたのです。すると洛陽まで行くように命じられました」

「修理の救助くらいは刺史の裁量で決めることができます。どうして上洛するように言われたのでしょうか」

「分かりません。自分の一存では決められないとおっしゃるばかりでした」

「硫黄を売らなかったことを、根に持っておられるのでしょうか」

「そうかもしれませんが、硫黄については一言も口にしておられません」

「船は舵と帆を失ったと聞きましたが、修理にはどれくらいの時間と費用がかかるのでしょうか」

「それを説明させるために、船長《ふなおさ》と船大工も連れてきました。隣の部屋にいるので呼びましょうか」

「私が聞いてもよく分かりません。将作監《しょうさくかん》の技士がいますので、そちらと打ち合わせて下さい。それから、もうひとつお聞きしたいことがあります」

「何でしょう。何なりとおたずね下さい」

「他の三隻はどうなったか、ご存じでしょうか」

叔父の船人《ふなびと》が船長《ふなおさ》をつとめる一号船には、下道《しもつみちの》（吉備《きびの》）真備《まきび》や羽栗吉麻呂《はぐりのよしまろ》、そして翼《つばさ》と翔《かける》が乗っているのだった。

「三日目までは隊列を組んで航行していましたが、戌亥（北西）の風に吹かれて散り散りになってしまいました。互いの消息を知る術《すべ》はありません」

「分かりました。救助を得られるように急いで計らいますので、しばらく体を休めて下さい」

翌日、仲麻呂は将作監を訪ね、遣唐使船の修理に手を貸してくれるように頼んだ。

舵と帆を修復するには、相当の日数がかかるはずである。十月か十一月に出港できるようにするには、手配を急がなければならなかった。

張九齢の後押しもあって、全面的な援助をするように蘇州府に命じる省符が下されることになった。

問題は刺史の銭帷正の動きである。現地の差配は刺史に任されているので、勅書を握りつぶしてさらなる嫌がらせをする恐れがあった。

これをどうするか考え抜いた末に、仲麻呂は王維に相談することにした。

「王君、蘇州の銭帷正どののことだが」

「聞いているよ。日本の使者と対立しているそうだね」

王維は昼食を終え、お茶を飲みながら詩集を読んでいるところだった。

「昨年銭帷正どのは、遣唐使船が積んでいる硫黄を売るように多治比広成《たじひのひろなり》どのに求められた。

ところが広成どのが拒まれたために、日本の使者に対して悪感情を持っておられるんだ」

「それも聞いているよ。彼にはそうした意固地《いこじ》なところがあり、いくつも問題を起こしている」

「しかし彼の協力がなければ船の修理ができない。そこで考えたんだが」

銭帷正に陛下からの特命があると告げて洛陽に呼び出し、留守の間に蘇州府に船の修理をさせてはどうか。仲麻呂はそう提案した。

「そうすれば銭帷正どのも上洛を拒めないし、往復には二カ月以上かかるので修理を終えることもできるはずだ」

「確かにそうだが、何の名目で褒賞《ほうしょう》するのかね」

「日本の遣唐使に手厚い計らいをしてくれたので、感謝の意を伝えるために褒賞してほしい。私が張九齢さまにそのように奏上するよ。王君が推薦してくれれば、張さまも納得されるだろう」

「それは名案だ。君は近頃、謀臣《ぼうしん》の才を身につけたようだね」

王維の冗談まじりの一言は、正鵠《せいこく》を射ていたのだった。


五月下旬、仲麻呂は蘇州に向かう中臣名代らを見送るために、洛陽東郊の積潤駅《せきじゅんえき》まで行った。

伊水に面した宿場町で、上洛する者や都から発つ者はこの地の宿に一泊し、迎えたり見送ったりするのが常だった。

その日、送別の宴《うたげ》を張り、詩や歌の贈答をして別れを惜しんだ後で、仲麻呂は名代と二人だけで向き合った。

「すっかりお世話になりました。貴殿のご尽力のお陰で、無事に船の修理ができるようになりました」

名代は唐からの援助が得られたばかりか、玄宗皇帝から多くの下賜品を受け取っている。再び祖国に向かえることに、心底ほっとしているようだった。

「今度は何事もなく祖国にもどられるよう、お祈りをしています。他の三隻も無事に帰国しているといいのですが」

「出港して半年以上たちますが、我々の他には日本の船が漂着したり沈没したという噂は聞きません。帰国できていると思います」

「日本にもどって皆さんに再会されたら、よろしくお伝え下さい。仲麻呂は唐で元気に暮らしていると」

特に翼と翔のことが気がかりだが、仲麻呂は口にはしなかった。

「承知しました。それにしても仲麻呂どのは凄い。科挙の進士科に合格されたばかりか、周囲の信頼を得て確かな地位を築いておられる。それが今度のことで良く分かりました」

「蘇州刺史の銭帷正どのは、今頃上洛の途についておられます。貴殿らが船の修理を終えて出港されるまでは洛陽にとどめておきますので、妨害が入ることはないでしょう」

「有り難い。この国で人間関係をこじらせればどれだけ大変なことになるか、身をもって分かりました」

「ところで弁正《べんしょう》どののことですが、遣唐大使の多治比広成どのから何か聞いておられませんか」

「いいえ。弁正は破戒僧となって行方知れずだと伺っていますが、何かあったのでしょうか」

「実は皇帝陛下が昔をなつかしみ、あの碁敵《ごがたき》はどうしているかとおたずねになったのでございます」

仲麻呂の口から、呼吸《いき》をするような自然さで嘘がすべり出た。

「そうですか。弁正はよほど皇帝に気に入られていたのでしょう。それなのに戒律《かいりつ》を破り、女に溺れて留学僧《るがくそう》の役目を投げ出すとは、祖国を裏切った卑怯者でございます」

名代は弁正の名を口にするさえ汚らわしいと言いたげだった。

「おおせの通りでございます。さすがに名代どのは中臣家のお生まれでございますね。祖国や帝への、ひとかたならぬ忠誠心を持っておられる」

「仲麻呂どのにはとても及びませんが、その心だけは片時も忘れてはならぬと肝に銘じています」

「近頃は祖国の様子はいかがでしょうか。新しい国造りはうまく進んでいますか」

仲麻呂はそれとなく水を向けた。

「残念ながらいくつもの問題を抱え、四分五裂の状態でございます。そのことが案じられてなりません」

「文武《もんむ》天皇の皇子（聖武《しょうむ》天皇）がご即位なされたと聞きました。我々が日本にいた頃から、聡明なお方だと評判でしたが」

「おおせの通り聡明なお方です。しかし朝廷は天平元年（七二九）の長屋王《ながやおう》の変以来、藤原氏に支配されています。藤原武智麻呂《むちまろ》卿、房前《ふささき》卿、宇合《うまかい》卿、麻呂《まろ》卿の四兄弟が政《まつりごと》をほしいままにし、帝《みかど》の意を巧妙に封じ込めているのです」

「私が入唐した時、宇合卿は遣唐副使をつとめておられました。日本を唐の制度にならった新しい国にしたいという志は持っておられるはずです」

「見識はお持ちですが、四兄弟の三男なので兄たちに遠慮して何も言えないのです。長屋王を自殺に追い込んだ藤原家に対する批判は根強いのですが、四兄弟の威勢を恐れて誰も何も言えません」

　しかも皇室内部の争いもあると、名代は声をひそめて話をつづけた。

「ご存じのように、天智《てんじ》天皇方と天武《てんむ》天皇方は壬申《じんしん》の乱において熾烈《しれつ》な争いを演じられました。天武天皇方がこの戦いに勝って皇統をになうようになりましたが、天智天皇方が猛烈な巻き返しをはかり、天智天皇の皇女を相次いで皇后にし、やがては女帝にしたのです」

　持統《じとう》天皇四年（六九〇）に即位された持統天皇、慶雲四年（七〇七）に即位された元明《げんめい》天皇は、天智天皇の皇女だった。元明天皇の娘である氷高《ひだか》皇女は、霊亀元年（七一五）に即位して元正《げんしょう》天皇になられた。

　短期間に三人もの女帝が誕生した背景には、天武天皇方に皇統を渡すまいとする天智天皇方の策謀があった。

しかも藤原家はこうした対立に乗じ、持統天皇の孫である文武天皇、文武の子である聖武天皇に一門の娘を嫁がせて勢力拡大をはかった。

そして長屋王の変を機に、藤原四兄弟が一気に政治の表舞台に飛び出したのである。

「ですから今の帝はご聡明であられても、藤原家の専横に抗することができません。彼らと正面から対立すれば、長屋王のように濡れ衣を着せられて葬り去られる恐れさえあります。そこで帝は何も気付かぬふりをして隠忍自重し、時を待っておられるのです」

「何か方策があるのでしょうか」

日本の朝廷がそこまで混乱をきたしているとは、仲麻呂には思いも寄らないことだった。

「仲麻呂どの、方策は我々遣唐使ですよ。我々が唐から最新の文化や仏教、学問を伝えれば、帝はその報告に従って政《まつりごと》の方針をお決めになることができます。だから我々の帰国を心待ちにしておられるのです」

「その役割は、前回帰国なされた方々がはたしておられるのではありませんか」

「ところが養老二年（七一八）に帰国された方々は、遣唐副使であった藤原宇合どのに従っておられますので、藤原家の意のままに動かれるのでございます」

翌日、仲麻呂は宿駅のはずれまで同行して名代の一行を見送った。

名代ら十人は二台の馬車に分乗し、前後を警護の兵に守られて蘇州へ向かっていく。その姿が曲がり角の向こうに消えるまでたたずみながら、今頃下道真備はどうしているだろうかと思った。

熱血漢の真備は、藤原家が遣唐使たちまで意のままにして朝廷を支配していると知れば、天皇の側に立って猛然と戦いを挑むにちがいない。

その戦いに加わらなかったことが、真備に対する裏切りのように感じられて、ひときわ胸が痛むのだった。

馬車を返して洛陽に向かおうとしていると、薄汚れた僧衣をまとって笠を目深にかぶった男が、「お願いでございます」と言いながら取りすがった。

「廻国修行の放下《ほうげ》でございます。洛陽まで乗せて下されませ」

僧は目深にかぶった笠の庇《ひさし》をわずかに上げた。その顔に見覚えがある。行方不明となっている弁正だった。

仲麻呂は気付いたそぶりも見せず、無言のまま扉を開けた。弁正が猫のように素早く体をすべり込ませた。

「やってくれ。旧知の者だ」

仲麻呂は馬丁に命じ、御者席との間の戸を閉めた。薄暗くなった馬車の中で、二人はしばらく互いを見つめ合った。

弁正は笠を脱ごうともしない。五十がらみの小柄な男で、あごの尖った鋭い顔をしている。長年の苦行に耐え抜いてきた行者のようだが、掏摸《すり》のような目をして油断なくあたりをうかがっていた。

汗とほこりにまみれた僧衣からは、腐ったような酸っぱい匂いがする。かすかにお香の香りも混じっていた。

「今も修行をつづけておられるのですか」

仲麻呂は話の糸口を見つけようとさぐりを入れた。

「これは人目をあざむく隠《かく》れ蓑《みの》だ。馴れ親しんだ姿ゆえ、一番自然に振る舞うことができる」

「中臣名代どのに用があったのですか」

「お前に会いに来た。必ず見送りに来ると分かっていたからな」

弁正は低く沈んだ冷ややかな声で答えた。

「密命を受けて用間《ようかん》（スパイ）になられたことは、遣唐大使の多治比広成さまから聞きました」

「あやつの兄じゃ。兄の縣守《あがたもり》がわしに鬼として生きよと命じた。なぜだか分かるか」

「今上陛下に囲碁の腕を見込まれていたからでございましょう」

「さよう。唐の貴重な史書が保存された秘府（朝廷の秘庫）に入れるのは、宰相のような高官か皇帝の特別の許しを得た者ばかりじゃ。それゆえわしに白羽の矢を立てたのだ」

「それはいつのことですか」

「そちと同じよ。縣守らが帰国する寸前のことだ。すでにわしは還俗《げんぞく》して家族を持っていたが、息子の朝元《あさもと》を連れて行きおった。わしが命令に従わねば息子の命はない。そう脅すための人質じゃ」

「まさか、そのようなことは」

「ないと思うか。お前も翼と翔を日本に帰したと聞いたが、それは多治比広成に勧められてのことであろう」

「確かにそう言われましたが、しかし……」

日本で帰国を待ちわびる老父母に、せめて孫の顔を見せてやったらどうか。日本の生活や朝廷内での処遇については、遣唐大使の名にかけて責任を持つ。

広成はそう言ったのだった。

「それは善意からの申し出ではない。用間が裏切らぬように人質にしたのじゃ。朝元を遣唐判官にして唐に連れてきたのは、約束を守っていると知らせるためだ」

おそらく次の船には、翼か翔のどちらかが乗せられるだろう。弁正は仲麻呂の傷口に塩を塗り込み、これで分かったかとにやりと笑った。

「命令を受けて十七年、わしは帝と祖国のために懸命に働いた。陛下の碁の相手をつとめながら、秘府に入り史書を見る機会をうかがった。それは半ば成功しかけたが、朝廷内には不審者の動きをあぶり出す監視の目が張り巡らされている。それに引っかかって詮議《せんぎ》を受け、朝廷から追放された。お前と真備は、樹下地区のわしの隠れ家を訪ねたであろう」

「ええ。家を出ようとした時、何者かに矢を射かけられました」

「わしを監視している者が、まだ付きまとっているということじゃ。お前も顔を覚えられたかもしれぬ。用心することだ」

「それはどのような者たちでしょうか」

「分からぬ。正体が分かるのは、こちらが殺される時か相手を殺す時だ」

「井真成が殺されたいきさつを教えて下さい。あなたと真成が北里《ほくり》の花影楼に入るのを、下道真備が見ています」

「真成には気の毒なことをした」

弁正は初めて真心のこもった言葉を吐いたが、それは戦場で斃《たお》れた部下をいたむ口調だった。

「去年の夏に遣唐使が蘇州の港に着いたと聞き、わしは焦った。まだ秘府に入れる手立てを講じることができていなかったからだ。このままでは多治比広成を納得させることはできず、次の遣唐使が来るまで用間をつづけねばならぬ。この歳でそんな命令を受けるのは、この国で死ねと言うのも同じだ。そんな時、思いがけない話を耳にした。高力士が井真成に執心《しゅうしん》しているというのだ」

「執心している？」

「側に侍《はべ》らせたいということだ。宦官とはいえ、人と睦《むつ》み合いたいという欲求を失ったわけではない。いや、むしろ男としての能力を奪われているからこそ、そうした思いが強くなるのかもしれぬ」

「しかし、なぜ真成なのでしょうか」

仲麻呂は痛ましさに肺腑《はいふ》をえぐられる気がした。

「真成は高力士に頼まれて官服を作っただろう。あの時、見初められたようだ。仕事ぶりが見事だし、やさしげな顔立ちとしなやかな体付きをしているからな」

「それであなたは真成を北里に連れて行き、高力士どのに差し出したのですか」

「仲を取り持ったなら一日だけ秘府に入ることを許すと、高力士は言った。近々陛下が洛陽に向かわれるので、秘府の管理もゆるやかになる。だから自分の配下に案内させるというのだ。こんな絶好の機会を、逃せると思うか」

「真成は同意したのですか。そんな話に」

真成が弁正に引きずられるように花影楼に入っていくのを見た。下道真備がそう言ったのは、高力士に引き合わせた日にちがいなかった。

「帝と祖国を守るためだと、このわしが説き伏せたよ。そして見事に役目をはたし、高力士から約束をはたすという誓約を得た」

「それではどうして、真成は宦官に毒殺されたのです。高力士どのにあざむかれたのですか」

「いいや。真成を殺したのは別の者たちだ」

弁正が笠の庇を持ち上げて鋭い目を向けた。

仲麻呂はその体から腐臭が立ち昇っている気がした。

「実は朝廷の秘府は、影の者たちによって守られている。史書は朝貢《ちょうこう》する国々を支配するばかりか、朝廷の命運さえ左右することがあるので、秘密を守るために皇帝直属の隠密を配しているのだ。それが誰かは厳重に秘されていて、高力士さえそんな者たちがいるとは知らなかった」

「真成はその者たちに殺されたと言うのですか」

「そうだよ仲麻呂。奴らは高力士とわしの密約を知り、高力士の配下になりすまして真成を花影楼に呼び出した」

「すると樹下地区の家で我らを襲ったのも」

「秘府の隠密だよ。わしはそれを察知したから、いち早く逃げ出したのだ」

すると高力士が、真成に尚衣奉御《しょういほうぎょ》の位を贈るように執り成したのは、真成の死因を隠すためではなく、急死をいたんでのことだろう。仲麻呂はそう気付いたが、心は一向に晴れなかった。

いったい真成は、どうしてそんな役目を引き受けたのか……。

「仲麻呂、お前を救うためだよ」

弁正は仲麻呂の心の動きを見透かしていた。

「わしは真成にこう言った。この任務をはたせなければ、お前か真備か仲麻呂に唐に残ってわしに従えと密命が下る。その可能性は進士科に及第した仲麻呂が一番高い」

「嘘だ。そんなはずがない」

「嘘など言わんよ。真成はすぐにそれを理解し、お前を帰国させるために任務を引き受けてくれたのだ」

「嘘だ、嘘だ、嘘だ」

仲麻呂は痛ましさのあまり激情に駆られ、弁正の僧衣の胸倉をつかんで体を揺さぶった。

だがそれは本当だと、心の声が告げている。真成と一緒に秘書省の書閣に入った時、

「ここに描かれたような服を一着でも作りたいと願いながら、私は……、私はこんなにも愚かだ」

そう言って泣き出した姿が脳裡をよぎり、身のすくむような後悔にとらわれた。

「仲麻呂、わしはお前の上役《うわやく》だ」

弁正が仲麻呂の手首をつかんで胸元から離した。腐臭がいっそう強くなった。

「多治比広成の命令に従って任務についた以上、わしの指示に従ってもらう」

「………」

「これから人ではなく、役目をはたすための道具になれ。良識も感情も愛情も捨て、冴え冴えとした頭脳と目をやしなって、任務をはたすためだけに生きよ」

「何をすれば、いいのでしょうか」

仲麻呂は観念してたずねた。

「それは折を見て指示する。ともかく皇帝に気に入られ、なりふり構わず出世の階段を駆け上がれ。そうして秘書監（秘書省の長官）になれば、秘府にも公然と入ることができる」

馬車は洛陽の上東門外の雑踏に入っている。弁正は場所を見極めてから有金《ありがね》をすべて出せと迫った。

「お前は暮らしには困るまい。ぐずぐずするな」

そう言って砂金の袋を引ったくると、馬車から突き出された風《ふう》を装って外に出た。

翌日から仲麻呂は、張九齢の秘書の仕事に専念した。

目標はただひとつ。ひたすら出世し、十万人の官吏の中で一人しかなれないと言われる宰相の地位につくことである。そのためには人の何倍も仕事や勉強に励み、皇帝や上司、同僚に気に入られ、誰もが認める手柄を立てなければならない。

出世したがっていることなど曖《おくび》にも出さず、いつもにこにことして人格者然と振る舞い、人脈を広げて情報がおのずから集まってくるように仕向けることが大切である。

皇帝や上司には気に入られてもへつらわず、同僚には話せる仲間だという親しみと、あいつに任せれば大丈夫という信頼感を持ってもらわなければならなかった。

（私は阿倍仲麻呂を演じるのだ）

いつの頃からか、仲麻呂はそう思うようになった。

人生は宇宙という不変の真理が生み出した影である。誰もがそうとは気付かず、自分は確固たる存在だと信じて、つかの間の一生を生きているに過ぎない。

それなら舞台に立つ役者のように、この世で阿倍仲麻呂を完璧に演じてやろう。そして史書に偉人と記されるような人物に仕上げ、心の裡には用間（スパイ）の任務を秘めておくのだ。

仲麻呂にとって毎日がそうなるための修練《しゅうれん》の連続だが、日がたつうちにそれが修行のようにも感じられて、生きる愉しみにまでなりつつあった。

十月半ばになり、中書省のまわりの木々が落葉を終えた頃、王維が資料を入れた袋を下げてもどってきた。二人は同じ秘書官室で働く仲になっていた。

「仲満《ちゅうまん》、今日もよく働いているね」

仲満とは仲麻呂の唐風の呼び方である。二人の仲は深まり同志的なつながりもできて、仲満、王維と呼び捨てにしていた。

「王維こそいつもながらの勉強ぶりじゃないか。それは資料室から持ってきたんだろう」

「そうだよ。でもこれは僕のためじゃない。君のためだ」

「何だい。また新しい仕事か」

「実は明後日、張九齢さまと李林甫《りりんぽ》さまが、陛下の諮問《しもん》に答えられる。課題は寿王李瑁《りぼう》さまを開府儀同三司《かいふぎどうさんし》に任ずることの是非についてだ。僕たち二人は、その席に陪聴することを許された」

「陪聴って、陪席できるってこと」

「さすがにそれは無理だよ。御座《みざ》の間の両側に簾《すだれ》を垂らし、張さまと李さまの秘書二人ずつが陪聴を許されたんだ。場合によっては、意見を問われることもあるらしい」

いつもは冷静な王維が、珍しく興奮して鼻の穴をふくらませている。この場で皇帝の目にとまる返答をしたなら、近習に登用《とうよう》されることもあるのだった。

「課題は寿王さまを開府儀同三司に任ずるかどうかだったね」

仲麻呂も俄然闘志がわいてきた。

「これは周王朝の頃に定められた三公の制がもとになったものだが、今では散官《さんかん》になって従一品の位だけが与えられる。李林甫どのが寿王さまをこの地位に付けようと発議されたのは、やがては東宮（皇太子）にしようという目論みがあるからだ」

「しかし東宮は、すでにおられるじゃないか」

玄宗は開元三年（七一五）に第二皇子の李瑛《りえい》を東宮に立てている。以来二十年も据え置いていた。

「そこが李林甫どのの付け込み口なのだ。東宮の暮らしがあまりに長いので、李瑛さまは陛下にうとまれているのではないかと疑心暗鬼におちいっておられるらしい。そんなときに陛下が李瑁さまを開府儀同三司に任じられたなら、李瑛さまはどう思われるだろうか」

「陛下が李瑁さまを厚遇されるのは、自分を廃して東宮にするためではないかと疑われるだろうね」

「そうだよ。そうした葛藤があれば、陛下に対する不満や怒りを口にされるかもしれない。そこを捉えて李瑛さまを廃位に追い込むつもりなのだ」

「いかに門閥出身とはいえ、そんな大それたことができるだろうか」

「これは李林甫どのだけの企みではなく、背後に李瑁さまの母上である武恵妃《ぶけいひ》さまがおられる。恵妃さまが我が子を東宮にし、自身は皇后になるために、林甫どのと手を組まれたのだ」

「それは難しいことになるね」

「陛下は五十一歳になられるが、まだご健在だからね。李瑛さまがこのまま東宮の地位にあって、すんなりと即位されるかどうか分からない。この件について、目を通しておいた方がいいと思う資料を持ってきたから」

しっかり読めよと言いたげに、王維は重たげな袋をどさりと置いた。

資料は八巻の巻子本《かんすぼん》だった。巻物の長さは本によってちがい、長いものは五丈（約一五メートル）、短いものは四尺（約一・二一メートル）ばかりである。

仲麻呂は巻物の題を見て読む順番を決め、従者の手を借りて床に広げた。帯状の本紙には、右から左にびっしりと文字が記されている。

仲麻呂は巻物の横に立ち、ゆっくり歩いてそれをながめていく。文字を追って読み解くのではなく、景色として覚え、いつでも頭の中で再現できる。

仲麻呂のこの異能に周囲が気付いたのは、五歳の頃だった。手習い始めに与えられた『論語』の一章を、一度見ただけで全部書き写したのである。

「おお、我が家に神童がおわしますぞ」

祖父の比羅夫《ひらふ》は大喜びし、十隻から成る軍船の編制図を見せた。

すると仲麻呂はしばらくそれを見つめただけで、展開している陣形ばかりか、一隻の大型船、三隻の中型船、それを守る六隻の小型船まで描き分けたのだった。

この異能が勉学に、そして科挙の受験に役立った。何しろ書物を見ただけですぐに覚え、必要な時にいつでも映像として取り出せるのだから、頭の中に巨大な書庫を持っているも同じだった。

仲麻呂は十巻分の景色を頭に詰め込み、家に帰って内容を吟味《ぎんみ》した。

宰相李林甫が武恵妃と組み、東宮李瑛を廃して寿王李瑁を東宮にしようとしている。この背景には、三つの複雑な事情があった。

ひとつは玄宗皇帝と二人の皇子の関係。ひとつは武恵妃の野心。そしてもうひとつは李林甫と張九齢の対立である。

李瑛は側室の趙麗妃《ちょうれいひ》との間に生まれた。玄宗にとっては二人目の皇子である。正室である王皇后との間には子供がいなかったので、開元三年（七一五）に李瑛を東宮にした。

これは王皇后が李瑛を見込み、自分の養子とした上で東宮に推挙したからである。子供のいない王皇后は、こうすることで自分の地位を守ろうとしたのだが、周囲には反対する声が強かった。趙麗妃は遊芸人の娘なので、家柄に問題があるというのである。

やがて玄宗は王皇后や趙麗妃に興味を失い、武恵妃を寵愛するようになった。そして皇子三人、皇女一人をもうけたが、上の三人は相ついで夭逝《ようせい》し、一番下の李瑁だけが残った。

そこで玄宗は李瑁を兄の寧王に預けて育ててもらうことにした。表向きは不吉を祓うためと言われているが、本当は三人の子が王皇后派に殺されたと疑っていたのである。

王皇后が東宮にした李瑛を守るため（ひいては自分の地位を守るため）、競争相手になりそうな者を次々に抹殺したと察し、李瑁を王宮から出して兄に預けたのだった。

三人の子を失った武恵妃は、やがて反撃に出た。玄宗の寵愛を巧みに利用し、王皇后を廃して自分を皇后にするよう迫った。

こうした場合、妻妾をうまく融和させて物事を丸く治めるのが男の甲斐性だろうが、玄宗皇帝にはこうした能力があまりなかった。

純粋なのか思慮が足りないのか、それとも単に無責任なだけなのか、武恵妃の夜毎のささやきに負けて王皇后を更迭することにし、手順について重臣の姜皎《きょうこう》に相談した。

ところが姜皎が、禁中の秘密を身近な者にもらしたために、事はたちまち表沙汰になった。このままでは立場がないと焦った玄宗は、姜皎が勝手に計らったことだと決め付け、本人を流刑の途中で殺害し、関係した者を流刑や死刑に処した。

しかし王皇后の不安はおさまらない。何とか玄宗の心をつなぎ留めようと、邪宗の僧を使って祈禱させた。これは唐の律（刑法）にそむく犯罪行為である。妖僧を使い、祈禱の用具を用い、人を呪詛《じゅそ》した場合、死刑に処すと定められている。

王皇后は死一等を減じられたものの、廃位されて開元十二年（七二四）に失意のうちに他界したのだった。

武恵妃はいよいよ皇后になれると勇み立ち、九年前の開元十四年（七二六）に行動を起こしたが、手続きを取ろうとする玄宗の前に侍御史《じぎょし》の潘好礼《はんこうれい》が立ちはだかった。

問題にしたのは、武恵妃の祖父が則天武后の従兄弟だったことである。武氏出身の則天武后は一門の者を多数登用し、唐を廃して武周王朝を打ち立てた。つまり李氏にとっては仇も同じである。

その血を引く娘を皇后にするのは、『礼記』が説く「君父の仇《あだ》は共に天を戴《いただ》くべからず」という教えに背くというのである。

「しかるに武妃を皇后につけようとされる陛下は、何の顔《かんばせ》あって天下の人にまみえるつもりか。匹夫匹婦でさえ婚姻するには相手をよく選ぶものでございます。いわんや一天万乗の君であられるのですから、古今成敗のさまを御詳覧あって、礼にかなう家の娘をお選び下さいますように」

この諫止に抗することができず、玄宗は武恵妃を皇后にすることを断念した。

無念の煮え湯を呑まされた恵妃は、虎視眈々《こしたんたん》と次の機会を狙い、日の出の勢いの李林甫と組んで李瑁を東宮にする策略をめぐらしている。

その李林甫と張九齢の対立も根が深かった。

林甫は高祖李淵《りえん》から始まる唐室の末裔《まつえい》で、昨年（七三四）礼部尚書に任じられて宰相職について以来、巧みな遊泳術によってめきめきと頭角を現していた。

歳は五十三で、九齢より五つ下である。若い頃は遊び人で、二十歳までは書を読んだこともなく、狩猟や管弦《かんげん》、絵画に興じていたという。

ところが人心掌握《しょうあく》と状況判断に長けているのを親戚の高官に見込まれ、官職につくように勧められた。そうして玄宗にも重用されて宰相にまでなったが、学問と教養の土台がないので進言や政策も場当たり的になりがちである。

そこが進士派の官僚をひきいる張九齢には許し難いようで、林甫を宰相にすべきかどうか諮問された時に強く反対している。

林甫はこれを深く恨み、それ以来九齢の進言や政策にことごとく反対し、追い落としを謀っていたのだった――。

仲麻呂が王維から資料を渡された二日後、玄宗皇帝は張九齢と李林甫を御前に召し、寿王李瑁を開府儀同三司に任ずるべきかどうか諮問した。

部屋の東西に簾が垂らされ、東の外側に仲麻呂と王維が、西の外側には林甫の秘書官二人が陪聴している。しかもこの日は武恵妃と高力士も、皇帝の席の後ろに垂らした緋色の簾《すだれ》の後ろに控えていた。

対立の予感をはらんだ重苦しい空気の中で、玄宗が二人に意見を求めた。

まず口を開いたのは、李瑁を推した李林甫だった。

「開府儀同三司に任じるように推薦いたしましたのは、寿王さまは近年ご成長がいちじるしく、学識、見識、人徳も備わって多くの者たちに慕《した》われておられるからでございます。やがては大唐国をになわれる逸材であることは誰の目にも明らかでございます。今は寿王に封じられ、都督や節度使を務めておられますが、これだけでは朝廷において腕をふるっていただくことになった時、過去の官歴にばかりこだわる官僚たちにおとしめられ、存分な働きができなくなる恐れがございます。そこで今のうちに開府儀同三司に任じていただき、このような批判を封じる手立てを講じておくべきと存じます」

林甫の弁舌はさわやかである。音曲に通じている上に低く響くいい声なので、詩の朗読《ろうどく》を聞いているように心地いい。本人もそれをわきまえていて、相手の好みに応じて声音《こわね》を変えるのだった。

次は張九齢が意見をのべる番だった。

「そもそも開府儀同三司が言う三司とは、王朝に功績のあった者を三公の要職につけたのが始まりでございます。周王朝においては天子の師である太師《たいし》、天子を助け国政に参与する太傅《たいふ》、天子の守役として家政を補佐する太保《たいほ》が三公と呼ばれ、天子の政《まつりごと》に誤りがないように努めたのでございます」

九齢の声はやや甲高い。しかも政の原理原則を強調するので、聞いている者の耳に硬《かた》く刺さるのだった。

張九齢は三公の制が周以後の王朝でどのようにして儀同三司（儀は三司に同じ）の職になり、唐代になって散官（実権のともなわない名誉職）になったかを説明し、次のように締めくくった。

「こうした変遷《へんせん》をたどれば明らかなように、儀同三司は天子を補佐する者に与えられる地位でございます。たとえ散官になったとしても、その名誉は天子を補佐した経歴のある者に与えられるべきと存じます」

「李尚書、この儀はどうじゃ」

玄宗は不機嫌になり、声が刺立っていた。

「いくつか疑問がございます。この先は張尚書とじかに話をさせていただいてよろしいでしょうか」

「構わぬ。好きにせよ」

「貴殿は天子を補佐した経歴のある者とおおせられたが、それはどのような者のことでしょうか」

「それは天子がお決めになることであろう」

「むろんおおせの通りですが、我ら礼部はどなたを任じるべきか陛下にお勧め申し上げる役目をになっております。それゆえどのような方がふさわしいか、お教えいただきとうございます」

（これは罠だ）

簾の外に控えた仲麻呂はそう察し、張九齢が不用意な返答をしないように天に祈った。

「先ほど陛下に、天子を補佐した経歴のある者に与えられるべきだと申し上げた。くり返すまでもあるまい」

「補佐したと言えば、宰相を務めた者ということでしょうか」

「そうした者も該当するかもしれぬ」

九齢は林甫の罠を警戒しながらも、引き下がろうとはしなかった。

「それでは皇子さまたちはいかがでございますか。寿王さまはふさわしくないとおおせられるなら、東宮の李瑛さまはいかがですか。二十年も東宮の地位にあり、陛下を補佐してこられたのですから、開府儀同三司にふさわしいのでございましょうか」

「今日は陛下の諮問にお答えするために召されている。そのような場違いの問いに答えることはできぬ」

「それでは陛下、この件について張尚書におたずねいただきとうございます」

李林甫は玄宗に向き直り、わざとらしいほど大げさに拱手の礼をした。

「張九齢。李尚書の問いに答えよ」

「恐れながら、三公に準じて開府儀同三司の職が制定されたのは、功績のあった重臣に対して自らの府を開く権限を与えるためでした。しかし皇子さま方の多くは、すでに王として官制を超越した立場におられますので、開府儀同三司に任じることは、かえってその地位をおとしめることにもなりかねません。まして東宮さまは特別の地位におられるのですから、然《しか》るべからずと存じます」

「さようか。それではそのように計らうがよい」

「お待ち下さい。元の意味はそのようであっても、今では散官となり、褒賞《ほうしょう》として叙位《じょい》されるようになっております。張尚書のご指摘は当たらぬと存じます」

李林甫が喰い下がった。

「それに、このたびの推薦には特別の事情がございます」

「ほう、申してみよ」

「実は寿王さまに縁談がございます。それゆえ婚礼に花を添えるためにも、開府儀同三司に任じて箔をつけてやりたいと、武恵妃さまがお望みなのでございます」

「縁談とは初耳だが、相手はどこの娘じゃ」

「恵妃さまの遠縁の楊氏につらなる者でございます。名を楊玉環《ようぎょくかん》といい、歳は十七でございます」

「会ったのか。その娘に」

「恵妃さまのお申し付けにより、対面して顔色容貌を確かめました。蜀州（四川省）の生まれでございますが、美しさといい気立てといい、申し分のない娘と見受けました」

「ならば近々連れて参れ。朕《ちん》が良しと認めたなら、叙位も結婚も許してつかわす」

玄宗はそう言って席を立った。

遠ざかる足音を簾の外で聞きながら、仲麻呂と王維は不審の顔を見合わせた。これでは公正な裁定とは言えないし、諮問した意味がない。初めから仕組まれていた感じだった。


この年の冬至は、十一月三十日である。

古来中国では一年のうちでもっとも昼の時間が短いこの日を一年の始まりと見なし、二十四節気の第一番目とした。

冬至から昼間の時間が少しずつ長くなっていく。人々はそれを弱まった太陽の力が徐々に回復していくものと見て、神々に感謝するための祭りを行った。

唐の皇帝もこの日は都の南に築かれた天壇《てんだん》に登り、天帝に感謝する祭りをする。その後には冬至を祝うために、官吏たちに七日間の特別休暇を与えた。

この休暇の間、玄宗は近臣や宦官、妃嬪《ひひん》を集めて酒宴をもよおすのを常としている。この年は翌月の閏十一月一日から三日間、皇城の西の上陽宮で管弦と舞踊の宴を開いた。

初日に集まったのは張九齢、李林甫ら近臣たち、高力士を筆頭とする宦官、武恵妃ら四夫人と九嬪ら、およそ二百人である。

この宴に仲麻呂と王維も九齢の供として加わっている。多くの人士の顔を覚え、知遇を得る

ように という九齢の配慮だった。

酒宴が佳境に入った頃、林甫が玄宗の横に立って声を上げた。

「今日は寿王李瑁さまのお妃《きさき》候補となられた方を、お招きいたしました。恵妃さまの母上の遠縁に連なるお方でございます」

林甫は見事な美声で告げ、「陛下も初めてのご対面で、嫁に迎えるかどうかお決めになることになっている」と、秘密めかした声でささやいて皆の笑いを誘った。

やがて後方の扉が重々しく開かれ、体格のいい軍人風の男に先導されて二人の娘が入ってきた。

一人は李瑁の花嫁候補の楊玉環。後の楊貴妃で、豊かな髪を高々と結い上げ、黄銅色の長裙《ちょうくん》をまとって緋色の帯を締めていた。

くすんだ長裙の色が肌の白さと陶器のようななめらかさを際立たせている。襟元を広めに開けて豊かな乳房を目立たせ、帯をきつくしめて腰のくびれを強調している。

しかも底の厚い沓《くつ》をはいているので足が長く見え、西域の踊り子のような華やかさがあった。

もう一人の娘は花嫁候補の付き添いらしく、髪を目立たないように首の後ろで束ね、地味な紺色の衣をまとっている。

(あの娘は、あの時の)

仲麻呂は娘の顔を見て息を呑んだ。

鳳翔温泉からの帰りに脱輪した馬車に乗っていた楊玉鈴。玉環の姉だった。

玄宗皇帝は楊玉環を気に入った。

酒宴の席の対面だけでは飽き足りず、玉環と玉鈴を従えて別室に行き、李林甫だけを同席させて話をした。

玉環が琵琶《びわ》の演奏や舞踊ができると聞くと、琵琶を弾かせて流行《はやり》の歌を自ら歌った。次に舞踊が見たいと言い出し、手ずから琵琶を弾いて舞わせた。

それは息子の嫁になる娘を遇すると言うより、気に入った側室を得たような熱中ぶりである。

玄宗の面長の顔には青春の息吹を取りもどした生気と、老いらくの恋を求めて発するただならぬ欲情が現れていた。いち早くそのことに気付いたのは李林甫だけで、それが後に彼の大きな強みになった。

翌月、玄宗は李瑁を開府儀同三司に任じ、楊玉環との結婚を認めた。後に『長恨歌《ちょうごんか》』で謡われる悲劇の幕はこの時切って落とされたのだが、それは阿倍仲麻呂の運命も大きく変えたのだった。


年が明け、開元二十四年（七三六）になった。

長安と洛陽は一昨年の飢餓から立ち直れないまま、慢性的な食糧不足にあえいでいたが、二月になって新たな問題が発生した。

幽州節度使の張守珪《ちょうしゅけい》は北方の奚《けい》と契丹《きったん》を討つために、安禄山《あんろくざん》を将軍とする五万もの大軍を出陣させた。ところが敵の計略に引っかかり、壊滅的な敗北をきっしたのである。

張守珪は都に急使を送って戦況を伝えた上で、安禄山の処分について玄宗の判断をあおいだ。

上表の文面は、おおよそ次の通りである。

「昨年夏から奚と契丹がしきりに北方の交易路をおかし、唐の商隊や旅客を襲って略奪をくり返してきました。そこで私は安禄山を将軍に任じ、五万の軍勢をさずけて討伐に向かわせましたが、禄山はこれまでの戦勝に油断し、敵を深追いして罠にはまり、軍勢の大半を失って逃げもどってきました。

軍法に従えば、これは死刑に処すべき重罪です。しかし禄山はこれまで漢人と雑胡《ざっこ》（各地の胡人）からなる軍勢をひきいて数々の戦功を上げ、北方の守りに多大なる貢献をしてきました。しかも部下たちの信頼も厚いので、もし禄山を処刑すれば軍勢を維持することが難しくなり、奚や契丹の略奪を防ぐ手立てを失ってしまいます」

張守珪は率直に窮状を訴え、安禄山を生かして挽回の機会を与え、大唐国への忠勤を励ませた方がいいのではないかと記していた。

上表を受け取った玄宗はさっそく宰相たちを集め、この件をどう処理するか協議した。この席で張九齢は軍法に従って禄山を処刑するべきだと主張し、玄宗や宰相たちの同意を得た。

その命令を伝える勅書は次の通りである。

「安禄山らは我が軍の威信を軽く考え、兵の損失を招いた。よって死刑に処するものとす。汝は軍の指揮をとる立場にある。そのことをわきまえ、軍法に従った処置を講じよ」

これには現場の指揮官である守珪は逆らえない。仕方なく禄山を処刑の場に引き出し、配下

に命じて棒で殴り殺そうとした時、禄山がくわっと目を見開いて守珪をにらみ、

「貴公は奚と契丹の両蛮《りょうばん》を滅ぼしたくないのか。なのにどうして自分を殺すのだ」

刑場に響きわたるほどの大音声《だいおんじょう》を上げた。

この声に数万の兵士たちが心を打たれ、禄山を処刑するなら国に帰ると言い出した。もともと奚や契丹、突厥などの出身者が多いので、国に帰れば敵の軍勢に組み込まれることは目に見えている。困り果てた張守珪は処刑を中止し、禄山の身柄を都に送って朝廷に再考をうながすことにした。

一行が洛陽に着いたのは、四月下旬のことである。

檻でおおった罪人用の馬車に乗せられた禄山は、六尺五寸（約二メートル）もの巨体を緋色の軍服に包み、後ろ手に縛られながらも傲然《ごうぜん》と前を見据えていた。

馬車の前後を五百人ちかい軍勢が警固しているのは、禄山の部下たちが護送中に奪い返しに来ることを恐れてのことだった。

禄山は宰相会議のもとに設置された特別法廷で取り調べを受け、奚や契丹とどのように戦い、どのように敗れたかをつぶさに語った。

もともと商人として頭角を現わし、六カ国語を話せるほど頭のいい男なので、語り口は明《めい》瞭《りょう》で話の筋も通っている。しかも人の心を読むことに長けていて、取り調べに当たった担当官たちが身を乗り出して聞き入るような話を次々と並べ立てる。

弁舌の面白さが朝廷でも評判になり、興味をひかれた玄宗は訊問の様子を見に行くことにし

た。

皇帝と罪人は同席できないので、隣の部屋の紗《しゃ》をかけた窓からのぞいただけだが、玄宗は雑胡の血を引く安禄山の異様な風体と、神仏をも恐れぬ大言壮語が気に入ったらしい。

「殺すには惜しい。生かして働かせてみよ」

勇ましい猟犬でも見つけたように命じた。

これには張九齢が猛然と反対した。

国の基本は律（刑法）と令（行政法）である。中でも軍法は何より厳しく守られるべきもので、私情や温情によってこれを曲げれば、軍隊を維持することはできなくなり、国家の滅亡を招く。

九齢はそう主張し、史書に記されたあまたの例を引いて、歴代の皇帝や将軍がいかに厳重に軍法を守ってきたかを説いたが、安禄山を気に入った玄宗の耳にはとどかなかった。

思い余った九齢は、禄山には謀叛《むほん》の相が現れていると言い出した。

「あの者の忠節は、世をあざむく皮衣《かわごろも》でございます。今のうちに殺さなければ、大唐国と陛下に仇をなすことになりましょう。そうなってからお悔やみになっても、取り返しがつきませぬぞ」

甲高い声で舌鋒鋭く進言する九齢に、玄宗は辟易《へきえき》したらしい。

「つまらぬ臆測で人をおとしめるな」

一喝して席を立った。

安禄山の処分をめぐる対立は四月五月とつづき、六月になっても決着がつかないまま、朝廷内には不穏な空気がただよっていた。

それにつれて九齢の立場が悪くなっていくことを、仲麻呂と王維は懸念していたが、秘書官として出来ることは限られている。九齢の指示に従って、通常の業務を淡々とこなすだけだった。

仲麻呂が命じられたのは、長安の義倉にどれだけの麦や粟などが保存されているか調べ直すことだった。

一昨年末にも同じ調査を命じられたが、それ以後新しく収穫したり他所から集めた穀物をたくわえている。その状況を明らかにして、皇帝が長安にもどれるか否かを判断するのだった。

仲麻呂が穀物の量を記した表をにらみながら計算をつづけていると、王維がいつになく険しい表情で部屋に入ってきた。

「仲満、今日ほど腹が立ったことはないよ」

椅子に座るなり大声で吐き捨てた。

「どうした。清廉の士とも思えない口ぶりだね」

「先ほど中書省の者たちが噂しているのを聞いたが、張宰相が安禄山の処刑を強硬に主張されるのは、思惑あってのことだと言うんだ」

「思惑って、どんな」

「幽州の張守珪どのは、雑胡の反発を恐れて安禄山を死刑にできなかった。だから自分の責任にならないように、都で処刑してくれるように張宰相に頼んだと」

二人は同じ張姓だし、近頃特別に親密な関係になっている。中書省の役人たちがそう噂していたという。

「みんな張宰相の部下だろう。上司の人柄も信じられないのかね」

「そうだろう。しかも噂の中には君の名前もあがっていたよ」

「私の名前?」

仲麻呂は一瞬どきりとした。

「君は日本の遣唐使船が積んでいた硫黄を、張守珪どのに送るように宰相に進言しただろう」

「送ると決められたのは宰相だよ。私は営州《えいしゅう》の商人に輸送を任せるように進言しただけだ」

「石皓然《せきこうねん》という商人だね」

「そうだ」

「それがきっかけとなって、張宰相と張節度使に特別なつながりができた。だから張節度使は多額の賄賂を贈って、禄山を処刑してくれるように宰相に頼んだという筋書きさ」

「王維、そんな噂を真に受けるなよ。宰相がそんなことをなさるはずがないと、君だって知っているだろう」

「もちろん知っている。私が腹を立てているのは、誰がこんな噂を流して宰相をおとしめようとしているか透けて見えるからだよ」

「それは……、恩蔭《おんいん》（門閥）派の方だろうか」

仲麻呂は李林甫の名を出すことを慎重にさけた。

「もちろんそうだ。あの人はあらゆる所に密偵を入れておられるからね」

王維もあたりをはばかって声を落とした。

「しかも近頃では陛下の覚えもめでたい。だから今が好機と見て、張宰相を追い落とそうとしているのだ。その工作に中書省の役人までが乗せられるとは、あまりに情けないじゃないか」

「張宰相には、このことは伝えたの」

「いいや。そんなことをしても、ほっておけと言われるばかりだからね。宰相のそんな実直な性格まで、あの策士は計算に入れているんだよ」

だから余計に腹が立つと、王維は両手を机に叩きつけた。大きな音が響きわたり、部下たちが驚きの目で王維を見つめた。

仲麻呂は仕事を終え、軽馬車に乗って鴻臚寺の宿所へ向かった。

夕暮れにはまだ間があるが、空は厚い雲におおわれて皇城はどんよりと暗い。今にも雨が降り出しそうだった。

明け放った窓の外を流れていく景色を見つめながら、仲麻呂は混迷の度を深める政情について考えていた。

張九齢と玄宗の溝は深まる一方で、もはや修復できない所まで進みつつある。

しかもこの機会をとらえて李林甫が巧妙に立ち回り、二人の間に楔《くさび》を打ち込んで九齢を失脚させようとしている。

林甫は武恵妃と組んで寿王李瑁を東宮（皇太子）にし、やがては皇位につけようと目論んでいるので、どんな手を使ってでも九齢を潰そうとしているのである。

（そんな中で、自分はどう立ち回ればいいか）

それがさし迫った課題だった。

以前の仲麻呂なら、迷うことなく王維とともに九齢を守る楯になっただろう。ところが今は用間《ようかん》（スパイ）としての任務をはたすために、出世することを最優先しなければならなかった。

そうした立場から見れば、九齢の立場は危うきこと虎の尾を踏むが如しである。

九齢はこの先も宰相としての信念に従って諫言《かんげん》をつづけるだろうし、それが玄宗の逆鱗《げきりん》に触れる日もそう遠くないはずだった。

もし張九齢が朝廷から追放されたなら、仲麻呂も無事ではいられない。最悪の場合は連座して処罰されるし、軽くても地方の閑職に飛ばされるだろう。それを防ぐにはどうすればいいか、今のうちから考えておく必要があった。

（それにしても、硫黄の問題まで取り沙汰されているとは）

仲麻呂にはそれが不気味だった。

日本の遣唐使船から買い上げた硫黄を、石皓然に運搬させるように張九齢に進言したのは事実だが、それを知っているのは数人だけなのだ。

それなのにどうして石皓然の名前まで噂に上がり、王維の耳に入ったのか……。

（もしや、あの商人が）

わざと噂を流したのではないか。そんな疑念が仲麻呂の脳裡をよぎった。

ソグド系である安禄山は、息子も同然だと石皓然は言っていた。ところが禄山が処刑される危機におちいったので、李林甫に接近して助けてもらおうとした。

策士の林甫は皓然から硫黄の運搬の件まで聞き出し、張守珪と張九齢が結託して不正を働いたという噂を流して失脚させようとしているのだろう。

だとすれば状況はますます深刻である。これを打開するには、禄山の助命に同意するよう、九齢を説得するしか方法はないのかもしれなかった。

鴻臚寺の宿所に着く頃には、雨が降り始めていた。夏の夕方の篠突く雨である。仲麻呂は玄関先で馬車を下り、雨をよけて宿所に駆け込んだ。

部屋の中には汁物を煮るいい匂いがただよっている。妻の若晴が厨房に立ち、昨年末に生まれた娘の遥《よう》を背負って夕餉の仕度にいそしんでいた。

唐では晁遥《ちょうよう》、日本では阿倍遥《あべのはるか》と呼ばれるだろう。白衣観音《びゃくえかんのん》のご利益によって授かった娘は生後半年を過ぎ、可愛い盛りだった。

「おかえりなさい。急に雨が降り出したけど、大丈夫でしたか」

若晴は遥が生まれて以来、生きる手応えを取り戻している。表情も明るく肌のつやも良くなっていた。

「玄関先で少し濡れたが、たいしたことはない。何を煮てるの。まさか薬草じゃないだろうね」

「夏の疲れが出る頃ですから、香草と鴨を煮込んだ湯《タン》を作っています」

「いい匂いだ。遥は眠っているようだね」

仲麻呂は顔をのぞき込みたい誘惑に駆られたが、官服のまま厨房《ちゅうぼう》に入るのははばかられる。食卓の椅子に座り、若晴に背負われた娘をながめるだけで我慢することにした。

「さっきお乳を飲んだら、ぐっすりと眠ってしまいました。昼間あお向けになり、手足を動かしながら歌ってましたから、疲れたんでしょうね」

「歌えるのかね。まだ半年になったばかりなのに」

「不思議でしょう。でもアーアーと言いながら旋律《ふし》になっているんです。いったいどこで覚えたのかしら」

若晴は歌うように言いながら小麦粉を練り、もうひとつの鍋で麵をゆでる湯をわかしている。いくつもの動作をてきぱきとこなし、夕餉の品々をこしらえていた。

仲麻呂はふと翼と翔を育てていた頃の若晴を思い出した。まだ二十歳にもなっていなかったのに、苦労のそぶりも見せずに二人を育て上げてくれた。

しかも仲麻呂が科挙の試験勉強を夜遅くまでしていると、机の上のひとつの明かりで朝まで医学書を読んでいたものだ。

その頃のことを思うと胸がほのぼのと温かくなり、若晴と出会えたこと、夫婦として生きてこられたことに感謝せずにはいられなかった。

「湯に入れる麵ですが、先に入れますか。それとも具を食べた後にしましょうか」

「先に入れてくれ。おなかが空いているんでね」

「分かりました。ところで九齢伯父さんのことですが」

小麦粉を練る手を止めてふり返り、近頃何かあったのかとたずねた。

「いいや。どうして?」

「以前は時々遥の顔を見に来てくれたのですが、近頃は音沙汰がないものですから」

「いろんな問題があってね。宰相は多忙をきわめておられる」

「そうですか。夏風邪などひかないといいけど」

若晴は心配そうに声を落とし、ふと思い出したように話をつづけた。

「そうそう。石皓然という方から使いが参りました。いつか小麦を寄付してくれた商人です。預かった書状を、書斎の机の上に置いています」

「そう。急に何だろうね」

仲麻呂は平静を装い、書斎に行って書状を開いた。

桃の花を描いた紙に、「姫君の誕生を祝い、心ばかりの品を贈る」と記されている。同封しているのは、東の市の石皓然の店が保証した金百両（約四キロ）の手形だった。

馬百頭を買えるほどの莫大な金である。こんな物を受け取ったなら、どんな無理難題を持ち込まれるか分からなかった。

翌朝、仲麻呂は出仕の時間を遅らせ、東の市をたずねた。

皓然の店は大路に面し、店先には鉄製品や北方から仕入れた毛皮などが並べてある。店の者に用件を告げると、待ち構えていたように奥に通された。

中庭から皓然の怒鳴り声が聞こえてくる。上半身裸の男が二人、地べたにはいつくばって鞭打たれていた。

「これは店にかけた損害の分だ。これはわしの顔に泥を塗った罰。これはズルワーンさまへのおわびの印」

皓然は理由を告げるたびに革の鞭を力まかせに振り下ろす。大柄で筋骨たくましい男たちの背中は、皮膚が裂けみみず腫れが走り、血で赤く染まっている。それでも腕を立てて四つんばいになり、歯を喰い縛って耐えていた。

「おや、晁衡秘書官さまではありませんか」

皓然は鼻が高く彫りが深い顔に大粒の汗をかいている。汗は太い首を伝わり、剛毛のはえた胸元にまでしたたっていた。

「とんだところをお目にかけました。さあ、どうぞこちらへ」

皓然の後について店の奥に向かっていると、汗だらけの体から獣の匂いがただよってきた。

「へまをやらかした者は叩きのめすのが我らの流儀でしてね。人間も牛や馬と同じで、体で覚えなければ物にならないんですよ。それで何かご用でも」

「昨日娘の祝いをいただきましたが、このような大金を受け取るわけにはいきません。お返しいたします」

仲麻呂は紙に包んだ手形を卓の上に置いた。

「遠慮は無用です。秘書官さまは娘の夫の親友ですから、石皓然にとって息子も同じです。尊敬する息子に初めて娘が出来たのですから、祝いをするのは当然でしょう」

「お気持ちは有難いのですが、娘の誕生祝いにしては額が大きすぎます。私の立場で受け取ることはできません」

「初めての娘が生まれた時にこれくらいの祝いをするのは、我々の社会では当たり前です。何しろ娘は命をつなぐ器ですからね。ひいては民族の血を後世に伝える宝です」

「失礼ですが、我々の社会ではそんな習慣はありません」

「そう言わずに受け取って下さい。こんな目出たい時に何もしなかったとあっては、この石皓然が息子の真備《まきび》に叱られます」

皓然は仲麻呂の肩に腕を回し、懐に手形を押し込もうとした。脇の下から立ちのぼる獣の匂いが耐え難いほどだった。

「本当に受け取るつもりはありませんので」

仲麻呂は熟練《じゆくれん》の体術でするりと身をかわし、手形を卓上において立ち去ろうとした。

「いいのですか。こちらの好意を拒めば、付き合いを断つと言うのと同じですよ。差しのべた手をふり払い、体面を傷つけるわけですから」

皓然は血のついた鞭を、自分の左腕に巻きつけたりほどいたりし始めた。

「それは言いがかりというものです。私は立場上受け取れないと言っているだけです」

「秘書官どのがそんなに薄情なことをなさるなら、この石皓然にも考えがあります」

「…………」

「あなたが張九齢宰相に硫黄の運搬を頼んだのは、私から賄賂を受け取ったからだと御史台に訴えます」

「そんな馬鹿な。私は賄賂など受け取っていません」

「はたしてそうですか。一昨年の冬、長安の都が飢饉にあえいでいる時に、私はあなたに荷車二台分の小麦を贈りました。それをあなたは奥方の診療所で使われた」

「あれは坊正《ぼうせい》が受け取り、寄付として適正に処理しています。その記録もあるはずです」

「表向きはそうだとしても、私があなたに小麦を贈り、それが奥方の診療所で使われた事実は変わりません。それに私は息子の真備に、硫黄の運搬をさせてもらえるように秘書官どのに頼んでくれと言った。あなたが張宰相に進言したのは、真備に頼まれたからでしょう?」

「いいえ。私は石皓然に頼むのがもっとも安全だと判断して、宰相に進言したのです」

仲麻呂は言質《げんち》を取られまいとしたが、遅きに失した感があった。

「真備は言いましたよ。あなたに頼んだから大丈夫だって。そこで私は真備を洛陽一の遊里に案内し、お礼のどんちゃん騒ぎをやりました。そのことは芸妓たちに聞けばすぐに分かります。お望みなら、その店にご案内しましょうか」

「結構です。真備が何を言ったか知りませんが、友人に頼まれて官吏の道を踏みはずすようなことはしておりません」

「貴殿がそんな方ではないことは承知しています。しかし世間はどうでしょうか。日本からの留学仲間なら、それくらいの便宜《べんぎ》をはかるのは当たり前だと受け取りますよ。まして朝廷の方々は、こうした類の噂が好きですから」

石皓然は両手で何度か鞭を引き絞り、パンパンと革の音をたててにやりと笑った。

「やはりあなたでしたか。あの噂を流したのは」

「とんでもない。私はただ安禄山を助けたくて、李林甫宰相の袖にすがったばかりです。すると林甫さまは、お前が知っていることはすべて話せとおおせになりました」

そこで営州のソグド人の村で生まれたことから、生まれ落ちてすぐに金貨を握らされ、商売の道に進むように宿命づけられたこと。

今では渤海湾《ぼっかいわん》を拠点にする船団を持ち、黄海を南下して耽羅《たんら》（済州島）や日本の値嘉島《ちかのしま》（五島列島）と交易していることまで話したという。

「その時、日本の硫黄を蘇州から幽州まで運んだことも話しました。すると林甫さまは急に鋭い目をされ、どんな伝《つて》があってのことだとたずねられました。そうなると石皓然など、大蛇ににらまれた蛙です。恐ろしさのあまり、息子の真備、秘書官どの、張九齢どのの世話になったとべらべらとしゃべってしまいました。それがあのような噂になったのでしょう」

「誠意のない言葉ほど空しいものはありません。これ以上あなたと話をしても、合意できることはないでしょう」

「安禄山のロクシャンという名は、ソグド語で光明という意味です。生かしておけばこの世を照らす救い主になります。そのために是非とも力を貸してほしいのです」

「そんなことを頼んでも無駄です。私にそんな力はありません」

「ありますとも。あなたは張宰相の姪の夫、しかも珠のような娘を授かったばかりじゃありませんか。あなたが一言、張宰相に安禄山を助けてやれと進言して下されば、禄山は鳥のように自由に幽州に飛んで帰ることができます」

「張宰相はそんなお方ではありません。清廉潔白、自分が信じた道は何物をも恐れず進まれます」

「だから駄目なんですよ。水清くして魚棲まずと言うではありませんか。張九齢さまはやがて失脚します。沈む船にいつまでもしがみついていていいんですか。逃げ道を用意しておくべきではありませんか」

「逃げ道ですか」

仲麻呂は小馬鹿にしたように言って、皓然の誘いに乗るつもりはないと伝えるつもりだった。ところが気持ちが押し込まれている上に、その必要があると頭の片隅で考え始めているので、意に反して迎合するような声音《こわね》になった。

「そうですよ。息子の安禄山を助けていただけるなら、この石皓然が李林甫さまとの縁をつなぎます。かれこれ二千両くらいの金を贈っていますから、私の言うことは聞いてもらえるはずです」

「ともかく手形は受け取れません。このようなことは二度としないでいただきたい」

仲麻呂は失策を取り返そうと強い物言いをし、驚きに目を丸くする配下たちを尻目に店を出た。

八月五日は玄宗皇帝の誕生日である。

古来中国には個人の誕生日を祝う風習はなかったが、開元十七年（七二九）の八月五日に玄宗が長安の興慶宮で酒宴をもよおした際、近臣たちの提案によってこの日を千秋節の名で祝うことにした。

祝いに演奏される千秋楽《せんしゅうらく》という曲調名にちなんだもので、この曲は臣下や下々にまで広がっていく。やがて日本の雅楽《ががく》に取り入れられ、最後には千秋楽を演奏するようになった。

今日でも大相撲や歌舞伎の興行の最終日を千秋楽と呼ぶのは、こうした風習に由来している。

また千秋節は「天地長久」にちなんで天長節とも呼ばれるようになり、日本では宝亀六年（七七五）の光仁天皇の誕生日から節日とされるようになった。

今日の天皇誕生日も、この伝統を受け継いだものである。

玄宗はこの日、貞観殿《じょうがんでん》で祝いの宴をおこなった。皇子や近臣、宦官、妃嬪ばかりか、諸国からの使者まで招いた盛大なものだった。

数えで五十二歳、現代風に言えば満五十一歳である。『論語』には「五十にして天命を知る」と説かれているが、この頃の玄宗にはそうした人間的な成熟よりも、老いを目前にした焦りの方が色濃く見られるようになっていた。

酒宴の後、張九齢は仲麻呂と王維を誘った。

「君たちも接待役で疲れただろう。川風にでも吹かれながら、酒を酌み交わそうじゃないか」

案内したのは皇城の右掖門《うえきもん》の上に建てられた高楼である。衛士《えじ》などが見張りのために配される建物の一角に、高官たちが飲食のために使う部屋があった。

部屋からは洛水や天津橋を見下ろすことができ、涼しい川風が吹き上がってくる。

食卓の中央にはぶどうや瓜《うり》、西瓜《すいか》などを盛った大皿が置いてある。それをつまみながら白酒《バイジユウ》を飲もうという趣向《しゅこう》だった。

「近頃いろいろあってね。いささか疲れた。今日は君たちのような有為《ゆうい》の若者と語り合い、耳も心も洗いたい」

張九齢は馴れた手付きで、ぶどうの果汁を白酒に搾り入れた。

仲麻呂と王維も搾り器を使ってそれにならい、千秋節を祝う乾杯をした。

「やはりぶどうが一番うまい。甘味と酸味の釣り合いが絶妙だね」

九齢は近頃酒の量が増えている。一気に飲み干して二杯目を作ろうとした。

「宰相、お作りしましょう」

王維が手を伸ばしたが、それには及ばぬと断った。

「割り方の好みがあるからね。自分で作らないと口に合わないんだ。ところで近頃の政情だが、君たちの意見を聞かせてくれないか」

仲麻呂と王維は顔を見合わせ、先をゆずり合った。王維が澄んだ目をじっと向けて催促《さいそく》する。こうした場合、先輩である仲麻呂が口火を切るのが筋だった。

「直面している問題は、安禄山の処分と寿王李瑁さまの処遇です」

皇位継承問題について語るのは、臣下の身では禁忌とされている。だが寿王李瑁の擁立と安禄山の問題は複雑にからみ合っているので、触れないわけにはいかなかった。

「李林甫さまは武恵妃さまの意を受けて、東宮（皇太子）の李瑛さまを廃し、李瑁さまを立てようとしておられます。それに反対しておられる張宰相を除くために、安禄山の問題を機に陛下との仲を裂こうとしておられるのでございます」

「その通りだ。晁君ならこの状況にどう対処するかね」

九齢が先をうながした。内々なので何を言っても構わぬと鷹揚に構えていた。

「まず陛下とのご関係を修復するために、安禄山の問題で譲歩なされるべきだと思います。そうしなければ李林甫さまの思う壺でございましょう」

「譲歩するとは」

「宰相のお考えにはそぐわないかもしれませんが」

仲麻呂はわずかに間をおいて九齢の反応をうかがった。これ以上踏み込んだことを言えば、遠ざけられるかもしれなかった。

「忌憚《きたん》なく言ってくれ。下からの諫言《かんげん》を聞かない者に、お上を諫《いさ》める資格などないからね」

「ならば申し上げます。陛下の御意に従い、安禄山の罪一等を減じることです。今の地位を剝《はく》奪《だつ》し、無位無官の一兵卒として国家のために働かせるべきかと考えます」

「王君、君ならどうする」

「私は張宰相のお考えが正しいと思います。軍法が守られなければ、軍隊を統率することはできません。北方の契丹や突厥に対応できなくなるばかりか、各地の節度使や刺史の勝手を許し、国家の統制が利かなくなります」

王維は明断な弁舌をふるい、斉《せい》国の将軍司馬穰苴《じょうしょ》が軍法を厳重にするために荘賈《そうか》を斬った故事を例に引いた。

斉の景公《けいこう》（在位は前五四七年～前四九〇年）の頃、穰苴は宰相晏嬰《あんえい》の推挙を受けて将軍となった。景公は穰苴の動きを監視するために、側近の荘賈を目付につけた。

ところが荘賈は景公の寵愛を笠にきて勝手に振る舞い、出陣のために正午に集合と定めた軍紀に背いて夕方やって来た。

穰苴が荘賈を軍令違反でただちに斬り捨てたことは、『史記』にも記された故事だった。

他にも「馬謖《ばしょく》を戮《りく》して衆に謝す」という故事がある。命令に背いて魏に大敗した馬謖を、蜀《しょく》の諸葛孔明《しょかつこうめい》は心を鬼にして斬罪に処したのである。

「こうした故事はいかに軍法が厳しく守られてきたかを示すものです。今回の安禄山の例は、馬謖の故事に相当するものと思われます」

「晁君、王君の意見について反論があるかね」

九齢は二人を競わせ、その中から打開策を見つけようとしていた。

「王維君は私がもっとも信頼している同僚ですが、安禄山の例が馬謖の故事に相当するという判断は誤りだと思います」

「ほう、その理由は」

「馬謖は、低地に布陣して街道を押さえよと諸葛孔明に命じられたにもかかわらず、安全を優先して山頂に布陣しました。そのために魏の張郃《ちょうこう》に水の補給路を断たれて惨敗したのです。ところが安禄山は張守珪どのの命令に背いたのではなく、利あらずして敗退したのです。これを処刑するのであれば、出陣を命じた張守珪どのも同罪ではないでしょうか」

話している間にも、仲麻呂の頭の中にはこれまで読んだ多くの史書が映像として去来している。それに背中を押されて、舌鋒が次第に鋭くなっていった。

「晁君、張守珪どのと安禄山が同罪だとは飛躍しすぎだろう」

王維がたしなめたのは、自分の意見を守ろうとしてではない。仲麻呂が踏み込みすぎて引き返せなくなることを案じたのだった。

「私はそうは思わない。君臣は水魚の交わりと言うが、それは上司と部下も同じだ。心を合わせ力を合わせて困難に立ち向かわなければならないのに、張守珪どのは安禄山にだけ大敗の責任を押しつけようとしておられる。これは禄山が雑胡の成り上がりだから切り捨てても構わないという考えからではないだろうか」

「そうかもしれないが、私にはそこまで分からない」

「今度の混乱の原因は、すべて張守珪どのにある。守珪どのはこの春、禄山の処分について朝廷に伺いを立てておられる。朝廷では死刑にするべきだと決定し、実行を命じられた。ところが守珪どのは旗下の軍勢の叛乱《はんらん》を恐れて禄山を処刑できず、身柄を都に送られたではないか」

二人のやり取りを、張九齢は杯を傾けながら満足そうに聞いていた。ぶどうで割るだけでは飽き足りず、係の者を呼んで石榴を運ばせていた。

「これに因《よ》ってこれを見るに、張守珪どのは朝廷と旗下の軍勢の板挟みになって身動きが取れなくなり、安禄山を朝廷の処分にゆだねて責任逃れをしておられる。もしここで朝廷が禄山の処刑を強行したなら、幽州を守る兵士たちの不満と怒りが陛下に向かうと思わないか」

「確かにそうだ。いや、そうなるにちがいない」

王維は仲麻呂の論理の器に、水のように素直に従った。

「そうなったら辺境の防衛はどうなる。君はさっき馬譲の故事を引いたから、私も斉の景公の故事をもう一つ披露するよ」

狩りが好きな景公は、ひときわ馬を大切にしていた。ところがその馬が死んだと聞いて係の役人を処刑しようとした。

これを聞いた宰相の晏嬰は、役人を景公の前に引き出して罪状を数え上げた。罪は皇帝の愛馬を死なせたことばかりではない。たかが馬一頭のために景公に人ひとりを殺させることだ。これを庶民が知ったなら、怒りと怨みを景公に向けるであろう。

さらに大きな罪は、このことを聞いた諸侯が景公を軽んじ、合従連衡《がっしょうれんこう》して叛乱の機会をうかがうようになることだ。

「分かったか。この愚か者めが」

そう叱りつける晏嬰の言葉を聞き、景公は係の役人の処刑を取りやめたという。

「つまり私はこう思うのだ。このまま安禄山を処刑すれば、幽州の兵たちは陛下を怨んで大唐国を離れ、契丹や突厥の側に加わるだろう。そんな処分がこの国のためになるだろうか」

「晁衡秘書官、君の考えはよく分かった」

張九齢が仲麻呂と王維の杯を引き寄せ、手ずから白酒をついで石榴を搾った。

「君は心を鬼にして晏嬰になってくれた。私も景公にならわずばなるまい」

「それでは、この度の件は」

「心を真っさらにして考え直してみよう。この話はここまでにして、三人で詩でも吟じようじゃないか」

張九齢の発声で三人は改めて乾杯した。

「お上の弥栄《いやさか》と有望なる二人の前途を祝して」

仲麻呂は杯を上げながら、虎口を脱した思いをしていた。

「王君、どうだね。近頃はいい作品ができたかね」

九齢にうながされ、王維は西域に赴任する友人のために作った送別詩を吟じた。

渭城朝雨浥軽塵　渭城《いじょう》の朝雨　軽塵《けいじん》を浥《うるお》し
客舎青青柳色新　客舎青青《かくしゃせいせい》柳色《りゅうしょく》新《あら》たなり
勧君更尽一杯酒　君に勧《すす》む更《さら》に尽《つ》くせ一杯の酒
西出陽関無故人　西のかた陽関《ようかん》を出《い》ずれば故人　無からん

王維の清く澄んだ声を聞きながら、仲麻呂は窓の外の景色をながめていた。

天津橋の向こうには広々とした大路が定鼎門《ていていもん》まで真っ直ぐにつづいている。城門の南の彼方には龍門があり、則天武后の姿を写したという盧舎那仏《るしゃなぶつ》がある。

昨年の春、妻の若晴とかの地を訪ね、娘の遥をさずかったのだった。

「仲満、君の番だよ」

王維に言われて仲麻呂は我に返った。近頃は詩を作る余裕もないので、帰国を断念した時の心情を詠《うた》ったものにした。

慕義名空在　義を慕《した》う　名空しく在り
輸忠孝不全　忠を輸《いた》すも　孝全《まった》からず
報恩無幾日　恩に報《むく》ゆるに　幾日《いくじつ》も無し
帰国定何年　国に帰るは　定めて何《いず》れの年ぞ

仲麻呂の声は低音がよく伸びる。幼い頃から体術の稽古に励み、体幹を鍛えたお陰だった。

「それでは私が近頃の作を吟じよう。少し暗いが、晩年の哀歌《あいか》だと受け取ってくれ」

九齢が唱したのは『照鏡見白髪』（照鏡に白髪を見る）と題する詩だった。

宿昔青雲志　宿昔《しゅくせき》　青雲の志

蹉跎白髪年　蹉跎《さだ》たり　白髪の年
誰知明鏡裏　誰か知らん　明鏡の裏
形影自相憐　形影　自ら相憐《あいあわれ》まんとは

やや甲高い九齢の声は議論をする時には聞き苦しいが、詩を吟じれば絶妙の抑揚とあいまって琴の音のように心地いい。

仲麻呂はそれを聞きながら、なぜか龍門からの帰りに会った楊玉鈴の姿を思い浮かべていた。

第五章　運命の岐路

平城京の大学寮は東一坊大路の西、三条大路の北にあった。

神亀六年（七二九）二月に、謀叛《むほん》の疑いをかけられて自殺した長屋王《ながやおう》の屋敷の西隣である。

最初は儒教を教える明経道が中心だったが後に学制改革が行われ、文章博士《もんじょうはかせ》、律学（明法）博士、文章生、明法生、得業生《とくごうしょう》（特待生）などが設置された。

唐から帰国した下道《しもつみちの》（吉備《きびの》）真備《まきび》は大学助《だいがくのすけ》に任じられ、大学寮内の宿舎に住んでいた。大学寮の長官である頭《かみ》の次席で、従六位下の官位と職田五町が与えられている。

遣唐留学生《るがくしょう》になり、唐から多くの文物を持ち帰ったことが評価され、官僚教育の要職を任されたわけだが、真備は大いに不満だった。

文章博士も兼任して学生を教えているが、瓜のようなぼんくら頭にしか見えない。学問の水準が低いのは仕方がないとしても、志が低いのだけは我慢がならなかった。

中央貴族の子弟が多いので、大学寮を卒業すれば恵まれた官位と官職が約束されている。それに安心しきって、遊び歩いたり飲み歩いたり、女の尻を追いかけ回してばかりいて、一向に勉強に身が入らないのである。

勉学というものは、目的意識がなければ身につかないものだ。人間はどうあるべきか、より良い社会を築くためには何が必要かといった問いを持たなければ、いくら五経を教えたところで本当のことは分からない。ただ字面を追い、試験のために丸暗記するだけである。

「今日の授業はここまで。五日後に試験をするから、論語を読破しておくように」

真備は中国語で声高に言って授業を終えた。

授業をすべて中国語で行うのはいかがなものかと言う手合いもいるが、付いて来られない奴は片っ端から落第させた方がいいのである。中途半端な寝惚け面《づら》で世の中に出るより、よほど本人のためになるはずだった。

胃がもたれるような不快な思いをして宿舎にもどると、お付きの従者が迎えに来た。

「博士、お車の用意ができております」

中臣文麻呂《なかとみのふみまろ》という心利《き》いたる若者だった。

真備は文麻呂とともに牛車に乗り、東一坊大路を六条大路まで下がった。六条の南に佐保川が流れていて、旅客を乗せる舟着き場がある。そこで舟を借り上げ、荷物を積み終えて川を下った。

「叔父たちが難波津《なにわつ》に着くのは、明日だと聞いておりますが」

文麻呂が遠慮がちにたずねた。

叔父とは遣唐副使である中臣名代《なかとみのなしろ》のことである。二号船に乗っていた名代らは、嵐にあって蘇州の港まで吹きもどされたが、唐側のはからいで天平八年（七三六）七月に難波津にもどることができたのだった。

「明日だとは分かっている。今日のうちに難波に行って、万全の体制で迎えたいのだ」

「ありがとうございます。叔父もさぞ喜ぶことでしょう」

「同じ志を持ち、共に苦労に耐えた仲間だ。心を尽くして慰労しなければなるまい」

佐保川は下流において大和川と合流する。そこにも旅客のための舟着き場があり、真備の娘の由利《ゆり》が待っていた。

「父上、文麻呂さん、同行させていただきます」

律義にことわって舟に乗り込んできた。

残暑の時節なので、日除けの布をかぶっている。麻の上衣を着て短めの裙《くん》をつけていた。

「すまんな。付き合わせて」

真備は大人になった愛娘をまぶしげに見やった。

「いいえ。久々に難波に行けて嬉しいです」

「母上はお元気か」

「ええ。毎日畑に出ておられます。父上が唐から持ち帰って下さった胡瓜《きゅうり》の種を植えたところ、蔓《つる》はぐんぐん伸びるし毎日実をつけるようになって、おばあさまは大喜びでございます」

お二人にも持ってきましたと、由利が手さげ袋から二本の胡瓜を取り出した。

瑞々《みずみず》しい緑色をして、表面が細かい刺《とげ》におおわれている。その名の通り胡（西域方面）から中国に伝わり、遣唐使によって日本に持ち込まれたが、一般にはまだ普及していなかった。

「文麻呂、一本は明日叔父上に渡してくれ。きっと喜んで下さるだろう」

真備はもう一本を二つに割り、文麻呂と分け合った。ガブリと噛むと青臭い匂いとたっぷりの果汁が口の中に広がった。

涼しい川風に吹かれながら胡瓜を食《は》んでいると、山上憶良《やまのうえのおくら》の歌が頭をよぎった。

瓜《うり》食めば子ども思ほゆ
栗《くり》食めばまして偲《しぬ》はゆ
いづくより来りしものぞ　目交《まなかい》にもとな懸《かか》りて
安眠《やすい》しなさぬ

この歌は憶良が唐に渡った頃、子供たちのことを思って作ったと聞いている。真備にはそんな純朴さはないが、由利を見ていると分からぬでもないという気がするのだった――。

人間の運命とは、不思議なものである。

二十年前の八月、真備は二十二歳で遣唐使に選ばれた。そのことを祖神に告げるためにふるさとの吉備に帰ると、下道家一門が集まり、数日にわたって送別の宴を開いてくれた。

都で役人をしている父圀勝《くにかつ》までが母を連れて駆けつけ、下道郡也多《やた》郷（倉敷市真備町箭田）の先祖の墳墓の前で、飲めや歌えの酒盛りをくり広げた。

かつて吉備の地には、大和朝廷にも劣らぬ巨大な勢力があり、製鉄や玉造りの技術を持ち、瀬戸内海交易の中心地として繁栄していた。

下道家は上道家とともに国を支えていたが、やがて大和朝廷の支配下に組み込まれ、下道家も朝廷から国造《こくぞう》家に任じられることでかろうじて命脈を保った。

真備が生まれる三百年ほど前のことだが、下道家の者たちはいまだにその時の無念を胸に秘めている。

「世が世なら、大和ごときの風下に立つことはなかった」

酒に酔えばそうした叫びが飛び出してくる家柄だけに、遣唐使に選ばれた真備に対する称賛と期待は大きく、皆が墳墓の前で記憶も腰も抜けるほどに酔《え》い喰《くろ》うた。

まさに祭りである。そして祭りの夜は男女の野合が許される。祖神の前で交わって子孫を残すことを、皆が寿《ことほ》いだ時代だった。

一門の英雄となった真備の元には、何人かの娘が求愛の手を差し伸べてきたが、真備はすべてを断り、従妹のあやめの手を取りに行った。

叔父圀依《くにより》の娘で、三歳下の幼なじみである。十九になるまで嫁に行かないのは、自分を慕ってのことだと知っていた。

夕方になると酒宴の場は下道家の屋敷に移った。あやめは女たちの指揮を取り、酒や肴を切らさないように忙しく立ち働いていた。

「あやめ、外に出ぬか」

真備は物陰に呼んで誘った。

「あと四半刻（三十分）」

抜ける訳にはいかないと、あやめが黒目がちの深い瞳を真っ直ぐに向けた。

真備は屋敷の外にある井戸に行き、裸になって何度も水をかぶった。汗臭くなった体を清めたかったし、逸《はや》る気持ちを静めなければへまをしそうな気がした。

四半刻の後、真備はあやめの手を取って高台にある墳墓に向かった。秋の空には十三夜の大きな月がかかり、地上を明るく照らしている。墳墓のまわりには草原《くさはら》が広がっていて、草の匂いがただよっていた。

二人は気持ちが高ぶるままに抱き合い、唇を合わせ、草の上に横になった。

「唐に行けば二十年は帰って来れぬし、途中で死ぬかもしれぬ。それでもいいか」

真備はあやめの深い瞳を見つめた。

「あなたは死なない。私が守ってあげる」

「子を生むか」

「授けて。それが望みだもの」

あやめには迷いがない。上衣や裙の紐を自分で解いて裸になった。小柄だが若々しく豊かな肢体が月の光に照らされて白く輝いた。

真備も裸になり、清めた体をあやめに重ねた。そうして深々と交わり、夜露をさけるために持ってきた布をかぶって共寝したのだった――。

舟は大和川を下っていく。二上山の北側を抜けて河内平野に出ると、流れは北向きになって生駒山のふもとの草香《くさか》の港につづいている。ここで大型の船の客となり、河内湾を渡って難波津にたどり着いた。

港のまわりには船宿や商家が建ち並んでいる。真備はなじみの宿に入ると、

「他の宿に藤原宇合《うまかい》さまの使者が来ておられるかもしれぬ」

それなら挨拶したいので確かめてきてくれと、中臣文麻呂に申し付けた。

「父上、お疲れでしょう。宿の者に何か運ばせましょうか」

由利が気遣った。あやめに似て気立てが良く賢い娘だった。

「そうだな。奈良の酒があれば頼む」

酒はすぐに来た。さすがに奈良の酒は香りが良く豊かな味わいである。真備は酒を口にふくみ、蘇州《そしゅう》の港で阿倍船人《あべのふなびと》に会った時のことを思い出した。

手みやげに持って来てくれた酒を仲麻呂らと飲んだ時、涙が出るほど嬉しかったのは、この船で日本に帰れるという確信が持てたからにちがいなかった。

「由利、話がある」

酔いに背中を押され、真備は言い出しかねていた話をすることにした。

「はい。何でしょうか」

「お前は文麻呂のことをどう思う」

「そう言われても、お目にかかるのは今日で三度目ですから」

由利が真っ白な歯を見せて苦笑した。

「ところがあいつは、一目見た時からお前を好きになったようだ」

「………」

「そこでお前さえ良ければ、あいつと娶《めあ》わせたい。それでいいか」

「父上はそれほど、文麻呂さんを見込んでおられるのですか」

「気持ちがやさしく気が利いていて、よく働く」

昨年十一月に中臣名代らの船が九州に戻ったと聞き、真備は大学寮の事務官だった文麻呂を秘書官なみの従者にした。それはこの先の名代との交渉を有利にするためで、能力を見込んでのことではなかった。

「確かに……、やさしいお方ですね」

「実は明日会う中臣名代どのは、あいつの叔父だ。頼み事を聞いてもらうにも、縁を結んでおきたい」

「それなら父上の思う通りにして下さい。私は従いますから」

由利の決断は速くてゆるぎがない。真備はかすかに胸の痛みを覚えながら、子を授けてと言ったあやめを思い出した。

「もう何年になる。あれが亡くなって」

「十四年でございます」

「死因は、流行《はや》り病だと言ったな」

「幼かったので、詳しいことは覚えておりません。高い熱を出し、数日寝込んだだけでみまかったと聞きました」

「母上の実家に引き取られ、お前も苦労しただろう」

「いいえ。あの頃から今まで、おばあさまには大変良くしていただいております」

「それならいいが、私は浦島子《うらしまこ》（後の太郎）のように何も知らぬ」

真備は由利にあやめの面影を見て、何もしてやれなかった後悔にとらわれた。

「お疲れのようですね。都に行って身の回りのお世話をしましょうか」

「来てくれるのか。大学寮の宿舎に」

「私は構いませんよ。父上とおばあさまさえ許して下さるなら」

「それは有り難いが、今はまだ都で疱瘡《もがさ》（天然痘）が流行る心配がある。もう少し状況を見極めてからにしてもらおう」

昨年五月から九州の大宰府を中心に天然痘が猛威をふるい、税の徴収を免除しなければならないほどの被害を受けた。

朝廷では都への伝染を防ぐために検疫を強化したが、三百人ちかい死者を出している。今年になって収まったように見えるが、まだ安心はできなかった。

それにもうひとつの懸念もある。由利が中臣文麻呂の許婚者《いいなずけ》になった後で大学寮に住めば、二人の仲が急速に接近しないかと、父親らしい心配にとらわれていたのだった。

翌日の巳の刻（午前十時）、中臣名代らの遣唐使船が難波津に入港した。船着き場には多くの関係者が出迎えに来ていたが、藤原宇合の使者の姿はなかった。

昨日、使者が来ているかどうか確かめさせたのは、挨拶をするためではなく、名代と真っ先に会って今後の相談をしたかったからである。

その計略を確実にするために、真備は今朝一番に船番所を訪ね、都からの使者が来たなら番所の客室で待たせておくように命じた。

「筑紫ではまだ疱瘡がおさまらないので、大勢と会うのは避けた方がよい。名代どのや判官とだけ対面していただくようにせよ」

そんな理由を構えて使者たちの足を止め、その間に船着き場に行って下船してきた名代をつかまえるつもりだった。

やがて着岸した船から踏み板が渡され、従五位上の官服を着た名代が真っ先に下りてきた。

名代の後ろには異形の四人がつづいている。唐楽の演奏家である皇甫東朝《こうほとうちょう》、戒律の師として招かれた唐の僧道璿《どうせん》、天竺（インド）の僧菩提僊那《ぼだいせんな》、林邑国《りんゆうこく》（ベトナム）の僧仏哲《ぶってつ》、波斯《はし》（ペルシア）の李密翳《りみつえい》だった。

「中臣名代どの、ご帰朝おめでとうございます。よくぞご無事でいて下された」

真備は唐風に拱手《きょうしゅ》して迎えた。

「おお、真備どの。お懐しゅうございます」

「少しお痩せになられたようじゃ。ご苦労がしのばれまする。まずはこちらでお寛ぎ下され」

真備は名代だけを船宿の広間に案内した。そこには唐風の卓と椅子、軽い食事と酒を用意していた。

「叔父上、どうぞ」

文麻呂がそつなく酌をした。

「大宰府で文を受け取った。真備どのの秘書にしていただいたそうだな」

名代は三年ぶりに会う甥に目を細めた。

「お陰さまで勉強になることばかりでございます」

「真備どのは唐で本物の学問を学んでおられる。一刻も無駄にすることなく励め」

「名代どの、これは娘の由利でございます」

真備も酌をしながら紹介した。

「このたび文麻呂と結婚の約束ができたそうでございます。まったく若い者は油断がなりませぬな」

「真備どのは、それを認めて下さいますか」

名代は真備より年齢も官位も上である。だが唐で学んだ実績と学識を重んじ、目上のようにうやまっていた。

「文麻呂は見所があります。やがて大学寮にはなくてはならぬ人物になるでしょう。それに名代どのと親戚の縁を結ばせていただけるとは、望外の幸せでございます」

「由利と申します。よろしくお願いいたします」

由利が間合いを見計らい、祖母が育てたものだと言って皿に盛った胡瓜を差し出した。

「これは珍しい。日本にもすでにありましたか」

「唐から持ち帰った種を植えたところ、実をつけるようになったのです。さあ、お召し上がり下され」

真備は満面の笑みを浮かべて勧めた。

名代も酒好きである。久々に飲む奈良の酒は格別なようで、心地良く酔い、腹を割って話し始めた。真備は蘇州に吹きもどされて以後の名代らの苦難に耳を傾け、阿倍仲麻呂の消息をたずねた。

「お元気でございました。我らがこうして帰国することができたのは、仲麻呂どのに船の修理の手配をしていただいたお陰でございます」

「そうですか。充分なことが出来ましたか」

「唐の朝廷でも重きをなしておられるようで、我らを目の仇にしていた蘇州刺史を、都に召し寄せて下されました。凄いお方でございます」

名代がひと息に盃を空け、注いでくれと催促した。

「唐に残った後は、どんな仕事をしているのでしょうか」

真備はさりげなくさぐりを入れた。急に帰国を取りやめた訳を、いまだに納得しかねていた。

「張九齢宰相の秘書官をしておられるそうでございます。前途洋々でございますな」

「これから名代どのも、朝廷の要職につかれることでしょう。その折には親戚の好《よしみ》で、この真備をお引き立て下され」

「な、何をご謙遜《けんそん》を。ワッハッハ、引き立てていただくのは身共の方でございますよ」

名代は機嫌よく笑った。疲れのせいか酔いが早い。そろそろ話を切り上げて、船番所に案内した方が良さそうだった。

「名代どのは有力なご一門を背負っておられる。これから力を合わせて、朝廷を変えていこうではありませんか」

「変えるとは、どのように」

「唐のように帝のご意志に従った政《まつりごと》を行うべきです。一部の氏族が己の利益をはかるために朝政を左右するようでは、本当の律令制は築けません」

「同感ですな。身共もそのことについて、仲麻呂どのと洛陽の都で語り合いました」

「それは心強い。ご帰朝を祝って、歌をひとつささげましょう」

真備は立ち上がり、朗々たる声で山上憶良の『好去好来の歌』の反歌《はんか》を披露した。

「難波津に御船《みふね》泊《は》てぬと聞《き》こえ来《こ》ば、紐解《ひもと》き放《さ》けて立走《たちばし》りせむ」

着物の紐を結ぶのも忘れて迎えに行きますよと歌った憶良のように、私もあなたのご帰朝を待ちわびていました。真備は歌の力を借りてそう伝えたのだった。


下道真備が乗った牛車は、大学寮の門を出て東一坊大路を北に向かっていった。

この道を北上し、二条大路と交わるところに多治比《たじひ》縣守《のあがたもり》の屋敷があった。

牛車には薬箪笥《たんす》を持った翼《つばさ》と翔《かける》が従っている。由利も冬らしい暖色の装いをし、髪を美しく結い上げて同行していた。

「薬箪笥には何が入っている。うまく処方できそうか」

真備は今日の縣守との対面に賭けている。二人に任せるとは言ったものの、たずねずにはいられなかった。

「人参や甘草《かんぞう》などです。一月ほど腹痛で苦しんでおられると聞きましたので、理中湯《りちゅうとう》を飲んでいただくことにしました」

翼は自信ありげな落ち着いた口調で応じた。

「病状をうかがい、処方を変えることもできますから」

翔が兄を助けようと言い添えた。

二人は日本に来て以来、羽栗吉麻呂《はぐりのよしまろ》にかしずかれて阿倍仲麻呂の実家に住んでいる。しばらくは新しい暮らしに慣れるのに手一杯だったが、この四月から真備の斡旋で朝廷の典薬寮《てんやくりょう》で働くようになっていた。

二人ともまだ十八歳である。医師としてはたいしたことはできなくても、唐の医学書を翻訳する仕事はできるだろう。真備はその程度の期待しかしていなかったが、二人は最新の医学を母親の若晴から教え込まれている。その技量は典薬寮の中堅の医師をしのぐほどで、阿倍仲麻呂の子供だという噂とあいまって朝廷でも評判となった。

それを聞きつけた多治比縣守が、是非とも二人に診《み》てもらいたいと申し入れてきたのである。相談を受けた真備は、渡りに船とばかりに二人を縣守の屋敷に案内することにしたのだった。

「前もって話しておきたいことがある。お前たちに縣守さまの手当てをしてもらうのはご病気を治してもらうためだが、わしは政《まつりごと》に関してお願いしたい用件を抱えている。診察の間、そのことにも配慮してもらいたい」

「どんな配慮が必要なのでしょうか」

「政の用件とは何ですか」

二人は身を乗り出し、口をそろえてたずねた。

すでに日本語を完璧に話せるようになっていた。

「お前ら、政にとって大事なことは何だと思う」

真備は逆に問い返した。

「上は天意にそむかず、下は律（刑法）と令（行政法）に従うことだと思います」

翼は高所に立った模範的な答えをした。

「理想と志を持つことではないでしょうか」

翔は美しい夢を追いかけがちである。

どちらも仲麻呂の気性を見事に受け継いでいた。

「そうした心構えを持つことは大切だが、現実の決定を左右するのは数の力だ。何かをやりたければ、多くの者たちの同意を得なければならぬ」

真備は噛んで含めるように語りながら、仲麻呂と議論をくり返した若い頃を思い出した。

「朝廷の決定においても同じだ。帝は決定権を持っておられるが、ほとんどの問題について臣下の合議にゆだねられる。大切なのはその合議において多数を味方にすることだ」

「父上が縣守さまに会われるのは、味方になってもらうためなのですね」

由利は察しが早い。翼と翔より二つ年上なので、姉のように世話を焼いていた。

「その通りだ。実は葛城王《かつらぎおう》さまが橘宿禰《たちばなのすくね》の姓を下賜していただきたいと願い出ておられる。臣下となって朝政に参与していただくために、わしや同志たちがお願いしたことだ」

真備は帰国した後、日本の政治制度を唐にならって改めるべきだと今上陛下（聖武天皇）に奏上した。

聡明な天皇はその必要性をよく理解しておられたが、政を変えるのは容易ではなかった。朝廷は藤原不比等《ふひと》が張り巡らした権力の糸にがんじがらめにされていたからである。

大化改新を成し遂げた中臣（藤原）鎌足の息子である不比等は、娘の宮子《みやこ》を文武天皇、光明子《こうみょうし》を聖武天皇に嫁がせて外戚《がいせき》としての地位を確立した。

不比等は養老四年（七二〇）に他界したが、息子の武智麻呂《むちまろ》、房前《ふささき》、宇合、麻呂《まろ》が朝廷の要職を占め、神亀六年（七二九）には最大の政敵であった長屋王を謀略によって自殺に追い込み、光明子を聖武天皇の皇后にした。

皇族以外で皇后に任じるのは初めてのことで、それ以後藤原氏独裁とも言うべき体制がつづいている。

こうした状況を打開するために真備が考え出したのが、人格温厚で聖武天皇の信頼が厚い葛城王に臣下になってもらい、朝廷の要職につけて藤原一門に対抗することだった。

「この賜姓《しせい》を認めるかどうか、五日後の十一月十七日の朝議において決められる。朝議に加わる者を参議と言うが、今はどなたが務めておられるか知っているか」

真備は由利の賢さの奥行きを確かめてみることにした。

「藤原房前さま、宇合さま、麻呂さま、鈴鹿王さま、葛城王さま、大伴道足《みちたり》さまでございます」

「朝議を取りさばかれるのは」

「中納言の多治比縣守さまです。その上は右大臣の藤原武智麻呂さまがおられるばかりです」

由利の答えは的確である。真備は嫁にやるのがますます惜しくなった。

「参議は六人。このうち藤原の輩《やから》が三人。他の三人はこちらの味方だ。賛否を問えば同数ということになる。決定は縣守さまの裁定にゆだねられる」

「そこで縣守さまに賛成していただくようにお願いするのですか」

「ああ、拝み倒して賛成してもらう」

「その裁定に、右大臣の武智麻呂さまは反対されないのでしょうか」

「その心配はない。この件は朝議に任せると、右大臣さまは明言しておられるからな」

その一言を引き出すために、真備は敵方に送り込んだ中臣名代を使って巧妙な工作をした。

だが、そんな込み入った部分まで子供たちに話したくはなかった。

「だいたいのことは分かりました。それで私たちは、どんな配慮をしながら縣守さまを診ればいいのでしょうか」

翼が手簿《しゅぼ》を取り出して書き付ける構えを取った。

「大切なのは、五日の間に縣守さまを快方に向かわせることだ。それに、仲麻呂が唐でどんな暮らしをしているか話してやってくれ。わしや仲麻呂がかの国に渡った時、遣唐押使《おうし》をつとめられたのはあのお方なのだ」

「私は何をすればいいのでしょうか」

由利が負けじとたずねた。

「お前は居てくれるだけでいい。客間の花のようなものだ」

男は年をとるほど若い娘の美しさに心惹かれるようになる。縣守も例外ではないはずだった。

先触れの使者を出していたので、多治比家の門番に用件を告げるとすぐに奥に案内された。

縣守は日当たりのいい部屋で横になっていた。

冬にしては小春日和の暖かい日で、戸を開け放っている。広々とした庭には楓が植えられ、落ち葉が赤く地面を埋めつくしていた。

縣守は六十九歳になる。遣唐押使として唐に渡ったのは十九年前。長身で肩幅の広い立派な体格と、あごの張った意志の強そうな顔立ちをしていたが、長期の病がたたって見る影もないほどに痩せていた。

「中納言さま、お久しゅうございます。お加減はいかがでございましょうか」

真備が縣守と会うのは、昨年の三月に帰朝報告に参内した時以来だった。

「おお、下道。久しいな」

縣守は横になったまま顔だけ向けた。

「典薬寮の翼と翔を連れて参りました。唐の最新の医学を身につけた、評判の医師でございます」

「これが阿倍仲麻呂の子供たちか」

「事情があって傔人《けんじん》（従者）の羽栗吉麻呂の子と触れておりますが、二人の顔を見ていただければお分かりと思います」

「なるほど、さようか」

縣守は上体を起こそうとして身をよじった。由利が素早く枕元にまわって肩に手を添えた。

「こちらの娘は？」

「私の長女でございます。唐に渡る前に仕込んでおりましたところ、帰国した時には立派に成長しておりました」

「さようか。それこそ一門の力というもんや」

縣守は由利が気に入ったようで、眩しげに目を細めた。

「中納言さま、これから薬を処方させていただきます」

翼が日本風に両手をついて挨拶し、翔を従えて厨房に向かった。

「あれから十九年か。下道も阿倍もよう頑張った。唐で名をあげたんは、お前たち二人だけや」

上体を起こした縣守は、急に昔の威厳を取りもどしたように見えた。

多治比氏は瀬戸内海を股にかけた海の民で、体格も技量も群を抜いている。縣守につづいて弟の広成が遣唐大使に任じられたのはそのためだった。

「本日お伺いしたのは、お願いがあるからでございます」

真備は居住まいをただし、葛城王の賜姓《しせい》問題について切り出した。

今こそ日本を帝を中心とした律令国家に改新すべきである。しかるに藤原四兄弟は外戚《がいせき》の地位を握り、要職を独占して朝政をほしいままにしている。

これを改めるには、葛城王に臣下になっていただき、朝廷の要職をになってもらうしかない。橘宿禰の賜姓はそのための第一歩なのだ。

「それができるかどうかは、今度の朝議における中納言さまのご判断にかかっております。何とぞ我らに力をお貸し下さい」

「そのことは、すでに決まっとると聞いたが」

「葛城王さまが朝議を欠席なされるということでしょうか」

「そうや。そやからこの件は反対三、賛成二で否決されるというやないか」

「下道もそのように聞いておりましたが、鈴鹿王さまが葛城王さまに会われ、朝議に出席するように説得なされたそうでございます」

初め葛城王は、自分は賜姓を願い出た当事者なので、朝議で発言するのは適切ではないと言っていた。ところが長屋王の弟である鈴鹿王が、当事者だからこそ思うところを言うべきだと説き、葛城王はこれに応じることにした。

これで賜姓の決議は三対三の同数になり、縣守の裁定にゆだねられることになったが、これも真備が事前に仕組んだものだった。

最初から三対三の同数になると分かっていれば、右大臣の藤原武智麻呂が決定権を握ってつぶしにかかる。そこで葛城王に朝議を欠席すると言わせ、否決される状況を作り出せば、武智麻呂は朝議の決定に任せると言うにちがいない。

なぜなら長屋王を謀殺したことへの批判はいまだに根強いので、葛城王の願いまで強権をふるってつぶしたと言われたくないからだ。

計略通りその一言を引き出してから、葛城王は鈴鹿王の説得に応じて朝議に出るという形を作ったのだった。

「さようか。鈴鹿王さまがな」

縣守はあごの張ったいかつい顔に不快の色を浮かべた。

「中納言さまは、いかようにお考えでしょうか」

「考えも何もあらせん。わしはもう歳やし、病のために起き上がることもできん。朝議には欠席し、右大臣さまのご判断をあおぐしかないやろ」

「それでは否決されてしまいます。何とか中納言さまの裁定で決めていただきたい」

「わしは藤原氏の引き立てで従三位の公卿になった。それは不比等さまの命令に従って遣唐押使をつとめたことを、武智麻呂さまや房前さまが高く評価して下さったからや。宇合さまはいまだにわしを遣唐使の先達として立ててくださるんやで」

「それは結構なことでございます。しかし、藤原四兄弟が長屋王さまを謀殺し、朝政を牛耳っているのはまぎれもない事実ではありませんか」

縣守が藤原氏にこれほど強く恩義を感じているとは意外で、真備は思わず論難する口調になった。

「父上、そろそろ薬湯の用意ができたようでございます」

由利がさりげなく言って厨房に向かった。

確かに薬草が煮詰まった匂いが部屋に満ちている。真備はそのことにも気付かなかったことに思い当たり、大きく呼吸《いき》をして気をととのえた。

「いい娘やな。いくつになる」

「二十歳でございます」

「嫁には」

「大学寮の中臣文麻呂と娶わせる約束ですが、まだ先のことでございます」

「その男は遣唐副使をつとめた中臣名代の甥とちがうか」

「さようでございます。ご存じですか」

「名代から聞いた覚えがある。事務方をしとるそうやな」

縣守の記憶は確かだった。

「今は私の秘書をしております、見所のある青年でございます」

「名代は藤原房前さまに従っとるはずやが」

「それゆえ縁を結び、朝廷の融和をはかりたいと考えております」

「そこまで肚をすえるとは、たいしたもんや」

真備に向ける縣守の目が、急にやさしくなった。

「中納言さま、お待たせいたしました」

由利が奈良三彩の碗に入れた薬湯を運んできた。側には白衣を着た翼が控え、薬の処方と効能を説明した。

「人参と乾薑《かんきょう》、甘草、白朮《びゃくじゅつ》を煎《せん》じた理中湯でございます。胃や腸の痛みをやわらげ、血行を良くします」

「三日で病状が改善し、五日後には粥を食べていただけるようになるでしょう」

遅れて来た翔が、あわてて言い添えた。

縣守は碗を受け取り、用心深く匂いをかいでから口をつけた。

「苦いな。舌がしびれるようなえぐみもある」

三口ほど飲み、顔をしかめて音《ね》を上げた。

「良薬口に苦しと申します。お体のためですから、頑張って飲みましょうね」

由利が背中をさすりながら母親のように語りかけた。

こうしたやさしさに男は弱い。歳をとればなおさらである。縣守は一瞬戦う男の顔付きになり、息も継がずに薬湯を飲み干した。

「おお、何やら腹があたたかくなってきた。節々の痛みもやわらいでいく気がする」

「理中湯は血行を良くします。気の流れがすみやかになり、元気を快復させるのでございます」

翼が噛んで含めるように説明した。その姿は驚くほど母親の若晴《じゃくせい》に似ていた。

「何やら眠くなってきた。下道、わしはもう寝るぞ」

「どうぞお休み下されませ。今日からこの三人をお屋敷に詰めさせ、中納言さまの看病をさせましょう」

「いいんか。娘まで」

「中納言さまは我が国の柱石になっておられます。帝のお望みをはたすためにも、是非とも本復していただきとうございます」

十一月十七日、予定通り朝議が開かれ、従三位の葛城王、従四位上の佐為《さい》王兄弟に橘宿禰の姓を下賜するかどうかが審議された。

多治比縣守の病気は快復し、朝議に出席している。葛城王も出席して賜姓の審議に加わるので、採決では三対三。縣守が賛成すれば、朝議において可決されたと帝に奏上する。

帝はそれを受けて姓を賜《たま》うという詔《みことのり》を葛城王、佐為王兄弟に下されるはずだった。

真備は大学寮の宿舎で朝議の結果を待っていた。問題は縣守の腹の内である。遣唐押使をつとめ、唐の政治や社会はつぶさに見てきたのだから、日本を改新しなければならないことは百も承知のはずである。

だが長屋王の変以後、専制を強化した藤原四兄弟に従うことで、一門の繁栄と自身の出世をはかってきただけに、裏切ることはできないと考えるかもしれなかった。

（はたして、あのご老人）

どう判断しどちらにつくか。そんな不安を抱えて結果を待ちながら、真備は碁石を並べていた。

名人たちと対局した時の棋譜《きふ》を見て、手順通りに黒と白の石を並べていく。そうすると対局した時の相手の反応や顔付きまでが思い出され、少しは気がまぎれるのである。

真備は唐に渡った頃から棋譜を残していて、その中には留学僧の弁正《べんしょう》と対局したものもあった。弁正が皇子李隆基《りりゅうき》（後の玄宗皇帝）に囲碁の才を認められ、興慶宮への出入りを許されていると聞き、部屋に押しかけて一局所望したのである。

「もし俺が勝ったなら、興慶宮に同行して皇子さまに引き合わせて下さい」

出世の餓狼《がろう》となっていた真備は、一刻も早く唐の朝廷に食い込みたくて申し入れたが、結果はみじめなものだった。

二十も石を置くと実力の差は歴然とし、四十も置く頃にはどうあがいても太刀打ちできないことが明らかになった。そのため四十三手で投了したことが、棋譜に今も残っている。

それから二十年ちかく研鑽を積んだが、今でも弁正に及ばないことが、対局の通りに石を並べてみてはっきりと分かった。

時は刻々と過ぎていく。唐から持ち帰った漏刻《ろうこく》の水がしたたり落ち、下の水槽に浮かべた目もりを押し上げて申の刻（午後四時）が近いことを告げていた。

もう冬至を過ぎている。日中は陽射しが暖かかったが、陽が落ちると急に部屋が冷え込んで、ひとつの火炉では足りないほどだった。

「博士、知らせが参りました」

中臣文麻呂が朝議で賜姓が認められたと告げた。

「葛城王さまは今日から、橘宿禰諸兄《もろえ》と名乗られるそうでございます」

「そうか。出かした」

「これが詔《みことのり》の写しでございます。叔父の名代が届けてくれました」

文麻呂が差し出した書状には次のように記されていた。

〈従三位の葛城王らの上表文を読んで、つぶさにその考えが判った。皇族という高い名声を辞退して、母方の橘姓を申請するのは、思い考えるに誠に時宜を得たものである。ひとすじに請い願っているので、橘宿禰の姓を授けるから、千年も万年も継ぎ伝えて窮まることのないようにせよ〉

真備は三度読み返し、うやうやしく押しいただいた。

これで橘諸兄を旗頭にして藤原四兄弟と対抗し、帝を中心とした国を築く足掛かりができる。やがては自分が帝の側近となり、思う存分腕をふるうつもりだった。

「あの、は、博士。ひとつお願いがあります」

文麻呂の声は緊張に上ずっていた。

「どうした。改まって」

「ち、近々、八木の母親さまのご実家を訪ね、挨拶をさせていただきたいのでございます」

「わしの母親にか」

「はい。由利さんのおばあさまに、と言うべきかもしれませんが」

実は昨日、文麻呂は由利を送って八木まで行った。その時祖母に会ってくれと言われたが、真備の許しも得ないで勝手なことはできないと断ったという。

「もしや、その首に巻いた橡《つるばみ》色《いろ》の布は」

「婚約の証に由利さんからいただきました。ご自分で織られたそうで、大変暖かく過ごさせていただいております」

（これだから若い者は油断がならぬ）

真備はそう思ったが、由利が文麻呂を気に入ったのなら、それはそれで結構なことだった。


天平九年（七三七）の年が明けた。

聖武天皇は三十七歳。神亀元年（七二四）に即位されてから十四年目の正月だった。

一月三日、真備は中臣文麻呂を連れて八木の母親の実家に出向き、由利との婚約が決まったことを報告した。母は還暦を過ぎているが、畑仕事や機織《はたお》りを欠かさないほど元気である。十五年前にあやめが他界して以来、由利を育ててくれた恩人だった。

「わざわざ来てくれてありがとう。あの人が生きていたら、どんなに喜んだことでしょうね」

母は目を細め、七年前に他界した夫の下道圀勝のことを語った。

「こ、こ、このような機会をいただき、ありがとうございます。おばあさまのことは、ゆ、由利さんからうかがっております」

文麻呂は由利と並んで座り、必ず幸せにするから安心してほしいと力みかえって挨拶した。

由利は余裕の笑みを浮かべて文麻呂を見守っている。すでに夫婦《めおと》になったような落ち着きぶりだった。

「祝言は今年の秋頃、吉備の実家で行いたいと思っております。母上さまにもご出席いただきとうございます」

真備は丁重に頼み込んだ。

「参りますよ。皆さんにお目にかかるのは、あの人の葬儀以来ですから」

「ありがとうございます。祝いの席で今後の大計を語り、下道一門の協力を得なければなりません」

家刀自《いえとじ》である母の後押しが、その時には絶対に必要なのだった。

内祝いの酒宴には胡瓜の漬物が出た。夏の終わりに収穫したものを、由利が地下の蔵に保存し、漬物にしたのである。何もかも手回しのいい娘だった。

一月二十七日、新羅《しらぎ》につかわされていた使者が平城京にもどってきた。大判官の壬生使主宇《みぶのおみう》太麻呂《たまろ》、少判官の大蔵忌寸麻呂《おおくらのいみきまろ》らだが、責任者たる大使や副使の姿はなかった。

大使の阿倍朝臣継麻呂《あべのあそみつぐまろ》は帰国途中に対馬で病死し、副使の大伴宿禰三中《おおとものすくねみなか》は大宰府に着いたものの病気のために入京することができなかった。

二人は疱瘡（天然痘）にかかっている疑いがあるとの報告が大宰府からあったが、右大臣藤原武智麻呂は入京を急がせたのだった。

遣新羅使には大宰府からの使者も同行している。その中に真備の知り合いの大伴《おおともの》三好《みよし》の姿もあった。

唐から帰国した時、真備らは大宰府の館（後の鴻臚館《こうろかん》）で二カ月ちかく過ごした。帰朝報告や疲れをいやすためばかりではなく、疫病にかかっていないかどうかを確かめるための足止めだった。

その時、真備を慕って教えを乞いに来たのが、政庁に勤めていた三好である。二十五歳になる従六位下の役人で、将来は判官として唐に渡りたいと望んでいた。

真備はさっそく使者たちの宿所に三好を訪ね、大宰府の状況を確かめることにした。

「恐れ入りますが、それ以上は近付かないで下さい」

柿色の口当て（マスク）をした三好が部屋の入り口で制止した。

入り口には椅子と口当てが置かれている。疱瘡がうつるおそれがあるので、椅子に座り口当てをして話をしろというのである。

「元気そうではないか。熱でもあるのか」

「幸い何ともありません。しかし疱瘡はかかってから発症するまで十日ほどの間があります。今は元気でも安心はできないのです」

「それほどひどいのか。大宰府は」

「お聞きではありませんか」

「一昨年の秋、都に飛び火して三百人ほどが死んだ。その時には大宰府で大きな被害があったと聞いたが、それ以後のことは知らぬ」

真備は三好のただならぬ様子を見て、素直に口当てをつけて椅子に座った。

「おおせの通り、被害がひどかったのは一昨年の秋でございました。疫病は冬まで猛威をふるい、一万人ちかくが死にました。病にかかった者は、管内の諸国で六万人におよぶと思われます」

「しかし昨年は、疫病がはやったとは聞いておらぬ」

「昨年十一月に遣新羅使が那の津《なつ》（博多港）に着いた頃から、再び疱瘡がはやり始めました。しかも一昨年のものより病状が重く、罹病した者のうち三人に一人は死んでおります。大宰帥《だざいのそち》（大宰府の長官）さまはこのことを報告なされましたが、朝廷は一顧だになされなかったのでございます」

これでは都が大宰府の二の舞いになりかねない。三好はそう案じていた。

「都に来てから、そのことをどなたかに申し上げたか」

真備の胸に不安のさざ波が立った。

「しておりません。他言してはならぬと、大判官の壬生どのに命じられていますので」

「何ゆえ禁じる。こんな重大なことを」

「副使の大伴三中どのの申し付けだそうでございます」

今度の使者は新羅との外交を左右する重大な任務をおびていた。その結果を一日も早く帝に報告しなければならない。三中はそう言ったというが、それは表向きの理由である。

本音は新羅から疱瘡を持ち帰った責任を問われ、遣新羅使の手柄が台無しになることを恐れているにちがいなかった。

「そんな事にこだわっている場合か。このまま拝謁《はいえつ》すれば、帝に疫病がうつる恐れがあるのだぞ」

「壬生どのにそう申し上げましたが、三日がたっても何の動きもありません。拝謁がいつになるかも決まっていないようでございます」

「立ってみろ」

「えっ？」

「立って上を向き、一番高い声で叫んでみろ」

三好はいぶかりながらも立ち上がり、口当てをしたまま宿所中に響くほどの声を上げた。

「どうだ。喉や肺腑《はいふ》に痛みはないか」

「ええ。何ともありません」

「それなら大丈夫だ。わしと一緒に来い」

これは長安で疫病がはやった時に、若晴に教えられた感染の見分け方である。真備はその方法の確かさを信じ、三好を連れて平城宮へ向かった。

寒さは依然として厳しく、北からの強い風が都大路を吹き抜けていく。それでも往来する者は多く、首をすくめ前かがみになりながら、思い思いの場所へ急いでいる。

こんな人混みで疱瘡の感染が起こったならと、真備の不安は大きくなるばかりだった。

向かったのは参議になった橘諸兄の執務室である。諸兄は懐の深いおおらかな男で、五十四歳になっても乗馬の鍛練《たんれん》を欠かさない元気を保っていた。

「至急お聞き届けいただきたいことがあります。お人払いをお願いいたします」

真備は口当てをつけたまま戸口に立って申し入れた。

「至急の用件とな」

諸兄は二人の秘書官を退出させ、話を聞く姿勢をとった。

真備は三好から聞いた話を伝え、遣新羅使との拝謁を中止し、使者を平城京の外で隔離すべきだと訴えた。

「それほど悪いか。筑紫の状況は」

「一昨年には罹病した者のうち、六人に一人が死にました。今度は三人に一人なので、二倍の毒性を持つと思われます」

「大使の阿倍は死に、副使の大伴は病になった。それを隠そうとしているのだな」

「大宰府の政庁から来た大伴三好が、そのように申しております」

真備にうながされ、三好が間違いないと証言した。

「分かった。二人とも同行せよ」

諸兄は朝堂院にある右大臣の執務室を訪ねたが、藤原武智麻呂は所用で外出中だと告げられた。

本当かどうか分からない。あるいは諸兄の用件を察して対面を拒んだのかもしれないが、留守と言われればどうしようもなかった。

諸兄はすぐさま踵《きびす》を返し、武智麻呂の弟の房前を訪ねたが、近臣を集めて会議をしている最中だった。

「至急の用件で参った。遣新羅使のことだ」

諸兄は声高に申し入れ、藤原四兄弟の扉をこじ開けた。

「これは諸兄どの、不時の推参とはおだやかではありませんな」

房前は五十七歳になる。若い頃は父不比等の引き立てで順調に立身したものの、父の死後は兄武智麻呂の補佐役に甘んじていた。

「新羅への使いが疱瘡（天然痘）にかかっている恐れがあると、大宰府から報告があったそうではありませんか」

「そのようですな。身共もたった今聞いたばかりです」

「それでは誰が使者たちの入京を許したのでしょうか。こんな重大な知らせを伏せたままで」

「分かりませんな。異国への使者が帰朝報告をするのは慣例なので、それに従ったのでしょう」

表では知らぬ存ぜぬと言いながら、裏ではなりふり構わず事を進めていくのが、藤原四兄弟のやり方だった。

「ともかくお上のお命に関わる大事です。帰朝報告は取りやめ、使者たちを都の外に出していただきたい」

「お上は使者の報告を聞きたがっておられます。それゆえ二月十五日に対面を許すとおおせでございます」

「そんな無謀なことをして、万一のことがあったらどうするのですか」

「十五日までは半月ちかくありますので、使者たちに異変があれば中止することができます。それをご叡慮《えいりょ》なされた上でのご聖断ですから、我々がとやかく言うことはできません」

房前の言葉通り、遣新羅使の帰朝報告は二月十五日に行われた。

その様子を『続日本紀』は次のように伝えている。

〈遣新羅使が帰朝報告をし、新羅の国がこれまで通りの礼儀を無視し、わが使節の使命を受け入れなかったことを奏上した。そこで天皇は五位以上と六位以下の官人、合せて四十五人を内裏に召し集めて、それぞれの意見を陳《の》べさせられた〉

これに応じて、官人たちは意見をまとめた上奏文を二月二十二日に奏上した。

〈諸官司が意見をしるした上奏文を奏上した。或る者は使者を派遣してその理由を問うべきであるといい、或る者は兵を発して征伐を実施すべきであると奏上した〉

当時の朝廷は「新羅の無礼」を理由に戦争も辞さずという姿勢をとっていたわけだが、これは政治的な求心力を失いつつある藤原武智麻呂らが、主導権を回復するために仕掛けたことだった。

武智麻呂は三年前、新羅に使者を送って唐との和解を仲介すると申し入れた。新羅が応じたなら唐に対して手柄を立てられるし、仲介を拒否したなら唐と共に新羅を攻めれば良い。

そう考えてのことだが、新羅はこの計略を見抜いて返答を保留した。そこで、昨年四月に阿倍朝臣継麻呂を大使とする一行を新羅に送って返答をうながしたが、新羅国王は使者に対面しようともしなかった。

そこで新羅の無礼を責め、兵を出して征伐しようという強硬論が出たわけだが、これこそ武智麻呂が狙っていたことだった。

国内の政情が行き詰まれば、外に敵を求めて内部の結束をはかるのは独裁者の常套《じょうとう》手段である。実際に出兵しなくても、緊張状態を作り出すことで求心力を高めることができる。

武智麻呂はそれを実行に移そうと、遣新羅使が疱瘡にかかっている恐れがあると知りながら入京を強行させたのだった。

一月二十七日の壬生使主宇太麻呂らの入京につづき、二カ月後の三月二十八日には、入京が遅れていた大伴宿禰三中ら四十人が入京して天皇に拝謁した。

この時には橘諸兄や下道真備らが距離をおいて対面されるように進言したので、天皇は御簾《みす》を下ろしたまま中庭に控えた使者たちの報告を聞かれたばかりだった。

ところが翌日、藤原武智麻呂は猿沢池の近くの別荘に大伴三中ら四十人と、先に天皇から諮《し》問《もん》を受けた官人四十五人を呼び、帰朝報告会と称する大宴会を開いた。

この席で大伴三中が新羅国王の対応をつぶさに報告し、日本国に対する侮辱だと訴えた。これを聞いて新羅を征伐すべきだと主張していた官人たちが勢いづき、慎重派の官人たちを圧倒して出兵論が大勢を占めた。

そこで武智麻呂は、蝦夷《えみし》討伐の将軍を務めた弟の麻呂を征新羅大将軍に任じ、来年春の出兵をめざして準備を進めるように内々に命じた。

その様子は中臣名代を通じて真備のもとにも伝わった。真備は出兵の無謀を説き、これを阻止するために頭を悩ますことになったが、幸いにしてと言うか不幸にしてと言うべきか、出兵計画は疱瘡の大流行によって頓挫《とんざ》することになった。

異変が起こったのは四月二日である。

大伴三中らが宿所とした荒池のほとりの宿坊で、一行のうち四人が疱瘡を発症した。高い熱を発し、激しい頭痛と節々の痛みを訴える。中にはすでに顔や首に豆粒状の丘疹《きゅうしん》ができている者もいた。

急報を受けて駆けつけた典薬寮の医師たちは、布や綿で体を温めたり、竹や木を編んで作った敷物の上に横たえるなどの初期治療をほどこすと共に、他の全員を別の宿坊に隔離した。

ところがすでにこの時点で、一行のうち半数近くがひそかに逃亡していた。ある者は感染を、ある者は発症した後の集団隔離を恐れ、散り散りに姿を消したのである。

三日後には大学寮の学生の多くが休むようになった。市中に感染が広がっていることを知り、外出を避けている者もいる。家族とともに平城京の外の別荘に逃れている者もいる。中には発症している者がいるかもしれないが、まともに届け出もしなくなっていた。

四月八日には大学寮の職員にも感染者が出た。

「律学博士の高橋さまと助教の小野君が発症いたしました」

中臣文麻呂が暗い顔で告げた。

「それから大学頭《だいがくのかみ》の石川宿禰《いしかわのすくね》さまも体調を崩され、ご自宅にもどられました」

「学生の様子はどうだ」

真備は最悪の事態を想定しなければならないと覚悟していた。

「文章生のうち、来ているのは十五人です」

「明経生は」

「八人でございます」

「それなら授業にならぬ。大学寮を封鎖し、職員も学生も自宅に待機させろ」

「お言葉ですが、大学助であられる博士にはそれを決める権限はありません。式部省にうかがいを立てなければ」

「それでは手遅れになる。今頃式部省のお偉方は一人も出仕しておるまい」

「それでも令（行政法）に背くわけには参りません」

文麻呂は官人としての正論をのべた。

「皆に休暇を与える権限はあるか。このわしに」

「ございます。ただし十日までです」

「それなら今日は灌仏会《かんぶつえ》、お釈迦さまがお生まれになった日だ。唐ではそれを祝い、花祭りをする。今日から十日間、花祭り休暇にすると周知せよ」

真備は柿渋で染めた朱色の口当てをし、出かける準備を始めた。

「どちらに参られますか」

「典薬寮に行き、感染の状況と今後の対応について聞いてくる」

「それなら私も同行させて下さい。博士のお力になりたいので」

「何か考えがあるのか」

「これから疱瘡が蔓延すれば、市中の者たちの隔離や病人の治療、死体の片付けなどで人手が足りなくなりましょう。そのため大学寮で救援隊を作り、少しでも役に立ちたいのです」

「いるのか、そんな殊勝な者たちが」

「職員は三人、学生は八人、それに私を加えて十二人でございます」

文麻呂は隊の指揮を執ることにしている。気配りができてよく働く青年としか見ていなかったが、こうした強さを持っていたとは意外だった。


真備は文麻呂を従え、牛車に乗って典薬寮に向かった。

疱瘡が表面化して七日しかたっていないのに、都の様子は一変していた。高位の者、豊かな者は都から逃れて別荘や縁者の家に行き、貧しい者や浮浪の者が食べ物を求めて都に流れ込んでいる。

大路の柳の並木の下に、小屋を掛けたり莚《むしろ》を敷いたりして暮らし、往来する者に物乞いをしたり手持ちの品々を売りつけようとする。そうした者の中にも発症している者がいて、熱のために顔を赤くしたり、額や頬に水疱《すいほう》ができたりしている。それでも食べ物を求めて都大路をさまよっているのだった。

都の所々から煙が立ち昇っているのは、痘瘡で死んだ者は火葬にせよという指示が典薬寮から出ているからである。普通は山の中に運んで荼毘《だび》に付すが、運んでいる途中での感染を防ぐために、手近な空地で火葬していた。

典薬寮では翼と翔が白衣に柿色の口当てという姿で待っていた。

「先触れをいただきましたが、典薬頭さま以下全員が対応に忙殺されています。僕たち二人に状況を伝えておくよう命じられました」

翼が応接用の東屋《あずまや》に案内した。

「患者や死者の数はどうだ、かなり増えているだろう」

「四月二日に遣新羅使の四人が発症され、三日後には宿坊に残った二十一人のうち十三人が発症されました。合わせて十七人。うち八人が亡くなりました」

「十七人のうち、八人だと」

真備は後ろから頭を殴られたような衝撃を受けた。

「今日までに発症の知らせがあったのは八百二十三人です。そのうち百五十一人をここの診療所に収容していますが、これ以上受け入れる余裕はありません」

「ここでの死者は?」

「今のところ三十六人です」

「発症しても医師に診てもらえない者がいる。患者も死者ももっと多いはずだ。典薬寮ではこの先どれくらいになると見込んでいる」

「それは……」

翼が沈痛な面もちで口ごもった。

「住人の四割から五割が発症し、そのうち半数が死ぬのではないかと見ています」

翔が兄を助けようと口を出した。

「馬鹿な。都には八万人ちかくが住んでいるのだぞ」

都に戸籍がある京戸と呼ばれる住民は六万人ほどだが、所用で都に滞在している者や無法に流入した者を合わせれば、それくらいになる。そのうち二割から二割五分が死ぬとすれば、死者は二万人を超えることになる。

「それゆえ典薬頭さまは、できるだけ早く都から避難するように呼びかけておられます。医療や火葬の負担を減らすためです」

翼は冷静に現実を受け止めようとしていた。

「それではかえって疫病を広めることにならぬか」

「そうかもしれませんが、典薬寮には二十人ばかりの医師しかおらず、市中医を合わせても百人ほどです。数万人の患者に対処することはできません」

「ならば一刻も早く疱瘡への対処法を皆に知らせ、自分たちで対処できるようにしなければなるまい。その仕度はできているか」

「考えている最中ですが、二人でこのようなものを作ってみました」

翔がいささか得意気に広げた紙には、疱瘡の治療法や病中病後の食事や生活、水疱や膿疱《のうほう》についての対処法が記してあった。
一、発病の初期には大黄《だいおう》五両を煮て服用すること。
一、青木香《せいぼくこう》二両を水三升で煮て、一升になるまで煮て服用すること。
一、小豆粉と卵白を和し、水疱に塗ること。
病中病後の生活については、
一、水の飲用をさけること。
一、鮮魚、生肉、生野菜をさけること。
一、下痢になったなら蒜《ひる》（ニンニク）、葱《そう》（ネギ）類を煮てたくさん食べること。
一、発病したなら、海草や塩をしばしば口に含んでおくこと。
また、痘瘡の跡があばたとして残らないようにするためには、
一、猪脂《ちょし》、胡粉《ごふん》、蜂蜜を患部に塗布すること。
「これは『千金方《せんきんほう》』に記された傷寒《しょうかん》の治療法ではないか」

一部だけだが、真備には覚えがあった。

「おおせの通りです。よくご存じですね」

翔が応じた。

「五、六年前、長安で痘瘡がはやった時に勉強した」

「日本に来る時、母が『千金方』の全巻を持たせてくれました。それを参考にして、兄と二人で作ったのです」

「まだ不完全ですので、典薬寮の先輩方と相談してより良いものにするつもりです」

これを都ばかりか全国に配れば、瘡瘡の治療に役立つはずだと、翼が強い口調で言い切った。

「でかしたぞ、阿倍兄弟。それで大黄や青木香は手配できるか」

「遣新羅使がもたらした新羅国王からの献上品の中に、二百斤（約一二〇キロ）ほどの大黄や青木香があります。これを典薬寮で使えるように、典薬頭さまが手配しておられます」

「ならば問題は、患者の隔離と死者の火葬だ。その件についても三人で案を練ってくれ」

真備は文麻呂を典薬寮に残すと、朝堂院に橘諸兄を訪ねた。諸兄は秘書官二人と何事かを話し合っている最中だった。

「よい所に来てくれた。疫病がはやった時、大唐国ではどんな対応をしているか教えてくれ」

諸兄は柿色の口当てをつけ、目だけを不安げにしばたたいた。

「まずは疫病の発生源を封じること。それに薬の配布と治療法の周知でございます」

それはすでに典薬寮で取り組んでいる。我らにはもっと大事な役目があると真備は言った。

「何だ、その役目とは」

「帝にどこかの離宮にお移りいただくことでございます」

「それほどひどいか。今度の疫病は」

「典薬寮の医師たちは、都の住民の半数が感染し、そのうち半数は命を落とすと見ております」

「四人に一人が死ぬ、とな」

橘諸兄は胸を衝かれて立ち上がり、窓を開けて初夏の空をながめた。

「内裏も決して安全とは言えません。今のうちに離宮にお移りいただくよう、帝にお勧めするべきと存じます」

真備は焦眉の急だと決断を迫った。

「たとえお勧めしても、帝は応じて下さるまい」

「何ゆえでしょうか」

「数年来打ちつづく災害や異変に、お心を痛めておられる。三年前には大地震、二年前には飢饉と疫病。これらはすべて、我が身の不徳に対する天の戒めと受け止めておられるのだ」

「それは、うけたまわっております」

陛下（聖武天皇）はそうした災難に直面するたびに、国民を救おうと懸命の努力をしてこられた。天平六年（七三四）四月に大地震が起こった時には、都や畿内に使者をつかわし、人々の苦境を救おうとなされた。

それでも厄災はつづき、この年八月には大宰府で疱瘡がはやり、管内の諸国に大きな被害をもたらした。翌天平八年には小康状態を保ったものの、今年四月に再び流行が始まり、都にまで飛び火したのだった。

「帝は庶民の困窮を救うために、御身をさし出す覚悟を定めておられる。疫病が迫っているのでお逃げになるようにと、どうして奏上できようか」

ともかく今は内裏への人の出入りを厳重に取り締まり、感染の危険を避けながら様子を見るしかない。諸兄はそう判断した。

「分かりました。そのようにいたしましょう。しかし状況は深刻です。やがてお移りいただくことがあるかもしれませんので、仕度だけはしておくべきではないでしょうか」

「仕度とは？」

「ひとつは離宮の選定です。これは人里離れた岡田離宮（京都府木津川市加茂町）が適していると思います。次に朝議において移徙《わたまし》を了解していただき、仕度をととのえておかなければなりません。これから藤原房前さまを訪ね、その話をしていただきとうございます」

「さようか。下道がそこまで言うなら」

諸兄はようやく重い腰を上げて房前の部屋を訪ねたが、対面することはできなかった。

「所用で外出中でございます。今日はおもどりになるかどうか分かりません」

厳重に口当てをした秘書官が、取りつくしまもなく戸を閉めた。

翌日、真備は大学寮の宿舎に玄昉《げんぼう》を呼んだ。玄昉は唐から一切経と貴重な仏像を持ち帰ったことを賞され、僧正に任じられていた。

「真備どの、ご無沙汰しております。疱瘡などに取りつかれておられませんか」

玄昉はいかにも得意気に紫色の法衣の袖を振った。

「この通り、元気だ。今日は頼みがあって来てもらった」

「実は拙僧も真備どのに教えていただきたいことがございました。以心伝心というか啐啄同時《そったくどうじ》と言いますか」

「何だ。何を教えてもらいたい」

「中臣名代どのの二号船は昨年帰国しましたが、三号船、四号船はどうなったのでしょうか」

「まだもどっておらぬ。蘇州で消息を聞かぬので、無事に帰国していると思っていたと、名代どのは言っておられた」

「ところが九州には着いていない。さすれば海の藻屑《もくず》と消えたのでしょうか」

はて困ったと言いたげに玄昉が眉尻を下げた。

「そう言えばお前は蘇州でも、四号船が沈む夢を見たと言っていたな」

だから阿倍船人が船長《ふなおさ》をつとめる一号船に乗せてくれと、血だらけになって泣きついてきたのだった。

「あれは正夢だったのかもしれません。お陰でこうして生きていられます」

「縁起でもないことを言うな。しかし、なぜそれほど四号船のことを気にかける」

「いくらかの仏典と仏像を、あの船に残してきたのでございます。それを受け取れないかと思って」

「心配なのは仲間ではなく、出世のための手みやげということか。相変わらず計算高いね」

「真の仏教をこの国に伝えるために申し上げているのです。誤解なされては困ります」

玄昉がほこりを払うように紫衣の胸元をはたく仕種をした。

「真の仏教といえば、海住山寺《かいじゅうせんじ》の良弁《ろうべん》上人を知っているか」

「存じておりますとも。金鐘寺《こんしょうじ》（後の東大寺）に住み、帝の信任が厚いお方でございましょう」

「今は帝の勅願によって、岡田離宮の近くに海住山寺を創建しておられる。お前はこれからその寺に行き、上人さまにこの書状を渡してくれ。上人さまが承知なされたなら、そのまま現地にとどまってお申し付けに従うのだ」

「何事です。拙僧に何をさせるつもりですか」

「帝に岡田離宮に移っていただく。そのための仕度だ。この役をはたせば、内道場《ないどうじょう》の僧正になれるぞ」

内道場とは内裏において仏教行事を行う建物で、他の官寺より格式が高い。玄昉は急に目を輝かせ、一も二もなく引き受けたのだった。

典薬寮の医師たちの見込みは、残酷なほど正確に的中した。

四月十日の発症者は千百八十余人、死者は四百九十二人。四月十五日は千六百二十余人と七百六十五人。四月二十日は二千三百八十余人と一千五十三人。

これは市中医からの報告も含めた数字だが、発症しても医師にかかれなかったり、そのまま死んだ者もいる。それらを含めれば、この二倍以上になると覚悟しなければならなかった。

真備は大学寮の建物を開放し、市中で発症した者たちの治療に当たらせることにした。

翼と翔が指揮を執り、中臣文麻呂以下十二人が運び込まれた者たちの看護や治療に当たった。

患者の数は次々に増え、わずか数日で三百人を超えた。そのうちすでに五十数人が亡くなっている。遺体をどう処理するかも大きな問題だった。

「やむを得ぬ。東隣の空地を使わせてもらえ」

真備は文麻呂に申し付けた。

「長屋王さまの屋敷跡でございましょうか」

「そうだ。火葬場にするには充分な広さがある」

「しかし跡地は欠所とされ、立ち入りが禁じられております」

「だから広々と空いている。まわりに迷惑をかけることもない。市中から僧を集めて仕事に当たらせよ」

責任は自分が取ると、真備はただちに実行させることにした。

四月二十一日になって思いがけない知らせがあった。

「四日前の十七日に、藤原房前さまが疱瘡のために他界されたそうです」

叔父の名代から知らせがあったと、文麻呂が沈痛な面もちで告げた。

「嫡男の内麻呂君も同じ病にかかり、十八日に亡くなったそうです」

内麻呂は大学寮の文章生で、真備が目をかけていた秀才だった。

「そうか。親子で犠牲になられるとはな」

「お二人の死を悼み、藤原武智麻呂さま以下三兄弟は、談山神社の近くの別邸で喪に服しておられるそうでございます」

「さぞお力落としであろう。弔問など必要であれば手配してくれ」

真備はそう言ったものの、「自業自得ではないか」という暗い想念が心の奥からわき上がるのを抑えることができなかった。

都がこんな不幸にみまわれたのは、藤原四兄弟が新羅征伐を強行するために、痘瘡の感染を疑われていた遣新羅使を入京させたからである。

その疫病にかかって死ぬとは、自分で仕掛けた罠にはまるようなものだ。口にこそ出さないが、「ざまあみろ」と言いたくなる未熟さを、真備はいまだに持ちあわせていた。

ところが疫病は人を選ばない。四月下旬になって文麻呂が高熱を発し、大学寮の廊下で倒れたのである。

真備が急を聞いて駆け付けた時には、翼と翔が来て病状を確かめていた。

「どうした。痘瘡か」

「ひどい熱です。具合が悪いのに、我慢して働いておられたのでしょう」

翼が脈を取りながら悲しげに首を振った。

「わしの部屋に運べ。そこで寝かせてやれ」

翼と翔が文麻呂を戸板に載せて運び、竹を編んだ敷物を敷いた寝台に横たえた。真備は綿を入れた薄布の夜着を腹にかけて温めてやった。

「それは足まで掛けて下さい。頭寒足熱《ずかんそくねつ》が大事ですから」

翔が自ら夜着を引き下げて手本を示した。

翼が冷たい水で絞った布を文麻呂の額に載せた。

「看病はわしがする。お前たちはみんなの治療に当たってくれ」

「分かりました。薬草はこの箱に入れてあります。時々様子を見に、僕か翔が訪れますので」

「感染はどうだ。患者はどれくらいになった」

「典薬寮では五千三百人と言っております。分かっていない者たちを合わせれば一万人を超えるでしょう」

「そうか。お前たちも用心してくれ」

体が鉛のように重くなったようで、真備は椅子に腰を下ろして頭を抱えた。

もともと疱瘡は西域の病だと言われている。ラクダがかかる病が人間にうつり、恐ろしい伝染病になった。それが西域から来た隊商によって唐に持ち込まれ、唐から新羅をへて日本に伝わったのである。

その病が奈良の都を亡ぼそうとしていると思うと、遣唐留学生だった自分にも責任があるような気がしてきた。

真備は気弱さをふり払い、大黄を煮て煎じ薬を作った。それを吸い口をつけた木の器に入れ、文麻呂の口に少しずつ注いでやった。

喉が渇いていたのだろう。文麻呂は無意識に薬を吸い込んでいたが、やがて正気を取りもどした。

「すみません。こんな所で」

真備の部屋だと気付き、あわてて上体を起こそうとした。

「無理をするな。お前に万一のことがあれば、由利に合わす顔がない」

「私は倒れたんですね。痘瘡にかかって」

文麻呂が薄く笑った。

「こんなに熱があるのに、我慢して働いていたんだろう」

「そうかもしれません。何とかしなければと夢中になって、熱があることにも気付きませんでした」

「ゆっくり休め。今度は青木香を煎じてやる」

文麻呂の熱は翌日には下がり、やすらかな寝息をたてて眠りについた。痘瘡なら三日は高熱がつづくのだから、あるいは疲れのために熱を出しただけかもしれない。真備は祈る思いで期待したが、翌日には顔に水疱が出るようになった。

文麻呂は発熱しながら二日も働きつづけていたのだろう。真備は哀れさとすまなさに胸をかきむしられる思いをしながら、青木香を煮出し、ニンニクやネギを炊いた。

やがて水疱は肺腑や胃の中にもでき、それが化膿して体の機能を奪っていく。痘瘡の末期にひどい下痢におそわれるのはそのためで、これに対処するには蒜（ニンニク）や葱（ネギ）をたくさん食べるしかないのだった。

「今のうちに食べておけ。薬だと思って、臭いなど気にするな」

三日後、水疱が少しずつ化膿して膿疱になりはじめた。まるで白い碁石を黒に置きかえるように体の表面をおおっていく。

それにつれて再び高熱を発し、苦しげに息をするようになった。

「肺腑に膿疱ができ、呼吸がしにくくなっています。明日、明後日を乗り切れば大丈夫だと思いますが」

翼が脈を取り、見通しを語った。これまでの例からしても、助かる見込みは五分五分だという。

「文麻呂のために、何かしてやれることはないか」

「これを一日に一度、膿疱に塗ってあげて下さい」

翼が小豆粉と卵白をねり合わせた薬を差し出した。

真備は言われた通り律義に薬を塗りながら、由利を呼ぼうかと考えた。あれが看病してくれれば文麻呂も元気がでるだろうし、万一のことがあれば死に目にも会えなかったと由利が嘆くだろう。

だが感染の危険があるので、決断するのをためらっていた。

「博士、ありがとうございます」

文麻呂が目を覚まして力なく言った。

「余計なことを気にせず、病気と闘うことだけを考えろ。こちらが気を強く持てば、病魔の奴は逃げていく」

「感染の恐れがあるのに、こんなに親切にしていただいて」

「お前はわしの息子だ。それにわしは疫病にはかからぬ」

「どうしてですか」

「由利の母親が言ったのだ。あなたは死なない。私が守ってあげる、と」

「さすがは吉備の女子《めのこ》ですね。でも、由利さんには、知らせないで下さい」

「どうして」

「こんな姿を見られたくありませんから」

文麻呂は苦笑しながら顔をおおったが、本当は感染させることを恐れていたにちがいなかった。

翌日の午後になって容体が急変した。

顔が真っ赤になるほど熱が上がり、大きく口を開けてあえぐように息をする。膿疱が顔や首筋、体中をおおい、生臭い不気味な臭いが立ちのぼっていた。

「文麻呂、この山を越えろ、ここが頑張り所だぞ」

真備は枕元に座って励ました。何かをしてやりたかったが、何をしたらいいのか分からなかった。

「ち、義父上《ちちうえ》、大唐国の話を……」

話してくれと、文麻呂が苦しい息の下から告げた。義父上と呼んだのは初めてだった。

「いいとも。唐の都の長安には、大雁塔《だいがんとう》という高くて美しい仏塔がある」

三蔵法師が天竺から持ち帰った仏典や仏像を納めるために建てたものだと、真備は懸命に話をつづけた。

「十層建てで高さは三百尺（約九〇メートル）もあり、地からわき出て天に突き抜ける勢いがある。塔の中には螺旋《らせん》状の階段があって、ぐるぐる回りながら上まで登れるようになっている。わしも登ったことがあるが、その見晴らしは素晴らしいものだ、文麻呂、聞こえるか、文麻呂」

「ええ……、聞いています」

「塔は枡《ます》を重ねたようで、上に行くほど狭まっている。各階には見物のための窓が開けてあって、上に行くほど遠くをのぞむことができる。まるで……、まるで鳥になって空に舞い上がるようだ。眼下には都大路の松や柳の並木が整然とつらなり、北の方には宮殿の屋根が……、文麻呂、おい」

「き、聞こえ、ます」

「宮殿の屋根が陽に輝らされて美しく輝いている。さらに向こうには、西から東へなだらかな山の尾根が連なっている。大雁塔の入り口には石盤がはめ込まれ、科挙に合格した者の名が刻まれている。これを雁塔題名と呼び、永遠に名が残る。わしの名も刻まれていると言いたいところだが、わしは身分が低かったので、國子監《こくしかん》に行けず試験も受けられなかった」

文麻呂の命をつなぎ留めようと、真備は我知らず早口になっている。頬が妙に熱いのは、涙が流れ落ちているからだった。

「だがな、文麻呂、阿倍仲麻呂の名は刻まれているぞ。やがてあいつは宰相になり、名を朱色に塗られるだろう。だから、お前も頑張れ」

「行きたかったなぁ。大唐国に……」

文麻呂は意外なほどはっきりと口にしたが、それが今生《こんじょう》の最後の言葉になった。やがて力尽きたように意識を失い、半刻後に息を引き取ったのだった。

翌朝夜が明ける前に、真備は文麻呂の遺体を長屋王の屋敷跡に運んだ。

ここでは夜明けから夕方まで、毎日何十体もの遺体が焼かれている。井桁《いげた》に組んだ丸太の上に載せて焼くのだが、薪の火力では遺骨にすることはできない。体を黒焦げにするだけだが、疱瘡のかさぶたは一年ちかくたっても感染力を持つほど強いので、焼くことによって毒性を消す効果はあるのだった。

真備は文麻呂の遺体を井桁に載せ、香油をかけて火をつけた。井桁の中の杉や松の枯れ枝がパチパチと音を立てて燃え上がり、やがて大きな炎になった。

炎に巻かれている文麻呂を見ながら、真備は滻水《さんすい》のほとりの墓地に井真成《いのまなり》を葬った時のことを思い出した。

その時阿倍仲麻呂が読み上げた墓誌までが、鮮やかに脳裡によみがえった。

「嗚呼、素車（遺体を運ぶ霊柩車）もて暁《あかつき》に引き、丹旐《たんちょう》（魂を招く幡《はた》）もて哀を行う。遠途を嗟《なげ》きて暮日に頽《たお》れ、窮郊《きゅうこう》に指《おもむ》きて夜台（墓地）に悲しむ。其の辞に曰く、別れることは乃《すなわ》ち天の常、茲《こ》の遠方なるを哀しむ。形は既に異土に埋もれるも、魂は故郷に帰らんことを庶《こいねが》う、と」

真成は遠い長安の地で斃《たお》れたが、文麻呂の死とどれほどの違いがあろう。人間は志に従って歩きつづけるしかないのだと、真備はくずおれそうな自分を叱咤《しった》していた。

唐の都、長安の春は花で満たされる。

立春の後には菜の花が咲き、杏《あんず》が紅色の花をつけ、李《すもも》がほころび始める。春分の頃になれば桃の花がさかりとなり、海棠《かいどう》、木蘭《もくれん》が後を追う。この頃には都の春もたけなわで、桐が紫の花をつけてかぐわしい香りを放つ。

そうして三月の中頃になると、花の女王と呼ばれる牡丹《ぼたん》の季節となる。

都人の牡丹への愛着は常軌を逸するほどで、多くの庭園には色とりどりの牡丹が植えられ、都大路のそこかしこに牡丹市が立つ。鉢や箱に植えた牡丹が驚くほどの高値で売り買いされ、城中の士女は名花の噂を聞くたびに庭園や市に出かけて一日を過ごす。

後に李白が楊貴妃の美しさを「雲には衣装を想い、花には容《かたち》を想う」と牡丹の花にたとえたことはよく知られているが、それは都人の牡丹に対する偏愛を反映してのことだろう。

阿倍仲麻呂の親友である王維も『紅牡丹』という詩を残している。

緑は艶閒にて且つ静か
紅の衣は浅く復《ま》た深し
花心愁《うれ》い断《た》たれんと欲す
春色豈《あ》に心を知らんや

牡丹の美しさに傷心を対比させたこの詩は、尊敬する張九齢《ちょうきゅうれい》が李林甫《りりんぽ》に失脚させられ、自身も涼州（甘粛省）に左遷された時に詠《えい》じたのかもしれない。

開元二十六年（七三八）の春、仲麻呂は昇平坊の自宅から馬車を出し、鴻臚寺（外務省）に向かっていた。

隣には遣唐判官である平群広成《へぐりのひろなり》が乗っていた。

四年前の十月、広成らは日本に帰国するために遣唐使船の三号船に乗って蘇州から出発した。ところが不幸なことに、船は嵐に巻き込まれて南西に流され林邑国に漂着した。

林邑国とはチャンパ王国ともいい、今のベトナム中部に位置している。この時三号船には百十五人が乗っていたが、現地住民との戦いや風土病のために次々と斃れ、生き残ったのは広成と水夫三人だけになった。

やがて広成らは欽州（広西壮族自治区）から林邑国に来ていた商人に助けられ、欽州刺史の援助を受けて、開元二十四年（七三六）夏に洛陽にたどり着いた。

同じ年の十月、玄宗皇帝は二年九カ月の洛陽滞在を切り上げ、長安への帰還をはたした。そこで平群広成らも長安に移り、仲麻呂の協力と援助を得て帰国の方策をさぐっていたのだった。

馬車は朱雀門街に出て北に向かった。

皇城の朱雀門につづく長安の中心街で、大路の両側には所々に牡丹を売る者たちが棚を造って店を開き、大勢の客が集まっていた。

棚の上に幕を張って雨風をよけ、まわりには柵を造って盗まれないようにしている。名花には万金を積んでも惜しくないという数奇者が多いので、宝石を売るように警戒が厳重なのである。

花弁が密集した赤い牡丹は「百朶《ひゃくだ》の紅《あか》」、白く清楚な牡丹を束ねるように咲かせたものは「五束の素《しろ》」と呼ばれ、ひときわ珍重されている。

見るともなしにそうした情景をながめているうちに、仲麻呂は棚の一番上に置かれた百朶の紅に目を引かれた。

大ぶりの厚い花弁が密集した花は色も形もひときわ見事で、花買い人の垂涎《すいぜん》の的である。それを見ているうちに、王維が言った、

「百朶の重なりは人の心の陰影のようだ」

という言葉を思い出した。

あれはいつのことだろう。涼州へ旅立つ王維を送る送別の宴の時だったろうか。その言葉には、土壇場で手のひらを返した仲麻呂への批判が込められていたはずである。

そうした批判を覚悟の上で張九齢を見限り、李林甫に従う道を選んだのだが、親友を裏切ったという自責はずっと心にへばりついていた。

「本当に美しい花ですね。帰国できる日が来たなら、日本に持ち帰りたいものです」

広成も牡丹市の様子に目を奪われている。唐に渡ってきた時には三十五歳だったが、帰国できないまま不惑の年を迎えていた。

「そうですね。高貴な花ですから、きっと帝もお喜びになるでしょう」

「そんな日が来るといいのですが、だんだん自信がなくなってきました」

「弱気になってはいけません。信念さえ持ちつづけていれば、かならず道は開けます」

やがて馬車は鴻臚寺の正門に着いた。この役所の丞《じょう》に任じられた褚思光《ちょしこう》が、二人が頼みにしている相手だった。

「お待ちしていました。お目にかかるのは、四年ぶりですね」

褚思光がにこやかに迎えた。

以前は秘書省に勤めていたが、親友の李訓《りくん》が他界した後鴻臚寺に移り、外国使節の接待役をつとめていた。

「あの折には李訓どのの墓誌の揮毫《きごう》を頼まれましたが、お引き受けできずに失礼しました」

「いいえ。ご紹介いただいた下道真備どのが立派に役目をはたしてくれました。李訓は満足してくれたと思います」

「紹介させて下さい。こちらがお知らせした遣唐判官平群広成どのです」

「平群でございます。よろしくお願いいたします」

広成は思光の計らいに帰国の望みを託していた。

「聞いております。林邑国では大変なご苦労をされたそうですね」

「同僚や配下が相次いで犠牲になり、生きて東都（洛陽）にもどることができたのは四人だけでした」

「私も力になれないかと思って、渤海国《ぼっかいこく》からの使者の様子を探ってみました」

思光が二人に椅子をすすめ、本題に入った。

「しかし、国王の大武芸公《だいぶげい》は我が国とは長年対立してきました。とても頼みに応じてもらえる状況ではないようです」

「渤海国は開元十五年（七二七）に日本に使者を送り、修好を求めております。平群どののたちを送りとどければ、その関係を強化することもできると思いますが」

仲麻呂は何とか活路を見いだそうとした。

「鴻臚寺の方針もありますので、私の立場ではそんな提案はできません。晁衡《ちょうこう》どのの頼みとして、渤海の使者に取り次ぐことはできますが」

「ご迷惑とは承知していますが、取り次いでいただくようお願いいたします」

「なかなか難しいと思います。むしろ新羅を経由して帰国する方法をさぐったらどうですか」

「ご存じの通り、かの国と日本との関係は良くありません。とても応じてくれないでしょう」

「それなら私貿易船を使ったらどうでしょう。晁衡どのは営州《えいしゅう》の石皓然《せきこうねん》と親しいと聞きましたが」

仲麻呂が李林甫の秘書官になれたのは、石皓然の口添えがあったからだ。そのことが思光の耳にもとどいていた。

「下道真備は石皓然の娘を妻にしています。そのため私も皓然と親交があるのです」

「ご存じでしょうが、石皓然は営州を拠点にして手広く商いをしています。登州（山東省）からの知らせでは、船団を組んで黄海を南下し、耽羅国《たんら》（済州島）や日本の値嘉島《ちかのしま》（五島列島）とも交易をしているようです」

「そうですか。それほど大がかりに」

仲麻呂は初めて知ったふりをした。

「下道どのの義父なら粗略《そりゃく》にはしないでしょう。そちらに頼まれた方が早いと思いますよ」

「そうかもしれませんが、平群どのは日本の遣唐判官です。密貿易船にゆだねる訳にはいきません」

「分かりました。それでは渤海国の使者に会ってその旨を伝えてみます。ところで」

日本の近況について聞いているかと、褚思光がたずねた。

「いいえ。残念ながら」

「これは登州に来る新羅商人からの知らせですが、日本では昨年疱瘡《もがさ》が蔓延し、国民の二割ちかくが亡くなったそうでございます」

「それは……、まことですか」

日本の人口はおよそ五百万人と言われている。その二割とは百万人にものぼる膨大な数だった。

「日本からもどった新羅の僧が、そのように伝えたそうでございます。平城京ではそれ以上にひどく、藤原武智麻呂卿以下四兄弟はすべて病没なされたと」

「伝《つて》を頼って詳しい状況を確かめてみます。お教えいただき感謝申し上げます」

仲麻呂と広成は信じ難い思いを抱えたまま表に出た。唐でも何度か疫病がはやったことがあったが、ひとつの地方に封じ込められておさまってきた。

死者は多くても一万人くらいで、百万人などという被害は想像さえできなかった。

「仲麻呂どの、石皓然という方に伝があるのなら、船に乗せてもらえるように頼んでいただけないでしょうか」

広成が意を決して頼み込んだ。

「日本がそれほどの厄災《やくさい》にみまわれているのなら、一刻も早く帰国して役に立ちたいのです」

「先ほども言った通り、朝廷の使者を密貿易船に乗せることはできません」

「しかし渤海が応じてくれないなら、他に方法がないと思いますが」

「じっと機会を待つしかありません。五年でも十年でも待つしかないのです」

仲麻呂は広成を馬車で昇平坊の自宅に帰らせ、鴻臚寺の馬車を借りて中書省に向かった。

頭には褚思光の言葉が重く残っている。百万人も死ぬような疫病にみまわれたなら、日本はこの先どうなるのか。朝廷や家族に被害はなかっただろうか、帰国した下道真備は今頃何をしているのか……。

さまざまな思いが駆け巡り、不安や心配は高じるばかりで、意識は散り散りになっていく。何をどうしたらいいか分からないまま、仲麻呂は窓の外につづく宮城の城壁を茫然とながめていた。

中書省の秘書室には、孫長信がいた。張九齢に代わって中書令（中書省長官）となった李林甫に秘書官に抜擢され、かつて王維が使っていた机で仕事に没頭していた。

「どうでした。鴻臚寺は」

仲麻呂が広成の帰国のために奔走していることを、長信もよく知っていた。

「難しいね。渤海国に頼んでみるとは言ってくれたが、見通しは暗いようだ」

「大武芸さまは長年我が国と敵対してきましたからね。何か両国の関係が改善するきっかけがあればいいのですが」

「きっかけとは、たとえば、どのような」

「東宮の大欽茂《だいきんも》さまは、我が国との修好を望んでいると聞きました。国王が代われば方針も変わるのではないでしょうか」

「大武芸さまはいくつになられる」

「存じません。渤海から使者が来ても、国の内情は決して公にしないようです」

「問題はそこだよ。鴻臚寺でも内情がつかめず、どう対応していいか決めかねているようだ」

「ところで先輩、ひとつお願いがあるのですが」

頼みごとがあると、長信は仲麻呂を先輩と呼ぶ。手の内は分かっているが、可愛《かわい》げがあるので応じてしまうのだった。

「来月八日の灌仏会《かんぶつえ》の祭りに、李瑁《りぼう》さまが宴を開かれるそうでございます。それに招待する方々の名簿を宰相から渡され、出席していただけるかどうか確かめておくように命じられました」

孫長信が差し出した名簿には、五十八名の名前と所属が書き込まれていた。皇帝の一門や妃《ひ》嬪《ひん》、近臣や宦官《かんがん》など、そうそうたる顔ぶれである。武恵妃《ぶけいひ》は昨年暮れに他界したが、李林甫は李瑁を東宮にする野望をあきらめてはいなかった。

「全員に挨拶に行き、出席いただけるかどうか確かめて来いとおおせです。僕だけでは手が回りませんので、半分、いや二十人でいいので引き受けてくれませんか」

「分かった。名簿に目を通し、私が行ったほうがいいと思う方々に印をしておこう」

仲麻呂には秘書官の地位と執務室が与えられている。李林甫に仕える見返りだが、決して居心地のいい場所とは言えなかった。

唐の朝廷における権力争いは凄まじい。この一年半の間、仲麻呂はその渦中にあり、大海をただよう小舟のように翻弄《ほんろう》されてきた――。

最初の争いは開元二十四年（七三六）十月、長安への帰還に先立って起こった。二年前の正月に洛陽に移った玄宗皇帝は、飢饉の状況が改善したので長安にもどりたいと重臣たちに諮問した。

これに対して宰相の張九齢と裴耀卿《はいようけい》は、穀物の収穫が終わる仲冬（十一月）まで待ってほしいと進言した。ところが李林甫は「洛陽も長安も陛下の宮殿なのだから、好きな時に移られたら良い」と言って玄宗の歓心を買った。

長安にもどると、今度は東宮（皇太子）問題が起こった。太子李瑛を廃して息子の李瑁を東宮にしようと目論む武恵妃は、李瑛が弟の李瑶《りよう》、李琚《りきょ》と結託し、自分を殺そうとしていると訴えた。

これを聞いた玄宗は激怒し、三人を廃嫡すると言い出したが、張九齢が「事実無根であり、国の根幹をゆるがす讒言《ざんげん》だ」と身命を賭して諫止した。

「陛下がどうしてもこれを為そうとされるなら、臣は不忠を承知で詔《みことのり》に従いません」

そこまで言いきる九齢の気迫におされ、玄宗も前言を撤回したが、九齢に対する怒りと不満はふくらんでいった。

一方の李林甫は「誰を東宮にするかは陛下の家事なのだから、臣下が口を出すべきではない」と言って玄宗を擁護《ようご》したが、九齢がいる限り李瑁を東宮にはできないと思い知らされていた。

そこで「口に蜜あり、腹に剣あり」と評された策謀家の本性をむき出しにして、九齢の追い落としにかかった。それが成功したのは、それから一カ月後のことである。

きっかけはささいなことだった。

張九齢が重用していた厳挺之《げんていし》は、妻を離別していた。その妻は蔚州《うつしゅう》刺史の王元琰《おうげんえん》と再婚していたが、元琰が汚職事件に関わって取り調べを受けることになった。

これを知った挺之は、元妻のために元琰を救おうとしたが、これは罪人に加担する行為だと李林甫が玄宗に訴えたのである。

玄宗はこの訴えを取り上げ、挺之に非があるとして洺州《めいしゅう》刺史に左遷した。

しかも張九齢や裴耀卿が挺之を庇おうとしたのは不当だとして、九齢を右丞相、耀卿を左丞相に降格し、政務に関わることを禁じた。

代わりに林甫を中書令に、林甫が推す牛仙客《ぎゅうせんかく》を工部の宰相にして政務を任せたために、朝廷に仕える者たちは直言することをやめ、身を守るのに汲々とするようになった。

翌開元二十五年（七三七）四月、監察御史《かんさつぎょし》の周子諒《しゅうしりょう》が牛仙客は宰相にふさわしくないと訴えたが、かえって玄宗の面前で杖刑《じょうけい》に処された。

しかも李林甫は子諒を推薦したのは九齢だったことを問題にし、九齢を荊州《けいしゅう》の長史という閑職に追いやった。

こうした状況を見て、武恵妃は再び東宮の李瑛、李瑤、李琚が謀叛を企てていると訴えた。玄宗はこの件について重臣たちに諮問したが、林甫の手前誰も三人を庇おうとする者はいなかった。そこで玄宗は三人を廃嫡して死罪に処した。

これで李瑁が東宮になる道が開けたかと思われたが、この年の十二月七日に武恵妃が急死し、先行きは再び分からなくなっていた。

仲麻呂にとって張九齢は恩人であり、義理の伯父に当たる。その彼が李林甫に理不尽な仕打ちを受けて失脚させられたのだから、本来なら王維と同じように朝廷を去るべきだったろう。

ところが仲麻呂は石皓然に口添えを頼み、林甫に仕える道を選んだ。ここで左遷されたら二度と朝廷に返り咲くことはできなくなり、用間（スパイ）の任務をはたせなくなるからである。

その決断を悔いてはいないが、恩人や親友を裏切った後味の悪さや、敵地にただ一人取り残された孤独が消えることはないのだった――。

夕方、昇平坊の自宅にもどった。

馬車の音を聞き付け、平群広成がいち早く出迎えた。

「今日はご尽力いただき、ありがとうございました。出過ぎたことを申し上げ、失礼いたしました」

長安に来て以来、広成は仲麻呂の屋敷の別棟で三人の水夫とともに暮らしていた。

「お気持ちはよく分かります。しかし焦ってもどうにもなりませんから、じっと耐えて機会を待っていただきたい」

「十七年の在唐を経験してなお、仲麻呂どのはこの国に残る決断をなされた。そのご心中を思えば、我らの苦難など微々たるものです」

「お誉めをいただくようなことではありません。毎日楽しみながら暮らしているだけですから」

家に入ると娘の遥《よう》が待っていた。

数え年で四歳になり、手足も体もむっちりと太っている。笑うと四本の歯がにょきっと出て、可愛い盛りである。しかも知恵のつき具合が普通より早く、日に日におませになって、仲麻呂の馬車の音を聞くと玄関口で姿勢を正して迎えるのである。

「お父ちゃま、広成さまと立ち話をなさっていたでちょう」

「出迎えてくれたからね。仕事のことについて話をしていた」

「駄目でちゅよ。お話がある時は、おうちに入ってからにして下ちゃいね。いつも母が言っているでちょう」

「分かりました。すみませんでちた」

仲麻呂はわびを言って遥を抱き上げた。

ずしりと重い命の手応えがある。これからどんな子に育つだろうという期待が、くじけそうになる仲麻呂を何度も支えてくれたのだった。

若晴は厨房《ちゅうぼう》で食事の仕度をしている。四人目の子を身籠り、十月には出産の予定である。有難いことに、白衣観音のご利益は遥だけではなかったのだった。

夕食を終えて遥が眠った後、仲麻呂は日本の状況について話をした。

「昨年の春から大宰府で疱瘡がはやり、全国に飛び火したそうだ。二割の民が死んだようだと鴻臚寺で聞いた。そんなことが本当にありうるだろうか」

「信じられませんね。人口の二割といえば、この国なら一千万人にもなります」

「私もそう思うが、新羅の商人が知らせたそうだ。中でも奈良の都での被害が大きかったらしい」

「もしそんなことがあったとしたら、日本にはなかった疫病だったのでしょう。だから人々に抵抗力がなく、どう対処していいか分からなかったのではないでしょうか」

若晴が医師らしい分析をした。

「日本は島国だからね。他の国々と往来することがきわめて少ない。だからこれまで、交易や交流によって疫病が持ち込まれることがなかったのだろう」

「都はもっとひどいとおっしゃいましたね」

「朝廷の要職を独占していた藤原四兄弟が、四人とも亡くなったそうだ。朝廷でも病にかかる者が続出したために、政務を停止せざるを得なくなったらしい」

「翼と翔は都にいるんでしょう」

若晴が不安にゆらぐ目を仲麻呂に向けた。

「羽栗吉麻呂とともに、私の実家で暮らしているはずだ。昔の藤原京の東のはずれで、平城京からはかなり離れている」

「二人とも二十歳ですから、都に務めているのではないでしょうか」

「唐で生まれた子が帰国した場合、語学力を買われて大学寮の教官になるか、唐の書物を翻訳する部署に配属される。しかし翼と翔には医学の知識があるから、典薬寮に行かされているかもしれない」

「それなら痘瘡の治療を命じられるかもしれないではありませんか」

「その可能性はあるが、遣唐大使だった多治比広成さまや下道真備が守ってくれるはずだ」

仲麻呂は若晴を落ち着かせようと気休めを言ったが、藤原四兄弟が亡くなるほどの混乱の中では何が起こるか分からなかった。

「私はあの子たちに『千金方』を持たせました。日本に行っても勉強ができるようにと思って」

「それには傷寒（発熱性伝染病）の治療法も書いてあるんだろう」

「だから心配なのです。書物に書かれてあることを信じて、無謀なことをするんじゃないかと」

「二人とも君の教え子だ。典薬寮にいるのなら、発病した者たちを助けるために精一杯の働きをしているだろう」

今頃二人がどうしているか、日本がどんな状況なのか、少しでもいいから知りたい。石皓然なら情報を持っているかもしれないが、これ以上借りを作りたくないのだった。

四月八日、寿王李瑁が主催する灌仏会の祭りが、大明宮の承香殿《しょうこうでん》で行われた。李瑁の母武恵妃が住んでいた、太液池《たいえきち》を東にのぞむ優雅な宮殿である。

仏教への信心が厚かった武恵妃が建立した黄金の弥勒菩薩像に花を捧げ、仏陀の誕生を祝って宴《うたげ》を開き、太液池に舟を浮かべて歌舞音曲《かぶおんぎょく》を楽しんだ。

祭りには玄宗皇帝以下招待した者のすべてが参加し、近年まれにみる華やかなものになったが、座の中心にいたのは李瑁ではなく玄宗と楊玉環《ようぎょくかん》（後の楊貴妃）だった。

玄宗が首席を占めるのは当然のことだが、その側にはまるで他界した武恵妃の後釜のように玉環が従っていた。鳳凰《ほうおう》をかたどった玄宗の舟にも玉環が同乗し、琴を弾き、歌を唄い、舞いを披露しながら、陽光きらめく池をゆっくりと回った。

これは李林甫が仕組んだことだった。武恵妃という後ろ盾を失った李瑁には、玄宗の支持を得る以外に東宮になる術はない。

「そのためには玉環さまにもてなしていただき、お上に喜んでいただくしかありません」

林甫は李瑁を説き伏せ、若妻を差し出すような真似をさせたのだが、この計略は裏目に出た。玄宗と玉環の下僕《しもべ》のように振る舞う李瑁は東宮の器にあらずと、誰の目にも映ったからだ。

しかも玄宗の第十八子という序列や、東宮だった李瑛と李瑶、李琚の三人が李瑁のために殺されたという記憶が、一門や重臣たちの目を厳しくした。

「どうしたものであろうか」

思い悩んだ玄宗は、ある夜宦官の高力士《こうりきし》に相談した。

常々、高力士がいるから安心して眠れると明言しているほど信頼している側近だった。

「何を思い悩むことがありましょうか。皇子さま方の中で年長者を立てれば、誰も異をとなえる者はおりますまい」

高力士は間髪いれずに進言した。

「そちの言う通りじゃ。まったく、その通りじゃ」

玄宗は暗夜に灯《ともしび》を見つけたように喜び、六月になって第三子である李璵《りよ》を東宮にすると発表した。

あわてたのは李林甫である。ここ数年、武恵妃と協力して李瑁を東宮にしようと画策してきたので、李璵との仲は険悪である。彼が即位した後には、自分が失脚するばかりか、一門の者が生きる道が閉ざされかねなかった。

「これはいったい、どうしたことだね」

李林甫は仲麻呂を部屋に呼んで不満をぶつけた。声を荒らげることはないが、押し込めた怒りが険しく鋭い目に現れていた。

「東宮さまのことでございましょうか」

「そうだ。高力士が李璵さまを東宮にしようとしていると、なぜ察知することができなかった」

「お言葉ですが、それは秘書室の役目ではありません」

「灌仏会の祭りに出席してくれるように、高力士に頼みに行ったのは誰だね。君ではないのかね」

「私です」

「それならその時の反応で、妙だなと察するべきではないか。子供の使いじゃあるまいし、そんなに鈍感かね。倭国の秀才君は」

「恐れながら、私は宰相ほど情報を集める手立てを持っておりません。ですから宰相こそ先に異変を察知し、我らに注意するようご指示をなさるべきだったと存じます」

仲麻呂は臆することなく正論をのべた。

林甫は弁舌に長け、人の心を驚くほど的確に見抜く。だからおもねったり追従《ついしょう》したりすると、顔では機嫌のいいふりを装っても、腹の底ではこいつは駄目だと切り捨てる。

だから従う姿勢をくずさないまま、信じることを直言するしか方法がないと、仲麻呂はこの一年の間に学んでいた。

「さすがは張九齢に重用されただけのことはある。融通《ゆうずう》がきかず杓子定規《しゃくしじょうぎ》で、自分は正しいと思い込んでいるから処置なしだ。君はもう少し使える奴だと思っていたがね」

「私は宰相の馬のようなものです。手綱《たづな》さばきのままにどちらにでも参りますが、ご指示のないまま動くことはできません」

「まあ、いい。今度のことで私が窮地におちいっていることは、君にも分かるだろう」

「そのように拝察しています」

「これを打開するには、早急にお上や東宮さまとの仲を修復する必要がある。そこでお二人を宴に招き、李瑁さまと歓談していただきたい。その口添えを高力士に頼みたいが、君はどう思うかね」

「結構なお考えと存じます」

「老いぼれ驢馬《ろば》の高力士を、君はどう思っているかね」

李林甫は辛辣《しんらつ》な悪口を笑いながら言う。しかもその批評が正鵠《せいこく》を射ていると、朝廷でもひそかに評判になっていた。

「高力士さまのことでしょうか」

「君の親友の井真成《せいしんせい》は、あの男と親しかったそうだね」

「尚衣として仕事を命じられていました。それだけだと思います」

「あの驢馬の慰《なぐさ》みものにされたあげく殺されたと聞いたが、ちがうかね」

「井真成は鴻臚寺の宿所で急死しました。陛下はその死を悼み、尚衣奉御《しょういほうぎょ》の位をさずけられました。私が知っているのはそれだけです」

「それなら結構。高力士の所へは君が行き、陛下と東宮さまに観菊の宴に来ていただくように口添えを頼んでくれ。使える金は手元にどれくらいある」

「一万八千両です」

「それなら頼みに行く時に五千両、口添えを引き受けたならもう五千両渡したまえ。依頼の書状は、明日までに孫長信に書かせておこう」

二日後、仲麻呂は興慶宮の勤政務本楼に高力士を訪ねた。

玄宗皇帝が政務をとる宮殿の一角には、居間や寝室が併設されている。高力士はその脇の部屋に控え、玄宗のまわりのあらゆることに目を光らせていた。

「やあ、またあなたですか」

高力士がくぐもったねっとりとした声で迎えた。

身の丈は六尺五寸（約二メートル）もある巨漢だが、肉付きが悪いので立ち枯れた木のように見える。肌の色が黄色がかっているのは、去勢《きょせい》によって体内の分泌物の均衡《きんこう》がくずれているからである。

宦官は四十歳前後までしか生きられないと言われているので、五十五歳になった高力士は特異な例と言うべきだった。

「先日は承香殿での祭りにご出席いただき、ありがとうございました。李宰相から再度のお願いでございます」

仲麻呂は持参した書状を差し出した。

「観菊の宴？　九月九日の重陽《ちょうよう》の節句の日ですか」

「大明宮の承香殿には、武恵妃さまが丹精《たんせい》こめられた菊花園があります。それを愛でながら陛下と東宮殿下の弥栄《いやさか》を寿《ことほ》ぎたいとおおせでございます」

「身共にお二人を案内せよということですか」

「東宮殿下の立太子にあたっては、高力士さまがご尽力なされたとうけたまわっております。そこで李宰相は、高力士さまにお願いするべきだと思われたのでございます」

ついては金一万両を、立太子の祝いに献上させていただきたい。仲麻呂は慎重に間合いをはかり、言葉を選んで申し出た。こうした類の話は、文書には残せない。相手に応じてもらえるかどうかは、使いを務める者の才覚にかかっていた。

「立太子の祝いですか」

高力士ははるかに格下の仲麻呂にも敬語を使う。それは本心を悟らせないための策術のようだった。

「中書令であられる李宰相から、そのような大金を受け取るいわれはありません」

「李宰相はこれまで、亡き武恵妃さまの意を受けて寿王さまを東宮に立てようとしておられました。そのため東宮となられた李璵さまは、ご不快に思われたことも多いと存じます。そこで高力士さまに、東宮殿下と寿王さまの仲を取り持っていただきたいのでございます」

「このままではご自分の首が危ないと、李宰相は焦っておられるのですね」

「朝家の安寧《あんねい》のために、お二人の融和をはかりたい一心でございます。この先長く高力士さまのお力をお借りしたいと願っておられますので、何とぞご尽力をたまわりますように」

仲麻呂は拱手して深々と頭を下げた。

「お上が武恵妃さまに寿王さまを授けられた夜のことを、身共は今でも覚えています。ささいなことでお二人は喧嘩され、お上は寝所を出て行こうとなされました。それを恵妃さまが泣いて引き留め、事におよばれたのでございます」

皇帝が皇后や妃嬪たちと閨《ねや》に入り、子を生《な》す行為をしたかどうかを確認するのは、宦官の重要な役目である。そうしなければ彼女たちが別の男と交わり、皇子だと僭称《せんしょう》するおそれがあるからだ。

そのために宦官たちは皇帝の閨に近侍し、射精をしたかどうかまで聞き取って日誌に記録していたのだった。

「あの夜の子が寿王さまだと知って、身共はずっと不吉な予感がしていました。その点、李瑁さまを授けられた夜はまことにうるわしく、夜空には満天の星がまたたいておりました」

高力士がなぜこんな話をするのか、仲麻呂には真意がつかめない。何と応じていいか分からないまま、次の言葉をじっと待った。

「そういえば、あなたは井真成の親友でしたね」

「一緒にこの国に留学し、励まし合って苦難を乗りこえてきました」

「真成は素晴らしい若者でした。才能があって気立てが良くて、美しく立派な官服を仕立ててくれました」

高力士が想い人を語るなよやかな仕種をした。

「葬儀にあたっては尚衣奉御を追贈していただき、ありがとうございました。お陰さまで滻水のほとりに埋葬することができました」

「生きていたなら、この国でも指折りの服飾家になったでしょう。あなたはこの先、どうするつもりですか」

「………」

「張九齢さまに仕えていたのに、今の宰相の元では肩身が狭いでしょう。もう少し働き甲斐がある所に移してくれるように、身共がお上にお願いしてもいいのですよ」

「ご配慮は有り難いのですが、今は李宰相に命じられた役目をはたすことが私の務めです。観菊の宴のお執り成し、よろしくお願い申し上げます」

「あなたは武道を心得ていると、聞きました。本当ですか」

「幼い頃から体術を学んできました。相手を倒すのではなく、身を守るための技です」

「ここで何か見せてくれますか。たとえば」

入り口から刺客が乱入し、背後から斬りかかってきた。その時どう対処するか見せてくれと、高力士は妙に細かい指示をした。

「承知しました」

仲麻呂は目の前の卓を足場にして高く跳躍し、猫のように体を丸めて反転すると、入り口に近い所にすとんと立った。

斬りつけてきた相手の頭上を飛びこえ、背後に回ったのである。そのまま逃げることも、反撃することもできる位置だった。

「素晴らしい。いずれ力を貸してもらいますよ」

高力士は手を叩き、真成の供養のために仲介を引き受けると約束した。

八月半ばに近づくと、長安は秋の色に包まれる。

街路の銀杏《いちょう》は黄葉を始め、空は青々と高くなる。雲はすじを引いたように薄くかかり、渡り鳥が群をなして彼方へ飛んでいく。

物想う秋。仲麻呂とも親交があった詩仙李白《りはく》は、秋に宣州（安徽省《あんきしょう》）の敬亭山《けいていざん》を訪ね、『独り敬亭山に坐す』という詩を詠んでいる。

衆鳥高く飛んで尽《つ》き
孤雲《こうん》独《ひと》り去って閑《かん》なり
相看《あいみ》て両《ふた》つながら厭《いと》わざるは
只《た》だ　敬亭山有るのみ

高い空に渡り鳥は飛び去り、ただひとつ残っていた雲も消えてあたりは静かだ。そうした季節の移ろいを、敬亭山はどっしりとあるがままに受け容れている。

意訳をすればそうなるだろう。この詩には、広大な宇宙とただ一人で向き合う李白の覚悟と孤独が込められているにちがいない。

一方の仲麻呂は、この頃詩を詠まなくなっていた。

詩は己の心を外に向かって解き放つ営みである。用間（スパイ）になった仲麻呂には、もはやそうした自由は許されない。日々正体を悟られないように上辺をつくろい、能吏《のうり》となってひたすら立身するしか生きる道はなかった。

八月十五日は中秋節の休日である。仲麻呂が家でくつろいでいると、珍しい来客があった。将軍が乗るような三頭立ての馬車で、家のように大きな車両を引いている。

戸を開けて下りてきたのは、三つ編みにした髪を頭に巻きつけ、明るい紺色の長裙《ちょうくん》をまとった、色の浅黒い肉付きのいい女だった。しかも長裙の下には足首をぴたりと包む襦袴《じゅこ》（ズボン）をはき、黒い革の沓《くつ》をはいている。すぐにも乗馬できそうな身軽な出で立ちだった。

「晁衡《ちょうこう》秘書官さまでございますね。お久しぶりでございます」

「失礼ですが、あなたは」

仲麻呂には誰だか分からなかった。

馬車が来ると玄関口に迎えに出る娘の遥は、異様な姿に恐れをなして奥に逃げ込んでいた。

「下道真備の妻の石春燕《せきしゅんえん》でございます。これまで何度かお目にかかったことがあります」

「ああ、春燕さんですか。立派になられて、どなたか分かりませんでした」

「この髪形のせいでしょう。それとも日に焼けたからかしら」

「どうぞ、お入り下さい。真備が帰国した後のことなど、聞かせていただきたいので」

仲麻呂は若晴を呼んで引き合わせた。二人はこれまで二度会っている。最初は春燕の結婚式、次は長男の名養《なかい》の出生祝いの時だった。

「春燕さん、ご無沙汰しています。もう、何年ぶりでしょうか」

挨拶する若晴の後ろに隠れて、遥がこわごわと春燕をのぞいていた。

「名養は十歳になりました。生まれた時、祝いに来ていただいて以来です。こちらが遥お嬢さまですね」

春燕は遥に愛想をふりまき、この髪が珍しいのでしょうとたずねたが、遥は石になったように硬直して何も答えなかった。

「この髪形は東海の耽羅国（済州島）ではやっているの。お父さまの国とも近いところよ」

「お上がりになって、お茶でも飲んでいって下さい」

若晴がほほ笑みながら誘った。

「ありがとうございます。でも、父に晁衡さまを迎えに行くように頼まれましたので、申しわけありません」

「石皓然さんが、どんなご用でしょうか」

「渤海国のことで話がしたいそうです。鴻臚寺にも関わりがあることだと言っておりました」

「分かりました。しばらくお待ち下さい」

仲麻呂は身仕度をととのえ、春燕の大型馬車に乗り込んだ。後ろの席に細身で背の高い少年が座り、うずくまるようにして巻物を読んでいた。

体付きが似ているので、真備の子だとすぐに分かった。

「名養、晁衡さまよ。ご挨拶なさい」

「こんにちは、下道名養です」

驚いたことに名養は日本語を使った。

金壺眼《かなつぼまなこ》で頬骨が高いところも、真備とよく似ていた。

「凄いな。日本の言葉を勉強しているんだね」

仲麻呂は日本語で語りかけたが、名養はまだそこまで理解することはできない。代わりに春燕が唐の言葉で答えた。

「真備は帰国する時、必ず迎えに来ると約束しました。しかし四年が過ぎても何の音沙汰もないので、名養を連れて日本に行く準備をしています。だから日本語を学ばせているのです」

「それは耽羅の髪形だと言ってましたが、あの国へ行ったのですか」

「父から船をゆずってもらい、登州（山東省）の港を拠点に交易しています。黄海や渤海に船を出しているので、こんなに日焼けしてしまって」

春燕が頬に手を当てて恥じらった。

「もしかして、日本とも交易していますか」

「まだ行ったことはありません。でも耽羅の港には那の津（博多）や値嘉島（五島列島）の商人も来ています。公《おおやけ》にはできない取引ですが」

「昨年、日本で疱瘡がはやって多くの人が死んだと聞きました。そのことについて、何か聞いていませんか」

「大宰府が一番ひどかったようで、二万人以上が死んだと聞きました。被害に対処するために、朝廷は徴税を中止し、食糧や薬を配って民の暮らしを守ったそうです。我々も国で仕入れた薬を那の津の商人に売り、儲けさせてもらいました」

「平城京はどうでしょう」

「詳しいことは分かりませんが、藤原四兄弟ばかりか朝廷の高官が何人も亡くなったと聞きました。その中には遣新羅使だった阿倍継麻呂や、遣唐押使をつとめた多治比縣守という方もいるそうです。もしかして、阿倍継麻呂さまは親戚ですか」

「叔父の長男で、従兄に当たります」

継麻呂は叔父の宿奈麻呂《すくなまろ》の長男だが、子供の頃に顔を合わせていた程度の付き合いである。遣新羅使になったと聞くのも始めてだった。

仲麻呂は知らないが、継麻呂は『万葉集』に数首の歌を残している。新羅に向かう途中の港で詠んだ歌も、第十五巻三七〇六番に収録されている。

玉敷《たまし》ける清き渚《なぎさ》を潮満てば
飽かず我れ行く帰るさに見む

対馬の竹敷の浦に停泊していた時の歌で、この美しい港を帰る時にまた見たいと願っていたが、その時にはすでに疱瘡にかかっていて、対馬で客死したのだった。

「それはお気の毒です。あまりに被害が大きかったので、日本の天皇は平城京を出て、北の方にある離宮に避難されました。そこで天皇を支えているのは、橘諸兄《たちばなのもろえ》という大臣と夫の真備だけだそうです」

　春燕が誇らしげに夫という言葉に力を込めた。

　馬車は重たげな車輪の音をたてながら、朱雀街東第五街を北に向かっていく。仲麻呂は車のゆれに身を任せながら、祖国の惨状に胸がつぶれる思いをしていた。

　東の市の石皓然の店は両隣まで買い取って、以前の二倍ほどの大きさになっていた。鉄製品や北方産の毛皮、西域の衣服などを整然と並べている。店の間に朱塗りのしゃれた部屋を作り、客をもてなしたり商談ができるようにしていた。

　春燕に案内されて部屋に入ると、黄色い帽子をかぶり緋色の革の長衣を着た石皓然が抱きつかんばかりにして迎えた。

「ようこそお越し下さいました。長い間挨拶にも行かずに失礼いたしました」

「こちらこそ、李宰相に執り成していただいたお陰で、中書省に残ることができました。そのご恩は片時も忘れておりません」

　仲麻呂はそう言わざるを得ない立場に立たされていた。

「どうです、この部屋。王宮のようだと思いませんか」

「驚きました。お店もこんなに立派になって」

「春燕のお陰ですよ。こうした才覚においては……、おい待て、どこへ行く」

　出て行こうとする娘を、皓然があわてて引き留めた。

「今日はゆっくり、孫の顔を見せてくれると言ったじゃないか」

「晁衡さまと大切な話があるんでしょう。私は名養と東の市を回り、書の手本になる軸や書物をさがしてきます」

「いやはや、老いたる父ほど哀れなものはありませんな。持てる力のすべてを娘のために注ぎ込み、倒れた後には踏みつけにされるのだから」

皓然は両手を開げて肩をすくめ、酒でも飲まないかと誘った。

「申し訳ありません。まだ用事がありますので」

「仕事熱心なのは結構なことです。あなたが高力士さまを説得してくれたと、李宰相も喜んでおられました」

「私はお申し付けをはたしたばかりです」

「武恵妃さまの急逝といい、李璵さまが太子になられた件といい、思いがけないことばかりでしたが、なあに、陛下はまだお元気なのですから、十年や十五年は大丈夫でしょう。この窮地さえしのげば、当分は李宰相の世がつづきますよ」

石皓然は一人で酒を口にし、朝廷の機密に触れることを話し始めた。

「そのためには二つの条件がありますが、何だか分かりますか」

「雲の上の話ですから、私には想像もつきません」

仲麻呂は話に深入りするのを慎重にさけた。

「ひとつは辺境の防衛問題です。李宰相は崩れた府兵制をおぎなうために、辺境の防衛を雑胡や北族を中心とした軍勢に任せようとしておられます。その政策の是非が幽州で問われていて、中心にいるのは安禄山なのです」

安禄山は玄宗の計らいによって助命された後、幽州節度使の張守珪のもとにもどり、奚《けい》や契《きっ》丹《たん》との戦いでめざましい働きをしている。

いわば李宰相の政策を体現している存在で、このまま手柄を立てれば刺史や節度使に任じられ、十数万の軍勢を動かすようになるはずである。

「その勝利を陰で支えているのは、誰だかお分かりですか」

皓然が酒の回った赤ら顔でにやりと笑った。

仲麻呂は何も気付かないふりをしてやり過ごした。

「禄山《ロクシャン》の義父たるこの石皓然ですよ。はっはっは。営州で作った鉄の鏃《やじり》や剣、東海から買い入れた良質の硫黄を、私は惜しみなく息子に売り渡しています。それを使ってロクシャンが勝利を重ね、李宰相の引きによって昇進をとげれば、石皓然のもとには大金が転がり込んでくるという仕掛けです。ですから晁衡どの、あなたにもしっかりと我らの朋友になっていただきたい。そうすれば出世は思いのままですぞ」

「ありがとうございます。今日は渤海国のことで話があるとうかがいましたが」

「その通り。しかし、まあ待ちなさい。あなたの出世のために、もうひとつ知らせておきたいことがある。これは李宰相の秘中の秘と言うべき策ですが、どうです。聞く覚悟がありますか。それとも耳をふさいで家に帰りますか」

その問いは石皓然が仲麻呂の喉元に突きつけた刃である。仲麻呂は平静を装ったまま、どう応じるかめまぐるしく考えを巡らした。

李林甫、石皓然、安禄山という政治、経済、軍事を結ぶつながりに欠けているのは、玄宗皇帝を動かす力である。もし李宰相が秘策によってそれを埋めることができれば、皓然が言うように十年や十五年は政治の主導権を握れるにちがいない。

だとすれば誘いに応じた方が、任務をはたす上でも有益である。もし断ったなら、石皓然ばかりか李宰相からも遠ざけられるはずだった。

(だが、しかし……)

いわく言い難いためらいがあるのは、応じたなら張九齢や王維とは完全に袂《たもと》を分かつことになるからだった。

「分かりました。うかがいましょう」

仲麻呂はためらいの崖を飛び降りた。宙を落ちていく墜落感と軽い目まいがした。

「それでこそ我が婿の盟友です。これであなたとわしは親子になり、禄山とも義兄弟になります」

皓然は仲麻呂に酒を入れた杯を渡し、腕を交差させて誓いの乾杯をした。仲麻呂は喉が焼けるような痛みに耐えて酒を飲み干し、深い闇の底に立ったような淋しさにとらわれた。

「それでは聞かせてもらいましょうか。秘中の秘とやらを」

「親子の契《ちぎ》りを結んだからには、遠慮なく話をさせてもらう。李宰相は李瑁さまを見放し、楊玉環と別れさせようとしておられる。そうして陛下に献上して仲を取りもち、形勢を挽回しようとしておられるのだ」

「なるほど。お上は玉環さまをいたく気に入っておられるようですからね」

仲麻呂も皓然を義父として遇することにした。

「人間誰しも色と欲には弱いものだ。李宰相はその鎖で陛下をからめ取り、意のままにしようとしておられる」

「しかし、李瑁さまが和離《わり》に応じられるでしょうか」

「応じなければ李瑛さまを自殺させた時の手を使えば良い。李瑁さまも計略に加担しておられたのだから、逆らえばどうなるか分かっておられるはずだ」

「そうですね、そこを衝かれたら、李瑁さまはひとたまりもないはずです」

それで自分は何をすればいいかと、仲麻呂は従順な息子のように振る舞った。

「何もしなくていい。役目を立派にはたしていれば、李宰相が陛下の近臣に取り立てて下さる。お前は張九齢の教えを受け継ぐ進士派の賢臣として、皆に尊敬されながら仕えていればいいのだ」

「分かりました。急に酒が回ったようだ。そろそろ渤海国の話をしてくれませんか」

「春燕の母親が、あの国の商人に嫁いだことは話しただろう」

「ええ、聞きました」

「その商人から知らせがあった。渤海国王の大武芸さまは昨年他界されたが、一年間喪を秘すように遺言されていたので、関係者以外は知らなかった。ところがこの秋、後を継いだ大欽茂さまが即位を公にし、改元の令を発せられる。唐からは間もなく弔問と冊立《さくりつ》の使者がつかわされるので、お前が鴻臚寺に頼んでいることもうまく進むはずだ」

「遣唐使の帰国に手を貸してほしいと、鴻臚寺から渤海国の使者に依頼してもらっています。ご存じでしたか」

「李宰相から聞いている。だからお前の役に立とうと思ったのだよ」

ソグド人は義理の親子、兄弟の関係をひときわ大切にする。たった今絆を結んだというのに、石皓然の言葉には本当の息子に対するような真情がこもっていた。

「ありがとうございます。さっそく鴻臚寺に行って、もう一度頼んでみます」

「応じてくれたなら、春燕と一緒に登州まで行き、あれの船で渤海国に入ればいい。向こうにも知り合いが多いから、危ないことはないはずだ」

翌日、仲麻呂は鴻臚寺に向かい、褚思光に会ってこのことを申し入れた。

「そのような話は聞いておりません。晁衡どのはどこの誰から聞かれたのでしょうか」

思光の反応は冷ややかだった。

「営州の友人が風聞として知らせてくれました。事実かどうかは、渤海の使者の答えによって分かると思います」

仲麻呂は石皓然の名を伏せて頼み込んだ。

結果は吉と出た。三日後には思光から、渤海は平群広成ら四人の帰国に協力するという知らせが届いた。

仲麻呂はすぐにこのことを平群広成に伝えた。

「新しく国王になられた大欽茂さまは、近いうちに即位を知らせる使者を日本に送られます。その時に同行しても構わないとのことです」

遣唐使を連れて帰れば、日本に恩を売ることができる。渤海国の使者はそう判断したのだった。

「有り難いことです。あと四、五年は待たなければならないだろうと覚悟していましたが、こんなに早く……。貴殿のおかげです」

広成は感極まって目頭を押さえた。

「九月初めに、知人の一行が登州に向かいます。それに同行させてもらいますので、仕度をととのえておいて下さい」

「仲麻呂どのもご一緒でしょうか」

「李宰相に命じられた仕事がありますので、同行することはできません。しかし知人というのは下道真備の妻の石春燕さんですから、心配することはありません。登州から渤海の港へも、春燕さんの船で向かうことになっています」

「女の身で船長ですか。さすがは真備どのが見初めた方ですね」

約束通り、九月初めに春燕の一行は長安を出発した。

愛用の三頭立ての馬車を中心に、馬車と荷車三十両の車列を組み、警固の私兵もつけている。積荷は西域から入手した商品で、営州や幽州では仕入れ値の三、四倍で売ることができるのだった。

仲麻呂は東の市の門で一行を見送った。広成ら四人は一台の馬車に乗り、春燕の馬車の後に従っていく。

「仲麻呂どの、日本にもどったら必ず貴殿のことを皆に伝えます。ありがとうございました」

広成が窓から身を乗り出して手を振った。

この後、広成らは登州から出港して渤海国に入った。翌年夏、大欽茂国王は二艘の船に使者を乗せて日本に送った。

そのうち一艘は嵐にあって沈没したが、広成らが乗った船は七月に出羽にたどり着いた。

これで開元二十一年（七三三）に来唐した遣唐使船四艘のうち、三艘の使者は帰国して史書に記録された。第四号船は沈没したのか、それとも太平洋の潮に乗ってはるか遠くに流されたのか、今も不明のままである。

第六章　出世の階段

唐では開元二十九年（七四一）の翌年に改元が行われた。

新しい元号は天宝。安禄山《あんろくざん》が叛乱《はんらん》を起こし、玄宗皇帝を長安から遁走させるのは天宝十四載（七五五）のことである。

天宝二年一月七日は人日《じんじつ》の節句である。

古来中国では年初の一日を鶏、二日を狗《いぬ》、三日を猪《ぶた》、四日を羊、五日を牛、六日を馬の日とし、その日には該当する動物を殺さないようにした。

そして七日を人の日とし、一年の無病息災を願って七草を入れた羹《あつもの》を食べるようになった。これが日本にも伝わり、七草粥の習慣として定着したのだった。

この日、玄宗皇帝は人日の節句を大明宮の東北にある望春楼で祝った。

禁苑を囲む城壁と滻水《さんすい》の間にある二階建ての巨大な楼門で酒宴を開き、七草の羹を食べながら滻水に増築中の水湖の状況を視察した。

宴席には太真宮（道教の寺）で修身している楊玉環《ようぎょくかん》も姉の玉鈴《ぎょくれい》と共に加わり、玄宗にぴたりと寄り添って細々《こまごま》と世話をやいている。

玉環が三年前に驪山《りざん》の温泉宮に召された時から、玄宗の妾になったことは半ば公然の秘密だが、息子である李瑁《りぼう》の嫁を横取りしたという悪評をさけるために、太真宮に入っている体裁を取っているのだった。

仲麻呂《なかまろ》も李林甫《りりんぽ》に従って酒宴に列席していた。仲麻呂を高力士《こうりきし》が気に入っていると知って以来、林甫はこうした席に伴って力士との関係を和らげる役目をさせるようになった。

そのうちに玄宗も仲麻呂に目をかけるようになったが、玉環が乗った馬車を脱輪から救ったことを知ると、深く感じることがあったのだろう。機会があるごとに呼びつけて、側近なみの扱いをするようになったのだった。

楼門の二階からは、滻水の両岸を掘って作った巨大な水湖を眼下にながめることができる。長安が飢饉におそわれた時に、黄河や渭水の水運を使って食糧を運び込めるようにするための舟溜りで、広さは東西二里（約一〇八〇メートル）、南北三里もあった。

「工事の指揮をとっているのは、誰であったかな」

玄宗は玉環を横にはべらせて終始機嫌が良かった。

「江淮南租庸等使《こうわいなんそようとうし》に任じた韋堅《いけん》でございます」

李林甫が上品な声音でなめらかに答えた。

「その者は朕《ちん》も知っておる。問うているのは、現場の指揮をとっておる者の名だ」

「京兆尹《けいちょういん》（長官）をつとめる韓朝宗《かんちょうそう》でございます」

「良き仕事ぶりじゃ。この様子であれば、三月までには工事が終わりそうだな」

「陛下は何もかもお見通しでございますね。三月下旬までには終わると、朝宗も申しておりました」

工事は五月末までかかると、林甫は報告を受けている。だが玄宗に気に入られようとその場しのぎを言ったために、三月下旬までに終わらせなければならなくなった。

「後は東西の岸に舟着き場を造れば良い。出来上がったなら舟を浮かべて管弦の宴をもよおそうではないか。のう太真」

「嬉しゅうございます。こんなに大きな湖なら、海に出たようでございましょう」

玉環が頰にえくぼを浮かべてほほ笑んだ。

黒目がちの瞳は生き生きとした光を放ち、鼻筋は細く高く通って、つぼみのような赤い唇へとつづいている。

美しさと愛らしさを兼ねそなえた顔立ちだが、その良さはほほ笑んだ時に何倍もの魅力となって男の胸を打つ。玉環はそのことを心得ていて、ほほ笑み方にもひそかな工夫をこらしていた。

「海にはとても及ばぬが、そのかわりに舟着き場のまわりに桜や桃を植えよう。根元には花を植えて、曲江池《きょくこうち》の芙蓉園《ふようえん》にも勝る花園にしてやろう」

「それはさぞ見事でございましょう。桜や桃の花びらに埋めつくされた水面を、お上と二人で舟で渡りとうございます」

「それは良い。花の舞台でそちの胡旋舞《こせんぶ》を見せてくれ。色鮮やかな布を羽衣のようにひるがえせば、これこそ最上の花じゃ」

玄宗は酔いにうるんだ目を輝かせて、新しい水湖の名は何が良いかとたずねた。

「わたくしのような者が名を決めたなら、水の神さまがお怒りになりましょう。高力士どの、そうお思いになりませんか」

「とんでもない。太真さまのお姿が水面に映ったなら、水神さまもさぞお喜びになり、幸運をさずけてくださることでしょう」

「でも、名を付けるような僭越は太真の身ではご遠慮申し上げた方が良さそうです。お上、代わりに高力士どのに名付け親になっていただいてよろしゅうございますか」

玉環は頭が良くて機転が利く。こんな場合に誰を立てればいいかも分かっていた。

「そうじゃな。高力士、何か名案はあるか」

「さようでございますね。新しい希望を得られて、お上のご運はますます広がっていくことでしょう。広運潭《こううんたん》はいかがでございましょうか」

「それは良い。朕の運も都の水運も、ますます盛んになるであろう」

正月にしては暖かく、戸を開け放しにしていてもそれほど寒くはない。新造された水湖には水が引かれ、真昼の陽をあびて銀のうろこのようなさざ波を立てていた。

仲麻呂はまぶたの裏を光が飛び交う感覚にとらわれながら、滻水の上流に目をやった。川の東岸につづく河岸段丘は墓地になっていて、留学仲間だった井真成《いのまなり》の墓もある。

真成を葬ったのは九年前。多治比広成《たじひのひろなり》らが遣唐使としてやって来て、帰国が目前になった頃である。真成は弁正に迫られ、秘書省の秘府（秘庫）にある史書にたどり着こうとして何者かに殺された。

当時は真相が分からず、帰国を目前にして斃《たお》れた真成を哀しみながら、滻水のほとりまで素《そ》車《しゃ》（質素な霊柩車）を引いて行ったものだ。

あれから九年。仲麻呂は真成と同じ役目をはたすために唐に残り、こうして皇帝の宴席につらなっている。

そんな自分を真成の御魂はどんな風に見ているだろう。哀れんでいるだろうか。それとも悲しんでいるだろうか……。

「ところで晁衡《ちょうこう》。そちは進士科を及第した者であったな」

突然、玄宗の声が降ってきた。

「さようでございます」

「宰相だった張九齢《ちょうきゅうれい》は致仕《ちし》して久しいが、元気にしているであろうか」

仲麻呂は一瞬どう答えていいか分からず、李林甫を見やって判断をあおいだ。

「陛下、張宰相は三年前にご他界されております」

林甫が満面の笑みを浮かべてそつなく答えた。

「さようか。齢はいくつであった」

「六十三でございます」

「風格ある姿が懐かしい。この先、九齢のような家臣を得ることができるであろうか」

玄宗の言葉に宴席が急に静まった。九齢を追い落とし、失意の死をとげさせたのは林甫である。誰もが林甫ににらまれることを恐れて、物音をたてることさえはばかっていた。

酒宴が終わった後、仲麻呂は林甫に呼びつけられた。

「ところで晁衡。そちは進士科を及第した者であったな」

林甫は椅子に深々と腰を下ろし、たっぷりと毒をふくんだ口調で玄宗の言葉をくり返した。

仲麻呂は力を抜いたいつもの構えで次の言葉を待った。

「陛下はなぜ、九齢の話などなされたのだ」

「分かりません。何の脈絡もなく、突然声をかけていただきました」

「そうなさるからには、しかるべき理由がある。綸言《りんげん》とはそうしたものだ」

「陛下は先月、張九齢さまの『照鏡に白髪を見る』という詩に心を動かされたとおおせでした。そのことと関わりがあるのかもしれません」

「詩など書生のたわごとだ。お前の妻は九齢の姪だったな」

「さようでございます」

「だから陛下は、お前を見て九齢を思い出されたのではないのか」

「陛下が妻のことをおたずねになったことは一度もありません」

「お口になさらずとも存じておられるに決まっている。倭国人のお前がここまで立身できたのは、九齢の姪を妻にしたからだ。そのことは朝廷の誰もが知っている」

林甫は急に立ち上がり、苛立たしげに部屋を歩き回りながら、

「お前はこの先も、余に仕えるつもりかね」

刃でも突き付けるように鋭くたずねた。

「そうさせていただきたいと願っております」

「ならば九齢の姪などさっさと離縁したらどうだ。九齢が余の政敵であったことは、お前も良く知っているではないか」

仲麻呂は再び全身を脱力した状態にし、どう答えるべきかに意識を集中した。

まるで囲碁の棋士《きし》のように数十手先まで読んで、林甫を満足させると同時に卑屈だと思われない答えを見つけ出さなければならない。無意識にそうした作業をするのが、今では仲麻呂の習い性になっていた。

「私は確かに張宰相に引き立てていただきました。しかし今では、李宰相のお役に立とうと全力を尽くしております。そうした働きができるのも、妻が私を支えてくれるからです」

「余は陛下に、九齢のことなど二度と思い出してもらいたくない。そのためにはどうすべきか、よく考えておくことだ」

林甫の嫌味と脅《おど》しをたっぷりと聞かされた後で、仲麻呂は公用の馬車で昇平坊の自宅へ向かった。

細く開けた窓から見える街路の景色に目をやりながら、仲麻呂は頭の中で今日起こったことを再現していた。

望春楼での玄宗皇帝とのやり取りや、李林甫の発言などを時間を巻きもどすように再現し、

「九齢の姪などさっさと離縁したらどうだ」と言った林甫がどこまで本気なのか突き止めようとした。

林甫は気まぐれである。機嫌が悪い時にはどこまでも人を苛《いじ》め抜かずにはいられなくなるが、そんな自分を良しとするほど愚かではない。行き過ぎたことを反省して数日後に優しい言葉をかけてくるし、道理と筋が通ったことなら聞く耳を持っている。

その彼が口にした離縁しろという言葉は、一時の気まぐれか本気の要求か、仲麻呂は頭の中で再現した一瞬一瞬を詳細に吟味し、本気だという結論に達した。

(ならば、どうすればいいのか……)

李林甫が本気になれば、どんな手を使っても実現しようとする。早晩、若晴《じゃくせい》を離縁しなければならない立場に仲麻呂を追い込むだろう。

用間《ようかん》(スパイ)の役目をはたすには、それに従わざるを得ないのだから、仲麻呂にできるのは若晴を傷つけることなく和離《わり》に応じてもらうことしかなかった。

(表向きは離別したことにして、どこかにかくまうことはできないか)

そんな考えが浮かんだが、水泡のように消え失せた。

林甫は多くの密偵をかかえ、あらゆる所に目を光らせている。そんなことをしてもすぐに暴かれ、若晴と娘の遥《よう》を危険にさらすだけだった。

昇平坊の自宅にもどると、いつものように遥が出迎えた。

「父上、お帰りなさい。お疲れさまでした」

ふっくらとした頬にえくぼを浮かべて外套《がいとう》を受け取った。

九歳になって身長も仲麻呂の胸くらいまで伸びている。父親に似たおだやかな顔立ちで、髪を双髻《そうかん》（あげまき）に結っていた。

「ただいま。母上はどうしている」

「食事の仕度を終えて、部屋で休んでおられます」

「ちょっと様子を見てくるかな」

「後にして下さい。たった今寝入られたところですから」

「分かった。そうするよ」

仲麻呂は書斎で着替えをすまし、書見をして時間をつぶすことにした。

若晴が心を病んで以来、家の中は灯が消えたようである。仲麻呂は若晴を刺激しないように、息をひそめて快方に向かう日を待っている。

遥はそうした空気を和らげようと、子供ながらに気遣いながら家事を手伝ったり、若晴の話し相手になっているのだった。

若晴が心を病んだのは、三男の航《こう》が行方知れずになったからだった――。

五年前の十月、若晴は無事に男児を出産し、航と名付けた。長男の翼、次男の翔と同じように、祖国との往来がかなうように願っての命名だった。

若晴は航を溺愛した。翼と翔を手放した淋しさを埋めようとするような可愛がりかたで、片時も側から離そうとしなかった。

昼間は診療所に連れていき、夜は同じ夜具で眠るので、夫婦で同衾《どうきん》することもなくなったが、仲麻呂はそれでいいと思っていた。上の二人を日本に向かわせた申し訳なさもあるので、若晴の気がすむようにさせていた。

ところが二年前の春、航が魔に魅入《みい》られた。若晴に連れられて郊外の野に薬草摘みに行った時、行方知れずになったのである。

若晴や助手たちが目を離したわずかの間に、数え年四歳になっていた航はいずこへともなく姿を消した。急を聞いて仲麻呂も駆けつけ、土地の里正《りせい》を動員して十里（約五・四キロ）四方を捜させたが、行方は杳《よう》として知れなかった。

近くを通った西域の隊商が連れ去ったと言う者や、最近あのあたりに豹《ひょう》が出没していたので喰われたのではないかと言う者がいたが、それを裏付ける証拠は何ひとつなかった。

若晴の痛手は深刻だった。

薬草摘みに連れていかなければ、わずかでも目を離さなければという自責に駆られ、毎日のように航を捜しに出かけ、夕方に虚《むな》しく帰ってくるようになった。

何事も完璧に成し遂げなければ気がすまない性格なので、航がどこでどうしているかと思うとじっとしていられないのである。

そうして一年ちかくが過ぎた頃、ついに力つきた。絶望のあまり、航が行方不明になった場所で服毒自殺をはかった。

毒が持ち出されていることに診療所の助手が気付き、すぐに現場に駆け付けたので一命を取り留めたが、それ以来心を病んで抜け殻のようになったのだった——。

「母上が目を覚ましました」

遥が書斎を遠慮がちにのぞき込んだ。

「それなら夕餉《ゆうげ》にしようか」

「食べたくないそうです」

「じゃあ、挨拶だけにしようかね」

若晴は寝台に横になっていた。一年ちかく寝たり起きたりの暮らしをしているが、顔立ちや体形はそれほど変わらない。ただ、肌が透き通るように白くなり、瞳が光を失っていた。

「気分はどうだね」

仲麻呂は快活に声をかけたが、若晴はうつろな目を向けて「ええ」と言っただけだった。

いつの間にか、髪には白いものが目立つようになっていた。


一月二十日、安禄山が手勢をひきいて長安にやってきた。

七年前の開元二十四年（七三六）に死刑をまぬがれた禄山は、その後奚《けい》や契丹《きったん》との戦いで華々しい手柄を立て、開元二十八年には平盧《へいろ》兵馬使、その翌年には営州《えいしゅう》（遼寧省朝陽市《りょうねいしょうちょうようし》）都督と平盧軍使に抜擢され、奚、契丹、渤海《ぼっかい》、黒水《こくすい》、靺鞨《まっかつ》などに備える四府経略使を兼任した。

さらには新設された平盧節度使に任じられたが、『資治通鑑《しじつがん》』はその職務について次のように伝えている。

〈平盧節度は、室韋《しつい》・靺鞨《まっかつ》を鎮撫《ちんぶ》し、平盧・盧龍《ろりゅう》の二軍・楡関守捉《ゆかんしゅそく》・安東都護府を統《す》べ、営・平・二州の境に屯し、営州を治とす。兵三万七千五百人〉

唐の東北方面の守りを一手に引き受け、三万七千五百人をひきいる大将軍に立身したのである。

これは軍事的な手腕ばかりでなく、若い頃に互市牙郎《ごしがろう》（交易仲介業者）としてつちかった商才や、六カ国語をあやつって異国の将兵をまとめ上げる力があってのことだ。

また人の心を読むことにも長けていて、玄宗皇帝が地方の実情をさぐるために使者（これを採訪処置使と呼ぶ）をつかわすと、賄賂と接待で籠絡《ろうらく》し、いい報告しかさせないようにした。

このため玄宗はすっかり禄山の手腕と人柄を信用し、次々と要職に任じたのだった。

禄山の入朝にあたって、玄宗は阿倍仲麻呂を接待役に任じた。李林甫が進言して実現したもので、仲麻呂にとっては次の役職に昇進できるかどうかの機会であり試練だった。

到着は正午の予定である。仲麻呂は辰の刻（午前八時）には春明門に行き、中書省の役人たちを指揮して出迎えに万全を期していた。

ひきいる手勢は千人と聞いている。

そのうち長安城に入れるのは三百人だけで、残りの軍勢は大明宮の太和門の外にある北衙《ほくが》禁軍（親衛隊）の兵舎で待機させることにした。

「来ました。ただ今先頭が、灞水《はすい》の橋を渡り始めました」

春明門の二階から孫長信が告げた。

滻水に沿って流れる灞水に、石組みの橋をかけて渡河の便をはかっている。その橋に向かって、四肢たくましい馬にまたがった千騎ばかりが整然と列をなして進んできた。

安禄山は黒い四頭立ての馬車に乗り、前後を赤い服と金色の鎧をまとった二百騎ばかりに守られていた。真っ先を進む二十騎がかかげる旌旗《せいき》も、鮮やかな緋色の地に金糸で龍を描いている。

その後方には青い服と銀色の鎧の騎兵が、二里（約一〇八〇メートル）ほどの長蛇となり、道にそって曲がりくねりながらつづいていた。

真っ青な冬の空を映し、滻水や灞水は青く染まっている。冬枯れの山も黄土がふり積もった大地も一面の土気色である。その中を進む赤と青、金と銀の安禄山の行軍は、巨大な龍のようだった。

仲麻呂はこれまで二度、安禄山の行列を見たことがある。一度目は張守珪《ちょうしゅけい》に従って上洛した時。二度目は軍勢の大敗の責任を負わされ、罪人として連行された時である。

その時に比べれば見ちがえるような立身ぶりだが、軍勢の装束と装備の華やかさに、仲麻呂はふと禍々《まがまが》しいものを感じた。その出で立ちの派手さの中に、雑胡《ざっこ》である禄山の唐朝廷に対する屈折した感情が隠されている気がした。

「あの者の忠節は、世をあざむく皮衣《かわごろも》でございます。今のうちに殺さなければ、大唐国と陛下に仇《あだ》をなすことになりましょう」

張九齢は玄宗にそう進言して怒りを買ったが、仲麻呂はその懸念があながち的はずれではないと感じたのだった。

春明門の外では石皓然《せきこうねん》が禄山の到着を待ちかねていた。ソグド人の血を引く者同士の親密さもあって、早くから禄山と義理の父子《おやこ》のちぎりを結び、惜しみなく援助をつづけてきた。

その甲斐あっての立身だけに、屈強の配下十人に金や玉を満載した荷車を引かせ、西域風に美しく着飾った美女十人を従えて迎えに出ている。

その中には娘の春燕の姿もあった。

「さあ来た来た。光明《ロクシャン》さまのお出ましですぞ」

誰にともなく言った皓然の声は、喜びに上ずっていた。

やがて先頭を進む大柄の男が馬を下り、仲麻呂に話しかけてきた。

「安禄山将軍に近侍する劉駱谷《りゅうらくこく》と申します。晁衡秘書官さまでしょうか」

「はい。陛下に命じられて、将軍の接待役をつとめさせていただきます」

「お名前は将軍から聞いております。日本からの留学生《るがくしょう》でありながら、科挙の進士科に及第された俊英であられると」

「恐れ多いことでございます。ご案内いたしますので、後につづいて下さい」

仲麻呂は用意の馬にまたがって先導した。

太和門の外には北衙禁軍の中でも左神策軍、左龍武軍、左羽林軍が兵営をきずいている。安禄山ら高官の宿所は左羽林軍の本営、他の将兵は左龍武軍の兵営と決められていた。

黒い馬車に乗った禄山を、仲麻呂は本営の表門で出迎えた。

身長は六尺五寸（約二メートル）、体重は二百五十斤（約一五〇キロ）はあるだろう。茶褐色の髭をたくわえ、鼻が高い大きな顔をして、肩幅は広く胸板ははちきれんばかりに厚い。目の前に巨大な壁が立ったような威圧感があった。

「李林甫宰相の秘書官をつとめる晁衡と申します。この度のご入京にあたり、将軍の接待役をつとめさせていただきます」

「親父から聞いています。わしが死刑にされそうになった時、庇ってくれたそうですね」

外見に似ず、禄山の話し方は丁重だった。

「進言はしましたが、ご判断をなされたのは張九齢《ちょうきゅうれい》さまです。私の力ではありません」

「勇気ある進言こそ貴重なのです。日本の硫黄を営州に運ぶ段取りもつけていただいたと聞いています。李宰相もあなたを見込んでおられるようですから、これからも力を貸して下さい」

その夜、石皓然が東の市の店で内々に歓迎会を開いた。招いたのは安禄山と史思明《ししめい》、劉駱谷の三人だけで、仲麻呂と春燕が同席した。

「禄山《ロクシャン》よ、思明よ。お前たちは石皓然の息子にして、ズルワーンさまの申し子だ。困難を恐れず、どこまでも突き進め」

皓然はこの日のために用意した夜光杯にぶどう酒を注ぎ、皆で祝杯を上げた。三合は入る大きな杯だが、禄山も思明もひと息に飲み干した。

「禄山、わしはお前が大唐国の将軍になり、ソグド人の名を高らしめてくれると信じていた。しかし、これくらいで満足してはならぬぞ」

「親父の気持ちは分かっている。これからじっくりと仕上げるから、今夜は酒と女を楽しませてくれ」

「駄目だ。女もちゃんと用意しているが、その前に言い聞かせておくことがある」

皓然は年老いた顔を酔いに赤らめ、庭に向かって手を打ち鳴らした。

いつぞや店で鞭打たれていた屈強の配下二人が、荷車を引いて軒下までやって来た。荷台には金や玉を入れた箱がびっしりと積まれていた。

「金は一万両、玉は一千斤ほどある。これをお前にやるから好きに使え」

「銭勘定は史思明の役目だ。難しい話はこいつにしてくれ。なあ、相棒」

「任せてくれ。俺の手には、にかわで金貨がはりつけてある」

思明は禄山と同じくらい背が高いが、猫背気味の細身の体付きである。顔も細くて不自然に長く、陰気そうな険しい目をしていた。

「わしは銭のことを言っておるのではない。この資金を使ってどんな夢を見せてくれるかとたずねておる」

「営州から長々と馬車に揺られて来たんだ。今夜ばかりは都の酒をゆっくりと味わわせてくれ」

「晁衡さま、平群広成さまが日本にもどることができたのは、禄山兄さんのお陰なのですよ」

春燕が禄山の不機嫌を察して話題を変えた。

禄山は渤海国王となった大欽茂と親しく、日本に派遣する船に広成らを乗せるように頼んでくれたという。

「派遣した二艘のうち、大使が乗った船は嵐にあって沈みました。しかし副使が乗った船が出羽という国にたどり着き、広成さまは無事に奈良の都に着かれたのです」

「有難うございます。お礼を申し上げます」

仲麻呂は拱手《きょうしゅ》して頭を下げた。

「おやすい御用、晁衡どのも親父の息子になられたそうだから、わしとは義兄弟です。歳は……、そちらが上かな」

「四十三になります」

「それなら二つ上です。これからは俺、お前で話しましょう」

禄山が了解を求めて杯を突き出した。仲麻呂もそれに応じ、義兄弟の証とした。

翌日、興慶宮の勤政務本楼で玄宗皇帝と安禄山の対面がおこなわれた。

外国からの使者を迎えるための大広間の上段に玄宗が座り、左右に李林甫と高力士が控えている。左右に近臣たちが居並ぶ広間に軍服姿の禄山が進み、両膝をついてうやうやしく挨拶をした。

「平盧節度使の安禄山でございます。七年前に命を助けていただいて以来、皇帝陛下のご恩は一日たりとも忘れたことはございません。いつでも一命を捧げる覚悟で忠誠をつくして参りました」

「そちの働きは聞いておる。営州、幽州のみならず、契丹や渤海が朕《ちん》の意に従うのは、安禄山の武勲があればこそだ」

玄宗は椅子に深々と腰を下ろし、満足そうに禄山を見やった。

渤海国の大武芸国王が他界した後、後を継いだ大欽茂が親唐路線に舵を切ったのは、安禄山が交易や通商において渤海国と密接な関係を保ってきたからである。

また、長年敵対してきた契丹に大勝したばかりか、調略を用いて分裂工作を仕掛け、契丹西部を治める族長が千余張（彼らは包《パオ》で暮らしているので、家族の単位を張としている）をひきいて唐に降伏したのだった。

「勅命を申しつける。長年の武勲を賞し、驃騎《ひょうき》大将軍に任ずるものなり。よって執達件《しったつくだん》のごとし」

李林甫がおごそかに勅書を読み上げた。

この肩書は散官になったとはいえ一品の位で、三品の宰相より上位に立つ。武官では筆頭の地位だった。

「な、何と。どこの馬の骨とも知れぬこの雑胡を、そのように親任していただけまするか」

「さよう。お上はそなたこそ大唐国の救い主だとおおせである。そのご叡慮《えいりょ》に、決して背いてはならぬぞ」

「あまりに……、あまりに恐れ多いお言葉でございます」

禄山は巨体を投げ出して床に這いつくばり、感激の涙を浮かべて玄宗をあおぎ見た。

「このように重用していただくからには、命がいくつあってもご恩にむくいることはできません。しかし今にして思えば、昨年の秋に不思議な瑞兆《ずいちょう》がございました」

「ほう。どんな瑞兆じゃ」

玄宗が興味を引かれて身を乗り出した。近年、讖緯《しんい》（予言）や占術などに心惹かれ、方士や道士などを重用するようになっていた。

「昨年の春、営州でいなごが大量に発生し、作物の苗を喰い荒らしました。このままでは収穫が台無しになり、皆が飢えることになります。何とかこれを防ごうと、それがしは香をたいて天を祀り、一心に念じました」

「何と念じた」

「我《われ》もし心正しからず、君に仕うるに忠ならざれば、いなごをしてこの臓腑を食い尽くさせたまえ。もし神祇にそむかぬ者と見込んでいただけるなら、いなごをことごとく駆除《くじょ》させたまえ。声にこそ出さなかったものの、心の中で救いを求める叫びを上げたのでございます」

「それで、どうなった」

玄宗は禄山の話術にやすやすと釣り込まれた。

「するとどうでしょう。北から頭の赤い鳥が群をなして飛来し、またたく間にいなごを食い尽くしてしまいました。これこそ禄山の忠誠を嘉《よみ》して、天が下したもうた瑞祥《ずいしょう》だと存じますが、とても信じてはいただけますまい」

「そちほどの忠臣であれば、天の助けがあったとしても不思議ではない」

「かたじけのうございます。それではこのことを史書に書き加えて下されませ」

玄宗がこれを許したことで、禄山の出任《でまか》せは史書に記録され、史的事実として扱われることになったのだった。

興慶宮には龍池という舟遊びができるほど広々とした池があり、ほとりには沈香亭《じんこうてい》が建っている。香木《こうぼく》の沈香で作られた館で、いつもふくよかな香りに包まれている。

玄宗の書斎と応接室をかねたこの館で、安禄山の入京と昇進を祝う酒宴がもよおされた。池に面した広間には、螺鈿《らでん》をちりばめた大きな卓がおかれ、金や銀の器に山海の珍味が盛りつけてあった。

玄宗は上座につき、左隣に安禄山を、右隣に楊玉環を座らせた。玉環の側には姉の玉鈴が控えている。李林甫と高力士は同席を許されたが、その他には主立った廷臣はいなかった。

「今日は朕が禄山をもてなすために開く宴《うたげ》である。礼法などにとらわれず、自由に楽しんでくれ」

玄宗が犀《さい》の角の形をした瑪瑙《めのう》の杯をかかげ、同席した十五人が乾杯の声を上げた。その瞬間、隣室に控えた楽師たちが笙《しょう》や篳篥《ひちりき》、琵琶や琴をかなではじめた。

「天国にでも迷い込んだ心地でございます。このようなおもてなしをいただくお礼に、営州の方物《ほうぶつ》を献上させていただきとうございます」

禄山が申し出た。

「方物とは、何じゃ」

「契丹《きったん》どもが我が陣に降った時、降伏を認めた礼として金一万両を持参いたしました。これは陛下のご威光があってのことゆえ、そっくり献上させていただきたいのでございます」

「そのような物、運ぶにはおよばぬ」

「承知しております。しかし、この雑胡の手柄と忠誠の証でございます。一目だけでもご覧いただきとうございます」

「ならば見よう。だが一万両も運ぶのは容易ではあるまい」

「どうか、龍池をご覧下さい」

禄山がうながした池の面に二艘の舟が浮かんでいた。

舳先に比翼《ひよく》の鳥の装いをし、一艘には赤の、もう一艘には青の毛氈《もうせん》が敷かれ、金塊の山を積んでいる。さざ波が立つ池の面が陽をあびて躍るように光る中を、二艘の舟がゆっくりと沈香亭の側まで漕ぎ寄ってきた。

「面白い。比翼の鳥とはいかなる趣向じゃ」

「陛下は近年、掌中の珠を得られたと聞きました。お側に控えておられるお方こそ、そうであろうと、拝察いたしております」

「うむ、それで」

「天にあっては比翼の鳥、地にあっては連理《れんり》の枝。お二人が末永く幸せであられるようにと願ってのことでございます」

「ならば一艘はそなたのものじゃ。好きにするがよい」

玄宗が玉環を見やって気前のいいことを言った。

「比翼の鳥を引き離すのは可哀想でございます。いただくわけには参りません」

玉環は紺の地に銀糸で鸚鵡《おうむ》の子を刺繍した長裙《ちょうくん》を着て、真珠を編んだ首飾りをかけている。目鼻だちのきわだった顔に粧粉《おしろい》をほどこし、眉には黛《まゆずみ》、唇には脂《べに》をぬってくっきりと仕上げている。

その美しさの前には、黄金の輝きまでが色あせるほどだった。

「さようか。それでは二艘ともそなたにやろう。化粧料にでもするがよい」

「あら。それではわたくしが欲張りのように思われるではありませんか」

「そんなことがあるものか。そなたは朕の宝ゆえ、何でも手に入れることができる。欲などとは無縁の存在になったのじゃ」

玄宗はむっちりとした玉環の手を握り、愛おしげになでさすった。

「それでは陛下、お妃《きさき》さまに方物を献上する褒美に、ひとつお願いがございます」

禄山の言葉に、皆が凍りついたように静まった。玉環はまだ太真の身で、お妃と呼んだのは禄山が始めてである。高力士がひとつ咳払いをして、そのことを禄山に告げた。

「これはご無礼をいたしました。それがしは無知な雑胡ゆえ、仲むつまじいご様子を拝して、お妃さまにちがいないと思ったのでございます」

禄山は大げさに恐縮し、二、三歩後ろに下がって平伏した。

「よいよい。そちの目は正鵠《せいこく》を射ておる」

玄宗は機嫌良く禄山の軽率を許し、願いは何だとたずねた。

「お妃さまは琵琶の名手とうかがいました。奏《そう》していただけるのなら、胡旋舞を舞わせていただきとうございます」

「胡旋舞を、その体で？」

「はいな。これでも若い頃は走る馬の背中で舞い、馬の背舞いのロクシャンと異名をとったものでございます」

「面白い。妃よ、琵琶を弾いてやれ」

玄宗の許しを得て玉環は琵琶を、姉の玉鈴は琴を弾くことにした。それに楽師たちが笛と鼓を合わせて盛り上げる。西域風の調子の速い曲に乗って禄山は広間の中央で舞った。

初めは両手を広げたり体をくねらせたりして、天女が優雅に空を舞う仕種をしていたが、曲調が速くなって山場にさしかかると、両足を素早く交差させたり片足立ちになって、くるくると回り始めた。

六尺五寸の巨体が独楽《こま》のように軽やかに回る。その間に両手を上げたり曲げたりしてしなを作り、愛敬たっぷりの表情をする。

玄宗は面白がり、手を打って喜んだが、玉環には人を苛めたくなる加虐嗜好《かぎゃくしこう》があるようである。黒い瞳を猫のようにキラリと光らせると、琵琶の曲調を次第に速くしていった。

玉鈴や楽師たちもそれに合わせるので、禄山は速度を上げて胡旋舞を舞わざるを得なくなるが、馬の背舞いと異名をとっただけのことはある。額に汗を浮かべ、髪をふり乱しながらも、遅れることなく曲についていった。

玉環はつぼみのような唇に薄い笑みを浮かべ、さらに手を早くする。これには玉鈴も楽師たちもついていけず、玉環と禄山の一対一の勝負になった。

二百回、いや、三百回は回っただろう。禄山は顔を赤らめ汗だくになって舞いつづけたが、ついに力尽きて胸を押さえてうずくまった。

「水、水を……」

かそけき声を聞きつけて仲麻呂は水を運んだ。

禄山は肩で息をしながら受け取り、ひと息に飲み干した。

「ま、参りました。この雑胡めは、馬の背から落ちました」

「良いものを見た。禄山、褒美をつかわす。望みを申せ」

「ならば、それがしの義兄を取り立てていただきとうございます」

「胡人か。後日連れてくるがよい」

「義兄はここにおります。李宰相の秘書官の晁衡どのでございます」

「ほう。二人がそんな仲だったとは初耳だ」

「その昔、晁衡どのには命を助けていただきました。恩を返したいのでございます」

「ならば息子の儀王の指南役に任じよう。高力士、いかがじゃ」

「申し分のないご叡慮と存じます」

力士の同意を得て仲麻呂は儀王友（教育係、従五品下）に任じられ、玄宗皇帝の内輪に足を踏み入れることができるようになった。

翌日からも、玄宗は安禄山を歓待した。いつでも対面に応じ、どこにでも案内する破格の扱いである。その側にはいつも楊玉環と阿倍仲麻呂が従っていた。

二月二十日、安禄山は一カ月の長安滞在を終えて営州にもどることにした。出発にあたって玄宗は鴻臚亭で送別の宴を開き、禄山には今後ますます辺境防衛の要職をになってもらうと明言した。

「頭の赤い鳥となって北方を守ってくれ。頼みにしておるぞ」

「かたじけないお言葉、雑胡めの生涯の宝といたします。この劉駱谷《りゅうらくこく》は漢の高祖劉邦どのの末《まつ》裔《えい》でございます。都に残しておきますので、何なりとお申し付け下され」

禄山は玄宗に駱谷を引き合わせ、軍勢をひきいて東へ向かった。

接待役の仲麻呂の仕事も無事に終わった。玄宗も禄山も満足してくれたばかりか、勅任官の儀王友に任じられたのだから、大いなる成果と言うべきだった。

肩の荷を下ろしてほっと息をついていると、李林甫に呼び出された。

「晁衡、よくやった」

林甫は鴻臚亭の客間で機嫌よく迎え、正面に座るように勧めた。

「お前の働きのお陰で、すべてが思い通りに進んだ。お上は禄山に満足され、やがて范陽《はんよう》節度使も兼ねさせるとおおせである」

「平盧《へいろ》に加えて范陽も任せるのでしょうか」

范陽節度使は九万一千四百人の軍勢を擁している。両者を兼ねるとすれば、禄山は十二万八千九百の兵をひきいることになるのだった。

「その通り。おそらく来年の春には詔《みことのり》を下されるであろう」

「それでは営州や幽州の力が強くなりすぎるのではありませんか」

「不満かね。お前は禄山の義兄になったと聞いたが」

「石皓然の引き合わせでそうなりましたが、そのことと軍事の備えは別でございます」

「禄山が叛乱でも起こすと言うのか。張九齢のたわ言のように」

「今や均田制が崩れ、給地を手放す農民が増えたために、徴兵によって府兵を維持することは難しくなっております。何事かが起こった時、朝廷が動員できる軍勢は二十万にも満たないでしょう」

「十八万人だ」

林甫は正確に数字を把握していた。

「そのうち常時都に配置されているのは五万人ほどですから、諸蕃《しょばん》との戦いに慣れた節度使の軍勢には太刀打ちできません。万が一にも安禄山将軍が反旗をひるがえす事態になれば、誰が大唐国を守るのでしょうか」

「お前は安禄山を疑っておるのか。義兄弟の契りを結んでおきながら」

林甫が水晶玉のような冷ややかな目を向けた。

「個人のつながりと軍事の制度は別だと申し上げているのです。人の心はうつろいやすく、どんな行動をするか分かりません。また思いがけない成り行きで対立することもあります。それゆえ節度使には大きな力を持たせず、互いに牽制させながら陛下のご意向に従わせるべきだと思います」

「お前が性悪説をとなえるとは意外だな。韓非子《かんぴし》でも読んだか」

「人は弱い。それゆえ制度によって補わなければならないと、韓非子の師である荀子《じゅんし》はとなえております」

「もはや府兵制は崩れ去り、立て直しができないほどだ。それを見透かして奚や契丹、渤海、吐蕃《とばん》（チベット）などがわが国の辺境に侵入をくり返しておる。これを防ぐために、余は節度使の軍勢に諸蕃《しょばん》から傭兵を採用し、夷《い》をもって夷を制することにした。ところが漢人の将軍には傭兵を使いこなすことはできぬ。それゆえ禄山のような雑胡に大きな権限を与えることにしたのだ。それ以外にこの窮状を乗り切る方策があるのなら言ってみろ。それともお前を范陽節度使にすれば、奚や契丹を鎮圧《ちんあつ》してくれるのか」

林甫は激しても声を荒らげたりはしない。怒りを内側に押し込め、声が次第に低くなっていくのだった。

「それができないなら、少々の危険には目をつぶって安禄山を重用するしかあるまい。要は叛乱を起こすよりお上に従っていた方が得だと、禄山に思わせることだ。そのための舵取りは余がするが、お前にも力を貸してもらいたい」

「………………」

「お前は出世したいと思っているだろう」

「はい」

「ならば余の命令に従え。決して悪いようにはせぬ」

「分かりました」

「前にも言ったが、張九齢の姪などさっさと離縁しろ。新しい嫁はすでに決めてある」

「どなたでしょうか。そのお方は」

「楊玉環さまの姉上であられる楊玉鈴さまだ。子持ちのやもめだが、見ての通り若くて美しい」

「玉鈴さまでございますか」

仲麻呂の脳裡に、鳳翔《ほうしょう》温泉からの帰りに会った楊玉鈴の姿が浮かんだ。馬車が脱輪して困っていたので助けたところ、手の汚れをふいて下さいと薄絹の手布を差し出したのだった。

「ご本人の内諾も得ているが、何か不満でもあるか」

「そのようなことを、陛下はお許しになるでしょうか」

「まだ奏上していないが、お喜びになるはずだ。お前は安禄山と義兄弟だ。玉鈴さまを嫁にすれば、玉環さまとも義兄妹になる。陛下と禄山をつなぐ上で、これほど恵まれた立場はあるまい」

「少し……、考えさせていただけないでしょうか」

「誤解のないように言っておく。余はこの件をお上に奏上し、玉鈴さまを嫁に賜うという勅命を下していただくこともできた。だが、そうしなかったのはなぜだか分かるか」

「…………」

「お前を有能な部下だと認めているから、事前に告げたまでだ。承諾を求めているのではない」

お前に選択の余地はないと告げると、林甫は用はすんだとばかりにひらひらと手を振った。

いよいよ崖っぷちだと感じながら、仲麻呂は帰宅の馬車に乗り込んだ。

皇帝が周囲の者に自殺を命じることを「死を賜う」と言う。この勅書がとどいたなら、皇后や皇子、宰相といえども異をとなえることはできない。

これに比べれば、「嫁を賜う」など身にあまる幸せとしなければならない。まして玉環の義兄となり安禄山との折衝役に任じられるなら、立身出世のまたとない好機だった。

（だが、しかし……）

仲麻呂は牡丹市が立ち始めた街路をながめながら、このまま若晴と遥をつれてどこかへ逃げ出したくなった。日頃は心に鉄のふたをして押し殺しているが、やる瀬なさがふいに間欠泉《かんけつせん》のように噴き上げるのだった。

馬車が牡丹市の人混みにまぎれて進みかねていると、赤土色の僧衣をまとい笠を目深にかぶった男が、右足を引きずりながら近付いてきた。

「諸国行脚《あんぎゃ》の放下《ほうげ》でございます。お恵み下されませ」

仲麻呂はすぐに弁正《べんしょう》だと気付き、馬車の戸を開けて中に入れた。

前に会った時よりずいぶん痩せて、黄ばんだ顔色をしている。赤土色の僧衣はさっぱりしたものだが、体から薬草のような苦みをおびた臭いが立ちのぼっていた。

「久しいな。風采《ふうさい》も上がったではないか」

弁正は仲麻呂の衣冠姿を冷ややかに見た。痩せて眼窩《がんか》が落ちくぼんでいるので、飢えたふくろうのようだった。

「ひどく疲れておられるようですが、具合が悪いのではありませんか」

「わしはもう死体も同じだ。そんなことはどうでもいい。要はお前が順調に出世することだ」

「李宰相の秘書官になり、興慶宮の勤政務本楼に出入りを許されるようになりました」

「儀王友に任じられたそうだな」

「どうして、それを」

「知っているよ。安禄山と義兄弟になり、禄山から皇帝に進言させるとは、たいした手管《てくだ》だ」

「仕組んだのではありません。あれは……」

「いいや。お前は自分でも気付かぬうちにそう仕向けたのだ。上辺の思考や意識だけでなく、末那識《まなしき》や阿頼耶識《あらやしき》の領域まで掘り下げて自観《じかん》すれば、その通りだと分かる。すでにお前は、意識もせずに自分を騙《だま》す術を身につけている。用間（スパイ）として天賦の才に恵まれているのだ」

「…………」

「だから李林甫の誘いを断るな。形だけでも楊玉鈴の夫になれば、やがては皇帝とも義兄弟ということになる」

「そんなことまで、どうしてご存じなのでしょうか」

「修行だよ。道を究めて御仏の目を持てば、あらゆる因果が見えるようになる。因縁果報、すべてを見通すことができる」

「そのような目をお持ちなら、過去も未来も見えるでしょう。朝廷の秘府に入って史書をさがさずとも、日本の成り立ちが分かるはずだ」

「痛いことを言う。どうせわしは祖国に見捨てられた野良犬だ。だが野良犬にも意地があってな。一度くらいついた高力士の袖に、今も必死でぶら下がっている」

弁正がすんなりと内情を明かした。井真成を犠牲にしてつないだ高力士との縁を保つことで、朝廷の内情を聞き出しているのだった。

「翰苑《かんえん》を読んだか」

「まだ読めていません。秘書省の書閣にあることは知っていますが」

井真成に頼まれて一緒に書閣に入った時、真成は史書の棚にある『翰苑』を手に取ろうとした。すると受付の係員が竹の鞭で書棚を叩き、閲覧を申請した書物以外は見るなと注意したのだった。

「わしはある寺にあった翰苑を借り受け、第三十巻を書写して多治比県守《たじひのあがたもり》が帰国する時に託した。そういえば縣守も、痘瘡で死んだそうだな」

「天平九年（七三七）六月に亡くなられたと聞きました」

「縣守とともに遣唐副使をつとめた藤原宇合《うまかい》も死んだらしい。人の運とは分からぬものだ」

弁正はいい気味だと言わんばかりに冷笑し、懐から文字を記した布の切れ端を取り出した。

「それが翰苑の一節だ。読んでみろ」

仲麻呂は布を広げ、十行ばかりの文章を一瞬のうちに記憶した。

「文身黥面　猶称太伯之苗」

文身黥面《ぶんしんげいめん》して、猶《な》お太伯《たいはく》の苗《びょう》と称す、という見出しの後には、倭国について次のように記されていた。

「魏略《ぎりゃく》に曰《いわ》く、女王（国）の南に又た狗奴《くぬ》国有り。男子を以て王と為す。其の官を、狗古智卑狗《くこちひこ》と曰う。女王（国）に属せず。帯方（郡）より女王国に至るまで万二千余里あり。其の俗、男子は皆な黥面文身す。其の旧語（古い話）を聞くに、自ら太伯の後なりと謂《い》う。昔、夏后《かこう》少康の子、会稽《かいけい》に封《ほう》じられ、断髪文身して、以て蛟竜《こうりゅう》の害を避く。今、倭人も亦《ま》た文身し、以て水の害を厭《はら》うなり」

　女王が治める国の男子は顔にも体にも入墨をしている。遠い先祖は呉国を興こした太伯だと名乗っている。昔、夏朝（紀元前一九〇〇年〜前一六〇〇年頃）の第六代皇帝だった夏后少康の子（無余）は会稽（浙江省）に封じられ、髪を短く切って入墨をして、蛟竜（蝮《まむし》や海蛇《うみへび》など）の害を避けた。今の倭人もこれにならい、入れ墨をして水の害を払っているのである。

「分かるか。それのどこに問題があるか」

　弁正が暗い目で仲麻呂をのぞき込んだ。

「太伯の後と謂う、でしょうか」

「それが事実なら、女王卑弥呼《ひみこ》の先祖は呉国から渡ってきたことになる。天皇家の先祖も同じということだ」

「太伯は古公亶父《ここうたんぽ》の長男で、弟の虞仲《ぐちゅう》とともに呉国の始祖になったと伝えられています。今から二千年ちかく前のことです」

仲麻呂は頭の中の史書をめくった。

「呉国は春秋時代まで命脈を保ち、周の元王四年（紀元前四七三）に越王勾践《こうせん》に亡ぼされた。その時王族が海上に逃れ、黒潮に乗って九州にたどりついたとしたら辻褄が合う。今でも遣唐使船は、蘇州から薩摩に向かっているではないか」

「確かに天皇家の祖である邇邇芸命《ににぎのみこと》は、薩摩の笠沙《かささ》の岬に上陸したという説があります」

日本にいる時に目を通した『古事記』には、邇邇芸命は「この地は韓国《からくに》に向かい、笠沙の御《み》前《さき》を真来《まき》通りて、朝日の直《ただ》さす国、夕日の日照る国なり」と言って喜んだと記されていた。

邇邇芸命は笠沙で木花之佐久夜毘売《このはなのさくやひめ》と出会い、三人の皇子をなした。長男の火照命《ほでりのみこと》（海幸彦）は隼人の始祖になり、三男の火遠理命《ほおりのみこと》（山幸彦）は天皇家の祖先になったという。

「当然のことだが、朝廷が編んだ『古事記』や『日本書紀』には、天皇家の先祖が呉国から渡ってきたとは記されていない。両書を審議した唐の高官たちは、その矛盾を衝いてきたそうだ」

「しかしこれには、自ら太伯の後と謂《い》うとしか記されていません。これだけでは事実かどうか分からないではありませんか」

「だからこそ、多治比縣守も藤原宇合も唐側にはもっと詳しい史書があるにちがいないと考えた。それは冒頭に書かれた魏略ではないかとな。そこでわしに、唐に残って捜し出せと命じたのだ」

「何か手がかりはありましたか」

「それをお前に捜させるために、こうしてやって来た。秘書省の秘府に保管してあるはずだから、早く秘書監になって自由に出入りできるようになれ」

「早くてもあと十年はかかるでしょう。あるいは途中で進退窮まるかもしれません」

「わしとて手をこまねいているわけではない。高力士に取り入って手がかりをつかもうと腐心している」

「魏略がどこにあるか、高力士さまは知っておられるのですか」

「知っているようだが、簡単には教えてくれぬ。それでもわしは喰い下がったよ。どうすれば教えてくれるかと」

「弁正どの……」

ふと宦官特有の体臭を感じ、仲麻呂は言葉もなく弁正の痩せ細った体を見つめた。

「そうしてご覧の通りの有り様だ。わしはこのあたりで降りるからさっさと有り金を出せ」

弁正は薄い唇を引きつらせて凄惨な笑みを浮かべ、仲麻呂から銭の袋を引ったくると足を引きずりながら人混みの中にまぎれていった。

仲麻呂は翌日、秘書省の書閣に行って『翰苑』を閲覧した。

唐の初期、張楚金《ちょうそきん》がまとめた史書で、全三十巻におよぶ。その最終巻が蕃夷部で、匈奴《きょうど》、烏桓《うがん》、鮮卑《せんぴ》、倭国、西域など、唐が四夷《しい》と呼ぶ国々について記されている。

仲麻呂は巻子本《かんすぼん》を開いて倭国の条を見つけ、全文を記憶して弁正の書き抜きに間違いがないことを確かめた。

「魏略に曰く」と記している通り、張楚金は倭国についての記述の多くを『魏略』から引用している。同書は三国時代に魏の官吏だった魚豢《ぎょかん》が記したもので、今から五百年ほど前に成立している。全三十八巻と伝えられているが、史書の棚には見当たらなかった。

「魏略を閲覧したいが、どこに置いてあるか教えてもらいたい」

受付の係員に申請すると、しばらく蔵書目録を確かめてから書閣にはないと言った。

「どこで所蔵しているか分からぬか」

「管轄外のことは分かりません」

取りつく島もない答えが返ってきた。

重要な史書は秘書省ではなく、大明宮や興慶宮の秘府に保管されている。『魏略』がそこにあるかどうか。そして魚豢がどんな史書に拠って倭国のことを記したのか。確かめなければならないことは多かった。

もうひとつの問題は若晴のことである。

李林甫はすでに話を進めているのだから、できるだけ早く和離に応じてくれるように話をしなければならないが、航を失って心を病んでいる若晴を突き放すのはさすがに辛い。

切り出す決心がつけられないまま時間だけが過ぎ、三月三日の上巳節になった。春のおとずれを祝し、官民こぞって沐浴をして邪気を祓う。桃の節句とも呼ばれ、女の子の祭りとされていた。

「あなた、お願いがあります」

節句の朝、若晴が声をかけた。

三月になって病状は良い方に安定していた。

「今日は上巳で女の子のお祝いですから、遥を芙蓉園に連れて行って下さい」

「芙蓉園か。長らく行ってないな」

「翼と翔を連れて行った時以来です。もう九年になります」

あの時、仲麻呂は家族を長安に残して日本に帰るつもりだった。そこで最後の思い出に家族で出かけたが、密命を受けて帰国できなくなったので、翼と翔を日本に行かせたのだった。

「それなら若晴も行こう。近頃は顔色もいいじゃないか」

「二人で行ってきて下さい。わたしは診療所に行ってやっておきたいことがありますから」

「行けるのか。診療所に」

「ええ、もう大丈夫です」

「そうか。それなら遥を連れて行ってくるよ」

若晴は航の行方が知れなくなってから、薬草の匂いを嗅ぐのが嫌だと診療所に行かなくなり、医師の仕事も休んでいた。それなのに自分から行くと言い出したのだから、これまでにない快復ぶりだった。

従者に馬車の仕度を命じ、遥が華やかな装いをして髪飾りをつけるのを待って、二人で長安城の南東にある芙蓉園に向かった。ところが間もなく、遥が昇平坊内にある楽遊園でいいと言いだした。

「せっかくそんなに着飾ったんじゃないか。芙蓉園こそ似合いだよ。大勢が出て楽しんでいるぞ」

「母上が心配なので、早めにもどってあげたいのです」

「診療所に行くと言っていただろう。春になってだいぶん良くなったようだ」

「わたしを行かせようと、無理をしているんです。少したったら、どこに行ったかと捜し始めるに決まっています」

遥はまだ九歳だが、若晴の看病をしているうちに驚くほど大人びている。しかも若晴と一緒に過ごす時間が多いので、仲麻呂より状況がよく分かっていた。

仕方なく楽遊園に行ったが、ここの花も見事だった。小高い丘には桃が薄桃色の花をつけている。まわりには牡丹、棠棣《とうてい》(山吹)などが整然と区画されていた。

花の香りに包まれて丘のまわりを歩いていると、遥がふと足を止めた。まるで夕暮れ時に道に迷ったように、肩を落としてうなだれている。

「どうした。遥」

「父上と母上は別れるのですか」

目に涙をためてたずねた。

「どうして、急にそんなことを」

「母上が言ってました。もうすぐこの家を出て行くと」

「それは……、引っ越すという意味だよ。もうすぐ新しい家に移るんだ」

仲麻呂は遥を見るのが辛くて、高々と抱き上げた。思った以上に重くなって、若晴に似て体温が高い。哀しみの熱いかたまりが喉元まで突き上げ、咲き誇る花が色を失っていくようだった。

三月の中頃、若晴が書斎に訪ねてきた。

「診療所を閉めることにしました。長年手伝ってくれた者たちに、次の仕事が見つかるまでの仕度金を支払いたいので、ご了解下さい」

巻紙にした帳簿には、二人の医師と五人の助手に支払う金額が記されている。いずれも一年は充分に暮らせる額で、そんな蓄えがあることさえ仲麻呂は知らなかった。

「よくこんな蓄えが、我が家にあったものだな」

「家政を仕切るのは妻の役目です。専業ではなかったので、満足なことはできなかったのですが」

「遥に聞いたよ。お前には申し訳ないと思っている」

これまで言えなかった言葉を、仲麻呂は初めて口にした。

「龍門の鳳翔温泉に行った時のこと覚えてますか」

「ああ、もちろん」

「あの時わたしは、迷惑になったら遠慮なく捨ててほしいと言いました。その時がいつか来ると覚悟していましたので、お気になさることはありません」

「お前たちが住む家を捜している。今月中には決めるから、もう少しここにいてくれ。和離《わり》の手続きも、それまでには済ませるから」

たとえ別れても生活には困らないようにしたいし、二人の様子を見守っていたい。仲麻呂はそう願っていた。

その夜から腹痛がして、高い熱が出た。

腹痛は吐き気をともなっている。仲麻呂は何度か厠《かわや》に行き、胃の腑が裏返るほど嘔吐《おうと》した。吐いて吐いて最後は黄色い胃液が出るだけになり、それでも吐き気がおさまらずに胃が激しく痙攣《けいれん》した。吐いている間も、身も凍るような悪寒に襲われる。何か悪いものを食べたのか、悪性の風邪が胃にきたのか。

ともかく腹を冷やさないように腹巻きをすることにした。物入れの中に、若晴が作った翼と翔の顔を刺繡《ししゅう》した腹巻きが入っている。それを腹に当て、厚手の毛織りの服を着込んで寝ることにした。

こんな時には若晴が一番の頼りだが、声をかけることはどうしてもできなかった。

(自業自得、因果応報……)

仲麻呂は自分を嘲笑《あざわら》い、胃が引きちぎられるような痛みに耐えた。体は冷えきっているのに熱は高い。頭が割れるように痛み、意識が朦朧《もうろう》としてきた。

気を失ったのか、眠ったのか……。仲麻呂は幻影とも悪夢ともつかぬものに襲われていた。足元から何かがすねを伝ってはい上がってくる。初めは虫かと思ったが、妙に冷たくうろこじみた感触がするので蛇だと分かった。

それが肌をなめるように徐々にはい上がってくるが、仲麻呂は身動きすることも声を出すこともできない。そのうちに白と黒のまだら模様の蛇は少しずつ大きくなり、胸の上で鎌首をもたげて仲麻呂の顔を見つめた。

先の割れた長い舌を出し、首筋や頬をいたぶるようになめ回す。しかもその間に頭はどんどん大きくなり、女の顔に変わっていく。

長い髪をふり乱し恨みに満ちた青黒い顔をしているのは、夜叉となった若晴である。そうしてくわっと赤い口を開けたかと思うと、喉仏に喰らいついて首をかき切ろうとする。

仲麻呂は恐怖に凍りつき微動だにできないまま気を失うが、はっと気がつくと再び足元から何かがはい上がってくる。まるで無間《むげん》地獄に落ちたような苦しみにさいなまれ、闇の中でもがきつづけたのだった。

どれほどの時間が過ぎたのか。口の中にほろ苦い薬草の味を覚えて正気を取りもどした。若晴が寝台にうつぶすようにして眠っていた。

夜が明けているらしい。東の窓の隙間から、あけぼのの光が薄い刃のように射し込んでいる。それがまだらな線となって若晴の背中を照らしていた。

その背中がやつれている。仲麻呂は胸を衝かれ、自分がこれからしようとしていることの非情さに身がすくんだ。

十八歳で出会って以来二十五年間、唐での暮らしを支えてくれたのは若晴である。それなのに平然と離縁し、新しい妻を娶《めと》ろうとしているのである。いかに任務のためとはいえ、こんな理不尽を悪びれもせず成し遂げるほど仲麻呂の心は強くなかった。

あるいは病は、そうした葛藤が引き起こしたのかもしれない。心がこれ以上の理不尽に耐えきれなくなり、体の異変を起こして助けを求めているのかもしれなかった。

仲麻呂の動きに気付いて、若晴が目を覚ました。はっとしたようにあたりを見回す仕種は若い頃と変わらない。深夜に医学の勉強をしているうちに机に突っ伏して眠り、照れたような困ったような表情をしたものだった。

「すみません。つい、眠ってしまって」

「看病してくれてありがとう。寒くはないかい」

「ええ。どうやら熱が下がったようですね」

若晴はそれを確かめようと仲麻呂の額に手を当てた。その手が温かいと感じるほど熱は下がっていた。

「私はどれくらい意識を失っていたのだろうか」

「二昼夜です。今日は三日目になります」

「寝ている間に薬を飲ませてくれたようだね」

「歯を喰い縛っておられたので、口移しで飲んでいただきました。お気付きになられましたか」

「いいや。ずっと悪夢にうなされていた」

夜叉と化した若晴が喉首に嚙みつく幻影は、口移しの時にのしかかられる圧迫感が生んだようだった。

「お疲れなのですよ。何度もうなされておられました」

「それにしても、薬湯を口にできるようになったとは凄いじゃないか。あんなに嫌がってたのに」

「あなたが苦しんでおられるのを見ているうちに、夢中でそうしていたのです。辛いのはわたしだけではないと分かりました」

「言いそびれていたが、新しい家が見つかった。西の市の近くの二階屋で、便利で見晴らしがいい。使用人も何人かつけるから、遥と二人で不自由なく暮らせるはずだ」

「ええ、ありがとうございます」

若晴はふっと淋しげな笑みを浮かべ、仲麻呂の被子《ひし》（掛け布団）を直した。

「薬を飲んで、もう少しお休み下さい。今が大事な時期ですから」

「もうひとつ、頼みがある」

「何でしょうか」

「その薬も、口移しで飲ませてくれないか」

「あら、甘えたことを」

若晴は子供を叱るような表情をしたが、薬湯を口に含んで仲麻呂の口に移した。

仲麻呂は久々の唇の感触を慈《いつく》しみながらほろ苦い薬湯を受け、これで何とか乗り切ることができると安堵の息をついていた。憎くて別れるわけではない。長安城内に住んでいれば、暮らしの面倒をみることも時々会うこともできるはずだった。

体が楽になったせいか深々と眠り、目を覚ましたのは陽が傾いてからだった。熱が高かったせいか喉が渇いている。水を飲もうと居間に出たが誰もいなかった。棚や厨房の荷物がなくなり、空き家のような静けさに包まれていた。

仲麻呂は卓の上の紙片に気付き、手に取ってみた。

「母上と旅に出ます。航も連れて行きます」

遥がしっかりとした楷書《かいしょ》で書いていた。

病み上がりの頭はぼんやりとして、すぐには文意をつかむことができなかった。二度目に読み返して若晴が遥を連れて家を出たのだと分かり、三度目に読むと旅という言葉にはそれ以上の意味が込められている気がした。

（まさか……）

仲麻呂は不吉な予感に駆られて庭に飛び出した。外は霧のような春の雨が降っている。濡れるのも構わず、先祖の霊を祀《まつ》った祠堂《しどう》まで走った。

航が行方不明になった後、若晴は道教の道士に行方を占ってもらった。すると庭に祠堂を建てて先祖を祀り、航の御魂が宿るように水晶玉を安置すれば、一年後にはもどると告げられた。若晴は言われるままに祠堂を建て、自分の両親と仲麻呂の両親の位牌を並べ、中央に高価な水晶玉を安置して航の無事を祈っていた。

ところが一年たっても航はもどらなかった。それが若晴が服毒自殺をはかる原因になったのだった。

祠堂は今も残してあるが、水晶玉はなくなっていた。背後に並べてあった位牌は、若晴の両親のものだけがなくなっている。しかも祠堂の裏には、位牌らしい白玉《はくぎょく》の破片が散らばってい
た。

白地に赤い文字で何かが記されている。仲麻呂はしゃがみ込んで破片をひろい、いくつかつなぎ合わせてみた。

晁衡と張若晴と記されている。若晴はやがて二人が夫婦として祠堂に祀られる日のために、赤文字で書いた位牌を作って逆修供養《ぎゃくしゅ》をしていたのである。

それは航にもどってもらいたい一心だろうし、夫婦として死後も共にいたいと願ってのことだろう。だが家を出る時に粉々に打ち砕き、すべての望みを断ち切ったのだ。

その破片が仲麻呂の胸に突き刺さった。若晴を離縁しても、また会うことができる。そんな寝惚けたような甘い夢を、手厳しく拒絶されたのである。

こんなことをするからには、若晴は死ぬつもりなのだろう。遥はそれを察し、一緒に黄泉《よみ》の旅に出る覚悟であの書き付けを残したのではないか。

仲麻呂は背中に焼きごてでも当てられたように外に飛び出した。

霧雨に煙る街路には半里（約二七〇メートル）おきくらいに牡丹市が立ち、大勢が集まって棚に飾られた花の良し悪しを評している。

仲麻呂は北を見て南を見た。二人が向かうとすればどこだろう。航が行方知れずになった郊外の薬草園ではないか。あれは芙蓉園のさらに南、終南山に至る道の側である。

（死ぬな、若晴。生きていてくれ）

仲麻呂は南に向かって走り始めた。あたりの景色がにじんでくるのは、涙がとめどなくあふれるからである。

（頼む、若晴。頼む）

仲麻呂は版築《はんちく》で整備された広々とした街路を走りつづけた。

前方のかなたに大慈恩寺の大雁塔《だいがんとう》がそびえている。大唐国の繁栄と文明の高さを象徴する方形の塔も、空に溶け込むように輪郭がぼやけていた。


（下巻につづく）

初出　日本経済新聞朝刊（二〇二一年七月二十三日～二〇二三年二月二十八日）

本作品中、『続日本紀』については『続日本紀　全現代語訳』（上・中・下、宇治谷孟、講談社学術文庫）を、「井真成墓誌」については『遣唐使の見た中国と日本』（専修大学・西北大学共同プロジェクト編、朝日選書）を、参照しました。

幕間解説　『ふりさけ見れば』の時代背景

氣賀澤保規
（中国・隋唐史／元明治大学教授）

一、阿倍仲麻呂の在唐五十年の概観

「ふりさけ見れば」。その言葉を前にするとき、おそらく私ども日本人の多くはすぐに、「天の原ふりさけ見れば春日なる　三笠の山に出でし月かも」という短歌を、その詠み手である阿倍仲麻呂の名を重ねて想い浮かべるだろう。かく申す私は、幼いころの正月、家族とこたつの上でやった百人一首のなかで、彼の名前と歌の文句を記憶した。あの懐かしい風景は何十年経ったいまも脳裏に焼き付いている。

本書『ふりさけ見れば』は、まさにその阿倍仲麻呂を主人公にし、唐（玄宗朝）と日本（奈良朝）を股にかけた壮大な歴史小説である。記録によると彼は、六九八年頃の生まれ（本書では七〇〇年頃に設定）。七一〇年に遷都した平城京で学び、俊秀ぶりが認められて遣唐留学生に選ばれ、七一七年に唐の都長安に派遣された。

おりしも唐朝は、玄宗皇帝の「開元の治」と評される盛唐期にあたり、その先進の制度や文化を学び祖国に伝えるのが、仲麻呂に課せられた役割であった。そのときともに留学したのが下道（吉備）真備や僧玄昉、それに二十一世紀になって存在が明らかになった井真成らであった。なお留学生ではないが、仲麻呂の傔人《けんじん》（従者）として同行した羽栗吉麻呂のことも忘れられない。彼らは異国で互いに支えあいながらそれぞれの道を目指すことになる。

仲麻呂は最上位の学校である太学に学び、官吏を選抜する科挙（正式には選挙という）の試験のなかで最難関の進士科に、二十代の初めに合格したといわれる。ちなみに進士科は、毎年千名程度が受験して合格者が数名から多くて三、四十名ほど、そこから「三十にして老明経、五十にして少進士」（『唐摭言《とうせきげん》』）という諺も生まれた。中堅官吏になる明経科に三十歳で合格するのは老（年がいっている）、進士科に五十歳で合格するのは少（まだ若い）という。中華に属さない四夷《しい》の出身者で、武人（蛮将とも通称）ではなく正規の文官の道に進んだ例は他に知らない。そこに唐朝のもつ開放性とともに、新たな人材を求める時代の要請も垣間見ることができる。

七一七年に唐朝で暮らし始めてから、仲麻呂には二度帰国する機会があった。最初は七三四年の第十次遣唐使（押使・多治比広成）、次が七五二年の第十一次遣唐使（大使・藤原清河）である。最初の方は「仲満（仲麻呂）、中国の風（気風）を慕い、因って留まり去らず」（『旧唐《くとう》書《じょ》』日本国伝）と、まだ唐で学ぶために自ら留まることを選択した。次の機会は帰国船に乗り込んだものの遭難して安南（ベトナム）まで流され、苦難の末に唐に復帰した。折しも安史の乱という未曽有の危機が目前に迫る。今度は唐に尽くすためにこの地で生き抜くことを決断し、さらに十五年ほど官僚生活を送ることになった。

二、玄宗期の官界と仲麻呂の在唐生活を支えた人々

阿倍仲麻呂はこうして半世紀を超える歳月を唐朝で送り、最後は交州（ハノイ）に拠点をお

く安南（鎮南）都護府の長官都護（正三品）を勤めあげ、官界を引退した。半世紀におよぶその官歴は、この安南都護という外任（外官）を除けば、すべて中央官（内官）であったが、そこには彼が四夷たる異国の出身者のため、民衆を直接統治する場（親民官）には立たせないという考え方がはたらいていたのかもしれない。

しかしそのお陰で彼は終始中央にあって、激しく揺れ動く政治状況、官僚間の厳しい対立の場面に身を置く数少ない官僚の一人となった。玄宗の政治にかかわった張九齢や李林甫に宦官の高力士、楊国忠や蛮将（雑胡）の安禄山、また玄宗が愛した武恵妃や絶世の美女楊貴妃らの面々とも出会い、また恩蔭系と科挙系との熾烈な党派争い（党争）、長安の春とよばれる華やかさとその裏で進む律令体制の腐食する現実にも触れたはずである。そして唐朝の屋台骨を揺るがす安史の乱の大波にももまれ、何とか生き抜いた。

緊迫した公務の合間には、王維や杜甫、李白らの当代一流の文人・詩人たちとも交流していただろう。親友となる王維は長安の東南郊外に、輞川荘《もうせんそう》という自然の景観に恵まれた別荘をもっていた。彼は休暇の折りにそこに籠り、山水を描き詩作に励み、後世南宗画《なんしゅうが》（文人画）の祖とされ、また詩では詩仏と称される。仲麻呂もそこに一度や二度は誘われ、訪れているはずとひそかに考えている。

交友関係といえば、前述した日本から同期に留学したものたちがいた。異国で暮らすとき、同国人同士が時に集い寂しさをまぎらし、情報を交換し、また助け合うことは十分ありえることである。まして同国人が少ない当時にあっては、互いの関係は一層密接となるだろう。

今世紀の初頭（二〇〇四年秋）、唐の長安にあたる西安の地から、遣唐留学生と目される「井真成墓誌」が発見され、私どもを驚かせた。墓誌によると彼の出自は「国号日本」、七三四年の年初に三十六歳で急に亡くなり、死後「尚衣奉御」（従五品上）という官位を贈られ、埋葬された。年齢は仲麻呂の一歳年下であった。生前勉学をつづけ官歴はないにもかかわらず、この贈官があり、葬儀も公的に営まれた。一介の留学生がこのように特別扱いを受ける、その背後には玄宗とつながる立場にあった仲麻呂の存在が見え隠れする。

さらにもう一つ、近年明らかになった墓誌がある。こちらは七三四年の六月に洛陽で亡くなった、李訓という鴻臚寺《こうろじ》（外交部門）の役人のもの。その末尾に「日本国朝臣備書」（日本国の朝臣備がこの墓誌文を書く）と刻まれていた。当時在唐した日本人で、「朝臣備」に該当するものといえば吉備真備しか考えられない。彼の正式日本名は「下道朝臣真備」であり、そこから朝臣備と名乗ることに違和感はない。唐人《とうひと》は「朝臣」を一つの姓と理解していた。この年四月、第十次遣唐使一行が洛陽で玄宗に謁見しており、一行に合流するために真備は長安から洛陽に移っていたはずである。このわずか七文字から、私たちは初めて在唐中の真備の足跡にふれることができたのである。

ちなみに、真備は六九五年の生まれで、入唐時が数えの二十三歳。そのため十九歳以下という入学条件に抵触し、太学にもその下の四門学にも入れなかった。そこでおそらく彼は唐の一流学者たちに個別について学ぶ道を選び、儒学や経学から兵学や天文学などまで通じ、日本にもたらした。「李訓墓誌」の見事な楷書の字体もそうして修得されたものでなかったか。

三、著者安部龍太郎が描いた歴史世界とその意義

本書『ふりさけ見れば』は阿倍仲麻呂を主人公にし、準主役的位置に吉備真備を配する。ただし準主役といっても真備は行動的で、存在感は大きく、しかも帰国後の彼の活躍は目覚ましく、仲麻呂の背後に簡単には収まらない。そのことは両人が同じく在唐中に娶ったという妻についてもいうことができる。

仲麻呂の妻の名は張若晴、唐に来たばかりで重病にかかった彼を医師の見習いとして献身的に手当てし、それが縁で愛しあい結婚した。従者の羽栗吉麻呂が唐の女性との間にもうけたという翼・翔の二子は、ここでは仲麻呂と張若晴の間の子供とされる。彼女は宰相となる張九齢の姪で、理知的にして楚々とした美人、誰にも優しく控えめ、内に秘めた凛とした気高さに誰をも感動させずにはおかないだろう。

この夫婦が静かで内省的であるとすれば、真備夫婦の方は情熱的で行動力があり、妻はソグド人商人石皓然の娘、石春燕といった。二人の結婚は真備の人柄と将来性を見込んだ石皓然の差配によるが、彼女も真備を心から愛し、日本に帰国後は父の商船を使い、二人の間の一粒種、名養《なかい》を連れて真備に会うために博多や奈良にまでやってきた、という設定になっている。

真備の義父石皓然のもたらす話は大変で、同じソグド人の血を引く安禄山は自分の息子も同然とみなす。ここから婿である真備も、その友人の仲麻呂もみな禄山の義兄弟にさせられる。

そのうえ仲麻呂は、七三四年に帰国する真備らと分かれ一人都に残されると、ある「密命」のために世話になった張九齢を離れ、友人の王維も捨て、実権を握る李林甫の配下に加わった。あげく長年連れ添った愛妻の若晴を離縁し、楊貴妃の姉楊玉鈴（秦国夫人）と結婚するはめになる。この結果彼は、楊貴妃の義兄で、玄宗とは義兄弟という立場に立つことになった。

仲麻呂が受けた「密命」とは何か。その核心にあるのは端的にいえば「日本」の成り立ちという重い問題、それを唐朝の秘庫に分け入って解き明かすことが、本書全体を貫く一本の線となっている。その「密命」をうけた彼の前に、七〇二年の粟田真人の遣唐使のときに留学僧として唐に入り、その後還俗して姿を消していた弁正が姿を現し、井真成が帰国を前にして命を落とした理由も明かされる。後半にはそこに吉備真備も加わってくる。本書はそうしたスリリングな背景や場面を緻密に組み込んで構成され、時に読者を探索者にさせ、また時に自身の問題として考えさせ、どこまでも飽きさせない。

著者安部氏がつぎつぎと繰り出す話は、何ともいえぬ荒唐無稽さながら、時代に正面から向き合い、必死に誠実に生きる仲麻呂らの姿勢に感化され、読み手はいつしかその荒唐無稽さを忘れ、かれらが繰り広げる世界に引き込まれている。安部氏の読み手を魅きつけてやまない筆力、その前提をなす構想力や周到な仕掛けに改めて脱帽させられた。

『ふりさけ見れば』は二〇二一年七月から一年八カ月、日本経済新聞の朝刊で連載されたが、その始まりに先立ってじつは氏から、時代考証として協力してもらえないかとの依頼を受けた。私の力でどこまで対応できるか正直心配もあったが、仲麻呂とその時代は自身の専門にも重なり、時代像を見直す貴重な機会になるはずだと思い直し、勇気を奮って引き受けさせていただいた。

そのさい、阿倍仲麻呂を扱う日本と中国にまたがるこの歴史小説を、単なるエンタメ的な一過性のもので終わらせたくない、今日のぎすぎすした日中関係、若者を含め中国歴史世界への関心の希薄化といった現状に一石を投じるものになってほしい、と考えた。そのためには彼らが生きた風土や生活空間、体制の仕組みや社会の運用などの前提がしっかり理解される必要がある。それであれば読者は安心して歴史世界を楽しむことができると、私はいささか上段に構えたのであるが、安部氏も同じ思いで、毎度時代の風景、社会の情景を一切手を抜くことなく描き出し、感服させられた。そうしたところから本書は歴史小説であると同時に、当時を描いた歴史の書にもなっていると感じている。

最後に、このような貴重な機会に巡りあえたことに感謝するとともに、多くの方々にこの小説を通じて、阿倍仲麻呂や吉備真備らの先人たちが生きた時代に思いを馳せていただけることを願っている。

安部龍太郎　あべ・りゅうたろう
一九五五年福岡県生れ。久留米高専卒。
九〇年『血の日本史』でデビュー。
二〇〇五年『天馬、翔ける』で中山義秀文学賞。
一三年、日本経済新聞連載の『等伯』で直木賞。
著作は『信長燃ゆ』『平城京』『迷宮の月』など多数。
全十六巻予定の大河小説『家康』は第八巻まで刊行。
ほかに佐藤優氏との対談シリーズ『対決！日本史』など。

ふりさけ見れば　上

二〇二三年七月十九日　第一刷

著者――安部龍太郎

発行者――國分正哉

発行――株式会社日経ＢＰ
日本経済新聞出版

発売――株式会社日経ＢＰマーケティング
〒一〇五―八三〇八　東京都港区虎ノ門四―三―一二

印刷・錦明印刷／製本・大口製本
ＤＴＰ・マーリンクレイン
表紙写真・田中重樹／アフロ

ISBN978-4-296-11748-2　Printed in Japan